Aleš Šteger
Neverend

Aleš Šteger
Neverend

Roman

Aus dem Slowenischen
von Matthias Göritz
und Alexandra Natalie Zaleznik

WALLSTEIN VERLAG

»Aber hier lassen wir, wenn ich das richtig sehe, niemanden zurück. Dennoch können wir mit Recht behaupten, dass andere uns verlassen haben, denn unsere Nächsten, die entweder gestorben oder vor dem Tod geflohen sind, haben uns in der schlimmsten Not zurückgelassen, als wären wir einander Fremde.«

Bocaccio, Decamerone

2. September

Kafka bringt Bananen mit. Keine Ahnung, woher er sie hat. Vor zwei Monaten sind sie über Nacht aus den Regalen der Supermärkte verschwunden. Der Handelskrieg zwischen der Europäischen Union und dem Rest der Welt dauert schon Jahre, wir haben ihn jedoch bis vor Kurzem nicht wahrgenommen. Er hat sich in aller Stille abgespielt, während Verhandlungen in mondänen Urlaubsorten, Wirtschaftskammern und auf diplomatischen Empfängen. In den letzten Monaten nimmt er jedoch ungeahnte Ausmaße an. Wir alle sind sein Material, sein Opfer und seine Körper. Wie ein Krebs wuchs er klamm und heimlich im Inneren heran, jetzt aber ist er urplötzlich an die Oberfläche vorgedrungen und verändert den Alltag gewaltig.

Weniger wichtig dabei ist, dass Bananen und zahlreiche andere Artikel unerreichbar, selten und sogar zu Objekten des Begehrens geworden sind, deren Wert auf dem Schwarzmarkt schwindelerregend gestiegen ist.

Viel wichtiger dagegen ist das Bestärken des unsichtbaren Gefühls, dass jeder von uns in die Geiselrolle eines größeren Systems versetzt wird. Wie eine Seifenblase zerplatzt so nebenbei die angebliche persönliche Freiheit. Ich, du, keiner ruht mehr in sich, wir alle sind das Eigentum größerer Strukturen und konkurrierender Systeme. Eine unsichtbare Hand verfügt frei über uns. Es hängt nicht von mir ab, wann sie nach mir fassen, mich austauschen, verpfänden oder für was auch immer benutzen wird. Plötzlich spüre ich auf physischer Ebene etwas, das ich nie zuvor gespürt habe. Ich spüre, dass ich verwundbar bin, so verdammt verwundbar und gefangen, nicht wegen meiner inneren Not, sondern aufgrund der äußeren Umstände, auf die ich keinen Einfluss habe.

Kafka hat den Schlüssel zu meiner Wohnung. Ich weiß zwar, wann er kommen wird, aber gewöhnlich tue ich so, als ob mich sein Besuch überrascht. Obwohl es nicht stimmt. Ich weiß selbst nicht, wie ich mich in dieses alberne Spiel verwickelt habe. Er dagegen weiß es genau. Oder er denkt gar nicht darüber nach. Lachend und ganz selbstverständlich kommt er und macht es sich gemütlich. Er kommt einfach und ist Teil des Interieurs. Das hat etwas äußerst Störendes in sich, aber wie soll ich es ihm erklären? Wie soll ich es mir selbst erklären?

Er kommt nicht nur mit einem ganzen Bananenbüschel, er kommt auch mit einem Palmenblatt, das aus einer Plastiktüte ragt. Er sagt, dass er mich mit Bananen zu verführen wünscht, mit Bananen zu betäuben, dass er mir Arkadien zeigen möchte.

Ich fahre mit den Fingerspitzen über die hellgrüne, glatte Oberfläche. Sie ist wie der Äquator, wie die Tropen, ich spüre den Regen, lange, unendlich fließende Tropfen, die monatelang über dieses Blatt geglitten sind, den Geruch der Arbeiter, die das Blatt, samt Früchten und Zweigen, wie eben Bananen geerntet werden, abgeschlagen und aufgeladen haben. Als würde ich über die Haut des Palmenblatts fahren. An den Enden ist es zerfranst und braun, aber noch immer jung und geschmeidig, in seinem Inneren wächst da schon das klar ausgeformte Gefühl von Vergänglichkeit und kommendem Untergang.

Kafka legt sein Geschenk auf den Küchentisch und bedient sich sofort.

Wir sprechen mit vollgestopften Bananenmündern, er über die Liebe und Literatur, ich über die Abfallentsorgung, die in meinem Vorstadtviertel anscheinend komplett eingestellt wurde.

Kafka hört nicht auf. Als er bereits die fünfte Banane zu essen beginnt, nehme ich ihm die letzten beiden weg und bringe sie an einen sicheren Ort. Er ist eine Art Gordon Brown, der in der Rolle als britischer Premier nur Bananen gefressen hat.

Ich sage zu ihm: »Du bist mein Gordon.« Er aber winkt lediglich mit dem Palmenblatt und beginnt damit über meine Oberschenkel zu streifen, dass ich eine Gänsehaut bekomme.

Seine Berührung: einerseits störend, andererseits wiederum nicht. Er ist das einzige Individuum auf der Welt, das meine Wohnung, meine Küche, meinen Raum einfach so betreten darf.

Letzte Nacht habe ich wieder nicht geschlafen, ich bin höchstens ab und zu in winzige, unverbundene Traumfetzen hineingewatet und fand mich am Morgen, als ob ich die Nacht in einer Badewanne voll kaltem schmutzigem Wasser verbracht hätte. Die Haut ist gespannt, aufgedunsen, gar nicht mehr wie meine. Wie eine richtige ländliche Braut habe ich eine Doppelschicht Make-up aufgetragen, während des Wartens die Fingernagelhaut abgeknabbert, ich erwartete ihn dann, wie es sich gehört. Ihn, Kafka, den Bananenkönig. Und seine Berührungen.

Kafka bemerkt rein gar nichts davon. Er nennt mich schöne Gefangene, Kerkermeisterin meiner selbst, ein entführter Geist. Er nennt mich immer gleich, obwohl ich immer ganz anders bin, eine andere, mir selbst unbekannt.

Wenn er spricht, höre ich mich nicht. Auch wenn er aufhört zu sprechen, höre ich mich danach noch einige Zeit nicht.

Mit meinem Gehör stimmt alles. Wie jeden Tag dringen

Laute vom Hof in meine Ohren. Obwohl die Schule schon begonnen hat, spielen die Kinder immer noch Paintball. Ich höre dumpfe Schüsse, Weinen, Geschrei und freudiges Toben. Woher bekommen sie die ganzen Farbpatronen? Der Hof und die umliegenden Gebäude sind voll von roten Flecken, und wenn es regnet, zerfließen sie an den grauen Wänden in traurige, blinde, blutige Augen, die von überall in alle Richtungen blicken.

Inmitten des Lärms höre ich auch Paulas Gekreische. Die Kinder kümmern sich nicht um sie. Immer wieder schießt jemand in ihre Garage oder vor ihre Füße, sodass die roten Tropfen auf ihrer schwarzen Schürze zerplatzen, das ist alles.

Kafka umarmt mich von hinten.

Das Wellen eines geheimnisvollen Meeres, Palmen, Afrika, vielleicht Mittelamerika, ein Wind, der hier und da den Vollmond aufdeckt. Die Gleichnisse müssen so kitschig wie möglich sein, auch so klischeehaft, denn so ist auch unsere Beziehung.

Ich sehe eine Wespe langsam über die Fensterscheibe klettern, sie schüttelt ihre Flügel, hebt kurz ab, prallt einige Male gegen das durchsichtige Glas, sucht weiter nach dem Ausgang.

Gerne würde ich das Fenster sperrangelweit öffnen, sie rauslassen, aber Kafkas Hände drehen mich zu ihm, ich spüre ihn am ganzen Körper, seinen Geruch, den Duft nach Bananen.

Während er sich die Hose anzieht, erzählt er mir, dass er eine Arbeit für mich hat. Im Gefängnis. Ich soll einen Kurs leiten, kreatives Schreiben mit Mördern und Vergewaltigern, Brandstiftern und Betrügern. Ich blicke in sein idiotisch grinsendes Gesicht, während er sich mit dem Palmenblatt kalte Luft zuwedelt.

»Ja«, antworte ich, »so ein Job ist gewiss wie ein Hauptgewinn im Lotto.«

Kafka weiß, dass es mich reizt, meine Höhle zu verlassen.

Kafka weiß, dass ich gleichzeitig Angst habe und meine Wohnung am liebsten nie wieder verlassen würde.

Kafka weiß, dass ich nicht weiß, was ich will. Das ist seine Stärke.

Jetzt verstehe ich Kafkas Geschenk. Mit was werden in Krisenzeiten wohl Affen im Tierpark gefüttert? Bananen bekommen nämlich nur die gehorsamsten Affen, die allerzahmsten Orang-Utans, die jetzt obendrein noch an einem Literaturworkshop mit mir teilnehmen werden, der obersten Affenkönigin.

Habe ich das wirklich nötig? Schaffe ich das? Mein Leben zu ändern, den Handschuh nach außen zu wenden, die Welt mit meinem Inneren zu berühren? Zu unterrichten? Überdies literarisches Schreiben!

Nein, bin ich nicht, ich kann nicht, es geht nicht. Und obendrein im Gefängnis, zwischen Verurteilten!

In meinem Kopf taucht abrupt ein Gegenargument auf (ein kleines listiges Äffchen, das seine Banane bekommen hat, dem ich jetzt nur schwer widerspreche): Ein bisschen Luft wird dir nicht schaden, und sei es Gefängnisluft.

»Ein bisschen Realität hat noch keiner Schriftstellerin geschadet«, behauptet Kafka.

Wie selbstbewusst, wie souverän er davon überzeugt ist, dass es nur eine einzige Realität gibt.

Es überrascht mich immer aufs Neue, insgeheim und ohne dass Kafka etwas davon merkt, zerbricht es mich auch.

3. September

Fast eine halbe Million Menschen vorm Brandenburger Tor, das sind fast die Hälfte der Einwohner Sloweniens. Ich schaue mir Bilder im Netz an, viele junge Leute mit Slogans gegen Aufrüstung, einige oben ohne. Blumenkinder und Karneval. Es hat fast den Anschein, als wären sie auf einem Hippie-Event und nicht auf einer Demonstration gegen die Maßnahmen der neuen deutschen Regierung. Fast eine Million und das Lächeln des neuen deutschen Kanzlers. Er sagt, dass fast eine Million doch noch nicht eine Million seien, dass die Demokratie eine einzige sei, die gleiche für alle, und dass die Regierung keinen Millimeter von der Erhöhung der Militärausgaben abweichen werde.

Heutzutage lächeln alle nur noch. Auch ich. Ich gehe ins Bad und übe das Lächeln, eine halbe Stunde am Morgen und eine halbe am Abend, bis ich nicht sehe, wie mir Karies über die Sechser hinten oben wächst.

Auch bei uns keine guten Aussichten. Nur noch knappe zwei Monate bis zu den Wahlen, die Plakate hängen bereits. Und auch auf ihnen lächeln alle. Die Situation ist aber ernst! Die Situation ist verdammt ernst! Oder es scheint nur mir so, dass sie ernst werde, und ich verstehe diese Art mitteleuropäisch-balkanischen Humors einfach nicht. Was, wenn auch hier die Populisten gewinnen? Über Nacht ist die Welt zu einem stark geschrumpften, zu heiß gewaschenen Wollanzug geworden. Alles ist zu klein, kein Ausweg, nirgends. Selbstsucht, Ängste, jeder versucht seine eigenen Gespenster zu beschützen. Am liebsten würde ich die Fenster und Türen nicht mehr öffnen. Hass schwebt durch die Luft, und es kommt mir vor, als würde ich angesteckt, vergiftet, sobald ich die Türschwelle überschreite.

Die Welt dreht sich aber nicht um, auch wenn ich in der Küche einen Kopfstand mache. Und ich bringe damit auch nicht den Hass und meine Angst, die sich zusammen mit dem Geruch von Herbst eingestellt haben, aus dem Gleichgewicht. Nur mein Körper erscheint mir für ein paar Augenblicke, in denen ich es schaffe, in dieser Position zu verharren, die ich als Kind mit Leichtigkeit bewältigt habe, als der Körper einer Fremden. Der Bauch und die Brüste im Rachen, die Wangen angespannt, die Zunge ungewöhnlich fremd.

Keine Rettung. Keine Politik. Keine Hoffnung. Keine Erwartungen. Keine Liebe. Keine Perspektive. Der einzig relativ konkrete Gedanke, dass man sich in einer Krise immer selbst helfen muss, ist ein albernes Kindermärchen.

Keine Hilfe. Nur Lächeln. Nur Zuckungen. Ein gezwungenes, groteskes Grinsen, Pierrot, Joker und all die anderen traurigen Clowns der Welt.

Und der Job? Ich verachte Creative-Writing-Workshops regelrecht. Hab ich bei Kafka in seinem Seminar all diese Jahre irgendetwas gelernt? Vielleicht nur, dass es neben mir noch andere unvergleichlich krankhaft ambitionierte und frustrierte Leute gibt, die davon träumen, Schriftsteller zu werden. Dass ich nie und absolut nie ein Pseudonym annehmen darf, am wenigsten eines, das einem bekannten existenzialistischen Schriftsteller gehört. Und dass ich nie in der Öffentlichkeit lachen darf. Ernsthaftigkeit, deprimierte Wichtigtuerei hat seine Wirkung.

»Mit einem Pseudonym bist du nicht mehr Peter oder Paulus, du wirst zu Kafka. Dann kannst du gelassen die ganze Welt verarschen«, sagt Kafka.

»Was für eine totale Befreiung, zu sehen, dass es keine Form der Verpflichtung gibt, sondern nur ein Spiel von Signifikanten«, sagt er und lächelt wieder vor seinen fünfundzwanzig Studentinnen im Seminar.

Und wir lächeln zurück.

Weil uns unsere Mütter so erzogen haben.

Lange, endlose Jahre des Trainings in lächelnder Koketterie.

Keiner lehrt dich, auf deinen Instinkt zu hören, die Grundsätze von gesunder Ernährung, des aufrechten Gangs und der aufrechten Pose. Nein, stattdessen lehren sie dich zu lächeln, um dich besser verkaufen zu können.

Kafkas Lächeln ist genau dasselbe wie das des neuen deutschen Kanzlers, wenn er die Vertreibung aller Migranten und die Schließung der Asylantenheime verkündet.

Welcher Kafka? Mein ehemaliger Lehrer im Schreibseminar oder mein ehemaliger Lehrmeister in ernster Literatur?

»Was für eine totale Befreiung ist dieses Spiel der Signifikanten. Schreibt, schreibt, als ob nicht ihr schreiben würdet.«

Mir ist aber nicht zum Lachen.

Die Mundwinkel vorm Spiegel fallen mir wieder herunter, ich schaffe es nicht, länger als siebzehn Minuten ununterbrochen zu lächeln. Wie schaffen die das alle im Fernsehen? Ich versuche den Trick mit den Wattestäbchen. Ich steck sie in die Mundwinkel, bis ich wie eine Fratze aussehe, dann hebe ich beide Mundwinkel mit den Enden der Stäbchen langsam an. Kein Glück liegt mehr auf einem solchen Gesicht, es sieht eher tragisch aus, wie das Gesicht eines traurigen Clowns. Das Beharren in dieser Position stärkt das Bewusstsein, dass man ununterbrochen alles belächeln muss, in jeder Situation, umso mehr, wenn man allein ist und tatenlos herumsitzt. Nichts, aber auch gar nichts tut.

Was wir nicht alles anstellen, um nichts zu machen. Ich würde alles geben, nur um fern von allen Leuten zu sein und in Ruhe zu schreiben.

Ich glaube, ich hätte ohne Mund auf die Welt kommen

müssen. Und ohne Ohren und ohne Augen. Taubstummblind wie mein Kühlschrankmagnet mit den drei kleinen Äffchen, eines drückt sich die Augen zu, eines die Ohren, eines den Mund.

Frieden? Ich hab noch nie im Leben einen Workshop geleitet. Noch nie war ich im Knast. Ich kenne keinen anderen Häftling als mich selbst. Aber ich gehe ab und zu auf einen Spaziergang und mache das Licht aus, wenn ich es selber will.

Am allerwenigsten auf der Welt brauche ich zusätzliches Chaos. Mein Leben steht kopf. Meine Literatur ist ein Trümmerhaufen. Ich muss rational bleiben, deshalb hab ich mir auch dieses Heft gekauft, um mein Protokoll zu führen, mit der Hand, in ganz altmodischem Stil. So was hab ich nie gemacht, ich hatte nie Zeit dafür. Immer schien es mir etwas Abstoßendes zu sein, etwas eklig Selbstverliebtes, ein Tagebuch zu führen. Umso mehr, wenn das Tagebuch von einem Schriftsteller oder einer öffentlichen Persönlichkeit geführt wird, weil es unmöglich ist, es zu schreiben, ohne mit dem Hintergedanken zu spielen, ob die Notizen eines Tages veröffentlicht werden. Pfui!

Bei mir ist es anders. Ich weiß, dass ich mein eigenes Publikum bin.

Ein Protokoll also oder sogar eine Art Experiment mit mir selbst. Nur so kann ich mich irgendwie mit Kafkas Angebot anfreunden, es akzeptabel finden, vielleicht sogar realisierbar. Alles dreht sich vor mir, und ich brauche einen festen Halt. Ein Plan ist ein Halt. Ein Heft ist ein Halt. Siebzehn Minuten Lächeln vor dem Spiegel sind ein Halt. Fast eine Million Menschen sind ein Halt. Das aktive Notieren des Geschehens dieser paar Monate, in denen ich hinter Gittern arbeiten werde, ist ein Halt.

Es heißt, das Gefängnis in Dob habe höchstes Niveau,

und sogar das Essen sei solide, das sagt wenigstens Kafka. Er spricht es aus und stopft sich die fünfte Banane in den Mund und lacht laut, sodass ihm das Bananenfleisch durch die Zähne quillt. Er fasst mich dabei am Arm. Ekelhaft! Was für ein perverser Zyniker.

Was nicht mal so eine schlechte Definition von Politiker ist.

Unter dem Stichwort PÖNOLOGIE lese ich: »Wir alle fangen unser Leben auf dem gleichen Pfad an, das heißt mit der Geburt, doch biegen einige auf bestimmte ›Seitenwege‹ ab und finden sich in Gefängnissen oder in Besserungsanstalten wieder, wie man Gefängnisse anders bezeichnet. Sie leben anders, in einer anderen Organisationsstruktur, nach einem andern Schema als die Mehrheit der Menschen, und ihre Lebensweise verändert sich.«

4. September

Ich trage einen Kolonialhut und eine Aufmachung vom Ende des neunzehnten Jahrhunderts. Ich bin Forscherin, tief im Urwald. Die Eingeborenen bringen mich auf ein Territorium, das mit kleinen Schädeln gekennzeichnet ist. Sie ähneln Affenschädeln, es sind Hunderte, sie hängen von den Baumkronen und baumeln eineinhalb Meter über dem Boden. Als ich dazwischen umhergehe, durchfährt mich der Gedanke, dass einige davon Menschenköpfen ähneln, nur dass sie viel kleiner sind. Einige unterhalten sich miteinander. Obwohl sie abgeschlagen und tot sind, öffnen sie hier und da ihre Augen, schielen uns, die wir vorsichtig an ihnen vorbeigehen, an. Einer meiner Träger wird von einem der Schädel gebissen. Er ist verloren, im nächsten Moment breitet sich ein Ausschlag über seinen Körper aus, er wird rot, glühend heiß, zuckt und ergibt sich. Der Träger stirbt in schlimmsten Qualen, verfault im Nu, verwandelt sich in dunkelroten Schleim. Wir befinden uns auf dem Friedhof eines unbekannten Stammes. Auf der zentralen Grabkammer ist eine Markierung, ein Kreis mit zwei kleineren Kreisen im Inneren. Hinter dem großen Stein, der den Eingang verschließt, ertönen Hilferufe. Es ist meine Mutter. Ich beauftrage die Träger, den Stein zu entfernen. Es geht nicht. Wir stemmen uns alle dagegen, aber der Stein bewegt sich keinen Zentimeter. Meine Mutter schreit immer lauter, sie müsse raus, ihr gehe die Luft aus. Dann verstummt ihre Stimme. Verzweifelt versuche ich ins Innere der Grabkammer zu dringen. Ich kratze, hämmere auf den Stein, nichts. Ich beginne zu weinen. Als die Tränen auf den Stein fallen, rührt sich der Stein. Als ich das sehe, beauftrage ich meine Leute zu weinen. Wir weinen, und der Stein rollt im Nu weg. Dahinter ist ein dunkles Loch. Meine Mutter ist nirgends zu sehen. Die Gruft ist vollkommen leer. Ein einziger winziger Rest ist da, eine Art verwesender Körper. Er ist ganz klein und dünn. Er muss schon Jahrzehnte hier sein. Als bestünde er nur aus Haut, unter der das Skelett entfernt worden ist, vollkommen schwarz und zu einer schwarzen, stumpfen Hülse zusammengeschrumpft, dünn wie Papier. Noch sind die Gesichtszüge erkennbar, die dürren Hände, den Leib umklammernd, die Knie, an die Brust gezogen, aber alles sehr verkleinert. Dann bin ich plötzlich allein. Meine Träger sind weg. Ich irre allein durch den Urwald. Als ich den schlammigen Fluss überquere, beißt mir ein Krokodil ein Bein ab. Es tut gar nicht weh. Ich wundere mich über mich selbst, wie es möglich ist, dass ich ohne Bein problemlos weiter gehen kann. Ich fürchte mich lediglich vor dem Anblick des Beinstumpfs. Dennoch zwinge ich mich dazu und schaue hinab. Von den kalten Fliesen heben sich alle zehn Zehen beider Füße. Ich stehe in der Mitte des Badezimmers. Selbst Stunden später, als ich vergebens versuche einzuschlafen, taste ich immer wieder den einen und den anderen Fuß ab, strecke sie unter der Decke hervor, erst einen, dann den anderen, dann wieder den einen, dann beide gleichzeitig, verwundert über das Wunder, dass ich sie noch habe und beide noch immer mit meinem Körper verwachsen sind. Ich stehe vor dem Morgengrauen auf. Beim Schreiben gibt es keine Wunder. Ich tippe automatisch, die Finger bewegen sich von selbst, aber alles, was sie tun, ist genau das Gegenteil eines Wunders. Alles, was ich schreibe, ist ein Teil jener quälenden Halbwachheit im Traum, als das Schreckliche schon passiert war, aber ein Teil von mir vergebens versucht, sich den Tatsachen entgegenzustellen, alles zurückzuspulen, den Verlauf der Träume zu korrigieren, ein Gewehr von irgendwoher zu zaubern und der Bestie geradewegs ins klaffende Maul zu schießen. Aber da ist kein Gewehr, ich bin allein. Es hilft nicht, dass ich aus dem Schlaf gerissen werde, noch weniger vermag Mutters Stimme, die noch immer irgendwo ruft, den Verlust meines Gleichgewichts zu verhindern, den Verlust der Fähigkeit, mich zu bewegen, und meine Angst vor den Träumen zu beseitigen, die selbst dann weitergehen, wenn ich bereits wach bin, von denen ich zurückgeworfen werde wie von einem unsichtbaren Käfig, der mich abprallen lässt und den ich nur jetzt erblicke, als ich dies schreibe.

6. September

Kafka stülpt sich meine Unterhose über den Kopf und salutiert als Hitler, den Zeige- und den Mittelfinger der rechten Hand als Führerbart. Ich lache, schmiege mich an, Körper an

Körper, und klemme mich so fest an ihn, wie ich nur kann, bis er mich um Gnade anwinselt. Ich weiß, dass es sehr bald verdrießliche Augenblicke geben wird, in denen sich sein Blick verirren, sein Gesicht melancholisch und abwesend sein wird. In diesen Augenblicken ist er ohne Gegenwehr. Ich kann tief in ihn hineinsehen, als ob ich in einen Strudel blicke, in dem die Spiegelbilder eines Kindes und eines alten Mannes zusammenfließen.

»Woran denkst du?«, so rufe ich ihn wieder zurück.

Er antwortet nie auf diese Frage. Er drückt mich nur sehr, sehr stark an sich. Diese Umarmung unterscheidet sich von seinen anderen Umarmungen, sie ist ehrlich und warm, sie gibt mir das Gefühl von Geborgenheit, sie gibt mir das Gefühl, dass ich selbst ein sicherer Ort bin und ich mich ihm genauso ungeschützt ausliefern kann.

Immer wieder sprechen wir über Essen. Auch er denkt darüber nach, Veganer zu werden. Doch er will mir sein Manuskript nicht zeigen, von dem er schon das ganze Jahr erzählt, dass es etwas wirklich Großes sein wird, prophezeit er, etwas, das die Welt noch nicht gesehen hat. Ein großes Kochbuch des Todes. Gerichte, groß wie Konzentrationslager, Häppchen aus Schrecken und Ausweglosigkeit, Aufstieg und Fall von Zwiebeln, Kartoffelkriege, die Diktatur von Hunger und Völlerei.

»Ah, ja?«, sage ich.

»Mjamm, mjamm«, sagt er und versteckt sich wieder hinter seinem unmöglichen Tarnungslächeln, bei dem es mich schaudert.

Er erklärt mir Details meiner Arbeit, jetzt ist mir die Sache ein wenig klarer. Das Programm mit dem Titel »Wiedereingliederung und Aktivierung« verschickt Schriftsteller an mehrere Gefängnisse im Staat mit dem Vorhaben, dass die Schaffenden Motivation und Kompetenzen der Gefangenen für die Zeit, in der sie wieder auf freiem Fuß sein werden, stärken.

Sowohl Kafka als auch ich glauben nicht, dass irgendein Geldgeber im Ministerium davon ausgeht, es sei möglich, die verlorenen Seelen in den Gefängnissen zu motivieren oder ihre Kompetenzen irgendwie zu erweitern.
Ich glaube auch nicht, dass irgendjemand in den Gefängnissen, angefangen mit denen, die die Gefängnisse leiten und kontrollieren, bis hin zu den letzten Sträflingen, meint, dass Schriftsteller jemandem die Moral stärken und die Kompetenz für das Leben im Gefängnis oder draußen steigern könnten.
Und noch weniger glaube ich, dass die Schriftsteller selber daran glauben, irgendjemandem in einem Gefängnis irgendetwas Sinnvolles zu erzählen, irgendetwas Aufbauendes, ganz zu schweigen von etwas Nützlichem für das Leben in Freiheit.
Die Wahrheit ist, dass wir Schriftsteller es alle wegen des Geldes machen. Und das Ministerium unterstützt das, weil sie zum Verschwenden von Geldern gezwungen sind, was aber durch eine maximal edelmütige Hülle verschleiert werden muss.
»Gutmenschentum bewegt die Welt«, sagt Kafka und grinst weiter.
Diese und ähnliche Aussagen fallen in mich hinein, mit stumpfem Klang, bleiben irgendwo tief in mir liegen, ein Störfaktor, sie zerfallen dort und verwandeln sich in Mulch, durch den ich immer schwerer durchblicke. Wenn Kafka bei mir ist, werde ich zu einem dunklen undurchdringlichen Wald ohne Tiere.
Keine lebenden Tiere, nur Spuren von Bestien, abgezogene Häute und Kadaver
In den Gefängnissen lassen sie es zu, dass alle Objekte

dieses quasi philanthropischen Spiels werden, weil eben alles besser ist, als dass sich nichts, aber auch gar nichts tut (wenigstens aus der Sicht der Gefangenen) und dass die Gefängnisse bei den verschiedensten Studien als veraltete und rückständige Institutionen bewertet werden (aus der Sicht des Ministeriums).

Ein wunderbarer Ausgangspunkt für meine Arbeit in den kommenden Monaten. Ich und die Gefangenen sind beiderseits absolut desillusioniert und demotiviert, doch trotzdem spielen wir das durchschaubare Spiel mit, an das keiner glaubt.

Ich und die Gefangenen: ein durchschaubares, sinnloses und durch und durch nichtiges Zusammensein, das wiedereingliedern und aktivieren soll.

Diese Erkenntnis beruhigt mich. Es wäre fast unerträglich, sich mit Gefangenen zu treffen, die von mir irgendetwas erwarten würden. Oder ich von ihnen. Weiß ich doch selbst nicht, was ich von flüchtigen Treffen mit Nachbarn im Treppenhaus in unserem Gebäude erwarten soll, von Treffen mit Schriftstellerkollegen oder von Treffen mit Kafka. Was soll ich von den wenigen sozialen Kontakten erwarten, die mich noch an die äußere Welt binden. Ich stelle mir vor, dass es unerträglich gewesen wäre, die Logik umzudrehen, und dass jetzt Leute, die Verbrechen begangen haben, von mir abhängen sollten, ich könnte das nicht ertragen. So aber erwartet der eine absolut nichts vom anderen, was nicht die schlechteste Ausgangsposition dafür ist, dass irgendetwas passiert, das mehr ist als nichts.

Nachdem Kafka gegangen ist, verbringe ich den ganzen Nachmittag in Vorbereitung auf den morgigen Beginn meines Kurses. Ich kämpfe mich durch Handbücher für das Leiten von Creative-Writing-Workshops, ich stöbere im Netz, finde aber nichts Vernünftiges. Auf alle Fälle habe ich ein paar kopierte Texte und ein paar praktische Übungen vorbereitet (über ein vorgegebenes Objekt schreiben, über die erste Kindheitserinnerung schreiben, das Verfassen eines klassischen Briefs, Haiku, das Rappen von Texten mit sozial engagierter Thematik, das Verfassen von Filmszenarios und von Songtexten), doch werde ich mich im Verlauf entscheiden, wie und was wir machen.

Okay, ich geb's zu, ich hab Schiss. Ich hab Schiss vor all den Männern, vor der Kommunikation, wie sie mich als Frau angehen werden, vor all den möglichen Situationen. Sie haben mir gesagt, dass es ganze vierunddreißig Anmeldungen gibt, was eindeutig zu viel ist. Ich antworte ihnen, dass alle zur Einführungsstunde kommen können, dass wir uns aber später dann anders organisieren müssen. Ich stehe in Kontakt mit dem Gefängnispsychologen, er heißt Doktor Petek und ist Therapeut, ein Spezialist für Freizeitaktivitäten in Strafanstalten. Den E-Mails nach zu urteilen, ist er korrekt. Wieso auch nicht? Es ist ein Traumberuf, sich mit der Freizeit zu beschäftigen. So wie ich. Eine Schriftstellerin, Romanautorin. Die Unendlichkeit der ungeformten Freizeit. Ein Traumberuf. Dazu ein Traumberuf für beide. Sowohl er als auch ich führen unsere Berufe im Gefängnis aus. Traumhafte Aussichten hinter Gittern. Na so was!

Über die angemeldeten Häftlinge weiß ich praktisch nichts. Im Gefängnis in Dob gibt es sehr unterschiedliche Typen von Gefangenen. Angefangen von kleinen Delinquenten mit Freiheitsstrafen von eineinhalb Jahren (offener Vollzug), bis zu Schwerverbrechern, die auch fünfzehn oder mehr Jahre absitzen müssen (geschlossener Vollzug). Den Letzten geben sie wahrscheinlich nicht die Möglichkeit, sich bei mir wiedereinzugliedern und zu aktivieren, oder doch? Bei dem Gedanken wird mir heiß.

In was für eine Scheiße hat Kafka mich gebracht!

Und was für eine zynische Antwort auf meine Bitte, mir zu helfen!

»Was soll ich mit all diesen Gefangenen machen?«, fragte ich ihn.

Kafka lachte auf.

»Gib ihnen was zu arbeiten. Die sollen schreiben. Etwas, das sie wurmt, etwas, vor dem sie Respekt haben, Angst. Ein für sie ernstes, fatales Thema, etwas zu Morden oder Krieg oder ihren Vätern und Müttern oder so was Ähnliches. Wirst schon sehen, ein paar Sitzungen und du wirst vierunddreißig weinende Patienten in deinem Kurs haben.«

7. September

Bis Dob braucht der Bus eine volle Stunde. Jede Menge Kinder mit Schultaschen. Die meisten verlassen den Bus in der Vorstadt, den letzten Teil der Fahrt bleiben wir nur eine Handvoll Fahrgäste. Ich fühle eine widerliche Müdigkeit. Das Wummern der Räder und ein bitterer Geschmack im Mund. Als ich die Augen öffne, bin ich allein mit dem Fahrer. Felder, Strommasten, Wälder in der Ferne. Den letzten Kilometer muss ich zu Fuß gehen. Die Straße führt bergauf, Birnen- und Apfelbäume, zahlreiche Wespen überall, das Gefühl verschlafener dörflicher Freiheit, die sich auf dem Hügelkamm plötzlich in einen klaustrophobischen Blick verwandelt, als die Warnschilder, der Stacheldraht und eine hohe, schützende Mauer auftauchen.

Am Empfang wartet Dr. Petek auf mich. Ich gehe durch den Metalldetektor, Rucksack, Computer und Telefon muss ich beim Wärter lassen. Ich darf nur mein Buch mitnehmen, das der Beamte durchblättert. Denkt er wirklich, dass ich, wie in alten Filmen, eine Feile und eine Metallsäge hineinschmuggle? Oder Drogen für die Gefangenen?

Petek, um die vierzig, formell, aber freundlich. Er erzählt mir, dass es nicht das erste Mal sei, dass sie Workshops mit Schriftstellern veranstalten. Ansonsten sind sie überwiegend auf Workshops mit Tonmodellieren und Holzbearbeitung spezialisiert. Er spricht über die modernen Standards des Gefängnisses in Dob, über die fantastischen Weiterbildungsmöglichkeiten, die die Gefangenen in Anspruch nehmen können, eine Bibliothek, ein Musikzimmer, Fitnessräume, verschiedenste Kurse und Weiterbildungsseminare, von denen sich besonders der Kochkurs großer Beliebtheit erfreut.

»Eigentlich ist das ein Wohnheim und kein Gefängnis«, sagt er.

Ich frage, wie viele Teilnehmer im Workshop erwartet würden. Er sagt, er wisse es nicht. Meistens sei es so, dass sich viel mehr anmelden, als dann auch wirklich erscheinen, da gleichzeitig auch die Übertragung eines Fußballspiels stattfinde. Wir gehen an einem asphaltierten Handballfeld vorbei, das von einem hohen Zaun umgeben ist. Um die dreißig Häftlinge laufen im Kreis, einige schnauben humpelnd, andere gehen mit federndem Schritt. Niemand joggt. Ein paar stehen in der Ecke und sprechen miteinander. Sie sind ganz normal angezogen, in Jeans und Jogginganzügen. Ich habe ein merkwürdiges Gefühl, obwohl sich niemand um uns schert. Das Herz pocht wild, meine Füße zögern, die Schritte sind unregelmäßig, als würde ich über Scherben laufen. Alles um mich wirkt relativ normal, überhaupt nicht wie in amerikanischen Filmen. Wenn es nicht den Drahtzaun gäbe, würde ich sagen, ich bin beim Kollektivturnen von älteren Herrschaften dabei. So aber ...

Ich ertappe mich selbst dabei, dass ich es nicht wage, mit jemandem Blickkontakt aufzunehmen, die einzige Ausnahme ist Dr. Petek. Ein Schamgefühl, weil ich von draußen komme? Weil ich eine Frau bin? Weil mir Freiheit groß auf die Stirn geschrieben steht? Ein langer, kahler Gang, einer von mehreren Klassenräumen. Keiner drin. Wir warten fünf Minuten. Zehn. Niemand kommt. Dann erscheinen zwei, und nach fünf Minuten kommt noch einer. Drei von vierunddreißig Angemeldeten?

»So ist es im Gefängnis. Wir können sie nicht zwingen, und immer passiert auch noch was anderes, Aktivitäten überschneiden sich sehr oft. Es tut mir leid«, sagt Dr. Petek. Ich bin erleichtert. Ich arbeite lieber mit wenigen Leuten als mit vielen, obwohl auch die Arbeit eins zu eins viele Fallen in sich trägt. Auf jeden Fall möchte ich keine intime Beziehung mit den Gefangenen aufnehmen, was aber in so kleinen Gruppen fast unmöglich ist.

Die drei Gefangenen haben sich weit auseinandergesetzt, keiner sitzt vorne. Große Distanz zwischen ihnen und mir scheint mir gut. Sie schafft das Gefühl, dass ich zu den leeren Stühlen vor mir spreche, was mir wiederum Selbstvertrauen gibt. Petek sitzt an der Seite, nicht interessiert an dem, was geschieht, kritzelt er in seinem Notizbuch herum. Wenn alles gut läuft, wird er mich zukünftig allein mit den Teilnehmern des Workshops arbeiten lassen, so hat er es mir gleich bei meiner Ankunft mitgeteilt.

Kurze Vorstellung der drei, die ich wiedereingliedern und aktivieren soll. Der Erste stellt sich als Panfi vor, er ist um die fünfzig, recht korpulent und gesprächig. Es ist sofort klar, dass er nach einem Opfer sucht, das ihm zuhört. Ich erfahre, dass sie heute zum Mittagessen Brathuhn hatten, Kartoffelpüree, Gemüsesuppe und eine Nachspeise. Dass es im Gefängnis sehr schwierig ist, nicht zuzunehmen, obwohl er regelmäßig zum Sport geht. Dass sie im Gefängnis außerordentlich gut kochen (lächeln bei dieser Aussage die anderen zwei leicht oder kommt mir das nur so vor?) Der Zweite heißt Fil (oder Phil?), er ist eher von der zurückhaltenden Sorte und der Älteste unter ihnen. Ein langer weißer Bart, eine Halbglatze, der Rest der Haare mit einem Gummi zum Pferdeschwänzchen gebunden, vorsichtige, gewählte und durchdachte Bewegungen und Worte. Große, graue Ringe unter den Augen.

Der Dritte, Jüngste, muss so um die vierzig sein oder ein wenig älter. Dioneus. Was für ein Name. Ich habe noch von niemandem gehört, der so einen Namen hat. Er sitzt unruhig, die Beine auf den Nachbarstuhl gestreckt, dann wieder übereinandergeschlagen, dann wieder so, als wären die Stühle ihm im Weg, wobei er sich die ganze Zeit wegdreht, sein Blick aus dem Fenster mit den herabgelassenen Jalousien gerichtet. Hinter den Jalousien befindet sich ein enger Gang mit einer Mauer, oberhalb der Mauer ist ein Streifen blauen Himmels erkennbar. Dioneus zieht in regelmäßigen Abständen Schnodder hoch. Der Tick eines Drogensüchtigen? Durch die Nase alles einzusaugen, was einen umgibt, zum Beispiel die Wand da draußen und den kleinen Fleck Himmel von der anderen Seite der Jalousie?

Ich spreche über mich, über meine Ansichten von Literatur, was für mich Literatur ist, was ich mache und was mich persönlich interessiert. Nervös, mit einem mir unbekannten inneren Widerwillen, lese ich ein paar Abschnitte aus meinem Roman. Ich kann meine eigene Nervosität wortwörtlich riechen, sehen und hören, was mich nur noch nervöser macht. Zum Glück unterbricht Panfi bald meinen Monolog mit einer Frage. Dann sprechen wir fast zwanzig Minuten darüber, warum die Heldin meines Romans am Ende Selbstmord begeht.

Panfi meint, dass das ein sehr schwieriges Thema sei. Umso mehr für eine so junge Schriftstellerin. Dass etwas Ähnliches schon Goethe mit seinem Werther versucht hat. Ich bin überrascht, dass er Goethes Roman kennt.

Ich frage sie, was sie lesen, ob sie überhaupt Bücher im Gefängnis haben. Bei der Frage übernimmt Dr. Petek das Wort und erklärt mir, dass die Gefängnisbibliothek relativ gut mit Klassikern bestückt ist, weniger mit zeitgenössischer Literatur. Dass aber selbstverständlich nur wenig Gefangene überhaupt lesen. Panfi, der ab und zu in der Gefängnisbibliothek arbeitet, sei eher eine Ausnahme. Dabei seufzt Panfi auf, was er für neue Romane geben würde, von denen er nur die Rezensionen in der Zeitung lesen kann. Ich frage, wie es mit dem Internet aussieht. Das ist untersagt, Gefangene haben keinen Zugang zum Internet, sagt Panfi. Fil sagt, dass das auch Vorteile mit sich bringe, man könne sich ganz sich selbst widmen und eine strikte Lebensordnung einhalten. Wenn Gefangene Zugang zum Internet hätten, würden sie nur dauernd in sozialen Netzwerken hängen.

Dr. Petek verkündet, die Stunde sei bald um und die Gefangenen müssten zurück. In Eile frage ich sie noch, ob jemand von ihnen schreiben würde. Darauf bekomme ich keine Antwort, sogar der gesprächige Panfi schweigt. Ich frage sie, ob sie bis Ende der Woche eine ganz kurze Geschichte schreiben mögen, nicht länger als zwei Seiten, und sie Dr. Petek geben mögen, damit er sie mir zuschicken könnte. Petek nickt dazu.

Panfi fragt nach dem Thema, über das sie schreiben sollten. Obwohl ich diese Frage hätte erwarten sollen, überrascht sie mich doch ein wenig. »Krieg. Schreibt vom Krieg«, sage ich. Im gleichen Moment, da ich das Wort Krieg ausgesprochen habe, bereue ich es schon. Selber hätte ich bestimmt etwas

Anderes ausgewählt, so habe ich auf Kafkas Ratschlag gehört, was mir im Moment als fataler Fehler erscheint, doch zurück kann ich nicht mehr. Ich sitze in der Patsche, schaue zu Petek, der dabei ganz gleichgültig wirkt. Das vorgeschlagene Thema scheint für die drei keine Schwierigkeit darzustellen.

»Okay«, denke ich. »Vielleicht bin ich zu sensibel. Ich hätte ihnen auch etwas Neutraleres vorschlagen können, zum Beispiel Themen wie Ökologie, Zukunft oder Träume. So aber ...«

Der Wärter klopft an die Tür, die Gefangenen verabschieden sich und verschwinden. Petek begleitet mich bis zum Ausgang. Er sagt, dass es möglich wäre, dass noch jemand zur Gruppe hinzustoßen könnte, wobei ich nicht enttäuscht sein solle, wenn es nur bei drei Teilnehmern bleibe. Ich nicke.

Das Handballfeld ist jetzt leer. Ich schaudere. Es steckt nicht mehr der Bote des Herbstes im weichen, noch immer warmen Wind, der in sich schon die frische Schärfe von kühleren Tagen trägt, sondern ein brutal kalter Duft nach Winter.

Ich sehe Männer, die an den Fenstergittern des Gebäudes nebenan hängen. Petek bemerkt das.

»Das ist die Abteilung mit den Einzelzimmern. Ein echter Luxus«, lacht er.

Wir verabschieden uns beim Wärter an der Pforte, wo ich meinen Rucksack, den Laptop und das Telefon wiederbekomme.

Ich verlasse das Gefängnis erleichtert und befreit. Es ist noch hell, aber trotzdem geht in dem Moment, als ich mich auf dem Kamm des Hügels noch einmal umdrehe, die Straßenbeleuchtung an. Von Weitem und hell erleuchtet sieht das Gefängnis weniger gruselig aus als vorhin. Eher wie ein Wohnheim als wie ein Gefängnis, wiederhole ich Peteks Worte.

Als ich im Zentrum von Ljubljana wieder aus dem Bus steige, ist es schon finsterste Nacht.

8. September

Ich beobachte die beiden Bananen auf dem Küchentisch. Sie waren perfekt goldgelb, als Kafka sie herbrachte, jetzt aber sind bereits die ersten graubraunen Flecken aufgetaucht. Ich bemerke einen leichten, fast nicht wahrnehmbaren Duft nach Obst und noch etwas. Wahrscheinlich Chemikalien, mit denen die Bananen besprüht werden, bevor sie noch grün in eine besondere Folie gewickelt und auf die Überseeschiffe geladen werden. Wir manövrieren auf hoher See, ich und der Küchentisch, die Stühle und die Decke und Fenster. Wir sind immer wieder von Neuem und noch immer auf dem Weg. Uns umgibt der düstere Rumpf großer Container, der Rumpf eines Fischerboots, der Rumpf eines jahrtausendealten Einbaums, raue Bretter einer Sklaven-Galeere, Stahlschrauben im Rumpf eines touristischen Übersee-Kreuzfahrtschiffs, der Rumpf im Maschinenraum eines Kriegs-Transportschiffs, das blinkende, schleimige Fleisch im Magen von Jonas Fisch und der Carbonfaserrumpf von Schmuggelbooten. Alles bewegt sich, schwankt, beugt sich leicht und wendet und dreht sich fast unmerklich. Wenn ich meine Augen schließe, spüre ich ganz klar das unaufhaltsame Fließen und die Ungreifbarkeit von allem, was mich umgibt. Mein Auge wehrt sich vor dem Unbestimmten und versucht die Logik der Ozeane zu übertölpeln, es zieht mich zwischen die Ränder des gelben Anführungszeichens der beiden Bananen auf dem Tisch, ein Zeichen von Luxus, ein Stillleben unserer Zeit. Es sieht zwar noch lebendig aus, im Wesentlichen ist es jedoch bereits in tiefster Zersetzung, betrügerisch getarnt wie die Wendung »nature morte«. Die Küche, Wohnung, unser Gebäude, diese Stadt, unser Staat und die Planeten fahren durch die Dunkelheit, bewegen sich, mischen sich und fließen ineinander. Die tote Natur des gepflückten Obstes, die Gegenstände in der Küche, mein Körper, ich, die ich sie betrachte, gefangen im Moment der Illusion. Für ein klassisches malerisches Motiv fehlen nur noch Schmetterling und Raupe als Gleichnis der Umwandlung. Bei den beiden Bananen sehe ich jedoch keine Möglichkeit zur Umwandlung. Der Weg von allem, was mich umgibt, ist offen, der Horizont ist der Himmel selbst, offen und klar, der Weg der Früchte, der Blüten und des getöteten Wilds auf den Leinwänden ist von Künstlern schon klar bestimmt, es ist ein Abstieg in die Dunkelheit. Aus dem Tod in den Tod. Oder zumindest ein vorhersehbares Kommen zu seiner verfaulten Essenz. Im Stillleben liegt kein Geheimnis, das Auge weiß, welches Schicksal die gemalten Gegenstände erwartet, darum betrachtet es diese dem Anschein nach noch Lebendigen gern, das heißt die lebenden Toten. Wenn ich die Augen schließe, ist alles um mich herum ein Geheimnis, Reise und Möglichkeit, ein Ineinanderfließen ohne jeglichen Halt.

Tiefe Gedanken. Tiefe Gedanken.

Als Kind konnte ich stundenlang mit geschlossenen Augen daliegen und in Gedanken über Ljubljana fliegen: über den Burghügel hinweg, die Kopftücher der Marktfrauen, den Turm des Puppentheaters mit seiner Uhr, über die sich bräunenden Kronen der Kastanienbäume und Platanen, die mit Katzenkopfsteinen gepflasterten Gassen und den leuchtenden Widerschein der Autos, die sich langsam über die Einfallstraßen in Richtung Vorstadt und Hügel und verschneiten Alpengipfel in der Ferne bewegten. Sobald ich meine Augen öffnete, war es aus mit dem Fliegen, das Gesehene und Gespürte versetzte mich zurück in den harten Griff der Gegenstände. Zusammen mit dem Fliegen verlor ich jegliche Sicherheit, das eigene Gewicht und das Gefühl der eigenen Grenze. Mit dem Öffnen der Augen bekam ich meinen Körper zurück, von dem ich seit jeher dachte, er gehöre mir nicht oder, besser gesagt, dass ich ihn mir nur ausgeliehen habe, dass er mit mir in einem Mietverhältnis steht.

Tiefe Gedanken. Tiefe Gedanken.

Ich kratze mich am Kopf, und winzige Schuppen fallen auf das Zeitungspapier, sie schreiben unleserliche Zeichen über die fettigen Buchstaben des Titels NOCH ZWEI MONATE BIS ZU DEN WAHLEN, bis ich sie wegpuste, als wären sie Sternenstaub.

Wenn ich fliege, ist nichts davon wichtig, was in dieser oder irgendeiner anderen Zeitung geschrieben steht. Ich fliege mit einem verächtlichen Lächeln und weichem Seelchen über die Titel, Bilder und Texte hinweg.

Schon beim Öffnen der Augen bin ich jedoch bereits in die Sprache der Politiker abgestürzt, in die Sprache der Macht und Manipulation.

Allen ist klar, dass es so wie bis jetzt nicht mehr weitergehen kann, dass der Staat neue Gesichter braucht, neue politische *Leader*, neue Gauner und Betrüger. Die einen versuchen uns mit Fliegen zu überzeugen, die anderen mit Trachten, die Dritten mit der Apokalypse. Aber keiner der Kandidaten besitzt Charisma, bei dem man das Auge gleichgültig zudrücken könnte, um für eine Weile die bittere Realität vergessen zu können, die immer, ohne Ausnahme, enttäuscht. Keiner verheißt der Unstabilität ein Ende. Sechs Regierungen in drei Jahren sind entschieden zu viel. Und alle haben wortwörtlich in Korruption und Inkompetenz miteinander konkurriert. Bei so vielen Namen kann man sich unmöglich orientieren. Die traditionellen Parteien sind schon längst zerfallen, entstanden sind eine ganze Menge neue, es gibt zu viele unbekannte Gesichter, die mehr oder weniger fahle und dilettantische Imitationen des Brüsseler Durchschnitts sind, der karrieristischen Aufmerksamkeit und bürokratischen Langeweile.

Leere Gedanken. Leere Gedanken.

Was ich an gedruckten Zeitungen liebe, dieser aussterbenden Art: dass ich nach dem Blättern darin immer schwarze Finger habe. Dass mich die Spur von Druckfarbe andauernd physisch daran erinnert, was für eine Sauerei ich lese.

Dann das Telefon. Nach ein paar Sätzen bin ich mit Eva zerstritten. Sie befürwortet eine weiche Diktatur. Sie ist der Meinung, dass Foucault unmissverständlich gezeigt hat, dass einzig jene Gesellschaften eine Zukunft haben, die über klare Hierarchien verfügen und ein strukturelles Belohnen und infolgedessen ein definiertes Straf- und Unterdrückungssystem haben. Ohne dies könne eine Gesellschaft nun mal überhaupt nicht funktionieren. Im Gegensatz dazu bin ich für eine liberale, demokratische Regelung, nach der es zwar einer breiten Schicht erlaubt wird zu stehlen, die gleichzeitig aber auch etlichen kompetenten Personen ermöglicht, sich vom Rande der Gesellschaft aus durchzusetzen, unabhängig von ihrer Abstammung. Ich befürworte eine Demokratie vom Demos. Eva lacht über mich, Foucault habe schön dargestellt, dass Demos eine Sklavenherrschaft sei. Dazu komme die ihm untergeordnete Plebs, das Volk, welches laut Definition kein Entscheidungsrecht hatte. Eine Plebokratie habe es nie gegeben, nicht einmal in Maos China. Ich erwidere, brülle ins Telefon, sie soll endlich ihren Michel vergessen. Man müsse wie in Alice im Wunderland herrschen, brülle ich, oder noch besser, verbessere ich mich vollkommen heiser, wie die Königin in Alices Wunderland. Eva lacht schadenfroh. Erneut zitiert sie Foucault, der in mehreren Texten verdeutlicht, dass ich unrecht habe und so weiter und so fort. Unter allen Franzosen liebt Eva nur die Philosophen. Und von allen Philosophen liebt sie einzig und allein Michel Foucault. Ich bezweifle zwar, dass sie mehr als ein oder zwei seiner Bücher gelesen hat, dieses eine oder beide immerhin sehr aufmerksam, was ihr genügt, um in bestimmten Momenten einen von Michels Gedanken aus dem Ärmel zu schütteln, um damit ihre These zu bekräftigen, sei sie auch noch so dumm. Ihre Methode ist uralt und nichts Besonderes. Das Besondere an Eva ist die absolute Souveränität ihres Treibens. Eva benutzt ihren allerliebsten, schlauesten, ihren oh, là, là Michel wie Dynamit, mit dem sie die stärkste Verteidigungsmauer ihres Gesprächspartners zum Einsturz bringt. Ich habe eine Weile gebraucht, um dies zu erkennen. Aber die Erkenntnis selbst hilft nicht. Noch immer drehe ich durch, wenn sie Michel erwähnt. Das ist ein vorbestimmtes Kampfszenarium, aus dem ich immer innerlich zerrüttet hervorgehe, Eva dagegen triumphierend.

Wütende Gedanken. Wütende Gedanken.

9. September

In der Früh eine SMS von meiner Tante, dass mein Onkel gestorben ist. Mit sechsundsiebzig Jahren, eigentlich ein hohes Alter bei seinem Alkoholismus und dem ungezügelten Lebensstil. Die machohafte Souveränität ist zwar nach dem Sechzigsten abgeklungen, die Angst vor dem Altern hat ihn verlangsamt, einen Hypochonder aus ihm gemacht, eine stubenhockende Katze, einen Schatten seines einstigen Selbst. Er hat sich freiwillig einer Lobotomie unterzogen, um das Altern zu verlangsamen. Als ich noch ein Kind war, nahm er mich gelegentlich mit, wenn er ausging, als Alibi vor meiner Tante, die ziemlich streng war. Ich wuchs zwischen lokalen Säufern auf, in einer Bar neben einem lokalen Supermarkt, in dem es immer nach Katzenpisse stank und stets klug über Fußball, Privatisierung des Gesellschaftsvermögens und Bücher dahergeredet wurde. Als der Onkel von einer seiner letzten vielen Entzugsbehandlungen wegen Alkoholismus heimkehrte, war er plötzlich wie ausgewechselt. Er schmiss alle Bücher aus der Wohnung und kaufte sich einen neuen Fernseher mit gigantischem Bildschirm. Die letzten Jahre haben wir uns nicht gesehen. Als ich erfuhr, dass er Krebs hat, war es mir vollkommen gleichgültig. Einige Zeit habe ich mir wegen dieser Gleichgültigkeit Vorwürfe gemacht, trotzdem besuchte ich ihn nicht. Auch jetzt spüre ich nichts. Erneut analysiere ich den Raum, aber ich spüre seinen Geist nicht, weder seine Präsenz noch seine Abwesenheit. Nichts, rein gar nichts. Nur das Schwanken einer alten Fichte draußen auf dem Hof vor der Wohnung, Flugzeugspuren auf dem blassblauen Himmel. Ich beobachte, wie langsam sie dem Anschein nach vorbeigleiten, obwohl sie in Wirklichkeit sehr schnell sind. Ich starre in einen Punkt, wo gerade noch das Flugzeug war, und beobachte, wie schnell sich die doppelte Spur am Himmel auflöst. Ich schaue auf den Sekundenzeiger und messe die Zeit des Auflösens. Es dauert exakt vierundzwanzig Sekunden vom Augenblick, als die Flugzeugmotoren die weißen Überreste des verbrannten Kerosins ausstoßen, bis zum Augenblick, in dem sich die flauschige Spur am Himmel verdünnt, durchsichtig wird, in Fetzen zerfällt und schließlich vollkommen verschwindet. Der Anblick der schwindenden Spur beruhigt mich. Oder erfüllt mich zumindest mit Gleichgültigkeit. Später schaue ich noch einmal in den Himmel und wiederhole die Übung. Das Flugzeug sieht gleich aus, aber es dauert diesmal nur zwölf Sekunden, bis sich die Spur auflöst. Wahrscheinlich handelt es sich um eine andere Art von Motor, eine andere Flughöhe, um Veränderungen in der Atmosphäre, ich könnte hundert

Gründe finden. Trotz allem erfüllt mich bei der Halbierung der Verfallszeit ein Hauch von tiefer Wehmut, lässt mich den ganzen Tag nicht los.

10. September

Heute eine E-Mail von Dr. Petek. Ein einziger Satz, dem ich eine bestimmte poetische Dimension nicht absprechen kann. »Mit schönen Grüßen aus dem Gefängnis!« Und drei Attachments, alle ohne Unterschrift. Soll ich raten, welche von den drei Erzählungen Panfi, welche Fil (oder Phil, ich weiß es noch immer nicht) und welche Dioneus geschrieben hat? Oder schrieb einer von ihnen alle drei? Oder zwei? Oder alle drei alle zusammen oder noch anders? Ich lese alles einmal durch, zweimal, rate, kann mich nicht entscheiden. Das Wahrscheinlichste ist, dass keiner von ihnen etwas geschrieben hat, sondern dass sie es von Weißgottwo abgeschrieben haben. Die Geschichten erscheinen mir zu literarisch für Gefangene. Und das brauche ich am wenigsten. Mein Wunsch und meine Aufgabe ist es nicht, aus Gefangenen falsche oder richtige Schriftsteller zu machen, sondern sie einfach zu aktivieren und wiedereinzugliedern. Frei nach dem Motto: Solange sie schreiben, stellen sie keinen Unfug an, beziehungsweise: Wer schreibt, denkt nichts Böses. Daran glaube ich selbstverständlich absolut nicht. Die ethische Dimension des schriftstellerischen Aktes, diese feuchten Träume von zweitklassigen literarischen Touristen auf irgendeiner PEN-Exkursion oder was auch immer! Es gibt Geschichten von literarischen Schelmen, die alle der Reihe nach beweisen, dass der Schreibakt an sich nicht befreit, aus dem Schreibenden macht er keine besseren Menschen, eher fanatischere und gewieftere. Wer schreibt, plant. Wer schreibt, ist dazu im Stande, sich auf tückische Weise zu wehren, wenn ihn der Staat anklagt. Wer schreibt, denkt schärfer. Auch böse Sachen. Wenn ich an faschistische, nazistische und kommunistische Autoren wie Céline, Benn, D'Annunzio, Becher oder Pound denke, dreht sich mir der Magen um. Gar nicht zu sprechen von den Massen der soliden, vielleicht sogar erstklassigen Autoren, die sich von jeher den Machthabern für eine Prise Erfolg und Privilegien verkauft haben. Maxim Gorki beim Besuch im Gulag schaut sich alles schön an und berichtet von den Naturschönheiten, den Moskitos im Sommer und den schweren Wintern am Weißen Meer. Oder Neruda und seine Oden an Stalin, der selber ein Dichter war und nicht mal ein ganz schlechter, was man von Diktatoren ja erwarten würde. Der Höhepunkt der Verschlingung von Poetik und Politik sind die unübersichtlichen Massen von Schriftstellern an führenden Stellen zu Kriegszeiten auf dem Gebiet des ehemaligen Jugoslawiens, Schriftsteller, die als Kriegsverbrecher endeten, Kriegsgewinnler, Nationalverräter, kleinliche Krümelkacker, notorische Narzissten und politische Aufsteiger, verkommene Politiker und Mörder. Wie schon immer. Die drei Erzählungen, die ich bekommen habe, könnten von drei verschiedenen Autoren geschrieben worden sein, vielleicht nur von einem, von zweien oder von allen dreien zusammen. Und nein, ich glaube nicht, dass sie deswegen, weil sie etwas geschrieben haben, und am wenigsten noch, weil sie eine Kriegserzählung geschrieben haben, zu besseren Menschen wurden. Dass sie für irgendetwas, das sie nach der Entlassung aus dem Knast erwartet, durchs Schreiben zum Überleben aktiviert und wiedereingegliedert werden.

Labyrinth

Der Krieg war beendet. Ich wurde mit meinen Einheiten geschickt, um die Stadt Sala an den neu gebildeten Staat anzuschließen. Sala lag weitab von jeder wichtigen Straße, wirtschaftlich und strategisch wertlos. Die Bewohner waren bekannt für ihre Sturheit, ihre Launenhaftigkeit und ihre Feindseligkeit gegenüber Fremden. Sie zogen nicht fort, sprachen einen unverständlichen Dialekt und heirateten ausschließlich untereinander. Unter der osmanischen Herrschaft war die Stadt von einer mächtigen Mauer umgeben, die man die zweite Mauer Chinas nannte. Ihre Ruinen sind noch heute von Weitem sichtbar. Dies zeugt von dem jahrhundertealten Wunsch der Einwohner der Stadt, so weit wie möglich von der Außenwelt entfernt zu sein. Die nachfolgenden kaiserlichen oder kommunistischen Herrscher konnten die Eigenwilligkeit der Bewohner von Sala nicht ändern. Bei Ausbruch des letzten Krieges wählten die Einwohner einen ungewöhnlichen Kurs, der sich von den anderen im ganzen Land unterschied, wo die Menschen sich für eine der Konfliktparteien entschieden haben. Sie legten ein dichtes, von Stacheldrahtzäunen und anderen Militärfallen durchzogenes Minenfeld um die Ruinen der mächtigen Mauer, unterbrachen jede Kommunikation mit der Außenwelt und schlossen sich in die eigene Stadt ein. Während über vier Jahre ein brutaler Krieg von Brüdern gegen Brüder tobte, blieb Sala eine Welt für sich. Während dieser Zeit kam niemand in die Stadt oder verließ sie. Jetzt, mit unserer Ankunft, war endlich das Ende des Eigensinns der

Einwohner erreicht, ein Moment, in dem die Kommunikation mit dem Rest des Landes zusammen mit der militärischen und rechtlichen Ordnung wiederhergestellt werden würde. Tagelang räumten meine Männer die Hauptstraße, die direkt ins Zentrum der Stadt führte, von Sprengstoff und allen Arten heimtückischer Fallen. Es war ein Wunder, dass bei diesem gefährlichen Job niemand in die Luft gesprengt wurde. Während der ganzen Zeit waren in der Stadt keine Menschen zu sehen. Meine Männer wurden langsam von Beklommenheit überwältigt. Ich musste ständig bei ihnen sein und sicherstellen, dass ihre Moral nicht zu sehr sank. Nach sechs Tagen war die Allee endlich frei von Minen. Ich befahl ihnen, in voller Kampfausrüstung und mit größter Vorsicht in die Stadt zu ziehen, da ich nicht wusste, welche Überraschungen uns hinter der Stadtmauer erwarteten. Meine Einheiten rückten langsam und vorsichtig vor. Wir durchsuchten jedes Gebäude entlang der Allee, sicherten uns strategische Positionen und suchten nach zusätzlichen Fallen, während wir nach den Einwohnern der Stadt suchten. Die Stadt war völlig tot. Wir fanden keine Spuren von Unruhen, Kämpfen oder Umsiedlungen. Alle Häuser waren in einem lebenswerten Zustand, aber ohne Menschen, als ob sie von jemandem verlassen worden wären, der morgens zur Arbeit geht und nicht zurückkehrt. Wir sahen auf Tischen angeordnetes Besteck, offene Bücher auf mit einer dicken Staubschicht bedeckten Sofas, sich langsam drehende Mobiles über leeren Krippen und so weiter. Es war unheimlich und anders als alles, was ich in vier Jahren beim Militär erlebt hatte. Und ich hatte viele Dinge erlebt.

Am späten Nachmittag rückten wir zum Hauptplatz mit seinen drei funktionierenden Springbrunnen vor. Wir betraten das verlassene Rathaus und durchsuchten es von oben bis unten. Ich befahl, die Flagge des neuen Staates zu hissen. Ich trat auf den Platz, nahm meinen Helm ab und zündete mir eine Zigarette an. Meine Männer, müde von der Anspannung und ihrer schweren Ausrüstung, setzten sich neben die Brunnen. Beim Rauchen ist mir etwas Merkwürdiges aufgefallen. Die Straße, auf der wir ankamen und die, wie ich sicher war, geradeaus von der Stadt wegführte, endete nun fern in einer Kurve und einer Reihe von Gebäuden, von denen ich hätte schwören können, dass es sie einige Stunden zuvor noch nicht gab. Ich befahl meinen Männern sofort, die ganze Angelegenheit zu untersuchen. Zwei Stunden später kehrten sie zutiefst verunsichert zurück. Sie konnten immer noch keine Menschen finden, aber sie fanden auch nicht mehr den Weg, auf dem wir in die Stadt gekommen waren. Die Allee gliederte sich in ein Labyrinth von Gassen und immer kleineren Straßen, die nirgendwohin oder nur zurück zum Ausgangspunkt führten. Ich habe meine Männer aus nächster Nähe beobachtet, um sicherzugehen, dass sie mich nicht zum Narren hielten oder unter dem Einfluss irgendeiner Substanz standen. Aber das Einzige, was ich in ihren Augen finden konnte, war Angst. Diese Angst wuchs allerdings zusammen mit der Tatsache, dass unsere Navigationsinstrumente nicht mehr funktionierten. Ich sah mich um. Es wurde dunkel in der Stadt. Mir kam es so vor, als würden sich die Straßen um uns herum unmerklich bewegen und sich immer enger zusammenziehen. Mit ein paar meiner Männer machte ich mich auf den Weg, um mich auch selbst umzusehen. Als wir zum Hauptplatz zurückkehrten, war es bereits dunkel. Obwohl es absolut ausgeschlossen schien, begann ich zu glauben, dass sich die Stadt Sala, diese abgelegene kleine Stadt Sala mit uns allen in der Mitte, in ein kompliziertes Labyrinth verwandelt hatte, ohne dass es einen offensichtlichen Ausgang gab. Ich schaute auf den Balkon des Rathauses, wo unsere Fahne im Licht des aufgehenden Mondes wehte. Der Krieg war noch nicht vorbei. Für uns ging der Krieg weiter. Aber nicht auf Schlachtfeldern, in Frontgräben oder in verschiedenen militärischen Hinterhalten, sondern hier, in der schreienden Einsamkeit einer toten Stadt.

Fels

Alles, was ich im Leben kennengelernt habe, ist ein Kiesberg, unser Dorf und der Fels. Sie sagen, dass der Kiesberg seit Jahrhunderten wächst. Er ist so imposant, dass sein Schatten abends und morgens sogar die entferntesten Orte verdeckt und seine mächtigen Hänge von jedem Punkt im Königreich aus sichtbar sind. Mehrere tausend der Hütten in meinem Dorf stehen am Fuße. Jeder, der hier lebt, ist ein Sklave auf seinem eigenen Land. Wir dürfen weder gehen noch in Frieden leben. Unsere Meister wechseln alle paar Jahre oder Jahrzehnte, aber unser Schicksal bleibt unverändert. Der Felsen befindet sich auf der anderen Seite des Dorfes. Es ist nicht möglich, den Felsen zu beschreiben, da er für jeden Menschen immer anders aussieht. Das einzig Sichere ist, dass der Fels klein ist, viel kleiner als der Kiesberg, was ein eigentümliches Paradoxon ist, da der Kiesberg vollständig aus dem Material gewachsen ist, das wir aus dem Fels gegraben haben, sodass der Fels aufhören sollte zu existieren. Aber der Fels hält unserem Schweiß und unserer Anstrengung stand und bleibt jahrhundertelang gleich groß. Jeden Morgen treiben uns unsere Gebieter durch einen engen Tunnel ins Innere des Felsens. Wir wissen nie, was uns dort erwartet. Einmal ist das gesamte Innere mit Fresken der Heiligen Mutter Maria und orthodoxer Heiliger bemalt, das nächste Mal mit muslimischen Ornamenten, ein anderes Mal mit Fresken der katholischen Heiligen und der Kreuzigung. Unsere Aufgabe ist immer die gleiche. Wir verwenden Spitzhacken und andere Werkzeuge, um die Bilder von den inneren Sandwänden zu entfernen, alles, was dort erscheint, zu löschen, in Staub umzuwandeln und die Überreste von der Höhle zum Kiesberg zu bringen. Ich erinnere mich, als ich als Neunjähriger zum ersten Mal den Tunnel betrat und anhielt, als wäre ich von der Schönheit seines Inneren versteinert. Ich konnte nicht verstehen, wer etwas so Schönes geschaffen hatte, und noch weniger den Willen meiner Gebieter, all diese Schönheit zu zerstören. Nach Jahrzehnten des harten Grabens wurde ich fast völlig gleichgültig. Ohne innere Zweifel oder Vorbehalte schwinge ich meine Spitzhacke unter dem trüben Schein von Fackeln und spalte ebenfalls die Gesichter von Heiligen und hinduistischen Göttinnen, spalte Konfuzius' Lächeln und die schönsten islamischen Ornamente. Mein Schicksal ist das Schicksal eines Zerstörers. Meine Seele ist gleich der Seele eines jeden Sklaven. Meine Hütte am Fuße des Kiesbergs ist so kalt wie alle Hütten in unserem Dorf. Trotzdem habe ich aufgehört zu fragen: Woher kommen all diese Bilder, all diese Schönheit in der Höhle? Wer erschafft sie unermüdlich, als würde er sich über uns lustig machen, die wir sie Tag für Tag aus den inneren Gewölben des Felsens reißen? Wer ruiniert unsere Existenz? Ich wurde als Sklave geboren und ich glaube, dass ich bald als Sklave sterben werde. Eines Tages werden wir es schaffen, das letzte Bild zu entfernen, das letzte Ornament zu zerstören, die letzte Figur, den letzten Namen oder ein flüchtiges Zeichen irgendeiner Art von Retter aus dem Weg zu räumen, die dünnen Wände des Felsens zu durchbrechen und das Tageslicht zu erreichen. Mein Schicksal ist entschieden, aber es wird ein Tag kommen, an dem meine Nachkommen den Felsen durchbrechen und ihn für immer vom Erdboden tilgen.

Baum

Ich bin ein fauler Baum. Ich bin nur noch ein weiterer Baum. Hierzulande, da wo ich wachse, standen früher viele herum. Dann kamen Leute, zuerst mit Äxten. Sie haben einen von uns gefällt, auseinandergesägt, auf Pferdegespanne verladen und weggefahren. So verschwand die große Kiefer. So verschwanden die Erlen und Kastanienbäume. Zu der Zeit wuchsen wir noch schneller, als uns die Menschen fällten. Dann kamen sie immer häufiger und in immer größerer Zahl. Sie begannen mit Motorsägen zu kommen und anderen Maschinen. Motorsägen stinken. Menschen stinken. Schon immer haben sie gestunken. Mich waschen der Regen und der Himmel. Der Mensch wäscht sich nur im eigenen Schweiß. Der Mensch stinkt. Vor Zeiten war ich Teil eines mächtigen Walds. Jetzt bin ich ein einsamer Wächter oben auf dem kahlen Hügel. Ich weiß nicht, warum man gerade mich hat stehen lassen. Oft kommen sie und bewundern meine mächtigen Äste. Im Herbst kommen sie Eicheln sammeln, die ich ihnen ausschütte. Für die Tiere, die die Menschen mästen und fressen, so sagen sie. Die Menschen verstehen und wissen nicht viel. Ich würde sogar sagen, dass Menschen nichts wissen und gar nichts verstehen. Manchmal kommen Kinder in meinen Schatten und klettern über meine Wurzeln. Manchmal lehnt sich ein verliebtes Paar an mich. Mein Stamm ist zerfurcht von ihren Zeichen. Ich verstehe sie nicht, doch es scheint, als würden sie den Menschen viel bedeuten. Einmal kamen Menschen und wollten mich fällen. Als sie da waren und die in mich geritzten Zeichen sahen, stellten sie ihre Sägen ab und lasen eine Zeit lang, was auf meinem Stamm steht. Das ist deiner, Jugoslav, sagte einer von ihnen und zeigte auf eine der vernarbten Stellen an meinem Stamm. Alle lachten ihn aus. Ich weiß nicht, warum sie mich nicht gefällt haben. Den Holzfäller, über den sich die anderen lustig machten, habe ich schon als Kind gut gekannt. Ein paar Winter später kam er wieder. Es herrschte Krieg, und es war kurz vor Ende der Nacht. Eine größere Menge Menschen kam. Sie hatten sieben gefesselte Männer dabei. Immer wieder stieß einer der Begleiter mit dem Kolben einem der Gefesselten in die Rippen, sodass der aufstöhnte. Keiner kümmerte sich darum. Im Dunkel stolperte dann der, der sich unter den Gefangenen austobte, über eine meiner ausladenden Wurzeln. Er fiel hin. Du fauler Baum, grummelte er und entließ einen Feuerstoß aus seinem Gewehr in meinen Stamm. Jugoslav stieß ihn zu Boden und nahm ihm die Waffe ab. Er spuckte auf den Mann, der sich vor Schmerz wälzte. Jugoslav war ihr Anführer. Alle stanken nach Mensch und Schnaps. Sie warfen Stricke über meine Äste und hängten alle sieben Gefesselten auf. Einen nach dem anderen. Als sie fertig waren, stellten sie sich rund um meinen Stamm und pissten mich an wie Hunde. Dann gingen sie. Die Gehängten baumelten ein paar Tage an mir. Ich kannte das. Es war nicht das erste Mal, dass Menschen an meinen Ästen andere Menschen aufhängten. Das geschah immer wieder. Ich hab die meisten vergessen, die an mir hingen. Tote Menschen schwingen alle recht ähnlich. Doch die, die andere aufgehängt haben, vergesse ich nie. Auch Jugoslav nicht. Ich wusste, dass wir uns bald wieder begegnen würden. Bäume wissen so etwas einfach. Der nächste Winter war eisig, sodass meine Rinde aufplatzte. In der Nähe verklangen die Echos von Gewehren und der Knall von Haubitzen. Auf einmal roch ich ihn. Er kam näher. Ich roch seine Angst, er war verwundet. Er hinkte, hinterließ im Schnee eine Blutspur. Sie verfolgten ihn. Er schleppte sich an meinen Stamm und lehnte sich an mich, um nicht das Gleichgewicht zu verlieren, unweit der Stelle, an der er als Kind seinen Namen in mich ritzte. Jeden Moment würden seine Verfolger auftauchen, und es wäre aus. Jugoslav, rief ich mit meinen Ästen. Er hörte mich nicht. Seine trüben Augen suchten verzweifelt einen Ausweg. Jugoslav, es ist Zeit, rief ich. Ich öffnete meinen hohlen Stamm und versteckte ihn in mir. Die Verfolger suchten überall lange nach ihm. Sie konnten nicht verstehen, wohin er verschwunden war. So ist es eben. Menschen verstehen und wissen aber auch gar nichts. Seitdem ist Jugoslav bei mir in Sicherheit. Ich gebe ihn niemandem. Wir saugen zusammen die Säfte der Erde und alles, was unter der Erde vergraben liegt. Ich bin ein Baum. Man sagt, ich sei ein fauler Baum. Ein Baum mit einem Menschen in mir. Noch stehe ich.

12. September

Auf dem Hof werde ich von meiner Nachbarin Paula aufgehalten. Sie inspiziert mich genau, als hätte ich etwas im Gesicht. Dann sagt sie: »Es ist aus und vorbei mit dir, du bist schwarz gekleidet wie ich, und es ist aus mit dir. Liebes Kind, du wirst unsterblich werden müssen«, sagt sie.

»Und wie stellt man das an?«, frage ich sie.

»So, dass du dich entscheidest, nicht zu sterben«, sagt Paula und grinst. »Ich werde nicht sterben, hören Sie!«, kreischt sie so laut, dass einige Fenster der umliegenden Gebäude zugehen.

Die Nachbarn meiden Paula. Einige haben Angst vor ihr, den anderen ist sie einfach im Weg. Wenn sie für immer verschwinden würde, wäre es ihnen am liebsten. Letztes Jahr haben sie sogar Feuer vor ihrer Garage gelegt, zum Glück aber wurde der Brand rechtzeitig gelöscht.

»Siehst du, mein Kind, du kannst dich nicht einfach nur entscheiden, nicht zu sterben. Vielleicht kannst du dich entscheiden, zu sterben, das geht noch irgendwie. Nicht zu sterben aber kann man sich nicht einfach so entscheiden. Findest du das gerecht? Es ist gerecht, gerecht!«, schreit sie erneut gellend, dass es von der Kraft ihrer Stimme in meinem Kopf dröhnt.

»Siehst du, mein Kind, um sich zu entscheiden, nicht zu sterben, müssen sich die anderen für dich entscheiden. Ja, mein Kind, die anderen müssen dir einen guten Grund dafür geben, sie müssen es sich so sehr wünschen, dass du sofort an

Ort und Stelle krepierst, dass du dich entscheiden kannst, aus Trotz nicht zu sterben, nur um sie zu verarschen. Ihr könnt mich alle mal!«, ruft Paula.

»Mein liebes Kind, pass auf, was du sagst. Gott mag kein schmutziges Gerede und schließlich weißt du nie, wann du ihn brauchen könntest«, sagt Paula, verstummt und bewegt schweigend ihren Mund, als hätte sie noch viele unausgesprochene Wörter darin, die sie zuerst mit ihren fehlenden Zähnen noch gründlich durchkauen muss. Ihre Augen haben sich derartig an mir festgesaugt, dass ich einfach nicht wegkomme von der alten irren Paula.

»Ich habe zehn Tage nichts gegessen«, sagt sie ganz leise. »Und hasse trotzdem nicht. Verstehst du?«

Dann holt sie unter ihrem Rock ein Brötchen hervor und fängt an, daran zu knabbern und mit vollem Mund zu schreien, sodass kleine feuchte Krümel durch die Gegend fliegen: »Es ist gerecht, ja, es ist gerecht.«

13. September

Nach der Beerdigung verdrücke ich mich leise vor meinen Verwandten.

Ana stützt Tante Marija, ich kann nicht, ich möchte nicht näher ran.

Ich fühle mich wie Abschaum, wie ein streunender Hund, der sich mit der Zurschaustellung der Trauer nicht erwischen lässt.

Ich verschwinde, während sich die Trauernden am Grab in eine Reihe stellen, um Worte des Mitgefühls zu empfangen. Es kommt mir gar nicht in den Sinn, ein Teil dieser Traurigkeit zu sein. Geschweige denn des Leichenschmauses, des Fests, wo alle erst gemeinsam weinen werden, um ihre Trauer zu demonstrieren, zwei Stunden später aber bereits vor Glück singen, dass die ganze Totengeschichte erledigt ist.

Ich mag Beerdigungen nicht, aber Leichenschmäuse sind etwas völlig Unmögliches.

Ich spaziere zwischen den Gräbern, verirre mich, finde mich auf einem unbekannten Teil des Stadtfriedhofs wieder. Unüberschaubare Kolonnen von identischen Grabmälern, die sich nur durch die Namen und Geburts- und Todesjahre unterscheiden, alles Opfer im letzten Jugoslawienkrieg, gefallen vor fünfundzwanzig Jahren. Nicht weit entfernt sehe ich an einem großen Beinhaus aus dem Ersten Weltkrieg Marmortafeln mit verblassten Namen der Soldaten aus allen Ecken der damaligen Monarchie. Statuen von trauernden Müttern und grauen Granaten an den Seiten. Gleich daneben Haufen von verwelkten Kränzen, Lichtlein flackern, angeblich halten elektrische sehr, sehr lange, auch nach mehreren Monaten vermitteln sie den falschen Eindruck, als wäre gerade eben jemand am Grab gewesen, jemand, den es kümmert, jemand, dem diejenigen, die vor einem Jahrhundert gefallen sind, nicht egal sind.

Ich nähere mich einem frischen Grabhügel. Eine provisorische Aufschrift besagt, dass hier 8214 nicht identifizierte Opfer aus dem Zweiten Weltkrieg begraben sind. Sie wurden aus irgendeinem Panzergraben hergebracht, auf den man kürzlich beim Bauen einer Eisenbahnstrecke gestoßen war. Die Anfertigung des Denkmals ist noch im Gange, finanziert wird das Ganze aus dem Fonds für Regionalentwicklung und Kohäsion der Europäischen Union.

Wenige Schritte weiter das Knarren von Türangeln, die Tür einer der alten Gruften öffnet sich. Neben dem Sarkophag liegen zwei Obdachlose auf einer alten Matratze. Einer hat einen nackten Oberkörper. Sie begutachten mich in aller Ruhe, dann flüstert der bekleidete dem anderen etwas zu, beide öffnen ihren Hosenschlitz und grinsen mich an, dann schreien sie mir hinterher, dass sie mich flachlegen werden und ich schon sehen werde, wie es ist, mit den Toten zu tanzen.

Erst sehe ich sie sehr lange an. Ich weiß nicht, warum oder wie, ich sehe sie einfach an. Wie viel Zeit wohl so vergeht? Ich weiß nicht. Ich weiß nur, dass währenddessen etwas in mir wächst, mich schließlich schlägt, mit aller Kraft stößt, mich packt und mir den Atem raubt. Ich erschrecke mich zu Tode, renne los, hinter mir das Geschrei und Gelächter beider Typen. Ich drehe mich nicht um. Ich renne und renne einfach zwischen den Gräbern, als würde ich um mein Leben laufen inmitten der zahlreichen Toten, die mich umgeben, spöttisch, spöttisch.

Später werfe ich mir die Dummheit und Ängstlichkeit vor, noch mehr aber diesen nicht endenden Moment, als ich lediglich dastand und ausgehöhlt auf die Obdachlosen starrte, starrte, als wäre ich abwesend, als stünde dort nur mein Körper, der darauf wartete, dass ich in ihn zurückkehre. Wer war ich in meiner Abwesenheit? War ich ein Körper? Eine abwesende Seele? Die Abwesenheit selbst?

Mehr als an die Gesichter der Obdachlosen erinnere ich mich an den Anblick ihrer Schamhaare, noch genauer als die Schamhaare hat sich die dunkelblaue Matratze, die mit einem schmutzigen rosa Muster übersät war, in meinem Gedächtnis verankert. Am präsentesten jedoch bleibt deren Stimme, das Geschrei, welches mich noch immer begleitet, es ist in mir, ich kann es nicht abschütteln.

Ich habe Angst, dass es ein Teil von mir geworden ist.

14. September

Ich träume vom Redakteur der *Literaturbeilage*. Ich habe Angst vor ihm, ich weiß, dass er bald über mein Schicksal entscheiden wird und dass seine Entscheidung negativ sein wird. Er hat mich am Wickel. Wie viel Zeit ist vergangen, seit er den Auftrag erteilt hat, mich in den Schlosskerker zu sperren? Ein Monat, vielleicht mehr? Ich trage Lumpen, in der Ecke liegt ein bisschen Stroh, auf dem ich schlafe. Feuchtigkeit, nackte Steine, Wände, Exkremente und Ratten, die hin und her laufen. Endlich werde ich geholt. Er sitzt auf dem Richterthron, doch zu meiner Verwunderung ist er eine Frau, und erst jetzt, als ich entblößt werde, um nackt mein Urteil hinzunehmen, bemerke ich, dass ich ein Mann bin. Der Redakteur der *Literaturbeilage*, der eine Frau ist, liest tiefgebeugt in meinem Manuskript und rümpft dabei die Nase. Hin und wieder kratzt sie sich an ihrem riesigen Busen. Dann kommt der Henker und führt mich ab, ohne irgendetwas zu sagen. Ich frage: Wie lautet die Anklage? Wie lautet das Urteil? Der Henker lacht mich aus, ob ich denn nie Werke von meinem Freund Kafka gelesen habe, dass sich dergleichen nicht gehört, nicht einmal für eine derartig untaugliche Schriftstellerin wie mich. Ich werde über eine Wendeltreppe hoch hinauf in einen Turm geführt. Der Flur wird immer schmaler und niedriger. Zuletzt muss ich auf allen vieren gehen, auf den Knien weiter nach oben kriechen wie durch einen schmalen unterirdischen Schacht. Ich weiß nicht, ob mich der Henker noch begleitet. Ich kann mir nur schwer vorstellen, dass er sich in seiner schweren Rüstung und mit dem langen Schlachtbeil durch einen so schmalen Durchgang zwängen könnte. Jedoch höre ich von hinten noch immer seine undeutlichen Töne, die mich antreiben. Ich krieche und krieche, bis ich mich durch eine schmale Öffnung in die Turmkammer der Burg ziehe. Der Raum ist vollkommen leer, nur in der Mitte steht eine Kloschüssel. Eine moderne, japanische, würde ich aufgrund der vielen Knöpfe links und rechts sagen. Hinter mir höre ich des Henkers Stimme. Er befiehlt mir zu springen. »Wohin soll ich springen?«, frage ich. Der Raum hat keine Fenster, nicht einmal eine Luke. »In das einzig Mögliche«, befiehlt die strenge Stimme aus der Öffnung, durch die ich gekommen bin, aber jetzt ist es nicht mehr des Henkers Stimme, es ist die Stimme meiner Mutter, die mich beobachtet und mir aus dem schmalen Durchgang Anweisungen gibt. Ich öffne den Deckel der Kloschüssel, er ist modern, völlig unpassend in diesem mittelalterlichen Umfeld. Ich starre ins Wasser. Ich habe Angst. Es ist silbern und undurchsichtig, es spiegelt mein Gesicht wider wie ein venezianischer Spiegel oder wie eine ungewöhnliche Materie. Ich wanke, versuche mich zu verstecken, als ich durch einen kräftigen Stoß von hinten in die Quecksilbermaterie stürze, die mich im selben Moment umschlingt und durchfrisst. Meine Knochen zerfallen, meine Haut und mein Fleisch schmelzen in dieser Flüssigkeit, jedoch nicht gänzlich. Je tiefer ich sinke, desto klarer wird mir, dass ich nicht sterben werde, dass es nur um eine Form von Verwandlung geht, schon spüre ich einen Schwanz anstelle meiner Beine, Flossen anstelle von Armen, Kiemen, die sich öffnen und schließen, Doppelreihen mit großen nadelspitzen Zähnen, einen großen hakenförmigen Schnabel und schwarze Klauen an den Flossen. Ich atme tief ein und schwimme tiefer in die Dunkelheit hinein.

15. September

Nach einem Monat Schreibpause lese ich erneut zwanzig Seiten des Manuskripts. Das ist alles, was mir von der Arbeit des ganzen Sommers geblieben ist. In Wahrheit sind es nur achtzehn Seiten und dreieinhalb Zeilen Text, weil auf der ersten Seite lediglich der Name der Autorin und der Arbeitstitel stehen. Auf der zweiten Seite steht ein einführendes Zitat von Boccaccio (den ich noch immer nicht zu Ende gelesen habe, die Übersetzung ist nämlich scheiße, dann habe ich jedoch einen Satz übernommen, der mir am Anfang ins Auge stach). Auf Seite drei fängt das Ganze endlich an. Erst drucke ich alles beidseitig aus und lese los. Ich kann einfach nicht glauben, dass das alles ist. Sechs Monate Arbeit, sechs! Das sind ungefähr 180 Tage intensiven Schreibens, circa 4320 Stunden (Schlafen, Schreiben, Lesen, Schreiben, Stoffwechsel, Herzschlag, Haarwuchs, Nagelwuchs, Hautwuchs, Atmen, Träumen und Tagträumen) – und aus alldem sind insgesamt achtzehn Seiten und dreieinhalb Zeilen entstanden, zehn Blatt Papier, sozusagen N-I-C-H-T-S.

Ich kehre unverzüglich zurück in meine Depression. Zahlreiche gescheiterte große Pläne, etliche kleine Versuche großer Themen. Nach meinem ersten Roman empfand ich die großen Erwartungen als Herausforderungen, aber jetzt weiß ich, dass es sich um eine Bürde handelte. Die Erwartung machte mich überheblich, höhlte mich aus, nahm mir Maß und Gefühl dafür, was wirklich zählt. Ich begann nach großen Themen zu suchen, zuerst Abtreibung, später die Identität von Zwittern. Ich suchte nach Themen, die gleichzeitig interessant für das Publikum wären und meine, einzig meine Themen, die aus mir heraus rufen würden, fand aber nichts. In meinem Leben passiert einfach nichts. Alles, was ich auftreibe, sind

Zeitungsartikel, SMS, seltene Anrufe, immer dieselben Internetseiten, ich sehe mir alles genau an, erfasse es, aber das ist es auch, nichts bleibt hängen, nichts bleibt. Ich schreibe, lösche, schreibe erneut, sitze gelähmt da, auch mehrere Stunden lang. Und es gibt niemanden auf der Welt, mit dem ich darüber sprechen könnte, an den ich etwas adressieren könnte, niemanden, der tatsächlich ein Adressat meines Schreibens wäre.

Achtzehn Seiten und dreieinhalb Zeilen vollkommen unsinnigen, nutzlosen Textes, in dem keines der Wörter lebt, keine der Ideen. Und was am schlimmsten ist: Es gibt niemanden, der schuld ist, niemanden außer mir. Ich hatte alle Zeit der Welt, und es bleibt mir nichts anderes übrig, als dass ich meine Niederlage auf ganzer Linie zugebe. Ich bin eine lausige Autorin. Alle Haushaltshilfen und selbsterklärten Intellektuellen mit ihren lässigen Geschichten sind eher Autorinnen als ich.

Nebst meiner totalen Frustration spüre ich jedoch eine Veränderung in den Erwartungen und dem Rhythmus, in der Dichte meiner Gedanken, die jetzt statischer sind und mir erlauben, dass ich dazwischenschlüpfe, sie immer mehr von der Seite beobachte.

Am Computer vergrößere ich den Font von 11 auf 18, ich setze einen doppelten Abstand ein und drucke den ganzen Text erneut aus, diesmal einseitig. Dreiundvierzig Blatt Papier, so wirkt alles schon viel besser.

Ich lese noch einmal aufmerksam. Von Beginn an ist mir klar, dass es schlecht ist. Total schlecht. Trotzdem lege ich neues Papier in den Drucker ein. Diesmal vergrößere ich die Schrift auf die Buchstabengröße 45 und setze zusätzliche Abstände zwischen die Absätze. Auf diese Weise bekomme ich endlich zweihundertfünfundfünfzig Seiten Text. Zufrieden beobachte ich, wie der Drucker langsam außer Puste gerät, als er mein Manuskript Blatt für Blatt aus seinem Mund spuckt. Jetzt ist es bereits ein anständiges Blätterbündel, wie es sich für ein Manuskript eines bedeutenden Buches gehört. Ich beginne erneut zu lesen.

Ich habe das Gefühl, dass der Text unvergleichbar besser wirkt. Die Buchstaben sind gigantisch, die Wörter stehen vereinzelt da, zwischen dem einen und anderen weiten sich Schluchten und machen den Text besonders taktil, jedes einzelne Wort, die einzelnen Buchstaben der Wörter. Die Geschichte, die Figuren, die Spanne des Geschehens sind schwer aufspürbar geworden und praktisch unwichtig.

Dann setze ich mich an den Küchentisch und schneide einzelne Sätze aus. Als ich fertig bin, beginne ich die Blätter umzudrehen, sie zu mischen und erneut zu lesen, aber alles zusammen ergibt kein zusätzliches Niveau, geschweige denn Sinn. Ich verstreue die Blätter auf dem Tisch und setze sie dann beliebig wieder zusammen, aber das Zufallsprinzip hilft auch nicht. Zumindest nicht auf dieser Stufe. Deshalb zerschneide ich die Sätze in einzelne Wörter, diese dann in einzelne Buchstaben, den ganzen Nachmittag schneide und schnipsle ich am Papier, bis auf meinem Küchentisch nur noch ein Häufchen ganz kleiner Papierschnipsel bleibt, auf denen nur noch Buchstaben oder Teile von Buchstaben zu sehen sind.

Endlich stopfe ich alles zusammen schön in den Müllsack und trage ihn ins Badezimmer. Ich ziehe mich aus, streue die Papierfetzen in die Wanne und setze mich nackt in meinen Text. Ein äußerst ungewöhnliches Gefühl, etwas zwischen dem, dass mich am ganzen Körper Papierfetzen kitzeln, und dem Bewusstsein, dass ich nicht in Wasser bade, sondern in Bedeutungen.

Zuerst ist mir zum Lachen zumute. Auf einmal aber panisches Weinen, ich zittre, bebe und schluchze wie ein kleines

Kind. Ich fühle mich vollkommen verlassen auf der Welt. Ich habe nicht das Gefühl, mich entschlackt zu haben, höchstens umgekehrt, das Bad hat eher die Papierfetzen gereinigt als mich. Ich ziehe mich wieder an, hole Streichhölzer und verbrenne das Papier in der Wanne. Die Flamme flackert nur kurz auf, zu Beginn muss ich sie mit einem Fächeln unterstützen, dann aber lodert das Feuer einen Moment lang gewaltig auf.

Wenn ich es recht bedenke, habe ich mir die letzten sechs Monate meinen ungeschriebenen Text genau so vorgestellt, als hohe, kühle Flamme, die entfacht wird und bald erlischt. Als Flamme, die denjenigen, der in sie hineinblickt, reinigt und verändert. Mal ganz abgesehen von der Textlänge. Der Blick auf die sich drehenden kleinen Fetzen, Buchstaben, die das Feuer vor meinen Augen krümmt und den Ruß, der durch die Luft schwebt. Er beruhigt mich nicht, hat aber etwas Reinigendes in sich.

Oh, welch ein Triumph des schöpferischen Verstands!

Später reibe, schrubbe, wasche ich, mühevoll versuche ich die Rußreste zu beseitigen. Meine Vermieterin wird mich umbringen, wenn sie von der zerstörten Badewanne erfährt.

Auch das ist eine Art Verheißung.

Und in der Literatur zählt jede Verheißung, da sie die Illusion unterstützt, mit der ich mich ernähre, um weiter schreiben zu können.

16. September

Eurostat meint, dass die Jahresinflation im Eurogebiet bis Ende des Jahres unter der kritischen Grenze von 40,3 Prozent liegen wird. Dass das schlecht ist, dass das sehr schlecht ist, aber nicht besorgniserregend. In der Weimarer Republik,

Anfang der Zwanzigerjahre des zwanzigsten Jahrhunderts, betrug die Jahresinflation mehrere 1000 Prozent. Die größte Banknote war die über fünf Billionen Deutsche Mark. Ein Brötchen, das du am Morgen für eine halbe Milliarde kauftest, konntest du am Nachmittag, obwohl das Brot hart geworden war, schon für ein paar Milliarden mehr kaufen. Den so erzeugten Gewinn, in Form von Banknoten für Markmilliarden, konnte man als Notizbuch gebrauchen. Es war billiger, auf Geld zu schreiben, als für das Geld weißes Papier zu kaufen. Oder man hat anstelle der Tapeten die Wände mit Banknoten tapeziert. Oder sich mit Millionen den Hintern abgewischt. Was für ein Gefühl es gewesen sein muss, auf dem Klosett zu sitzen und die endlosen Kolonnen der Nullen auf den Banknoten zu zählen, mit denen man sich schon im nächsten Augenblick den Hintern säuberte.

Mindestens so schlimm, wenn nicht noch schlimmer war das in Jugoslawien, Anfang der Neunziger, als die Kriege anfingen und die Inflation auf Jahresebene bei 20 000 Prozent lag. Die Preise haben sich alle sechzehn Stunden verdoppelt. Ein Glas eingelegte Gurken kostete 2100 Milliarden Dinar. Wenig später konnte man für 500 Milliarden Dinar ein Haargummi kaufen. Der Staat machte aus jedem einen mehrtausendfachen Milliardär, sodass die Leute das Gefühl hatten, etwas zu haben, für das es sich lohnte, sich gegenseitig umzubringen.

Inflation, In-fla-ti-on. Um dieses Wort auszusprechen, muss ich tief einatmen, ausatmen, einatmen, ausatmen. Es ist das Mantra unserer Tage. In- Einatmen, Fla- Ausatmen, Ti- Einatmen, On- Ausatmen. Ich halte einen Ballon und blase ihn auf. Je größer der Ballon wird, desto kleiner werde ich. Auf eine gewisse Art ist die Inflation ein Grundprinzip des Lebens. Wegen seines Körpers ist der Mensch nur einer, immer nur ein einziger. Die Inflation macht ihn immer kleiner und kleiner, der Wert von einem Kilogramm Fleisch, der Wert eines Bleistifts, der Wert einer Busfahrkarte wächst, der Mensch aber bleibt immer derselbe, mehr oder weniger gleich. Der Ballon wird aufgeblasen, bald kann man in ihm die Spiegelung all der Riesenmilliarden sehen, die über Nacht entstanden sind, und das, ohne dass jemand irgendeinen Finger gerührt hätte. Der Mensch ist aber gleich geblieben. Der Ballon wird immer größer, bis der Mensch und sein Wert im Vergleich zum Ballon verschwinden. So wie Zahlen, die man hinter die Dezimalstelle schreibt. Einen vernachlässigbaren Wert nannte meine Mathematiklehrerin die Zahlen, die nach dem Komma kamen. »Das vernachlässigen wir, das vergessen wir, Kinder, lasst uns das weglassen ...«

Der Mensch ist eins gegenüber 2100 Milliarden für ein Glas eingelegter Gurken. Der Mensch ist eins gegen 500 Milliarden für ein Haargummi. Der Mensch ist eins gegen unendliche Milliarden für einen Hundehaufen auf dem Bürgersteig. In Ljubljana, wenigstens bei mir in der Vorstadt, werden sie schon monatelang nicht mehr weggemacht. Streik! Der Mensch ist eins gegen unendliche Milliarden für eine Banane vom Schwarzmarkt, und obendrauf kommen auch die in kleinen, wertvollen Sendungen mit einzeln verpackten Früchten.

Das sind Bananen, die in europäischen Kolonien wachsen. Selten. Wenn sie zum Verkauf in den besten Kaufhäusern auftauchen, prügeln sich die Leute um sie.

Das nennt man Kapitalismus. Auf der Lauer danach liegen, was zufällig nicht im Überfluss da ist. Und sich für das Besondere untereinander abschlachten. Deshalb lasse ich es zu, dass meine zwei Bananen auf dem Küchentisch verfaulen. Immer wenn ich mir ihren Zerfall anschaue, fühle ich mich unendlich reich, fast im Luxus, eine echte Geldsau.

Der Mensch ist nichts anderes als die Erinnerung daran, was er mal war. Auch ich dachte einmal, dass ich mehrere wäre. Dass ich jedermann sein könnte. Dass ich wie jeder werden könnte. Auch ich war viele Frauen und viele Männer. Jetzt bin ich immer nur noch eine. Weniger als das. Die vernachlässigbare Größe hinter der Null, null Komma null null null (und dann ein paar Zahlen).

»Das vernachlässigen wir, das vergessen wir, Kinder, lasst uns das weglassen ...«

Eurostat ist mein Freund. Mein Psychoanalytiker und mein Beichtvater, mein Vertrauter und mein Heiler. Mein Masseur und mein Sozialberater. Das ist sehr schlecht, es ist aber nicht besorgniserregend. Es könnte viel schlimmer sein. Ich könnte anstelle von Eurostat als meinen Analytiker und Arzt, als meinen Vertrauten und Heiler auch einen Straßenkehrer haben. Er würde mich in die leere Abfalltonne setzen und mich die schmutzige Straße rauf- und runterfahren, an den unendlichen Menschenschlangen vorbei, die vor leeren Geschäften auf Pasteten und Schuhe warten, auf Zeitungen und Tabak, auf Brot und darauf, dass ihnen aus den Banknoten frische Nullen wachsen.

Nein, 40,3 Prozent ist nicht gut, aber es ist auch nicht besorgniserregend. Diese Liliputanisierung des Menschen, dieses endlose Verkleinern, das Verrücken hinter das Komma, hinter die Dezimalstelle, ins Vernachlässigbare – all das verfolge ich ruhig und akzeptiere es. Es könnte schlimmer sein, ja, wirklich, es könnte viel schlimmer sein.

Auf der anderen Seite existiert ein System.

Wer ist hier die Gefangene, was bedeutet hier Knast? Knast: wo der Mensch aufhört zu sein, wo er immer weniger wird.

In der Zwischenzeit sind die Bananen auf dem Tisch immer noch gelb, fast unverändert, vielleicht um eine Schattierung bräunlicher, und vielleicht ganz leicht gekrümmt, wie zwei fleißige Kulturschaffende, wenn sie in Rente gehen. Jede mit einem schwarzen Punkt an der Stelle, wo die Frucht endet. Und noch einem schwarzen Punkt, wo die Frucht vom Baum abgetrennt wurde.

In der Schule bekam ich einen schwarzen Punkt, wenn ich die Zahlen nach der Dezimalstelle entsprechend vernachlässigt habe.

Zum Glück taugte ich nie besonders für Mathematik.

Ich wusste aber schon mit neun Jahren, dass sich die Mathematikprofessorin ihren Pudel besorgte, nachdem sie von ihrem Mann verlassen worden war, dass sie das Tier, das an nichts schuld war, nicht liebte und dass das, was sie Liebe nannte, in Wirklichkeit Quälerei war.

Auch der Pudel hatte einen schwarzen Punkt auf seiner Schnauze.

Was ist hier Gefängnis, wer der Gefangene?

Es ist höchste Zeit, meine zwei Bananen aufzuessen. Doch mehr als das Kosten von exotischen Früchten interessiert mich das Studium ihres Verfalls.

19. September

»Die eineinhalb Monate Paris brauchte ich wie eine Droge, eineinhalb Monate vollständige Konzentration aufs Schreiben«, sagt Eva.

»Ohne Sauna fünfmal die Woche wäre ich glatt durchgedreht. Ich habe ziemlich lange nach der richtigen gesucht, bin dann aber im vierten Arrondissement auf eine etwas vernachlässigte gestoßen, das Interieur aus den Siebzigern, aber mit einer unglaublichen Klientel. Angeblich hat ihr sogar Michel

Foucault einige Zeit lang regelmäßige Besuche abgestattet, als er an seinem Buch *Überwachen und Strafen* schrieb. In dieser Sauna konnte ich mich vollkommen entspannen, zwischen arabischen Feministinnen, Bobos und Transsexuellen war ich so langweilig alltäglich, dass ich für sie wiederum die reinste Exotik war. Du weißt schon, gewöhnlich verbindet man das Schreiben mit Blut, ich habe es dort aber anders empfunden, über den eigenen Schweiß. Ich stellte mir vor, dass das Manuskript in meinen Knochen eingeschlossen ist, in meinem Fleisch, unter meiner Haut, verstehst du, und dass ich es durchs Schwitzen aus mir herausbringe. Wortwörtlich! Ich habe mein Pariser Buch nicht geschrieben, sondern erschwitzt. Als ich nach Ljubljana zurückgekehrt bin, habe ich es erneut versucht, aber hier existiert dieser Reiz nicht. Du gehst in die Sauna, und anstatt dass dir ein nackter Transvestit mit *Den Blumen des Bösen* und Kokain unter dem Arm entgegenkommt, gesellt sich eine Greisin in Schwarz zu dir und bedrängt dich mit heimischem Obstbrand.«

Eva bestellt ein blutiges Steak mit Pfeffersoße. Mit der Messerspitze schabt sie die Pfefferkörner vom Fleisch, türmt diese zu einem symmetrischen Haufen neben dem blutigen Fleisch auf und nimmt wechselweise einen Bissen Fleisch, einen Bissen Pfefferkörner mit Blutsoße zu sich.

Eva spricht viel, ich nur in den kurzen Pausen, wenn Eva gerade einen Bissen zwischen ihre perfekt geschminkten Lippen schiebt und zum Schweigen verdonnert ist.

»Ljubljana ist das Problem. Es ist zu klein, um ruhig einschlafen zu können, zu groß, um traumlos zu leben«, zitiere ich einen lokalen Poeten und starre in den Wildreisberg auf meinem Teller, über den zwei Schnecken ähnelnde, fettig gebratene rote Paprikascheiben kriechen.

»Wir sind uns zu nah. Zu überzeugt davon, alles über den anderen zu wissen, was uns zerstört, das ist pures Gift. Wenn wir wenigstens Tangotänzer wären, dort schadet Nähe nicht«, sagt Eva.

»Diese Stadt ist der Punk«, erwidere ich.

»Diese Stadt möchte Punk sein, aber den Punk haben wir zu oft und zu tief begraben. Niemand kann diesen Toten ins Leben zurückbringen. Diese Stadt ist der Pop, von allem etwas, ohne richtigen Geschmack und ordentlich geschminkt«, erwidert Eva. »Jetzt wo die Masken fallen, ist das besonders gut sichtbar. Warum isst du nicht? Schmeckt es nicht?«

Eva beobachtet, wie ich mit der Messerspitze und meiner Gabel beide Paprikascheiben zum Tellerrand schiebe.

»Mein Fleisch ist nicht schlecht«, kommentiert Eva. »Essen ist wichtig. Obwohl wir uns hier alle mit Abwesenheit ernähren. Einige emigrieren, um zurückzukehren, wir anderen aber leben hier in fortwährender Erwartung, wohin wir morgen abhauen. Ljubljana ist die ideale Stadt zum Verlassen, man ist mit dem Körper präsent, in Gedanken jedoch überall anders. Das heißt nicht, dass ich Paris brauche! Großstädte sind auf Dauer zu anstrengend. Deshalb bleiben die meisten von uns stecken, oder wir kehren zurück, weil wir faul, verschüchtert und unambitioniert und in einer Art lebenslangem Urlaub sind. Trotz allem verstehe ich immer weniger, warum man in der Illusion dieser provisorischen Stadt verharren sollte. Öfter denke ich, dass eine Handvoll der intelligentesten Menschen aufs Land aufbrechen müsste, um zu versuchen, anders zu leben, eine radikalere Lebensform zu erproben«, sagt Eva.

»Auch ich war dieser Meinung«, sage ich, »aber ich bin nun immer stärker davon überzeugt, dass das ›Kommunentum‹ ein selbstzerstörerisches Programm ist, das wir uns massenhaft anerzogen haben, um damit das klein bisschen, was wir noch haben, zu zerstören.«

»Ich denke, dass uns das zusteht, die Möglichkeit, eine andere Lebensform für uns zu suchen, eine andere Form von Gemeinschaft, die uns zusagt«, sagt Eva und zerdrückt ein Pfefferkorn zwischen ihren weißen Zähnen.

»Die selbstverwaltende Kolchose ist eine bislang unübertroffene Form von Gesellschaftsordnung«, führt sie weiter aus. »Oder alle eskapistischen Kommunen, wo die Menschen nach alternativen Prinzipien leben und schaffen, wie zum Beispiel Monte Verità vor einem Jahrhundert. Sie waren nackt, sie waren anarchistisch, sie praktizierten freien Sex, badeten in der Sonne und hackten Beete nach theosophischen Prinzipien. Das ist die Kunst des Lebens und nicht dieser kleinbourgeoise Scheiß, den meine Generation spielt. Von wegen Generation!«, sagt Eva und steckt sich dabei so flink ein Stückchen Fleisch ins Mündchen, dass es mir nicht gelingt, ihr rechtzeitig ins Wort zu fallen.

»Meine Generation ist eigentlich nichts anderes als eine schlechte Wiederholung der Geschichte unserer Eltern«, meint Eva und kaut auf ihrem blutigen Pfeffersteak herum.

»Warum schließt du dich nicht einer Kommune an und versuchst es tatsächlich? Den ›Damhirschen‹ zum Beispiel?«, sage ich ironisch.

Eva lacht sauer. »Du verstehst aber auch gar nichts«, sagt sie so verächtlich, wie nur sie es kann. »Die Pointe von Kommunen ist nicht, dass man Mitglied ist. Als Klubmitglied ist man zum Schwachsinn verdonnert. Damhirsche sind ein schönes Beispiel von entartetem Eskapismus. Und ist das überhaupt eine Kommune? Zwölf junge Menschen, die sich mit Hunderten von Damhirschen auf einem Grundstück einsperren. Meiner Meinung nach ist das der reinste Exzess. Kannst du dir vorstellen, dass du eine dieser Frauen bist? Meditation auf leeren Magen, danach wäschst du schmutzige Männerunterhosen oder schießt Bambis und kochst Mittagessen daraus? Am Abend dann Sex mit Typen, die den ganzen Tag meditativ Tischtennis und experimentellen Strip-Poker gespielt und sich bei alldem unendlich gelangweilt haben? Widerlich!«, sagt Eva.

»Als keine Tiere mehr da waren, kam es zu Streit- und Gewaltausbrüchen. Hast du die Bilder von dem niedergebrannten Wochenendhäuschen gesehen, um das ganze Berge von Tierknochen lagen? Das erklärt so einiges über das Wesen der Alternativler.«

Eva stockt für einen Moment, um sich die Lippen mit einer Serviette abzuwischen, und legt das Besteck elegant auf die Seite des leeren Tellers. Aus ihrer Handtasche zieht sie abrupt Spiegel und Lippenstift hervor.

»Bei Kommunen zählt einzig und allein, dass man sie selbst gründet. Ich würde zum Beispiel eine Kommune gründen, die auf radikalem Nichtstun und Saunabesuchen basiert, eine Kommune nur für mich«, sagt Eva und bestellt Nachtisch.

»Obwohl auch das Eremitendasein keine Antwort ist. Egal wie du es auch wendest, früher oder später kommen diejenigen, von denen du dich getrennt hast, stopfen dich in einen Sack und tragen dich davon wie Väterchen Frost seine Kriegsbeute.«

»Aber wenn du schon schreibst, musst du zumindest etwas Eremitendasein in dir haben«, murmle ich und kaue auf dem halbgekochten Reis herum. Wenn ich übers Schreiben nachdenke, fühle ich mich dieser Welt fremd. Wenn ich schreibe, trennt mich eine unpassierbare, unsichtbare Wand von der Welt. Selbst wenn das Buch letztendlich für Menschen gedacht ist, ist der Schreibakt an sich im Grunde ein menschenverachtender Akt, ein Akt der Einsamkeit, Trennung und Abspaltung von allem, was mich umgibt.«

Eva grinst mich an.

»Ich weiß nicht. Wahrscheinlich bin ich gar keine Schriftstellerin«, sagt sie zu mir. »In meinem Wesen, meine ich. Es stimmt schon, dass ich Bücher schreibe und mir das bis zu einem gewissen Grad gefällt. Jedoch würde ich das Geschriebene am liebsten schon im Laufe des Schreibprozesses in die Welt schicken, einen Weg finden, wie ich alle und jeden dazu zwingen könnte, das, was ich schreibe, zu lesen und darauf zu reagieren. In Paris war es nicht anders. Deshalb habe ich an einem Punkt begonnen, einfach auf Französisch zu schreiben, um schon am nächsten Morgen zu meinen Freunden laufen zu können, sie in die Sauna zu verschleppen und sie dazu zu zwingen, dass sie sich bei hundertfünfzehn Grad Celsius und einem Pfefferminzaufguss anhörten, was ich über Nacht geschrieben habe.«

»Ohne die Sache sacken zu lassen?«, frage ich Eva.

»Wie meinst du das? Wenn es zu lange ruht, veraltet es, geht kaputt wie Essen. Ich schreibe fürs Jetzt und Hier. Für die Ewigkeit schreiben nur Schüler und diejenigen, die eine Ausrede für ihren Misserfolg brauchen. Das Schreiben ist wie Politik, die Anrede muss wie ein rechter Haken in die Herzen der Menschen treffen, ihnen die richtige Sache im richtigen Moment mitteilen«, sagt Eva und schleckt die letzten Spuren der Schokoladenmousse von ihrem durchsichtigen Glasteller.

Dann fragt sie mich, wen ich wählen werde.

Ich antworte, dass ich es nicht weiß. Dass ich alle gleich finde und mich immer im letzten Moment entscheide, ganz intuitiv und inspirativ. Dann fragt sie mich, ob ich viel verdiene.

Ich sage, nicht schlecht, ich kann mich nicht beklagen, obwohl ich schon einen Monat keinen Euro verdient habe, was in Wirklichkeit für eine Eremiten-Schriftstellerin vollkommen ausreicht.

Dann fragt sie mich, ob meine Lieblingsfarbe auch Rosa ist, ob die Sonne auch morgen aufgehen wird, in welchen Orten ich vorletztes Jahr meinen Roman vorgestellt habe und ob auch ich eine Salbe aus Bienenwachs zur Lippenpflege verwende.

Sie fragt mich auch nach meiner Schuhgröße, welche Art und Marke von Damenbinden ich benutze, ob ich gläubig bin und warum die Menschen die Szene der Hinrichtung von Oberst Gaddafi so schrecklich finden, wo es doch nur ein Diktator weniger auf der Welt ist?

Eva findet Platano, den Parteileiter der Gelben, der erst im letzten Sommer auf dem politischen Schauplatz aufgetaucht ist, interessant.

»Er ist anders«, sagt Eva, »ein skrupelloser Visionär und energischer Pragmatiker, der richtige Mensch für Veränderungen.«

»Also Revolution und keine Flucht in die Wüste?«, frage ich Eva.

»Warum eigentlich nicht beides?«, erwidert Eva. »Die gesamte Gesellschaft in etwas Verrücktes und Wildes zu verändern. In etwas, wo wir Frauen mit Nichtstun regieren, wo wir uns saunen und massieren und rechte Haken in die Herzen der Menschen austeilen.«

20. September

Ein Artikel über das industrielle Anbauen von Bananen. Bananen sind keine Palmen, sondern gehören zu Kräutern. Bananen wachsen auch nicht aus Samen, sondern aus einem Myzel, ähnlich wie Pilze. Ein Bananenbaum braucht circa ein Jahr, um zu wachsen, zu blühen und Früchte zu tragen, einen Bananenbüschel mit um die fünfzig Stück. Jeder Baum trägt nur ein einziges Mal Früchte, dann stirbt er ab, wobei neben ihm bereits ein Ableger heranwächst, den man auch »Bananentochter« nennt und aus dem ein neuer Bananenbaum wachsen wird. Und so weiter und so fort.

Meine beiden Bananen sind nun mit braunen Sprossen versehen. Wir ähneln uns immer mehr. Auch ich bin am Ende des Sommers gewöhnlich mit Sprossen übersäht, abhängig davon, wie viel Zeit ich an der Sonne verbracht habe, deshalb ist es umso schöner, sie auf beiden Bananen zu erkennen.

Ich erinnere mich an die ersten Bananen, die ich gegessen habe. Es war in der Zeit der Hyperinflation, Ende der Achtzigerjahre in Jugoslawien. Zu jener Zeit konnte man nirgendwo Schokolade oder Südfrüchte kaufen. Ich war fünf Jahre alt, meine Mutter hat Bananen von weiß Gott woher gezaubert. Wo sie diese wohl bekommen hatte? Ich liebte ihre Farbe und holte die Schalen insgeheim aus dem Mülleimer und verwahrte sie unter meinem Bett.

Ich weiß nicht, woher ich die Vorstellung hatte, dass uns die Schalen im Falle eines Kriegsausbruches beschützen könnten. Ich würde sie rund ums Haus verteilen und jeder, der versuchen sollte, sich uns zu nähern, würde darauf ausrutschen, wir beide aber würden fortlaufen und uns retten.

Jetzt, beim Schreiben, kommt das schon längst Vergessene zurück. Mutters Finger duften noch nach einer Banane, die man mir gerade eben bis zur Hälfte geschält hat, mit diesem Duft fährt sie mir durchs Haar. Der Glanz von glatter Bananenhaut, einer dicken fleischigen Schale in Sonnenfarbe, die zu faulen beginnt und die Farbe wechselt, sobald Mutter anfängt, sie zu schälen.

»Die Schale erlischt«, sage ich zur Mutter.
Und Mutter streichelt mich weiter und lacht sanft.

21. September

Im Klassenraum ist niemand außer mir und Dr. Petek. Durch die halb verdunkelten Fenster blicke ich auf die Außenwand und überlege, ob ich mir den Mangel an jeglichem Interesse für meinen Workshop für kreatives Schreiben zu Herzen nehmen soll oder nicht. In Wirklichkeit ist meine Selbstbefragung unecht, weil mir die Tatsache, dass ich beim ersten Treffen wohl gescheitert bin, bereits nach wenigen Minuten der Warterei einen Dorn ins Herz stößt und ihn mit sadistischem Vergnügen umdreht.

Wie in der ersten Stunde sitzt Dr. Petek auch jetzt im Stuhl am Fenster. Er holt ein Sandwich aus seiner Aktentasche und kaut mit großem Appetit, während er in seinem Notizbuch herumkritzelt. Hin und wieder blickt er auf die Uhr, beißt ins Sandwich, an dessen Rändern Gurkenstücke hinausragen, und vertieft sich wortlos zurück in seine Spielerei.

Am liebsten würde ich sofort gehen. Oder zumindest mit der Arbeit beginnen, auch wenn ich vor einem leeren Hörsaal spräche. Vielleicht hätte ich das sogar getan, wenn nicht Petek dort wäre, vor dem ich mich aufrichtig schäme.

Dann öffnet sich die Tür erlösend. Als Erster betritt Dioneus den Klassenraum, wortlos geht er zur Stelle, wo er das letzte Mal saß, in der letzten Bank am Fenster. Jetzt sind wir zu dritt. Petek ist schon fast fertig mit seinem Sandwich. Er zeichnet immer noch gedankenverloren in seinem Heft, was mir langsam auf die Nerven geht. Trotz allem hat sich der Raum mit Dioneus' Kommen verändert, er wird von dem sich wiederholenden Geräusch aus Dioneus' Rotzerei erfüllt. Vollkommen automatisiert, ein rhythmisch bestimmtes Geräusch, welches einerseits mit seiner Abscheulichkeit abstößt, andererseits jedoch den Klassenraum belebt. Ich beobachte ihn, wie er durchs Fenster auf dieselbe Mauer starrt wie ich, und frage mich, was er getan hat, dass er hier ist. Woher dieser Tick? Hat er ihn schon lange? Das Zurückhalten alles Schmutzigen und Schleimigen, das aus dem Körper drängt, diese absolute körperliche Kargheit bei den eigenen Ausscheidungen, das Hinaufziehen von Schmutz zurück in den Schädel zwischen weiß Gott welche Gedanken. Was hat das damit zu tun, weswegen er ist, wo er ist?

Nichts, ich weiß rein gar nichts über Dioneus, ebenso wenig wie über Panfi und Fil, Phil oder wie auch immer er heißt, was mich zu meiner Verwunderung nicht weiter verblüfft, sondern in mir eine spielerische Beweglichkeit auslöst. Das möchte ich nicht ändern. Es ist einzig richtig, dass ich so wenig wie möglich über meine Kursteilnehmer weiß. Selbst wenn sie das schlimmste Verbrechen begangen hätten, es ist mir gleichgültig. Soweit es möglich ist, möchte ich sie wie unschuldige Neugeborene behandeln, unbeschriebene Blätter, heilige Menschen, und ihnen auf diese Weise die Möglichkeit geben, jemand zu sein, der sie sonst im Gefängnis nicht sein können. Zumindest theoretisch. Alles andere ist nämlich bereits durch die Tatsache bestimmt, dass Gitter an den Fenstern sind und Wärter auf den Gängen.

Freiheit, obgleich es nur die Freiheit des Bleistifts ist, ist hier eine schöne Illusion.

Im selben Moment, als hätten meine Gedanken sie herbeigerufen, erscheinen Panfi und Fil. Dr. Petek wischt sich zufrieden die Krümel vom Mund, knüllt die Serviette mit dem Stanniol zusammen, in das sein Sandwich gewickelt war. Panfi und Fil begrüßen mit einer Kopfbewegung, wie es Pilger tun, die auf ihren langen, ungewissen Reisen zum Schweigen verpflichtet sind.

Ich spüre, dass ich ganz tief einatme.

Wir fangen an.

22. September

Gestern Abend kam es zu Unruhen in meiner Straße. Einwanderer demonstrieren gegen Rassismus. Ich höre das Zerbrechen von Glas, Geschrei und einen Mordslärm. Sirenen. Ich entferne mich vom Computer und erhasche durchs Fenster den Blick auf zwei Araber, die auf einen Skinhead einprügeln und dann vor der Polizei flüchten. Angeblich kam es auch in anderen Stadtteilen zu Unruhen. Im Rest des Landes war es ruhig.

Ich schließe meine Haustür zweimal ab und überlege, was besser wäre, ein zusätzliches Türschloss zu kaufen oder weiterhin über das Auswandern nachzudenken. Aber wohin? Wohin soll ich, um von dem stammesbezogenen Scheiß der Sprecher und Leser meiner Sprache wegzukommen? In Japan kenne ich niemanden, und die meisten Tage im Jahr ist es mir sogar bis nach Triest zu weit.

Ähnliche Proteste gab es in ganz Europa. Vor der Puerta del Sol in Madrid hat sich ein katalanischer Student mit Benzin übergossen und angezündet. In Österreich auf dem Heldenplatz marschierende Neonazis, in Mailand zahlreiche Protestzüge für die Loslösung Norditaliens. Zum Abschluss noch ein Bild der geschändeten Bronzefigur des Manneken Pis, dem unbekannte Täter letzte Nacht den Pimmel abgesägt und an seine Stelle eine Plastikbanane angebracht haben. Die Kommentare im Netz deuten auf eine symbolische Kastrierung von Europa hin, der Beginn des sicheren Endes, was einige schlichtweg als die Bananisierung Brüssels bezeichnen.

23. September

Wer war mein Onkel? Ich habe einen Großteil meiner Kindheit mit ihm verbracht, ich kenne seine Lebensgeschichte, die Art, wie er spricht und geht, trotzdem bleibt er verschlossen wie ein Stein, ein ewiges Rätsel, mein engster Unbekannter.

Er war belesen, was bedeutet, dass er neugierig gewesen sein musste. Er wusste viel über verschiedene Dinge, er kannte die Gewinner im Florett der letzten zehn Olympischen Spiele und die neuesten technischen Errungenschaften, den Namen einer chinesischen Stadt, die mit X beginnt (sechs Buchstaben), und die Geburtsstädte von Schauspielerinnen aus Stummfilmen (sieben Buchstaben, zweiter Buchstabe B, vierter Buchstabe A).

Das Lösen von Kreuzworträtseln war seine große Leidenschaft. Das Lexikon war seine Bibel.

Über mich wusste er nichts.

Er stellte nie Fragen über mein Leben. Keine. Keine einzige.

Er kommentierte nie etwas.

Er zeigte keinerlei Interesse für mich oder irgendjemand anderen seiner Verwandten oder Mitmenschen.

Obendrein war Onkels Uninteressiertheit in eine schöne, freundliche, ja, mit einer von menschlicher Wärme vollgesaugten Schleife umwunden. Mit der chinesischen Mauer aus Freundlichkeit und Distanz. Dringe niemals in den Raum des Anderen ein und erlaube dem Anderen nicht, in den Deinen zu dringen. Klare Abgrenzungen mit Floskeln und kleinen Ritualen verkitscht.

Darum habe ich ihn nie wieder etwas gefragt. Ich traute mich nicht.

Er umhüllte sich mit einem Schleier von Unzugänglichkeit und Unsichtbarkeit. Ich wusste, dass sich dort hinten, hinter dem Schleier, etwas verbarg, aber ich griff nie danach, um es aufzudecken. Vielleicht wartete ich darauf, dass er mir eine Frage stellte, eine einzige kleine Frage, die tiefer ginge, unter die Rüstung rutschen und eine Rückfrage rechtfertigen würde. Ich lauerte auf seine Geste, die meine legitimieren würde.

Und wurde müde vom Warten.

Ich gewöhnte mich ans Verhülltsein, ich gewöhnte mich an die Stumpfheit, ich gewöhnte mich daran, dass ich für ihn ein gelöstes Samstags-Kreuzworträtsel war, total uninteressant.

Die Frage kam nie.

Die Geste kam nie.

Mein ganzes Leben verbrachte ich in Kontakt mit einem Menschen, der jetzt, da er gestorben ist, keine Leere hinterlässt, sondern ein Rätsel.

Erst jetzt, wo er tot ist, frage ich mich, ob es wirklich etwas verändert hätte, wenn ich selbst ohne Anlass versucht hätte, die unsichtbare Grenze zu durchbrechen, den Rubikon zu überqueren, eine der Fragen zu stellen, die er selbst nie stellen wollte.

Hat mein Onkel etwa gewartet, dass ich das tue?

Ja oder nein?

Ich weiß nicht. Ich werde es nicht wissen.

Dieses Kreuzworträtsel hat keine Lösung.

24. September

Ich träume von Ratten. Sie sind überall in meiner Gefängniszelle. Ich schlafe ein, erwache jedoch, als die Ratten auf mir herumkrabbeln. Momente tiefen Grauens. Dann finde ich eine Zeitung unter dem Kissen. Sie ist vom morgigen Tag. Wie eigenartig, überlege ich in meinen Träumen, dass ich die morgige Zeitung lesen kann, obwohl morgen noch gar nicht geschehen ist. Ich sehe die Todesanzeigen. Sportergebnisse auf der gegenüberliegenden Seite, die Weltmeisterschaft im Azteken-Fußball. Der Spieler, dem der Ball auf den Boden fällt, wird enthauptet. Ein großes schwarz-weißes Foto von den abgehackten Köpfen. Ein Foto der Siegermannschaft. In Wahrheit ist auf dem Bild nur ein Azteke, der lachend einen gigantischen Pokal in die Luft hält. Er steht auf einem Haufen, auf einem wahren Leichenberg von Spielern aus allen anderen Teams und seinen Mitspielern mit abgehackten Köpfen und winkt mir aus dem Foto zu. Neben ihm ist meine Mutter, die ihm den Siegerpokal aushändigt. Sie ist schön, sie trägt ein anliegendes Badekostüm mit einer Schwimmbrille um den Hals. Sie ist in meinem Alter. Auch sie dreht sich auf dem Foto zu mir und winkt mir zu. Erneut Ratten auf meinen Füßen. Ich zerknülle die Zeitung und verstopfe damit den Spalt in der Mauer, woher sie kommen. Ich höre sie von der anderen Seite, wie sie quietschen und am Papier knabbern. Es wird nicht lange dauern, und bald werden sie das Papier durchgefressen haben und wieder bei mir sein. Ich erinnere mich an das wahre Bewusstsein, dass es bis dahin noch wenige friedliche Momente sind, in denen ich ein- und ausatmen, ein- und ausatmen, vielleicht sogar für einen Augenblick einschlafen kann. Meine wertvolle, übertölpelte, einzige Zeit, meine Zeit, ohne Ratten.

Ich erwache total kaputt, als hätte ich die ganze Nacht gekämpft.

Aber mit wem?

Am Vormittag gehe ich ins Zentrum. Eine Menschenschar steht neben der Marmortreppe auf der Plattform vor dem Parlament. Die Treppe ist mehr als zwei Meter breit, auf jeder Seite von einer schmalen Mauer und einer Allee mit Palmen umrandet. Die Menschen beobachten einen Jungen, der von einem Bordstein auf den anderen springt, beim Aufsprung hält er mit knapper Not das Gleichgewicht, dreht sich um, springt zurück. Er hat einen kleinen Transistor, leise spielt Hardcore-Musik mit regelmäßigen Unterbrechungen, als die elektrische Gitarre für wenige Sekunden das Singen eines Männerchors unterbricht, der die Staatshymne singt. Bei den Klängen der Hymne springt der Junge jedes Mal hoch, dann ertönt Hardcore-Musik, und er macht Pause.

Nur einer von vielen, die hier sonst mit ihren Skateboards Kunststücke üben? Der Junge führt alles ohne Sportausrüstung durch, trotz der Herbsttemperaturen ist er barfuß.

Ist er ein Künstler und alles zusammen eine künstlerische Performance?

Der Junge ist jung, sehr jung, er ist ein schöner Junge und sehr jung.

Ist das ein Protest, vielleicht ein Protest gegen die angekündigte Erhöhung der Schulgelder?

Der Junge ist schön, sehr schön, und er ist sehr jung.

Welche Art von Performance oder Protest könnte das sein? Nirgends eine Tafel, keiner weiß etwas.

Witze von Menschen, die dastehen und beobachten. Der Junge reagiert auf keinen. Er springt eifrig.

Sein Gesicht ist knallrot von den Sprüngen.

Dann endlich der Augenblick, auf den die meisten im Stillen warten.

Die Kräfte des Jungen beginnen nachzulassen, sein langer, schlanker Körper im Jogginganzug stößt sich ab, sein nackter

Fuß berührt den Bordstein, streift ihn jedoch nur leicht, sodass er mit einer dämlichen Grimasse auf die Marmortreppe plumpst.

Eine Frau kreischt, ein längliches Gesicht, an das eine behandschuhte Hand greift, das ist alles.

Niemand regt sich.

Der Junge ist stark zerschunden.

Er liegt eine Weile vor den Gesichtern der Menge, dann rappelt er sich auf.

Blut über der rechten Augenbraue. Auch auf dem Jogginganzug breiten sich von unten zwei rote Flecken aus.

Leute geben Kommentare ab, dann und wann ist der Gesang der Staatshymne zu vernehmen, und wieder Hardcore-Musik.

Der Junge hat Abschürfungen, viele Abschürfungen.

Trotz allem klettert er mit einer ungewöhnlichen, eigentlich äußerst pathetischen Souveränität erneut auf den Bordstein und fährt mit seinen Sprüngen fort. Nach seiner Körperhaltung muss er starke Schmerzen im linken Bein und Arm haben. Ein Sprung, zwei. Hardcore-Musik, dann erneut die Staatshymne, der Männerchor singt aus vollem Hals.

Der Junge plumpst erneut mit dem Gesicht auf den Treppenrand. Eine Blutlache.

Nun springen zwei Männer auf, um ihm zu helfen, er aber hebt die Hand, stoppt sie und lehnt ab.

Einige Leute kommentieren, dass sie nicht mehr zusehen können. Der Junge sei ein Psycho, man müsste einen Krankenwagen oder gleich das Irrenhaus rufen.

Einige gehen.

Die meisten von uns warten, was passieren wird.

Der Junge rappelt sich langsam auf.

Der Junge ist blutig, sehr blutig und noch immer sehr jung und sehr schön.

Hinkend schleppt er sich zu einem der Bordsteine und blickt blass vor sich hin.

Wird er noch springen? Anscheinend ruht er sich aus.

Wird er weitermachen? Womit?

Was bedeutet dieses Spiel, für wen ist es bestimmt?

Anscheinend wird er weitermachen.

Ich kann nicht mehr zusehen. Ich gehe zum nächsten Kiosk, um eine Zeitung zu kaufen. Aus der Ferne sehe ich nur die Menschenschar, die vor dem Parlament steht und schaut.

Ich sehe einige Polizisten, die sich den Zuschauern anschließen und rauchen.

Die Verkäuferin im Kiosk fragt mich, was los ist.

Ich erzähle ihr vom Jungen.

»Ach ja«, sagt sie, »das geht schon die dritte Woche so.«

Ich frage sie, ob sie weiß, warum.

»Weil nichts mehr stimmt«, erwidert sie. »Wären Sie gerne jung in dieser Welt?«

Ich überlege, dass ich mit meinen vierunddreißig Jahren noch nicht so alt bin, um mich von dieser moralisierenden Äußerung nicht angesprochen zu fühlen.

Aber ich schweige. Ich beobachte, was vorgeht. Anscheinend geht etwas vor.

Die Polizisten haben ausgeraucht, treten ihre Kippen aus und drängeln sich langsam durch die Schar.

Die Menschenschar löst sich auf. Ich höre die Sirene des Rettungswagens.

Einen Augenblick sehe ich den langen, dürren Körper des Jungen, der regungslos in einer Blutlache auf der Treppe liegt.

Ich bin Teil einer sehr schönen Selbstzerstörung, ich sehe einen jungen und schönen Jungen, ich höre Hardcore-Musik, die Staatshymne, es schmerzt, einen Moment lang sehe ich die Szene als eine Vision oder Tat, die zum Nachahmen aufruft.

25. September

Ich schreibe und drucke. Drucke und schneide, schneide und verbrenne, um erneut zu schreiben.

Für wen?

Für euch beide, meine faulen, meine zunehmend mumifizierten Bananen!

Die Wahrheit: Ich bin zu nichts nutze.

Schreiben ist der selbstzerstörerischste Beruf der Welt.

Für ein paar Worte zerlegt man sich selbst, man gibt seine Innereien dem allgemeinen Gespött preis.

Wir Schriftsteller sind Menschen ohne Selbstrespekt. Ohne Respekt gegenüber Umwelt, den Mitmenschen.

Mitmenschen, was für ein Wort!

Als würden sie auf Bäumen wachsen, als wären sie im Zoo ausgestellt, in einem Briefmarkenalbum oder einem Museumsdiorama.

Mitmenschen.

Wie Bestien mit leeren Blicken, gefangene Tiere, lebende Kadaver, in Gefangenschaft geboren.

Ein schmaler Lebensraum, Menschenscharen, die täglich an ihnen vorbeipilgern, der mangelnde Kontakt mit der eigenen Art und anderen Arten hat sie des Blicks beraubt, ihn ausgehöhlt und entleert.

Ich schreibe und drucke.

Ich zerschneide und verbrenne.

In Wirklichkeit verrichte ich dieselbe leere Arbeit wie diese Tiere, wenn sie aneinander vorbeisehen oder beim Hindurchblicken von Tier oder Mensch.

Schriftsteller sind Menschen, die des Blickes beraubt wurden, Menschen mit einem Blick, der vorbeigeht, der immer verfehlt. Absichtlich oder nicht.

Ich wäre gerne Schriftstellerin.

Ich nenne es, ein Lebensziel zu haben.

Ich war immer gut im Setzen von Lebenszielen. Im Verfehlen bin ich jedoch Meisterin.

Auf einer meiner Romanvorstellungen fragte mich ein Pensionist nach meinem Lebensziel. Er sagte, er verstehe chronische Alkoholiker und Menschen, die sich wegen verlorener Ehre das Leben nehmen, dass er Knappen kenne, die wissen, dass sie früher oder später von einer giftigen Substanz vergiftet werden, nach der sie im Bergwerk graben, dass er Seppuku und die Psychologie des Menschen als Bombe verstehe. Er könne jedoch nicht verstehen, warum jemand, der so jung und bei gesundem Verstand ist, Schriftstellerin sein möchte.

Ich dachte, es sei pure Provokation.

Nun denke ich nicht mehr, dass es Provokation war.

Ich bereue es, dass ich damals zynisch und überheblich reagiert habe.

Das war vor drei Jahren in Idrija, ich erinnere mich.

Damals, sofort nach der Erscheinung meines ersten Romans, hatte ich noch die Möglichkeit, aus dieser Gaukelwelt auszutreten, mit dem Schreiben aufzuhören.

Wie schrecklich. Ich tippe schon monatelang und bringe rein gar nichts zustande. Ich weiß, dass mich all das zerstört, dass ich zu nichts nutze bin, trotzdem sehe ich keinen möglichen Ausweg.

Die Sprache ist eine zu starke Droge, und ich habe zu viel Leben in der einsamen Abhängigkeit angenommen.

Ich bin von nichts und zugleich von allem süchtig.

Und das ist zu viel.

27. September

Gestern Abend im österreichischen Kulturinstitut. Gespräch mit dem Autor des Buchs *Nie wieder Drittes Reich* über die geplante Renovierung von Hitlers Geburtshaus.

»Was würden Sie mit dem Haus machen?«, fragt der Moderator, ein kleinerer Österreicher mit glattgestrichenem Haar und einem Namen, den ich mir nicht merke. »Ein Holocaust-Museum? Niederreißen? Etwas Drittes?«

Im zahlenmäßig kleinen Publikum (ca. fünfzehn) kommt es zur Formierung zweier Gruppen.

Einer, die die Umgestaltung in ein Museum befürwortet, das den Opfern des Holocaust gewidmet ist, als bleibende Mahnung an die Grausamkeiten, die passiert sind.

Das Gegenargument der zweiten Gruppe lautet: Solange das Haus besteht, wird es Extremisten anziehen.

Angeblich besuchen jedes Jahr Tausende den Ort zu Hitlers Geburtstag, was ein wachsender Faktor für die Sicherheit und den Lokaltourismus ist.

Was ich denke?

Ich baumle mit dem Bein und schaue auf den Boden. Mir fällt das Hostel Celica in Ljubljana ein, das Künstler aus einem ehemaligen politischen Gefängnis geschaffen haben.

Die Gitter sind geblieben.

Ich habe gelesen, dass es ältere Gäste aus Osteuropa nicht betreten wollen. Diejenigen, die sich an die Schrecken des Totalitarismus erinnern, sind empört über die Idee, eine Nacht in einer Zelle zu verbringen, in der Menschen vor Jahrzehnten von der Geheimpolizei gequält wurden.

Jüngere und Ankömmlinge aus Ländern, die keine Erfahrung mit dem Kommunismus oder einer Diktatur gemacht haben, sind von der Idee begeistert. Die Transformierung von etwas Negativem zum Positiven, das gehobene Geschwätz über Kunst, die stärker sein soll als Waffen, und Floskeln dieser Art.

»Ich bin fürs Niederreißen«, sage ich.

Der Moderator hebt den Blick und grinst triumphierend mit seinen zwei Reihen Goldzähnen.

28. September

Ich träume, dass mich meine Mutter in einen Karton sperrt. Es ist eng, aber trotzdem krieche ich irgendwie hinein, den Kopf zwischen die Knie gezogen, ich schiele nach oben. Ich sehe Mutters lange Haare, die sich im Inneren der Schachtel winden, während sie sich bemüht, diese zu schließen. Dann zieht sie sie hinaus, schaut noch einmal von oben auf mich herab. Jetzt ist es nur mehr ein Auge, über der winzigen Öffnung schwebend, die sich im nächsten Moment schließt. Es ist stockdunkel. Ich höre ein Rascheln auf der Außenseite des Kartons, wahrscheinlich schreibt sie die Adresse, an die sie mich verschicken wird. Dann dreht sich alles, es beginnt mich nach links und rechts zu rütteln, als man mich fortträgt. Ich weiß nicht, wer mich trägt. Ich träume, dass ich sie sehr vermisse, dass ich sie rufe, aber von meiner Mutter keine Spur. Die Schachtel, in der ich mich befinde, steht nun still. Ich bin angekommen. Aber niemand öffnet sie. Wo bin ich? Wo bin ich? Immer weniger Luft. Ich versuche den Karton zu durchstoßen, ich kratze, bis es mir irgendwie gelingt, ein Loch in die Ecke zu bohren. Auf der anderen Seite ertaste ich feuchte Erde. Ich reiße, kratze, beiße am Karton. Ich bin verschüttet, um mich herum ist lockere Erde. Meine

Hände sind immer schaufelartiger. Es ist dunkel, jedoch erkenne ich auch im Dunkeln immer mehr. Wie ein winziger Maulwurf krieche ich aus der Schachtel und beginne mich durch die Erde zu graben. Ich grabe auf allen Seiten, aber nirgends ein Ende, es ist keine Oberfläche in Sicht. Überall nur Erde und Menschenknochen. Plötzlich ist zwischen den Knochen alles voller Haare. Es sind Mutters Haare. Ich folge ihnen, grabe in der Richtung, woher sie kommen. Jedoch gibt es keinen Anfang, nur mehr und mehr Haare, nirgends meine Mutter. Ich kann sie riechen. Zwischen den Haaren ist immer mehr Müll: Konserven, Flaschen, Plastikteilchen, Reifen. Aber nirgends meine Mutter, nur ihre unendlichen Haare.

Ich dusche zweimal, dreimal, aber meine Träume verfolgen mich noch immer.

Ich versuche zu schreiben. Vergeblich. Nichts geht. Als wäre ich vollkommen paralysiert.

Bruchstücke von Erinnerungen bedrängen mich, Szenen mit Mutter. Danach weine ich lange. Ich liege neben dem Bett am Boden und weine. Bis ich erneut aufwache.

Es ist schon Nachmittag. Draußen regnet es. Ich koche mir einen Kaffee. Ich lese eine drei Tage alte Zeitung.

Das Zeitunglesen beruhigt mich.

Die Fiktion der Zeitungsgeschichten ist intakt, ohne Risse, in sich abgeschlossen und dem Anschein nach stabil.

Laut der letzten Studien sieht es immer mehr danach aus, dass Platano ein ernster Kandidat wird. Obwohl ihn vor zwei Monaten noch praktisch keiner kannte.

Platanos Aussagen sind widersprüchlich genug, dass sie verwirren und die nötige Aufmerksamkeit auf sich lenken.

Gleichzeitig befürwortet er die Stärkung von Wirtschafts-

und Militärverbindungen mit den Nachbarländern und den sofortigen Austritt aus der EU.

Sollte er die Wahlen gewinnen, kündigt er ein steiles Bevölkerungswachstum als einen Motor des Konsums sowie die Ausweisung aller Illegalen und aller Personen mit fragwürdiger Herkunft an.

Er verspricht die Einführung von Wirtschafts- und Handelsmonopolen und gleichzeitig das Ende des Bananen-Handelskriegs.

Er verspricht leere, unrealisierbare Sachen, etwa ein persönliches Grundeinkommen, bessere Gesundheitsversorgung, Rückkehr des kostenlosen Schulwesens, eine Reise ins Schlaraffenland und Flüge zum Mars.

Er ist ein klassischer Populist, ziemlich berechenbar in seinen Ankündigungen und Versprechungen, aber mit Charisma.

Einige Dinge, die er ankündigt, sind dreist genug, dass sie überraschen. Falls er gewinnt, verspricht er zum Beispiel, dass der Staat mithilfe einer DNS-Analyse die Identifizierung aller Staatsbürger durchführen und eine umfassende genetische Landkarte der Bevölkerung herstellen wird. Der Zweck ist, alle etwaigen Verwandtschaftsverbindungen, Migrationswege der Vorfahren und die Rassenzugehörigkeit festzustellen. Diese Art von Bevölkerungskartierung soll angeblich ein außergewöhnliches medizinisches Potenzial haben, man könne damit zahlreiche Krankheiten und negative genetische Anomalien wie das Downsyndrom und Ähnliches verhindern und vorab beseitigen.

Die Seite mit politischen Kommentaren ist nach einer Weile zu nass, um mit dem Lesen fortfahren zu können, die Buchstaben zerfließen unter meinen Tränen. Wie unendlich ich mich verachte, wenn ich so verdammt schwach bin!

Die Wahlen in den Niederlanden: Die Populisten verlieren

um Haaresbreite, treten aber höchstwahrscheinlich der Regierungskoalition bei.

Die Wahlen in meinem Herzen: neutral, melancholisch und aggressiv gleichgültig, also abgefunden mit dem Schicksal, das man sich erst noch erkämpfen muss.

Mein Herz ist eine verrostete Pumpe, es pumpt jedoch noch immer genug Emotionen, dass das Auge nicht klar sieht, ständig tränenbedeckt ist.

Mein bester Teil sind die Pflanzen, die im Herbst verwelken, sich schließen, zu faulen beginnen.

Mein Herz ist ein Kühlschrank inmitten einer Wüstenmüllhalde.

Mein Herz ist voll von Verachtung für alle Herzmetaphern.

Wenn ich wählen müsste, würde ich Winter am Polarkreis wählen und Gletscher, die nie schmelzen.

28. September, abends

Dr. Petek schickt mir neue Texte von Panfi, Fil/Phil und Dioneus. Erneut keine Beischrift, keine Kennzeichnung der Urheberschaft, Quelle oder Ähnliches. Liegt die Nachricht solcher Art von Blindpost nicht schon in ihrer Form an sich, und nicht im Inhalt? Demnach habe ich ein Rätsel vor mir, bei dem ich erraten soll, wer, was und ob überhaupt. Und wenn meine Vermutung stimmt – wozu dieses Spiel, was ist das Ziel?

Fleck

Es begann mit einem kleinen grauen Fleck oben links in meinem Blickfeld. Überall, wo ich hinschaute, war dieser Fleck zu sehen. Er war durchsichtig, ich konnte hindurchsehen, es war dort nur immer ein bisschen nebliger, sodass ich mir dessen immer stärker bewusst wurde. Das war die Zeit, in der mein Ex-Mann und ich viel Streit hatten und uns schließlich trennten. Er war sehr böse zu mir und zu Anna, unserem Kind, und am Ende, nach einer Reihe von schlimmen Szenen, wollte er sie mir sogar wegnehmen. Wir haben sehr gelitten. Er trank. Seine Gewaltausbrüche endeten oft damit, dass wir die Nacht bei Nachbarn verbringen mussten. Einmal haben wir sogar draußen geschlafen, im Obstgarten hinterm Haus. Meine Ehe ist unwiederbringlich gescheitert. Und zur gleichen Zeit fiel mein Land auseinander. Alles fiel auseinander, lediglich der Fleck in meinem Blickfeld wuchs. Schließlich wuchs der winzige Fleck zu drei grauen Flecken heran. Ich bin zum Arzt gegangen. Er untersuchte mich und sagte mir, dass ich völlig gesund sei und dass es sich nur um eine psychosomatische Störung handele. Je weniger ich diesen Flecken Aufmerksamkeit schenkte, desto schneller würden sie verschwinden, sagte er. Geringere Aufmerksamkeit? Man konnte sie nicht ignorieren. Sie waren allgegenwärtig. Wie eine Vielzahl von Flecken auf einem Fernsehbildschirm. Ich rieb wie eine Verrückte, als die Bilder von marschierenden Truppen und Militärfahrzeugen, Massendemonstrationen, Versammlungszentren und Flüchtlingslagern, weinenden und klagenden Frauen, brennenden Häusern, mit Fahnen bedeckten Särgen und Politikern, die sich die Hände schüttelten, durch das Tuch hindurchschienen, mit dem ich putzte.

Anna sah nicht gerne fern. Sie war neun Jahre alt und zog sich immer mehr in ihre eigene Welt zurück, spielte stundenlang mit unserem Cockerspaniel vor dem Haus. Aber auch das war bald nicht mehr möglich. Die Kämpfe griffen auf unsere Stadt über. Wir mussten ins Haus, hinter verschlossene Türen, und warten. Mein Zustand stabilisierte sich eine Zeit lang. Das Archipel grauer Flecken, durch das ich die Welt betrachtete, kam zur Ruhe. Sie wuchsen nicht mehr, und manchmal schien es mir, dass ich mich vorübergehend an das neue Muster meiner Welt gewöhnt hatte. Das Vorhandensein der Flecken störte mich nicht mehr so sehr wie die Tatsache, dass sie zunächst fast völlig durchsichtig waren und sich erst nach und nach verdunkelten. Ich konnte immer noch kaum erkennen, was sich hinter ihnen befand. Sie verdeckten den größten Teil meines Sichtfeldes. Ich musste meinen Kopf leicht hin- und herbewegen und so die sichtbaren Passagen zwischen den dunklen Flecken zu einem Ganzen zusammensetzen, was für alle anderen Menschen mit normalem Sehvermögen selbstverständlich zu sein schien. Für mich war nichts mehr selbstverständlich. Medikamente waren keine Selbstverständlichkeit. Essen war keine Selbstverständlichkeit. Freundschaften waren keine Selbstverständlichkeit. Wasser und Strom waren keine Selbstverständlichkeit. Es war nicht mehr selbstverständlich, morgen noch zu leben. Eines Morgens war unser Cockerspaniel verschwunden. Anna weinte Tag und Nacht. Ich konnte sie nicht trösten. Ich beschloss, ins Ausland zu gehen. Aber es war schon praktisch unmöglich, die notwendigen Dokumente zu bekommen. Ich hatte noch etwas Geld. Ich habe für falsche Dokumente und die Überfahrt ins Ausland bezahlt, aber wir mussten warten. Ein paar Wochen, haben sie mir gesagt. In der Zwischenzeit waren die Flecken völlig undurchsichtig geworden. Es war, als ob ich die Welt durch ein dickes, dichtes Gitter betrachten würde. Sie wuchsen nicht, aber sie begannen sich zu bewegen und umzusiedeln. Es war, als wären sie Teile eines dunklen Puzzles, die eine unsichtbare Hand immer wieder umdrehte, ohne dass sie ein sinnvolles Ganzes ergaben.

Ich sitze oft stundenlang wie gelähmt. Die Flecken erinnern mich mehr und mehr an etwas, aber ich kann nicht sagen, an was. Wenn ich aus dem Fenster schaue, sehe ich nur Dunkelheit, durch schmale Ränder des noch Sichtbaren, dort sehe ich Anna auf der Straße stehen. Ich öffne das Fenster und rufe ihr zu, dass sie sofort ins Haus zurückkommen soll. Es ist gefährlich, du darfst nicht draußen sein! In diesem Moment ertönt ein Schuss. Ich renne nach draußen, zu meinem kleinen Mädchen. Ich beuge mich über sie und sehe, dass das Puzzle zusammengesetzt ist. Der Fleck passt genau zu den Konturen des toten Körpers unter mir. Ich bin über mein Kind gebeugt, aber ich kann es nicht sehen. Mein kleines Mädchen, mein Leben, mein Glück sind nirgends zu sehen. Es gibt keine Anna, nein, es gibt keine Anna. Alles, was ich sehe, ist ein großer Fleck schwarzer Leere, und das Gras an den Rändern ist braun vom Blut.

Engel der Erinnerung

Dieser November ist wärmer als der Durchschnitt. Vater sagt, dass wir für jeden Tag wie heute dankbar sein sollten. Mutter schweigt. Zwei Polizisten machten sich heute Morgen an sie ran, aber zum Glück kam sie mit einem blauen Auge davon. Wir hätten alle tot sein können, sagt sie mir. Sei froh, mein Sohn, dass du ein Leben hast. Solange man am Leben ist, ist alles möglich. Tagsüber betteln wir. Heute war es nicht schlecht, 13 Euro und 70 Cent. Nach dem Abendessen schleppen die Eltern Kartons und alte Decken, die wir im Müll gefunden haben, aus einer Seitengasse heran. Zuerst verstand ich nicht, warum wir nicht irgendwo an einem abgelegeneren Ort im Dunkeln schliefen. Jetzt verstehe ich, dass sie Angst vor dem Alleinsein haben. Abseits der Augen der Passanten kann alles passieren. Manchmal wirft uns jemand über Nacht einen Euro in die Schachtel, die vor unseren Füßen steht. Papa sagt, wir sind die Auserwählten. Dass wir es geschafft haben. Onkel Zika und Tante Tončka, Tante Klara, Oma Alma, sie sind alle tot. So wie alle anderen Kinder aus dem Dorf, mit denen ich im Frühjahr noch Burgen aus leeren Patronenhülsen gebaut habe. Alle von ihnen. Wir waren die Einzigen, denen es gelungen ist. Das Entkommen aus dem brennenden Dorf. Die Flucht aus dem brennenden Bosnien. Flucht aus einem brennenden Asylbewerberheim in der Nähe von Triest. Wir sind jetzt hier. Mein Vater nennt diese Stadt eine Stadt des Lichts. Paris. Aber die Leute hier verschlucken das s, die Schlange am Ende des Namens, sie sagen einfach Pari. Seit wir hier sind, bin ich nicht mehr müde. Die Lichter sind mein Essen. Meine Mutter schläft zu meiner Linken. Zu meiner Rechten Papa. Ich beschütze sie mit meinem Wachsein. Wenn es Nacht wird und sie einschlafen, wachsen mir Flügel wie einem Engel. Ich stecke sie unter ihre schlafenden Körper, damit sie nicht auskühlen. Die Kälte kommt immer von unten, aus dem Asphalt. Ich schlürfe die Lichter ein und die Nacht vor mir und auch die Passanten in der Rue Racine. Über unseren Köpfen leuchtet ein großes Banner, ein Kätzchen, das mit einem Tablett spielt, auf dem das Meer zu sehen ist. Auf dem Plakat steht *See more. Experience more.* Ich kann Englisch nicht lesen, aber mein Vater hat es mir vorgelesen. Mein Vater kann Französisch und Englisch und übersetzt alles, was ich will. Mehr sehen. Mehr erleben. Diese Aufschrift leuchtet nur für mich. Mein Name ist nicht Samsung, aber diese Aufschrift ist für mich. Wenn alles einschläft, wache ich über euch. Ich beobachte und beschütze euch alle, die ihr vorbeigeht. Ich kann euch eintreten sehen, sehen, wie sich manche Herzen bei unserem Anblick zusammenziehen. Kein falsches Mitleid, bitte! Wir haben es geschafft. Wir sind glücklich, weil wir am Leben sind, in Pari, gespeist von Lichtern, die auch nachts nicht erlöschen. Für mich gibt es keine Hindernisse. Die Mauern sind nur in unserem Kopf, sagt der Vater. Ich kann in Autos einsteigen, die vor mir auf der Straße halten. Ich kann die Häuser betreten, die mich umgeben. Ich kann eintreten und alles sehen. Wenn alle schlafen, beginnt die vergangene Welt vor meinen Augen zu wachsen. Die Gebäude vor mir schrumpfen, Glas wird zu Stein, Mauern werden zu Trümmern. Die Toten erheben sich und beugen sich über das Pflaster, auf dem wir schlafen. Sie wollen mir nichts tun. Sie wollen mir nur sagen, dass auch sie am Leben sind. Dass sie hier sind. Dass die Vergangenheit nie vergeht. Endlose Trümmerhügel, endlose Haufen von Toten, verdreht zu dem Buchstaben s. Ich sehe tiefer, ich erlebe euch alle. Ich bin unglücklich. Meine Flügel sind schwer. Meine Mutter und mein Vater sind ein paar warme, schwere Gewichte auf meinen Flügeln. Manchmal, wenn die Lichter zu zahlreich sind und die Toten zu zahlreich sind und ich zu viel sehe, möchte ich die Augen schließen, mich zudecken, mein Gesicht vor all diesem Schrecken verbergen, aber ich kann es nicht. Mein Vater und meine Mutter sind meine Vergangenheit. Bald wird der Morgen kommen. Bald wird es Morgen. Ich hoffe, dass auch ich eines Tages die Ruhe finden werde, die jedem am Ende einer solchen Reise zusteht.

Boden

An dem Tag, an dem sie erfuhr, dass ihr einziger Sohn zu dem Trio gehörte, das das Massaker an den Schülern des Gymnasiums verübt hatte, begann sie zu sinken. Sie stand in der Mitte der Küche, zwischen Kühlschrank, Esstisch und Fernseher, und begann im Boden zu versinken. Als einige Stunden später ihre Nachbarin an die Tür klopfte, stand sie bereits bis zu den Knöcheln im Wasser. Natürlich ging sie nicht an die Tür. Als abends in den Vorstädten die Lichter ausgingen und die Ausgangssperre kam, hatte der Boden sie bis zur Taille verschluckt. Am nächsten Morgen kehrte ihr Ehemann, der sich aus Angst vor möglichen Repressalien durch die Eltern eines der ermordeten Schüler bei Verwandten versteckt hatte, nach Hause zurück, aber sie war verschwunden. Mitten in der Küche, wo sie für gewöhnlich schweigend den Morgen verbrachten, trat er mit seinem Schuh auf die Plastikspange, die sie im Haar trug. Das war alles, was von ihr noch übrig war. Und die tödliche, unheilvolle Stille im Haus. Aber sie, die vor Scham in den Boden versunken war, konnte ihn hören. Er stand nur wenige Zentimeter über ihrem Kopf, der Mann ihres Lebens, den sie nie wieder sehen würde. Es tat weh, und gleichzeitig wurde es mit jedem Zentimeter Tiefe weniger wichtig. Unter der Oberfläche musste sie mit anderen Dingen zurechtkommen. Das Schlimmste lag knapp unter der Oberfläche. Sie hatte sich immer vor den kriechenden Würmern gefürchtet, die ihr Ekel bereiteten. Wenn ich überleben konnte, dass mein Sohn an der Schule, an der ich einst unterrichtet habe und er selber

sein Abitur gemacht hat, zum Kinderschlächter wurde, dann
kann ich wohl auch diesen Ekel aushalten, sagte sie sich immer
wieder und sank tiefer. Ihre Hände zitterten, sie brach durch
das Tunnelgewirr eines Maulwurfs, der in einen der Gänge
flüchtete, im nächsten Moment dann durch einen anderen zurückkehrte und sie mit der Blindheit eines Tieres beobachtete,
das im Dunkeln sieht. Sie war jetzt tiefer versunken, der Boden
war kiesig geworden, die Plastik- und Müllteile, die sich in
den oberen Schichten befunden hatten, waren verschwunden.
Sie spürte die jahrhundertealten Ziegelsteine unter ihren Füßen
und zog sie auseinander, so wie man eine zu fest ausgebreitete
Decke auseinanderzieht, damit man freier in den Schlaf fallen
kann. Sie glitt tiefer. Jetzt klapperten die Knochen unter ihr,
um sie herum, überall. Ein Schädel kratzte sie mit seiner Hohlheit. Sie lachten, der Schädel in der Erde und ihr Schädel, der
vor Scham versank. Der Schädel hatte ein Loch in der Stirn,
möglicherweise von einem Schlag, wer weiß. Sie hatte ein Loch
in ihrer Seele, in ihrem Herzen, sie hatte Löcher überall, ohne
Löcher könnte sie mir nichts, dir nichts versinken. Sie wurde
immer mehr zu diesem löchrigen, ausgehöhlten, leeren, hallenden Mirnichtsdirnichts. Sie hätte sich hier, zwischen den
Knochen, leicht häuslich einrichten können. Doch der Untergang machte auch vor den Toten nicht halt. Er fuhr fort.
Gibt es noch mehr als das hier, etwas noch Tieferes?, fragte sie
sich. Ihre Scham zog sie tiefer, die Erdschicht hörte auf, nur
Steine und Felsen ringsum. Sie rutschte durch lebende Felsen.
Sie wurde selbst immer mehr zu einem Stein. Seltsam, dachte
sie, man sagt, manche Menschen hätten ein Herz aus Stein,
aber ich bin mehr und mehr aus Stein, mein Körper ist aus
Stein, meine Erinnerungen sind aus Stein, meine Geschichte ist
aus Stein, meine Gedanken und meine Sprache sind aus Stein.
Unerkennbar sank sie in die Zone der flüssigen Dunkelheit.

29. September

Frühmorgens stoße ich vor meinem Wohnblock auf eine tote Taube. Rundherum ist alles voller Federn. Der Taube fehlt der Kopf, aus dem Hals quillt blutiges Fleisch, mit Sand verklebte Adern.

Ich betrachte sie aus der Nähe, die angewinkelten Beinchen, den grauweißen Schwanz und die beiden leicht ausgebreiteten Flügel.

Trotz der Todesszene entfaltet sich mir beim Anblick eine ungewöhnliche, außerordentliche Schönheit. Dieses tote Tier hat etwas Uneinholbares, etwas, das in direkter Verbindung mit meinem Schreiben steht, etwas, das ich erfolglos versuche, immer wieder, schon den ganzen Sommer über, mein ganzes Leben vielleicht.

Sein und nicht sein zugleich.

Vor mir liegt alles, was ich mir in meinen Texten gewünscht habe, jedoch jenseits der Worte, ein paar hundert Gramm Knochen, Fleisch, Blut und Federn, und obendrein ein kopfloser, unpersönlicher und reiner Corpus.

Vorsichtig hebe ich ihn hoch und bringe ihn in die Wohnung. Zum Glück treffe ich niemanden auf dem Weg. In der Wohnung breite ich ein frisches, weißes Tischtuch auf dem Tisch aus und lege den Vogelkörper in die Mitte. Ich setze mich vor ihn und beobachte jeden einzelnen Flaum seiner Flügel, jede Neigung seines gebrochenen Flügels oder des angespannten Bäuchleins, einige Wunden, wahrscheinlich von einem Biss.

Die ganze Zeit habe ich nur einen einzigen Gedanken im Kopf: Dieses Wesen, diese Szene, das bin ich, das sind wir, das ist der Mensch.

Als ich abends in die Wohnung zurückkehre, schließe ich die Tür leise hinter mir, um ihn nicht zu wecken. Im Dunkeln unterscheide ich nur schwer die Tischecken im Raum, der durchs Seitenfenster leicht erhellt ist. Ich weiß, dass die Taube, solange ich so im Dunkeln verharre, in Wirklichkeit lebt. Dass sie auf dem Tisch sitzt, sich leise die Federn putzt und wartet, dass ich zurückkomme. Sie kennt mich besser, als ich mich selbst kenne. Erst mein Einschalten des Lichts richtet sie immer wieder aufs Neue hin.

Ich schreibe einen langen Brief an Tante Marija. Wir standen uns nie nahe, aber erst jetzt, da sie ganz allein geblieben ist, steht keiner mehr zwischen uns. Ich sehe meinen Onkel in neuem Licht, als Barriere, die mit seinem Tod gewichen ist. Wie ungewöhnlich! Zuvor, als er noch lebte, habe ich ihn nie als Barriere wahrgenommen, sondern als Bindung. Erst der Tod selbst enthüllte mir einen neuen Blick auf unsere Verhältnisse.

Was sehe ich überhaupt, wenn ich glaube, ihn zu sehen? Was sind Buchstaben, und was sind Gestalten?

Ist das Ansehen nicht immer das Betrachten von etwas Lebendigem, also von etwas Bekanntem und Erwartetem?

Dann aber kommt der Tod, und alles ist unbekannt, obgleich heimisch.

30. September

Paula, die Nachbarin, jauchzt immer mehr. Wie man es in den Alpen tut. Es ist etwas zwischen kreischen und jauchzen. Zuerst habe ich naiv geglaubt, dass jemand vor Glück jauchzt. Dann aber nahm das Jauchzen kein Ende. Es wurde immer stärker in immer kürzeren Intervallen. Eine solche Freude hält niemand aus. Paula spricht serbokroatisch. Sie lebt allein in einer Garage, aus der sie einen schmalen Schornstein durch die Mauer geführt hat. Wahrscheinlich gab es in der Zeit Jugoslawiens überall in der Stadt viele solche Notunterkünfte. Seit Jugoslawien zerfallen ist und Ljubljana sich aufzuhübschen begann, wurde Paulas Wohnsitz ein immer deutlicherer Fremdkörper im Hof.

Die Garage hat sie mit einem wackeligen Holzzaun umgeben. Gestern habe ich sie dabei beobachtet, wie sie ein paar Pflänzchen aus der Tonne gefischt und ins Beet hinter dem Zaun gepflanzt hat.

Man hat schon öfter versucht, sie zu delogieren, einmal sogar mit Gewalt, aber sie hat alle besiegt. Ihre Stimme ist ihre Waffe. Ihre kreischende Stimme, mit der sie tagein, tagaus flucht, Morgen für Morgen, beschuldigt alle Korrumpierten, die sich illegal, rings um ihre Garage, Wohnungen angeeignet haben. In ihren Worten steckt so einiges an Wahrheit, gleichwie die Wahrheit immer in den Worten der Irren versteckt ist. Die arme Irre, so nennen sie die beschämten Reichen und Spekulanten und schreiten flotten Schrittes ihres Weges. Wir alle wissen, dass keiner von ihnen sauber ist und sich alle ein bisschen vor ihr fürchten. Paula aber hat alles verloren und fürchtet niemanden. Wenn man versucht, ihr das Letzte zu rauben, was ihr noch geblieben ist, die Garage, oder sie gewaltsam zu vertreiben, bekommt ihr kreischendes Ausharren unter den Lebenden nur noch zusätzlichen Schwung und Sinn.

Hinkend zieht sie einen Sack hinter sich her. Ein Brennholzstapel wächst auf dem Parkplatz, zwischen den Mercedes und Audis. Wenn jemand auch nur einen Mucks sagt, beginnt sie sofort zu kreischen. Wenn der Passant schweigt, jauchzt Paula, als Vorwarnung. Vor ihrer Stimme ist niemand sicher.

Man sagt, dass sie einen Sohn hatte, der vor ihren Augen auf unserer Straße von einem Auto überfahren wurde. Ich weiß nicht, ob es ein Mercedes oder ein Audi war.

Sie hat alles verloren. Sie hat nichts. Nur eine Garage, ein paar Blumen aus der Tonne und eine wilde, unzähmbare Stimme.

Aus dem schmalen, krummen Metallschornstein schlängelt sich grauer Rauch. Genauso, wie wenn der Papst gewählt wird, fährt mir durch den Sinn, als ich vorbeigehe und sie hinter der offenen Garagentür auf einem durchgesessenen Sofa neben einem kleinen Herd sitzen sehe.

Die offene Tür zur Garage, in der Garage die offene Tür zum Herd, sie auf das lange Holzscheit starrend, das sie langsam ins Feuer schiebt.

Was sie tut: Sie jauchzt, sie kreischt vorsichtshalber und wärmt sich.

Auch in meiner Küche, von der aus ich ihre Garage sehe, ist es warm.

Das wirkt sich auch auf die beiden Bananen aus, die an den Rändern einen grün-violetten Teint angenommen haben, etwas platter geworden und auf gutem Weg sind, sich in der Wüste des letzten Septembertags in Mumien des Pharaos und seiner Frau zu verwandeln.

1. Oktober

Wie immer verlässt mich Kafka auch diesmal unruhig, in einer mir schwer verständlichen neurotischen Eile, mit seinem dämlichen Lachen auf den Lippen. Und wie immer wortlos.

Ich bleibe im Bett. Rundherum der Geruch seines Körpers, ich atme ihn tief ein, lasse ihn lange schweben, sich verändern und langsam über mir zerfallen. Ich spiele mit ihm. Zuerst hat er mich gestört, dann überrascht, als hätte er mir die Pforte zu einem verleugneten Teil in mir geöffnet. Wenn er fortgeht und seine Spur hinterlässt wie ein Tier, beginnt in seinem Geruch immer etwas zu wachsen, etwas Unbekanntes, ein Rätsel, das mich wie ein Führer und Verführer, ein Fremder und Beschützer in meiner Einsamkeit begleitet.

Ich liege im Bett und beobachte, wie alles, was mich irritiert, dicht und greifbar wird in der Luft.

Ich denke nicht. Ich habe höchstens eine Gefühlswolke über mir, die pure Essenz von etwas Unbekanntem.

Inmitten des Geruchs tauchen Schatten auf, formlose Halluzinationen oder Visionen oder zumindest ein Trugbild des Oktoberlichts, das mit seiner düsteren, gleichgültigen Schwere hin und wieder die Regenwolken durchbricht, durchs Fenster fällt, die Tropfen auf der Außenseite der Fensterscheiben beleuchtet.

Über meinem Körper die Schattenszenen ungreifbarer Formen, die sich immer mehr zu einem schwebenden, unklaren Zentrum verdichten, einem schattigen Steinchen in der Luft.

Ich betrachte es, es ist über mir, mein zierliches Gedankensteinchen, es hängt über meinem Kopf, allmählich kann ich es in der Luft hin und her bewegen, ich wälze es langsam von einer in die andere Ecke des Schlafzimmers.

Das Steinchen wächst von Minute zu Minute. Nach fünfzehn Minuten ist es schon ein größerer Stein, nach circa einer Stunde ein Felsen, der mich mit aller Kraft niederdrückt, sodass ich meinen Blick von dem drohenden Schatten über mir nicht mehr abwenden kann.

Ich weiß, sobald ich meinen Blick abwende und aufhöre,

ihn mit meinen Augen zu stützen, wird er auf mich niederstürzen und mich zerdrücken.

Ich versuche ihn wegzuschieben.

Er rollt immer wieder auf mich zurück.

Ich packe ihn mit meinen Gedanken und schleudere ihn durchs Fenster. Der Felsen fliegt in Richtung Fenster, verschwindet in der Scheibe, aber es passiert nichts, es zerbricht nichts.

Einen Augenblick später ist der Fels erneut über mir, noch größer und drohender als zuvor.

Ich halte es nicht mehr aus.

Ich schließe die Augen und warte. Wenige Momente später rolle ich mit aller Kraft aus dem Bett.

Hinter mir kracht mein ganzes Leben zusammen.

Auch ich krache bei der gesamten Aktion zu Boden, stoße mir den Kopf am Bettrand. Es tut teuflisch weh, aber ich bin gerettet.

In meinem Kopf ein Wiederklang: Hör auf zu träumen.

Lass in Zukunft noch weniger zu, dass das andere (was auch immer es ist, etwas, das nicht ich bin) von dir träumt.

Am wichtigsten aber: Erlaube Kafka nie wieder, das Schlafzimmer zu betreten.

Ich sitze eine ganze Weile auf dem Boden, abwesend, erschüttert, mit einem Zwiespalt in mir, ohne das kleinste bisschen Kraft, mich aufzuraffen, als hätte mir etwas meine gesamte Lebensenergie geraubt.

Das Zusammensetzen, das folgt, ist langsam und außergewöhnlich schmerzhaft, anstrengend.

Ich schleppe mich nur schwer ans Fenster, öffne es sperrangelweit, lasse den Regen auf meine Wangen prasseln, atme die feuchte, nach Fäulnis und Moos, nach Abschieden und Entblößung und Verlangsamung riechende Oktoberluft tief ein.

Am Abend ruft Eva an. Ein langes Gespräch über die Menschen, die mit der *Literaturbeilage* zu tun haben, über Änderungen in der Redaktion, wer nun mit wem kann, wer die neuen Verbündeten sind, wer mit wem schläft, wer Verwandte einstellt und Ähnliches.

Bei solchen Gesprächen bin ich stets innerlich zerrissen.

Heute besonders empfindlich und unzugänglich.

Einerseits finde ich, dass es eine unvermeidbare Dringlichkeit ist, über das banalste Geschwätz informiert zu sein. Andererseits erfüllt mich das alles mit physischem Unbehagen.

Ist es wirklich nötig, dass ich die Rolle einer Voyeurin in einer Arena aus Mittelmaß und Klientelismus spiele?

Was gewinne ich damit, worum beraube ich mich selbst?

Ist es wirklich nötig, sich den Verstand mit Dummheit zu beflecken?

Ihm kleine Dosen von Trivialem und Schmutzigem einzuspritzen?

Das Gefühl ist immer gleich schlecht.

Wenn ich stark genug wäre, würde ich Eremit. Auf eine Weise bin ich es auch. Meine Küche, mein Küchentisch, meine Wohnung sind meine Eremitenzelle. Hier wohnen nur ich und meine Dämonen.

Meine Tage, meine Wochen verbringe ich ohne jeglichen Weltkontakt. Nur selten dringen Telefonate oder Neuigkeiten übers Internet und über Zeitungen in mein Leben. Wenn Kafka kommt, dann dringen sie in diese Isolation vor, machen sie lächerlich, lassen sie weltfremd erscheinen, sogar bizarr.

Das Einzige, was ich habe, ist die Möglichkeit des Rückzugs.

Eva lädt mich am Ende des Gespräches ein, mich ihr zu einer Lesung in Idrija anzuschließen.

»Du hast doch angenehme Erinnerungen an deine Knappen, oder?«, provoziert sie mich.

Muss das sein?

Ich würde gern Nein sagen, sage aber trotzdem nicht Nein.

»Wozu?«, sage ich.

»Weil dir ein bisschen Quecksilber nicht schaden wird«, sagt Eva und lacht schallend.

2. Oktober

Mein Interesse an Politik ist gleich null, es realisiert sich nicht durch lebendige Anteilnahme, sondern über das Analysieren der Neuigkeiten in den Medien. Das heißt über das Analysieren dessen, von dem jemand wollte, dass es auf eine gewisse Art verstanden würde, über das erneute Verarbeiten des bereits verdauten Gifts.

Für mich ist das wie Sport, ich verfolge ihn, damit er mich ein bisschen auf andere Gedanken bringt.

Gleichzeitig analysiere ich die Entstellung (soweit ich diese überhaupt zu reflektieren vermag) der frisierten Informationen, die ich auf diese Weise bekomme.

Demzufolge, was ich gelesen habe, hat Platano eine äußerst interessante und innovative Wahlkampfkampagne zusammengestellt. Im Gegensatz zu den anderen Kandidaten, die klassisch auftreten, mit endlosen Ansprachen auf Parteiversammlungen, fährt er in einem alten VW Kombi durchs Land, mit dem er Pizzen für die Armen ausliefert. Egal wo er auftaucht, verteilt er mit seinen Helfern Hunderte von Pizzen. Die Menschen reißen sich darum, ein Stück seiner süßen vegetarischen Pizza mit Mais, Mozzarella und Tomaten zu bekommen. Platano lächelt, in eine gelbe Schürze gekleidet verteilt er Pizzen wie ein richtiger Pizzabäcker, was bizarr genug ist, dass ihn die Armen noch mehr vergöttern und die Fernsehteams andauernd filmen.

Anstelle langer Reden bietet Platano klare Versprechungen.

Erstens, den Austritt aus der Europäischen Union, zweitens, Ordnung und Wirtschaftsblüte.

Danach wieder Pizzastücke, Händeschütteln mit Leuten, die sich den Mund mit seinem Teig und Mozzarella und Mais und Tomaten vollgestopft haben.

In jedem Ort, den er besucht, sammelt er auch freiwillige Beiträge, die er für wohltätige Zwecke spendet. Heute zum Beispiel für den Einkauf von Windeln für ein lokales Altersheim.

Im Internet kreist ein Video mit seinem gelben VW, mit dem er zum Altersheim anfährt, Pizzen und Windelpakete verteilt.

Die anderen reden nur, Platano tut etwas.

Dieser Slogan und ähnlich durchsichtige sind anscheinend äußerst wirksam. Nach wenigen Wochen hat er laut der öffentlichen Meinungsumfrage 5 bis 6 Prozent der Stimmen, was nicht wenig für jemanden ist, von dem bis gestern noch keiner gehört hat.

3. Oktober

Überall in Ljubljana tote Baustellen, verlassene, halb errichtete Bauten, Eisenstangen, die aus dem Beton ragen, tote Kräne und halb zerfallene Baugerüste. Alles steht still. Auch der Verkehr steht still. An derselben Kreuzung wetteifert ein Bus mit Schnecken, bleibt dann stehen, rattert circa einen halben Meter auf der Stelle, der Chauffeur flucht monoton, fast völlig resigniert, seine Verflixtenarschlöcher, Idioten und Teufelsbanden finden kein offenes Ohr, sie werden eher von einem automatischen Geschwätz angetrieben als von irgendeiner ernsteren Beunruhigung.

Wir sind hoch genug, dass ich über die hohen Baustellentrennwände hinweg zwei Arbeiter sehe, die inmitten der aufgewühlten Kreuzung mit einem Hund spielen, einer schiebt ihm etwas ins Maul, hält fest, zieht den Hund hin und her, aber keiner, weder der Arbeiter noch der Hund, lassen nach. Die anderen drei Arbeiter putzen lachend und langsam ihre Schaufeln. So geht das die letzten paar Jahre, besonders seit dem Krisenausbruch. Die öffentliche Infrastruktur als offensichtlichste Metapher des generellen Untergangs.

Natürlich bin auch ich nicht indifferent. Ich ertappe mich, dass ich die verkommenen Baustellen und die aufgerissenen Straßen als Metapher meiner Psyche erlebe. Der allgemeine Zerfall des Systems trägt zugleich das Pathos der Tragik und den süßen Trost in sich, die Verheimlichung und Legitimierung des eigenen Ruins. Das ist die Zeit, in der wir herrschen oder zumindest diejenigen unter uns, die weder Herz, Ideen, Geist noch Kultur haben, sondern bloß Baugruben, durchwühlte Wege, offene Gullys, Sperren und Hindernisse.

Leise wiederhole ich, fast obsessiv, immer wieder: »Ich muss einen Weg auf die andere Seite finden. Ich muss einen Weg auf die andere Seite finden.«

Lasst uns durch, hört ihr, lasst uns durch!

Schweißgeruch. Die Menschen im Bus starren vor sich hin, schweigend, grau, als wären sie abgeschaltet, als hätten sie den Schalter umgelegt.

Neben mir eine alte Frau, weiße Dauerwelle, Kunstzähne, schnaubt durch die Nasenlöcher. »Ich altere in diesem Bus«, wiederholt sie, dann eine Art Refrain: »Altere, altere, altere.«

Ich steige aus und gehe zu Fuß.

Vom Park bis zur Burg eine unüberschaubare Menschenschlange, die sich an den Händen hält. Transparente, auf ihnen steht *Händedrücken für Europa*. Die Aktion findet angeblich in allen größeren europäischen Städten statt. Punkt Mittag stellen sich die Menschen auf die Straße und bilden eine lebendige Mauer.

Ich betrachte die Frauen und Männer mit melancholischen Wangen, die lasch pathetische Parolen rufen wie: »Wir geben dich nicht her, Europa«, »Wir sind europäische Staatsbürger«, »Wir opfern unser Leben, doch Europa nicht«.

Wie kommt es, dass ich nicht früher von dieser Massenaktion gehört habe? Tausende Menschen, eine lebende Mauer, welche die Stadt zweiteilt.

Wie auch immer, ich muss auf die andere Seite.

Aber zwei ältere Frauen lassen mich nicht durch. Sie halten sich krampfartig fest und weisen mich mit Schimpfworten ab, dass ich antieuropäischer Abschaum sei, ich solle mich schämen.

Ich versuche ihnen zu erklären, dass ich nichts gegen Europa habe, ich müsse nur auf die andere Seite, als die Anschuldigungen zweier älterer Männer von rechts und links auf mich einprasseln, dass die Jugend mit dem Frieden und Zusammenleben, für das Millionen ihr Leben geopfert haben, Schindluder treibt.

Ich schaue sie mir an. Dem Alter nach zu urteilen, wurden beide allerfrühestens zur Zeit des Zweiten Weltkriegs geboren. Woher also nun deren Opferklagen?, denke ich.

Mich interessiert euer Frust und eure Aggression nicht, ich muss nur auf die andere Seite, das ist alles.

Ich laufe etwas weiter nach unten, weg von den Fanatikern, aber die Geschichte wiederholt sich einige hundert Meter weiter.

Der Zweck der Aktion ist das Erstellen einer undurchbrechbaren Menschenmauer, um der Welt zu zeigen, wie fest und unnachgiebig die Festung Europa ist.

Europa ist unsere Mutter, Europa sind unsere Werte, das ist alles, was wir haben!, ruft eine Protestlerin mit langen Zöpfen hysterisch, den Tränen nahe, vielleicht gerade mal zwanzig.

Alles ist so verrückt, dass es schon wieder interessant ist.

Ich entscheide mich zu warten. Nach zwanzig Minuten sieht es nicht danach aus, dass die Protestler bald auseinandergehen. Erst jetzt, als sich auf beiden Seiten der lebenden Mauer ziemlich viele Menschen angesammelt haben, beginnt das Händedrücken für Europa, man beginnt sein Verharren, seine Dichte, seinen Militarismus und Fanatismus zu genießen.

Ich muss auf die andere Seite, hört ihr, lasst mich durch!

In den Menschen ist ein kollektiver Schwung, der aus dem kleinen Menschen einen Messias macht, Frau und Herr Niemand erkennen plötzlich ihre historische Mission und sind bereit, dafür zu kämpfen, mit Worten und mit Fäusten, wenn nötig.

Ein junger Mann in schwarzer Lederjacke rennt dreist gegen zwei Frauen, stößt eine von ihnen um, verfängt sich jedoch selbst mit dem Bein in der Umarmung der anderen. Augenblicklich fallen zehn, fünfzehn Greise über ihn her, beißen den am Boden Liegenden, schlagen auf ihn ein, sodass er kreischend in die Richtung davonhumpelt, aus der er gekommen ist.

Als ich das sehe, laufe ich parallel an der lebenden Mauer entlang und beobachte die Menschen, die ihre Hände fest ineinander verklammert haben, und lausche: »Wir opfern unser Leben, doch Europa nicht.«

Wirklich nicht?

Plötzlich erinnere ich mich, warum mir dieser Spruch so bekannt vorkommt. Aus einer Fernsehserie der BBC über den Zerfall Jugoslawiens, die ich vor vielen Jahren gesehen habe. Eine Aufnahme von Knappen, die mit dem Slogan »Wir opfern unser Leben, doch Jugoslawien nicht« protestierten. Seit diesen Ereignisse sind dreißig Jahre vergangen.

Alles ist anders. Jugoslawien ist gestorben.

Nichts hat sich verändert. Europa ist dabei zu sterben.

Endlich erreiche ich eine Schwachstelle in der Mauer, eine Gruppe von Querschnittsgelähmten in Rollstühlen, in ihre Mahlzeit vertieft.

Mit Sandwichmündern rufen sie mir nach, als ich auf die andere Seite husche.

Dabei kommt ein Bruchstück der gestrigen Träume zurück. Wie der erste Stein einer Halskette zieht er noch andere Nachtbilder mit sich.

Ich träumte, ich wäre ein orthodoxer Mönch mit langem Bart. Meine Aufgabe war es, Häftlinge zu bewachen. Jedoch ist weit und breit kein Gefängnis, keine Mauer zu sehen. Ringsherum nur Taiga. Dann kommt Mutter und beginnt mit den Händen in der Erde zu graben. Ich warne sie, dass sie das nicht tun soll, sage, dass es meine Aufgabe ist, sie aufzuhalten, aber meine Mutter ignoriert mich, sie gräbt einen Lochdeckel nach dem anderen aus. Ich hebe mein Schwert, um ihr den Kopf abzuhacken oder zumindest die Hände, um zu verhindern, dass sie die Gefangenen befreit, die sich in den Erdlöchern befinden, Mutter aber dreht sich zu mir und sagt im Befehlston: »Willst du nur zuschauen oder mir endlich ein bisschen helfen?« Bei diesen Worten lasse ich das Schwert fallen und stürze auf die Knie. Mit vereinter Kraft öffnen wir einen von hundert Deckeln. Er ist sehr schwer. Dabei schlägt uns ein unerträglicher Gestank entgegen. Aus den Erdlöchern kommt der Messias. Zumindest sieht er so aus. Er trägt ein weißes Gewand, hat lange Haare und einen Bart, in der Rechten ein kleines Messer. Er hebt meine Mönchskutte und schneidet mir mein Geschlechtsteil und die Hoden ab. Dabei bin ich vollkommen machtlos. Ich verharre und hoffe, dass es weniger schmerzt, als ich erwarte. Dann beginnen sich die anderen Deckel zu öffnen, und einer nach dem anderen treten Gefangene aus den Löchern, die in ihren eigenen Exkrementen hocken und so mehrere Jahre unter der Erde verbracht haben. Der Messias bewegt sich von einem zum anderen, egal ob Mann oder Frau, und schneidet jedem das Geschlechtsteil samt Hoden ab. Als wir alle so beschnitten dastehen, ist die Armee endlich bereit. Uns wachsen Flügel, und einer nach dem anderen fliegen wir fort. Aber unsere Flügel sind keine Engelsflügel, es sind Fliegenflügel, eine gigantische Fliege führt uns an. Schon erblicken wir einen Menschenknochen und lassen uns auf ihm nieder, bedecken ihn vollständig und essen, und wir werden immer mehr. Wir bedecken ganze Städte und deren Bewohner, und jetzt erblicke ich mich erneut, zu Beginn meiner Träume, wie ich inmitten der Taiga die Gräber bewache und meine Mutter mit einem Schwert auf mich zukommt und mich tötet, ein seltsames Gefühl, weil ich träume, dass ich gleichzeitig unten und oben bin, dass ich eine Fliege und ein Mönch bin, der jeden Augenblick von einer Fliegenwolke bedeckt und aufgefressen wird, von der auch ich ein Teil bin.

4. Oktober

Eva schließt bereits ihren dritten Roman ab.
    Den dritten Roman in zwei Jahren! Wie ist das möglich?

Sie meint, dass sie jeden Tag von acht bis zwölf schreibt. Jeden Tag. Auch sonntags.

Dass das Schreiben eine Lebensart ist, wie das Atmen, wie Sex, meint sie.

Ich sage ihr, dass ich jeden Tag im Kopf schreibe von sieben Uhr morgens bis elf Uhr abends. Häufig auch im Schlaf, jedoch schreibe ich nicht ein Zehntel von dem, was sie schreibt.

Sie meint (und hier spitze ich die Ohren), dass ich zu empfindlich den Worten gegenüber bin, dass ich es zulasse, dass mir die Worte zu nahe kommen. Letztendlich sind sie ein Werkzeug, sagt Eva, ein Material, das bearbeitet werden muss.

Ich sage ihr, dass Worte für mich wie Tiere sind, etwa Nager oder Vögel, vielleicht Insekten oder Plankton, kurzum Lebewesen. Oder zumindest Geister, also Wesen, die zugleich tot und lebendig sind.

Diese Anschauung ist interessant für sie, aber nicht produktiv. Dann erzählt sie von einem Inbound-Marketing-Kurs, den sie an Nachmittagen besucht. Sie lernt, wie man Sätze schreibt, Texte komponiert und welche Wörter man nutzen muss, damit die Suchmaschinen sie höher ranken.

»In den ersten dreihundert Wörtern musst du alle Schlüsselwörter benutzen«, sagt sie. »Weiter ist es ideal, wenn du viele Fragesätze nimmst in der Art: Was sind die zehn größten natürlichen Sehenswürdigkeiten Georgiens? Oder: Wie bezwingt man sich selbst? Du musst alles im ersten Absatz sagen«, sagt sie.

»Aber wie soll ich es im ersten Absatz sagen, wenn ich nicht weiß, ob ich es schaffe, überhaupt etwas in einem Buch zu sagen? Und wie soll ich in den ersten dreihundert Wörtern alle Schlüsselwörter anwenden, wenn die Strategie der Literatur doch das Bewahren des Geheimnisses ist, davon, was sich hinter den Wörtern versteckt, und nicht bloß das Offenlegen in einer einführenden Zusammenfassung?«

Ich beobachte Eva, ihren rosa Rock und die langen, gepflegten Nägel, und weiß, dass ich sie tief in meinem Herzen verachte. Das zeige ich, indem ich immer stiller werde und auf den Boden sehe, während sie mich über das Kaufen und Pachten von Wörtern zu Werbezwecken aufklärt.

»Wörter sind nicht mehr unser Besitz«, erklärt sie mir. »Heutzutage sind Wörter der Besitz großer Webunternehmen, die sie verkaufen. Du pachtest das Wort Freiheit oder das Wort Liebe oder das Wort Buch oder das Wort Weichspüler für ein gewisses Territorium, eine Sprache und einen Zeitabschnitt. Und alle, die im Webbrowser danach suchen, finden deine Anzeige. Zum Beispiel die Anzeige für meinen letzten Roman. Der Verleger hat für den gesamten Staat für einen Monat ein paar Schlüsselwörter gepachtet. Ich glaube, es waren die Wörter Buch, Sommerlektüre, Lesen, Sex, Erholung, Liebe und, wenn ich mich nicht irre, das Wort amüsant. Das Ergebnis war grandios.«

Beim Aufstehen stoße ich absichtlich das Glas mit ihrem dummen Aperol Spritz um. Aber das Glas verfehlt sie, zerbricht am Nachbartisch.

Als wären alle, sogar die Aperol-Spritz-Geister auf ihrer Seite.

Zwei Seiten schriftstellerischer Tätigkeit. Auf einer die Wörter Buch, Sommerlektüre, Sex, Erholung, Liebe und das Wort amüsant, die das Kapital gepachtet hat.

Auf der anderen Seite ich, ohne Kapital, ich, die ich nicht glaube, dass man Wörter überhaupt pachten kann, dass sie allen gehören wie Wasser und Luft.

Moralisiere ich?

5. Oktober

Ich verteile Kopien der Geschichten, die ich zuletzt von Dr. Petek bekommen habe, an Fil (oder Phil, ich weiß noch immer nicht, wie man seinen Namen schreibt), Panfi und Dioneus. Keine Reaktion auf meinen Vorschlag, dass wir sie gemeinsam lesen und kommentieren könnten. Weder Dioneus noch Fil äußern sich, sogar Panfi schweigt. Nur das leise Klopfen der Regentropfen auf den Fenstern ist zu hören.

Dann lese ich selbst eine Geschichte laut vor, »Engel der Erinnerung«, und frage nach ihren Kommentaren.

»Eine Geschichte eben«, sagt Panfi. »Eine Geschichte wie alle. Es ist keine schlechte Geschichte, denke ich. Sie erinnert ein bisschen an Miroslav Krleža.«

Ich frage ihn, ob er Krleža gelesen hat.

Er lese ihn immer wieder, antwortet Panfi. Krleža begeistere ihn.

»Wen lest ihr noch?«, frage ich sie.

Schweigen.

Dann frage ich Fil, was er über die Geschichte denkt.

Fil hat die Augen geschlossen. Er meditiert.

Ich frage lauter, ob er einen Kommentar zur Geschichte hat. Fil regt sich nicht.

Ich werfe mir mit Dr. Petek Blicke zu, der dabei nur leicht lächelt und mit den Schultern zuckt.

»Fil, hören Sie mich?«

Fil antwortet, obwohl das sehr ungewöhnlich ist. Ich könnte schwören, dass er spricht, ohne den Mund zu öffnen, die Stimme ist deutlich hörbar, nicht das kleinste Mundzucken. Kann er bauchreden?

»Nehmen Sie es mir nicht übel«, sagt Fils Stimme von weiß Gott woher, »nehmen Sie es mir nicht übel, aber unvergleichbar lieber erschaffe ich Geschichten, als dass ich sie kommentiere. Ich schließe meine Augen und erschaffe sie. Sehen Sie? Darum entschuldigen Sie bitte, dass ich nicht sofort auf jede Frage antworte. Wenn etwas sehr Spannendes passiert, möchte ich die Geschichte in mir nicht unterbrechen. Verstehen Sie? Wahrscheinlich funktioniert auch ihr Schriftsteller so, ihr versucht eine Geschichte nicht zu unterbrechen, die in euch vorgeht, oder? Zum Glück sind meine Geschichten ziemlich kurz. Auch die Geschichte, die ich gerade in meinen Gedanken erschaffen habe, ist kurz, und deshalb konnte ich mich Ihrer Frage widmen, sobald ich das Ende erfahren habe. Das Ende der Geschichte, ich meine der anderen Geschichte, nach der Sie mich fragen, hat mich überwältigt. Der kleine Bettler, dieses Waisenkind auf den Pariser Straßen, was für ein Sarkasmus, dass er von sich sagt, dass er es geschafft hat. Geschafft – was? Am Leben zu bleiben? Wenn das die Pointe der Geschichte ist, dann muss ich meine Meinung ändern, dann finde ich die Geschichte nicht besonders gelungen.«

Fils Lippen bewegen sich noch immer nicht. Seine Rede klingt immer wieder müde ab, meldet sich nach einer Weile erneut, lauter und noch deutlicher als zuvor, und ermüdet wieder.

Ich sehe mich nach den anderen um. Petek kritzelt wieder etwas in sein Heft, immer wieder greift er insgeheim in seine Sakkotasche, wo er Bonbons bunkert, die er heimlich isst.

Panfi kratzt den Dreck aus seinen Fingernägeln.

Dioneus schaut wie immer zum Fenster hinaus.

Ich bedanke mich bei Fil für seinen Kommentar. Dann frage ich Dioneus, ob er etwas zu sagen hat. Ich erwarte keine Antwort, da er bislang noch kein einziges Wort gesprochen hat.

Gegen meine Erwartungen höre ich Dioneus' zarte, fast engelhaft milde Stimme. Er spricht, ohne den Blick von der Fensterscheibe zu wenden, an der Regentropfen hinunterlaufen.

»Meiner Meinung nach muss all das ein Ende nehmen. Ich meine, all diese Kriege und so. Es gibt andere, gerechtere Gesellschaftsformen, die aber durch die Geschichte der Menschheit hindurch immer wieder niedergeschlagen und vernichtet wurden.«

Ich frage ihn, was das mit der Geschichte zu tun hat. Dioneus rotzt.

Dr. Petek setzt sich nervös um, streicht einen Text durch, an dem er ganz versunken geschrieben hat, blickt sich für einen Moment abwesend zu Dioneus um und beginnt dann erneut zu schreiben.

»Wer ist der Junge aus der Geschichte? Was ist ihm zugestoßen? Dieser Junge ist eine Folge. Alles ist nur eine Folge. Wir müssen nach den Ursachen fragen. Die Ursachen abschaffen, nicht die Konsequenzen mildern. Wenn wir Darwin glauben dürfen, sind alle Lebewesen die Konsequenz einer natürlichen Selektion. Wie ist das möglich?«

Dioneus verharrt für einen Augenblick, rotzt intensiv, zwei, drei Mal, fährt sich nervös mit den Fingern durch die langen Haare.

»Wie ist es möglich, dass die kosmische Energie den Menschen als ein Wesen geschaffen hat, das immer wieder kämpfen muss, das dem anderen etwas nehmen muss? Einen Menschen, der herrschen muss, sich vermehren muss, materiellen Reichtum anhäufen muss, der nichts anderes ist als ein irdisches Gaukelbild? Ich weiß genau, wie sich der Junge aus Ihrer Geschichte fühlt. Ich weiß es besser als der Junge selbst. Auch ich bin ein Flüchtlingskind aus Travnik. Man kam und trennte mich von meinen Eltern, ich habe sie nie wiedergesehen. Aber trotzdem hasse ich nicht. Hass kann keine Antwort sein.

Verstehen Sie? Ich frage nach den Ursachen, nicht nach den Folgen, verstehen Sie? Hier bin ich im Gefängnis, in meinen Gedanken aber bin ich frei.«

Panfi blickt zu Dioneus und fügt hinzu: »Wir Menschen sind nur Schweine, Pferde, Affen, Papageien, sonst nichts. Mit dem einzigen Unterschied, dass wir früher der Manipulation und der Aussicht auf Gewinn verfallen als Tiere.«

Dioneus dreht sich zu mir, seine hellblauen Augen strahlen und laden den ganzen Raum auf.

»Wenn wir Darwin glauben«, flüstert er fast, »entwickelt sich die menschliche Rasse weiter.

Ich würde gern daran glauben, dass wir bessere Menschen werden können. Zu Wesen der Liebe, nicht des Hasses. Zu Wesen, verbunden durch Brüderlichkeit, nicht durch Hass. Zu menschlichen Wesen und nicht zu Raubtieren, die man gegeneinander aufgehetzt hat.«

Bei diesen Worten hebt Dr. Petek den Blick. Er hat vor, etwas zu sagen, jedoch überholt ihn Fils Magenknurren. Ein sehr lautes und langes Knurren. Fil streichelt sich dabei über seinen fülligen Bauch.

Petek bricht in Lachen aus. Auch Fil und Panfi lachen. Dioneus blickt düster vor sich hin.

»Bauch, ja Bauch. Der Mensch denkt mit dem Bauch. Er empfindet aus dem Bauch heraus. Entscheidet aus dem Bauch heraus. Für mich ist jede Ameise, jedes Lebewesen, das wir töten oder verspeisen, ein Wesen weniger, eine Möglichkeit weniger. Der Bauch ist der Feind in uns, der Satan in uns, versteht ihr.«

Panfi nimmt die morbide Stimmung auf: »Die Ernährung ist ein interessantes Thema. Hier im Gefängnis können wir uns wirklich nicht beschweren. Ein Menü, wie es sich gehört. Ich habe noch nie so gut gegessen.«

Dr. Petek nickt. »Ein Teil meines therapeutischen Häftlingsprogramms basiert auf Gesprächen über Essen, auch solchem, das anspruchsvolle Veganer zufriedenstellt, stimmt's Dioneus?«

Im Fenster sehe ich Dioneus' Spiegelbild, an der Außenseite laufen langsam dicke Regentropfen hinab, es prägt sich mir tief ein, das Porträt eines verwundeten Menschen inmitten einer Tränenlandschaft.

Dieses Bild nehme ich mit, als ich den Gefängnishof überquere, mich von Dr. Petek verabschiede, als ich meine Sachen im Wächterhaus entgegennehme.

Dioneus' Gesicht begleitet mich auf dem Rückweg, ich sehe es in den Pfützen des löchrigen Asphalts und im Tröpfeln der braun werdenden Baumkronen. Ich sehe es in der beschlagenen Fensterscheibe des Busses.

Ich sehe es im blassen Widerschein der Lichter der wenigen Autos, die mir entgegenkommen. Es wird dunkel.

In meinem Mund regt sich etwas. Es bewegt sich langsam über den Gaumen, kriecht hinter meine Zähne.

Ich spüre das Rattern unter den Busrädern. Wir fahren über eine Überführung, das Geräusch der Räder verändert sich beim Fahren über die nasse Straße, der Asphalt ist ab und zu durch eiserne Querstangen unterbrochen, deshalb wird der ganze Bus rhythmisch durchgeschüttelt.

In meinem Mund wird es immer angespannter. Etwas Brummendes und Lebendiges bewegt sich darin. Etwas Eingeschlossenes, das raus möchte.

Als wir auf der anderen Seite der Brücke ankommen, öffne ich leicht den Mund und versuche ganz still zu halten. Ich spüre, wie etwas aus meinem Inneren auf meine Lippen klettert, dort einen Moment innehält, fast lautlos brummend.

Aus meinem Mund fliegt, fast unsichtbar in ihrer durchsichtigen Glashaut, eine winzige Wespe.

Sie ist tränenfarben, also fast nicht existent, besonders vor dem Hintergrund aus Finsternis und Wassertropfen, die ihr ähneln, doch nicht gänzlich gleichen, sie gleiten die Scheiben entlang.

6. Oktober

Bin viel am Handy, mit Kafka, dann mit Eva, zum Schluss sogar mit meiner Schwester. Vollkommen benebelt lege ich auf, ich kann nicht mehr.

In den Ohren klingen die gesteigerten, immer schlechteren Wiederholungen der eigenen Mütter.

Auf einer Seite Eva als Prototyp einer Karrieristin, die immer überall dabei sein muss und die auf nüchternen Magen im Internet prüft, was die Medien letzte Nacht über sie geschrieben haben. Ein Tag ohne Nachrichten ist ein schwarzer Tag.

Soziale Medien wurden für sie erschaffen.

Ich stelle sie mir beim Erledigen des großen Bedürfnisses vor, weit nach vorne gelehnt, der Körper angespannt vor der kommenden schmerzhaften Erleichterung, die Daumen aber huschen über den Touchscreen des Handys, ein neuer Post auf Facebook, eine neue Rückmeldung auf Twitter, ein neues Foto auf Instagram, ein neues Teilen von Posts, ein endloses Gequatsche, ein dauerndes Kommentieren.

Alles, um fortwährend überall zu sein.

Es handelt sich um ein tiefes Manko, um ein Loch, das sie unter der linken Hälfte des BHs versteckt, unter dem rechten Strumpf, unter der Maske aus Make-up, unter dem makellosen, kostümierten, distanzierten Auftritt.

Sie ist eine supertüchtige Maus.

Der entgegengesetzte Typ davon ist eine Jammerläppin.

Die Jammerläppin arbeitet zwar, aber was auch immer sie tut, wird zu Plage und Fluch.

Es handelt sich um einen Typ Mensch, der am Gedanken an die eigene Unaustauschbarkeit und Unentbehrlichkeit leidet.

Die Jammerläppin leidet widerspenstig und beständig, sie ist ein Leidenskünstler und hervorragend darin, ihr Umfeld mit ihrem angeblichen Leiden zu belasten.

Die Jammerläppin leidet unter schlechtem Wetter, an der Preiserhöhung von Hefe und am Bananenmangel genauso stark wie jemand anderer wegen des Tods seiner eigenen Kinder, wegen eines Hausbrands oder im Exil.

Eine Jammerläppin leidet nicht nur an dem Ereignis, sondern antizipiert es bereits im Voraus, leidet, noch bevor sie einen Grund zum Leiden hat, es reicht schon die bloße Möglichkeit, dass es überhaupt zum Leiden kommen könnte.

Jammerläppinnen halten sich für sehr tüchtige und gepflegte Persönlichkeiten.

Meine brave Schwester.

Ich glaube, dass ich praktisch alle meine Kolleginnen einer dieser beiden Kategorien zuordnen kann.

Mich selbst ordne ich vorsichtshalber gleich beiden zu, damit ich nichts falsch mache.

7. Oktober

Ich schreibe nicht aus Angst.

Ich kann auch nicht behaupten, dass ich aus irgendeiner besonderen Bürde oder aus innerem Widerstand schreibe.

Ich schreibe nicht rücksichtsvoll, nicht undurchdacht und am wenigsten ohne Vorsicht.

Ich schreibe nicht von links nach rechts, nicht kursiv, weder im Käfig noch in Handschellen oder mit einer Eisenkugel um den Fuß.

Ich schreibe lieber einfach in die Luft, wo es keine Probleme mit dem Löschen gibt, gleichgültig, als ginge es mich nichts an, ich versuche es immer wieder und schieße daneben, dann schreibe ich aufs Neue los.

Es ist, als versuchte ich mit dem Schreiben eine Tür zu den Phantasmen zu finden, zu den Geistern in der Luft, zum kalten Herbstwind, der gestern Abend wieder zu wehen begonnen hat, sodass die Straßen und Bürgersteige heute mit Laub übersät waren.

Ich beobachte Kinder, die in Laubhaufen springen und mit den Blättern spielen. Und müde Müllmänner, die sich vergeblich mit der unmöglichen Aufgabe auseinandersetzen, sie zusammenzurechen, während ihnen der Wind laufend die erledigte Arbeit wieder forttträgt.

Eine Sisyphusarbeit!

Wie gerne würde ich so schreiben, wie Kinder spielen. Nicht mit Worten, sondern mit Gesten, mit Taten, ohne zwischen ihnen, den Träumen und dem, was Erwachsene Lügenmärchen nennen, unterscheiden zu müssen.

Aber bereits beim Schreiben weiß ich, dass ich nicht so geschrieben habe, es nicht werde und dass mir andauernd alles wieder ausweicht.

Auf keinen Fall finde ich die Kraft dazu, die Wörter zu unterstützen, um genug Glauben, Vertrauen und Hoffnung zu finden, womit die Wörter jene Kraft bekommen würden, mit der sie in den Werken anderer sprechen.

Es ist allein meine Schuld, meine Verantwortung und meine Niederlage. Ich kann nicht schreiben, ohne jenseits der Literatur einen Halt zu haben.

Aber wo soll ich den finden?

Wo könnte in diesem Königreich des Windes, der Kälte und der Luft ein fester Fels wachsen, auf den ich mich stützen könnte?

Meine Wörter sind Blätter, die vom Wind spöttisch überallhin geweht werden.

Wenn ich wenigstens Angst hätte, wenn ich doch nur eine verhaltene Vorsehung hätte, die empfindliche Ignoranz, eine scheue Dreistigkeit, die mir auf meinem Weg helfen würde.

Ich aber bade in Blättern.

Ich aber bade in Buchstaben, die auseinanderfallen, erst in meinem Kopf, dann in der Oktoberluft, später auf den Papieren, die ich zerschneide und vernichte, wie die Zeit das abgefallene Laub der Bäume vernichtet.

Wenn sich doch nur ein Kind finden würde, dass mit meinen Wörtern spielt.

Weit und breit keine Kinder.

Nur Kälte und Hass am Horizont.

Ist nicht die Schule das erste und ultimative Gefängnis? Ein freiwilliges Gefängnis, eine Institution des kollektiven Zwangs, deren Zweck das Abstumpfen, Verdummen, Abschleifen von allem Außergewöhnlichen, Einzigartigen in den jungen Seelen ist, um sie in zahme Affen zu verwandeln?

Affen, denen nichts anderes übrigbleibt, als das zu kauen, was ihnen das Gefängnis bietet, innerhalb des Gefängnisses zu arbeiten und sich zuletzt sogar in der Überzeugung zu stärken, dass das Gefängnis eine natürliche Reihenfolge der Dinge ist und innerhalb des Gefängnisses Freiheit besteht.

Nirgendwo anders, einzig und allein im Gefängnis.

Anderswo existiert sie nicht.

Die einzige Freiheit ist die Freiheit der Luft, die Freiheit des untergegangenen Versuchs in der Luft.

Ist der Wind auch heute Abend so unfreundlich, so kalt, auch im Gefängnis in Dob oder nur in meiner Nähe?

8. Oktober

Luisa lebt schon mehr als zehn Jahre in Italien.

Mit einer leisen, unnachgiebigen Stimme, keiner Stimme, einem Rauschen, Brausen, mit gezischelten Zischlauten, affrizierten Affrikata, mit fast unausgesprochenen Vokalen ermahnt sie alle, dass sie nicht mehr Luisa heißt. Sie heißt jetzt Lucertola, was Echse bedeutet, und so bewegt sie sich auch auf dem Stuhl, ihre dünne, geschmeidige Figur, die roten Zöpfe, feenhaft und erhaben.

Kafka schaukelt unter dem Tisch nervös mit dem Bein, wenn er könnte, würde er damit ein Loch in den Boden bohren und alle Echsen der Welt hineinwerfen.

Das steht ihm in den Augen geschrieben, auf der Stirn, das steht in jeder seiner Gesten und der heftigen Spannung, die von einem Moment zum nächsten wächst, mit jedem Wort, das Luisa flüstert.

In der Gemeinschaft, in der Luisa beziehungsweise Lucertola lebt, legen alle ihre alten Namen ab und nehmen Tier- oder Pflanzennamen als Symbol der Verbundenheit mit der Erde und allen Lebewesen an.

Eine gestrickte Bluse, ökologisch einwandfreie Schuhe, nirgends Leder.

Lucertola bedankt sich höflich beim Kellner, sie bestellt nichts.

Um ihren Hals hängen Kristalle, ungefähr zehn wirklich große bunte Drummer, mit dickem Draht umwickelt und miteinander verbunden.

Es erinnert an ein Tierhalsband, an ein Foltergerät oder ein futuristisches Instrument.

Lucertola wickelt mich und Kafka langsam mit jedem Wort, jeder Geste und jedem Blick in etwas ein, das keine Erzählung ist, mehr eine Vorstellung, eine Weihe am helllichten Tag.

Sie wirkt vollkommen ruhig, ungefährlich, fast zahm. Aus ihrem Mund weben sich Sätze über die Suche nach besseren Lebensformen, über das Suchen eines anderen Lebens, von dem sie und Kafka träumten, jedoch jeder für sich, nie gemeinsam.

Warum wollte mir Kafka nie mehr über seine Ex-Frau erzählen?

»Weshalb eine Echse? Eine Echse verliert auf der Flucht vor ihrem Angreifer ihren Schwanz. Ich habe meinen Teil hiergelassen, bei ihm«, sagt Lucertola und blickt zu Kafka. »Ein Teil von mir wird für immer so sein wie die Vergangenheit, die ich hinter mir gelassen habe«, sagt sie mir im Beisein Kafkas, der dabei aus Verlegenheit nur ein leichtes Lächeln aufzieht und noch einen Aperol Spritz bestellt, obwohl er den ersten praktisch noch gar nicht angerührt hat.

»Ohne ihn wäre ich jetzt nicht hier, wofür ich ihm unendlich dankbar bin. Wenn mein Franz kein so starker Charakter gewesen wäre, hätte ich mich nie widersetzen, weglaufen, durch die Hölle gehen müssen, um endlich gereinigt und wiedergeboren im Paradies zu landen«, sagt Lucertola und trinkt einen kleinen Schluck Wasser aus einer Flasche mit einem großen goldenen Stern, die sie in ihrem Leinenrucksack bei sich trägt.

»Es gibt keine Alternativen, es gibt nur ein Leben, jedoch mit winzigen Abweichungen. Diese sind nur für diejenigen von Bedeutung, die bereit sind, dem Ruf zu folgen«, sagt Lucertola. »Das ist am schwierigsten, dem Ruf zu lauschen«, flüstert sie fast lautlos und nimmt ein paar Nüsse aus einer Papiertüte, die sie ebenso in ihrem Leinenrucksack lagert.

»Hör auf mit diesem Hokuspokus«, sagt Kafka mit gekünstelter Leichtigkeit. Erzähl uns lieber, wie du lebst und was du machst.«

»Mir geht es gut, wirklich gut. Dort, wo ich lebe, ist das Leben voller Bedeutung und Liebe. Ich bin ein Teil von ein paar tausend, die wir unser Leben der Gemeinschaft geweiht haben. Für mich sind meine Leute, unsere Rituale und unsere Erforschungen der Geheimnisse des Weltalls die einzige wahre Welt. Obwohl wir versuchen, in der Außenwelt so wenig wie möglich von unserer Welt zu erzählen. Die Menschen verstehen uns nicht, oder sie verstehen es falsch. Du müsstest zu uns kommen und unsere Lebensweise ausprobieren, um zu verstehen.«

»Gut, wir verstehen sie nicht«, sagt Kafka verdrossen, »trotzdem muss es aber doch irgendeine materielle Grundlage für euer Damanhur geben, ihr lebt ja schließlich nicht von Luft und Liebe, zumindest nicht ausschließlich davon.«

»Für mich ist unsere Gemeinschaft die erste richtige Familie, die ich je hatte«, sagt Lucertola.

»Warte, warte, wie ist das noch einmal genau mit eurer speziellen Währung und mit euren illegalen Machenschaften im Bergbau, mit den unterirdischen Tempeln und diesen ganzen Riten aus dem alten Ägypten?«

Kafka lebt bei all seinen Sticheleien auf, Lucertola aber überhört allesamt und fährt ruhig fort. »Die Tagesrituale, der Kontakt zur Erde, vor allem aber die Heilkräfte, die wir aus dem verborgenen Wissen erwecken, das wir aus zahlreichen vergangenen Zivilisationen geerbt haben, von Atlantis bis Ägypten, verleihen unserer Gemeinschaft einen einzigartigen geistigen Weg.«

Kafka schaut verdutzt, für einen kurzen Moment packt es ihn, etwas zu sagen, dann holt er Luft, überlegt es sich noch einmal und lehnt sich in den Stuhl zurück. Schweigend kippt er sein erstes Glas Aperol Spritz auf ex hinunter, knabbert nervös an einem Orangenstück, das er ungeduldig an den Glasrand balanciert.

»Es ist nichts Besonderes. Entweder man ist dazu berufen oder eben nicht«, meint Lucertola.

»Das verstehen die Ungeweihten nicht. Wenn du aber den Ruf in dir vernimmst, folgst du, ohne überflüssige Fragen zu stellen«, sagt sie. »Wenn du dem Ruf nicht folgst, bleibt dein ganzes Leben unerfüllt, was aber doch schade wäre, nicht wahr, Franz?«, sagt Lucertola mit einem sanften, fast mütterlichen Lächeln.

Ich frage sie nach der politischen Situation in Italien.

Es stellt sich heraus, dass sie nichts darüber weiß, keine Medien verfolgt, keine Zeitungen liest, nicht weiß, wer der Präsident ist, und nicht wählt.

»Ich bin aus jeglichem Kontext ausgetreten«, sagt sie. »Ich lebe ein anderes Leben.«

»Außer wenn du im Supermarkt einkaufen gehst und zur Bank, um deine Alimente abzuheben«, merkt Kafka an und zieht ein saures Lachen auf.

Lucertola ignoriert ihn.

»Ich habe erkannt, was es bedeutet, mehr Liebe auszuschütten, als man sich erdenken kann. Was es bedeutet, in das Zentrum des Geheimnisses einzutreten und seine Kinder nach ihrer Gabe zu erziehen, aber ohne jeglichen Zwang. Wenn du nur sehen könntest, was für ein hübscher Junge Strix ist. Er ist gerade zwölf geworden. Ein lebendiger, neugieriger Junge, etwas aufbrausend. Er ähnelt dir ein bisschen, was den Charakter betrifft, meine ich.«

»Strix? Du meinst Mihael«, sagt Kafka.

»Beim Anblick meines Kindes weiß ich, dass es nicht nur mein Kind ist, es gehört uns allen, dir, euch beiden, uns, ich betrachte ihn und weiß, dass die Liebe immer stärker als der Tod ist, stärker als das Vergessen, stärker als die Lüge, stärker als Gewalt und stärker als Hoffnungslosigkeit.«

»Strix«, wiederholt Kafka vor sich hin und trinkt seinen zweiten Aperol Spritz halb leer.

»Auch er hat einen neuen, richtigen Namen bekommen. Er wird immer weiser und kenntnisreicher, wie die Eule, nach der er benannt ist. Ach, wie doch die Zeit vergeht. Nach all diesen Jahren wurde ich nach Ljubljana geschickt, um dabei zu helfen, ein slowenisches Damanhur-Zentrum zu errichten. Hier hat sich so vieles verändert, dass ich nicht zurechtkomme, die Stadt wird umgegraben, sie ist halb zerfallen. Sie braucht Hilfe, man muss für sie beten und ihr gute Energie senden. Ich muss los. Ich verspreche euch, dass ich für Ljubljana beten werde. Für euch beide ebenso. Ich werde für euch beten. Sicher ist es uns beschieden, dass wir uns wiedertreffen. Ich liebe euch und die Welt.«

Als Lucertola aufbricht, kommentiert Kafka, dass Luisa beziehungsweise Lucertola nach ihrer Trennung anscheinend vollkommen durchgedreht ist.

Dass ich sie nicht ernst nehmen soll.

»Sag, ist das Kind deins?«, frage ich.

Kafka rutscht nervös auf dem Stuhl herum. »Es wäre möglich, ist es aber nicht, ich hab's überprüft«, sagt er und räuspert sich.

Kafka fragt mich, was ich über Luisa beziehungsweise Lucertola denke, über ihre roten Zöpfchen und den Schmuck, über ihre Gewohnheit, die Hände zu falten und sich mit einer Verbeugung bei dem verwunderten Kellner zu bedanken, als er mir einen Cappuccino brachte.

Sie ist von einem anderen Planeten, na und!

Ich verachte Kafkas Zynismus und Hohn der Frau gegenüber, mit der er einen Sohn hat, obwohl er ihn nicht anerkennt.

Ich schaue Lucertola hinterher und beneide sie um die Kraft der Verwandlung von einer zahmen Literaturwissenschaftlerin zu einer glühenden Gläubigen, wovon auch immer, selbst wenn es nur eine bizarre norditalienische Sekte ist.

Vielleicht ist sie nur verblendet oder manisch, aber zugleich wirkt sie offen und direkt.

Sie gehört zu etwas.

Was bedeutet Zugehörigkeit überhaupt?

Ich selbst wäre nie fähig zu dergleichen.

Zu einer so liebevollen und gleichzeitig fanatischen Überzeugung vom heiligen Recht dessen, was ich tue.

Ich beneide Lucertola um ihre Verbundenheit mit ihrer Gemeinschaft.

Als lebe sie in einer ständigen Umarmung.

Kann sie mich um etwas beneiden?

9. Oktober

Noch ein Haushaltsausgleich, erneut zum Nutzen des Verteidigungsministeriums. Was wollen die mit all dem Geld für Waffen und Soldaten? Welche Soldaten überhaupt und wozu? Ein Protest einer Gruppe älterer Intellektueller. Sie glauben, dass Waffen keine Antwort sind, dass uns nur die Kultur retten kann. Pah! In den sozialen Netzwerken werden sie im Nu lächerlich gemacht, sie werden als graue Panther der Theorie bezeichnet, als rachitische Hippies, Prothesen-Antragsteller und unsterbliche Alkoholiker.

Es folgt eine Stampede zerstörerischer Artikel in Zeitungen und auf Internetportalen. Über Antipatriotismus und Augenblicke, in denen man sich entweder für eine staatsbildende Haltung aussprechen muss oder zum Feind des Volkes wird. Die Hauptfiguren werden unschön behandelt, persönlich und niederträchtig, es wird eine Liste der Immobilien veröffentlicht, die in ihrem Besitz sind, die Höhe ihrer Renten und anderer Bonitäten, die sie erhalten.

Es stinkt nach gut orchestrierter Regierungspropaganda. Vorsätzliche Morde passieren bei uns noch immer in den Medien und nicht in den Schlafzimmern oder öffentlichen Schwimmbädern.

Meine Jungs aus Dob sitzen wegen Bruder-Mord aus dem Affekt, Mutter-Mord aus Trunkenheit, Ehefrau-Mord aus Eifersucht, Nachbar-Mord aus Rache, Geschäftspartner-Mord aus Eigennutz im Knast. Alle der Reihe nach sind Unschuldslämmer im Vergleich zu den Mördern, die sich die Hände nur mit den Buchstaben auf den Bildschirmen und der Druckerfarbe befleckt haben und deren Namen wir nie erfahren werden.

Emigrieren?

Die öffentliche Liquidierung ist nicht nur ein lokaler Sport.

Ich spüre einen Kloß im Hals, aber ich habe keine Angst.

Ich fürchte mich nicht, mich öffentlich gegen die Obrigkeit aufzulehnen (obwohl, wer gibt schon was auf die Meinung von solchen, wie ich eine bin? Wer würde überhaupt zuhören, wenn ich etwas sagen würde?).

Ich fürchte mich höchstens vor dem kompletten und endgültigen Ausschluss aus der Gemeinschaft.

Ich verachte sie und bleibe gleichzeitig ein Teil von ihr.

Ich distanziere mich, isoliere mich, nur um zurückkommen zu können.

Wohin?

Zu euch, denen ich nicht vertraue, die ich euch immer weniger kenne?

Aus Angst davor, allein zu sein, ganz allein auf der Welt, wie ich es früher und später die ganze Zeit über war, unter dem falschen Vorwand, dass es nicht stimmt.

Angst vor dem Verlust einer falschen Entschuldigung für das Verharren im eigenen Eremitentum.

Aus Angst vor euch, die ihr mich wie einen Dorn aus meinem eigenen Körper ziehen werdet, wie ein Geschwür, wie Schmutz unter den Fingernägeln.

Falls ihr mich überhaupt irgendwann bemerkt.

Wie stark ist der Wunsch, ein Teil von etwas zu sein, dazuzugehören!

Eurostat hat seine Prognosen korrigiert, die diesjährige Inflation im Eurogebiet beträgt um die 50 Prozent. Der Direktor der Europäischen Zentralbank sagt, es gebe keinen Grund für Alarmismus.

In Italien hat eine neue Regierung ihren Eid abgelegt. Der Ministerpräsident, einst professioneller Fernsehkomiker, verabschiedet sofort ein Bündel von Maßnahmen, unter anderem Sondersteuern auf Wasser, Milch und Brot. Bei der Ansage von Verfassungsänderungen lacht er kein bisschen, Witze reißt er erst recht nicht.

Der Teufel hat den Witz geholt.

Noch immer geht mir Lucertola durch den Kopf, was wohl aus ihrer Gemeinschaft wird, wenn es im Supermarkt keine Milch mehr gibt und früher oder später hungrige Menschen in ihren kitschigen Tempel stürmen werden, um zu stehlen und zu rauben.

Wird sie zum Gott Re, Manitu, Jahwe beten?

Oder ist alles nur ein Witz, so trocken erzählt, dass er sich in den ernsten, wenn nicht schon tragischen Bereich frisst?

Eine E-Mail von Dr. Petek, ohne Inhalt oder Betreff, nur drei Anhänge, drei neue Kriegsgeschichten.

Ich drucke sie aus, lege sie auf den Küchentisch, über meine Notizen, mein Tagebuch und meinen Computer. Ich ordne noch die ersten sechs dazu. Ich lese und vergleiche deren Stil, die Motive und versuche sie in drei Haufen einzuteilen. Ich durchschaue sie überhaupt nicht. Ich habe keine Ahnung, wer was geschrieben hat. Ist das überhaupt wichtig? Immer wieder dieselbe irreführende Frage. Es ist gut möglich, dass all das, was ich lese, in Wirklichkeit gestohlen, geborgt, angeeignet, kopiert oder übersetzt ist. Ich tippe ein paar Sätze von jeder Geschichte in den Computer, um nachzusehen, ob der Browser sie erkennt. Nichts. Was eigentlich noch nicht viel bedeutet, da sie die Geschichten aus einem älteren Buch hätten abtippen können, etwas verändert oder so ähnlich.

Im Gefängnis haben sie wahrscheinlich genügend Zeit für derlei Dummheiten und Streiche.

Das Spiel macht mir immer mehr Spaß.

Seit jeher dreht sich mir bei den Wörtern Authentizität, Originalität, Urheberschaft der Magen um.

Als Autoren stehlen wir alle, nur mit dem Unterschied, dass einige dabei geschickter als die anderen sind.

Am Schluss vermische ich alle Geschichten, als wären sie Spielkarten, und verteile sie erneut in drei Haufen.

Das Ergebnis ist das einzig Mögliche: das Unbekannte.

Kartoffeln

Unser Dorf liegt abgelegen. Die einzige Straße ins Dorf wurde in den ersten Kriegsmonaten vermint. Zwei Jahre lang mussten wir uns und unser Vieh zu Fuß über Schleichwege versorgen und alles auf dem Rücken tragen. Dann wurden auch die Kartoffelfelder hinter den Häusern vermint. Dann der Wald und schließlich die Wiese auf der anderen Seite. Der Kreis hatte sich geschlossen, und wir waren Gefangene in unseren eigenen Häusern, ohne Möglichkeit, das Dorf zu verlassen. Wir haben auf Hilfe gewartet, aber es kam keine. Vergessen von allen, von unseren Truppen, von ausländischen Kriegsbeobachtern und humanitären Organisationen, sogar vom Feind, der uns in eine Falle gelockt hatte und uns einfach verrotten oder in die Luft jagen ließ. Hin und wieder wurde ein Reh oder ein Kaninchen, das die blühenden Kartoffelfelder abgrasen wollte, in den dicht bestreuten Minenfeldern in die Luft gesprengt. Wir waren am Verhungern. Wir hatten längst das letzte Vieh geschlachtet, das letzte Mehl zusammengekratzt und die letzten Konserven geöffnet. Zum Glück hatten sie den Dorfbrunnen nicht vergiftet, der dafür sorgte, dass wir nicht verdursten mussten. Aber der Hunger! Der Hunger war eine unerbittliche Herrin! Die drei Kinder unter uns litten besonders. Und wir alle, die wir selbst hungrig waren, hörten ihre Schreie. Ab und zu gelang es uns, ein paar Vögel oder eine Ratte zu fangen. Wir hatten bald alle Katzen des Dorfes aufgefressen, sodass nur noch zwei alte Hunde übrig waren. Dann verschwand eines Tages der alte Iwan, der Dorfnarr.

Niemand hatte eine Explosion gehört. Konnte es sein, dass er bei seinem Umherirren einen Weg durch das Minenfeld gefunden und es auf die andere Seite geschafft hatte? Wir suchten hinter den Häusern nach einer Spur von ihm, fanden aber nichts. Eines der Mädchen, Maria, bestand darauf, dass sie Iwan mit einem Schwarm weißer Tauben in den Himmel fliegen gesehen hatte, aber wir schenkten dem keine Beachtung. Kinder sehen oft Dinge, die Erwachsene nicht sehen. Kinder lügen oft und sind voller Erfindungen. Wir hielten am Rande des Feldes an. Die Kartoffeln waren jetzt reif, sie waren da, vor unseren Augen, aber gleichzeitig lauerte dort, inmitten unserer Nahrung, der sichere Tod. Ein paar Nächte später war die kleine Maria verschwunden. Und kurz darauf die beiden anderen Kinder, Mustafa und Ana. Die Schreie der drei Mütter hallten durchs Dorf. In ihrer Verzweiflung wollte Safeta, die Mutter von Mustafa, direkt in den Kartoffelacker rennen und sich umbringen, aber wir haben sie im letzten Moment aufgehalten und im Haus eingesperrt, bis sie sich beruhigt hatte. In den Augen der Menschen wuchsen die Furcht und das Misstrauen. Die unausgesprochene Frage, ob jemand angesichts des unerträglichen Hungers begonnen hatte, Menschenfleisch zu essen, schwebte zwischen uns. War dies das absehbare Ende unseres einstmals idyllischen Zusammenlebens, dass wir angesichts der unerträglichen Not allmählich zu Menschenfressern wurden? In dieser Nacht konnte ich meine Augen nicht schließen. Es war Vollmond. Ich stand auf, um den Hunger in meinem Magen mit ein paar Schlucken Wasser zu stillen. Ich wog nur noch vierzig Kilo, die Hälfte von dem, was ich bei Ausbruch des Krieges gewogen hatte. Ich betrachtete mich in dem staubigen Spiegel und erkannte mich selbst nicht mehr. In der Ferne hörte ich Wölfe heulen. Irgendwo hoch in der Luft flogen Bomber über uns hinweg, auf ihrem Weg, eine entfernte Stadt in Staub und Asche zu verwandeln. Niemand interessierte sich für unser Schicksal. Wir waren von den Menschen und von Gott vergessen. Ich hörte einen Sperlingskauz, sein Ruf kündigte Tod an, und dann dumpfe Schläge. Es war, als ob jemand mitten in der Nacht draußen baden würde. Ich rannte hinaus. Was ich sah, verschlug mir den Atem. Im Mondlicht gruben Iwan, der Verrückte, und die drei verschwundenen Kinder Kartoffeln aus. Ihre Körper waren fluoreszierend und leuchteten schwach in der Dunkelheit. Iwan grub mit einer Hacke, und die Kinder nahmen sie mit den Händen aus der Erde und füllten die alte Schubkarre, die neben ihnen stand. Schließlich sammelte ich all meine Kräfte und rief sie beim Namen. Keiner von ihnen hat mich gehört. Meine Rufe weckten den Rest der Dorfbewohner. Wir standen direkt neben dem Graben, der das Minenfeld begrenzte, und riefen laut nach Iwan und den Kindern. Aber sie, die Abwesenden, gruben und gruben, bis die Schubkarre bis an den Rand gefüllt war. Dann setzten sie sich um die Schubkarre herum und aßen. Der Mond wurde hinter den Wolken sichtbar, und wir konnten deutlich erkennen, dass sie keine Kartoffeln aßen. Sie saßen in der Mitte des Feldes und aßen Minen. Iwan, der Verrückte, hob seine Hand und winkte uns zu. Mustafas Mutter war die Erste, die ihm folgte. Sie trat zitternd in das Minenfeld, machte einen Schritt, drei Schritte und rannte auf Iwan und die Kinder zu. Wir rannten alle hinter ihr her. Wir saßen um die volle Schubkarre herum und aßen, ohne ein Wort zu sagen.

Erdbeeren

Wir waren vierundzwanzig, aber jetzt bin ich der Einzige, der noch übrig ist. Bald werden sie auch mich holen kommen. Die Zelle stinkt nach Urin und Schweiß. Es ist ein besonderer Geruch, wenn man seine Todesangst ausschwitzt. Dieser Geruch hat etwas widerlich Süßes an sich. Ich könnte mich an jeden Geruch gewöhnen, sogar an den Geruch von Exkrementen, aber an diesen Geruch nicht. Es wäre besser gewesen, wenn sie uns alle auf dem Parkplatz getötet hätten, wo sie uns gefangen genommen, uns die Waffen abgenommen, uns gefesselt und stundenlang im Schlamm liegen gelassen hatten. Schließlich wurden wir in dieses Militärgefängnis gebracht, wo wir verhört und einer nach dem anderen getötet wurden. Ich war als Einziger noch übrig. Solange noch jemand bei mir war, hatte ich Hoffnung. Jetzt gibt es niemanden mehr. Es ist das ungeschriebene Gesetz der Zelle: Du lebst, solange jemand neben dir ist. Ich erinnere mich, dass ich einmal, als ich noch als Journalist arbeitete, vom Ort eines Minenunfalls berichtete. Noch Stunden nach dem Unglück standen wir über eine Leitung mit einer Gruppe von Bergleuten in Verbindung, die Hunderte von Metern unter der Erde verschüttet waren. Wir, ich draußen und sie drinnen, wussten, dass es vorbei war. In den Schächten darüber befand sich zu viel Methan, als dass man sie zu irgendeinem Zeitpunkt noch hätte erreichen können. Ich erinnere mich an die Stimme des letzten Bergmanns, der eine geflüsterte Nachricht für seine Frau und seine beiden Kinder hinterließ. Er sagte einen Satz, den weder ich noch einer der anderen Journalisten verstand: Ich komme wieder, wenn die Erdbeeren blühen. Auf diesen rätselhaften Satz folgte nur ein Rauschen in der Leitung. Die Bergleute wurden nie ausgegraben. Es war zu gefährlich und zu kostspielig. Jetzt, in dieser dunklen Stunde, kommt mir die Erinnerung an diesen Satz unerwartet zurück. Bewegt sich wegen dieses Satzes der feuchte Boden unter meinen Füßen? In der Mitte der Zelle öffnet sich ein Tunnel. Einer nach dem anderen treten sie schweigend hinaus. Gesichter, schmutzig von der Kohle und den Jahren, die sie unter der Erde verbracht hatten. Die Augen geschlossen. Die Lampen an den Helmen der Bergleute erloschen. Wie in einem Traum sitzen sie ruhig auf den leeren Gefängnisbetten. Vierundzwanzig von ihnen. Ich kann draußen die Wachen hören, die kommen, um mich zu holen. Ich stürze mich in den Schacht. Es bröckelt, und ich kann nichts mehr sehen. Hin und wieder stoße ich an einen Felsen und suche nach der Spur des dumpfen Echos meiner eigenen Schritte. Es wird immer muffiger. Die dicken Stapel von Kohle glänzen immer stärker. Langsam kommt mein Sehvermögen zurück. Ich stehe zwischen den Erdbeerbüscheln, die aus der Kohle wachsen. Sie sind geruchlos. Welchen wunderbaren Geschmack müssen Walderdbeeren tief unter der Erde haben? Dieser Schacht führt nicht zurück an die Oberfläche. Dieser Schacht geht immer tiefer und tiefer in die Erde hinein. Aber wenigstens sind wir quitt, die Bergleute über und ich unter Tage. Sie werden endlich ihr Grab bekommen. Und ich werde für immer inmitten der Walderdbeeren leben können. Unter Beeren, die nur für die Toten wachsen.

Bagger

Mein Vater ist die Sonne. Aber das weiß nur ich allein, besonders nachts. Wenn ich jemandem davon erzählen würde, hielte man mich für verrückt. Mein Vater ist mein Ein und Alles. Nachdem meine Mutter gestorben war, blieben wir allein. Es war nicht leicht für ihn. Er hat gekocht, hat mir bei den Hausaufgaben geholfen, mit mir Fußball gespielt und uns irgendwie durchgebracht. Er besaß einen gelben Bagger und war sein eigener Herr. Als Kind saß ich oft mit ihm in der Kabine und beobachtete, wie geschickt und sorgfältig er die Griffe und Knöpfe bediente. Wir waren unzertrennlich, und gemeinsam fegten wir stolz über so manchen Hügel in der Gegend, legten kilometerlange neue Straßen an und gruben die Fundamente für Dutzende von Häusern. Unser gelber Bagger hat uns nie im Stich gelassen. Mein Vater kannte jede Schraube, er wusste, wie man jeden Fehler behebt, er ölte und reinigte ihn und lehrte mich, ihn zu pflegen, als wäre er das dritte Mitglied unserer Familie.

Dann kam das Böse. Mein Vater musste beim Bau von Barrikaden, Schützengräben und Hinterhalten helfen, und als sie abends zu uns nach Hause kamen, um meinen Vater zu holen, nahm er seine Mütze und seine Schlüssel und ging, um erst im Morgengrauen mit dem Bagger zurückzukehren, blass und noch schweigsamer als sonst. Er hat mich nirgendwohin mehr mitgenommen. Er hatte Angst um mich. Ich war bereits sechzehn Jahre alt, sie hätten mir ein Gewehr geben und mich mobilisieren können. Er hat mich zu Hause oder bei Nachbarn versteckt. Es war mir verboten, am Fenster zu erscheinen, oder gar in den Hof zu gehen.

Als ich ihn fragte, wo er denn gewesen war und was er ausgegraben hatte, nickte er nur. Ich hörte ihn oft schluchzend in seinem Zimmer eingeschlossen. Er begann im Schlaf zu schreien. An ihm klebten die Ermordeten, die er mit der Schaufel seines Baggers in Stücke schnitt und auf einen Lastwagen lud, um sie irgendwo heimlich in neuen Gräbern zu vergraben. Er hat aufgehört zu essen. Er war zunehmend selbst wie ein Toter.

Sie kamen wieder, um ihn zu holen. Ich stand an der Tür und lauschte dem Gespräch zwischen dem Kommandanten und ihm. Mein Vater sagte, er könne einfach nicht mehr. Der Kommandant drohte ihm. Sie wussten, dass er mich versteckt hielt. Das war das letzte Mal, dass ich ihn gesehen habe. Am nächsten Morgen stand sein Bagger vor dem Haus. Jemand hatte die Achse gebrochen und die Raupen zerstört.

Die Tage vergingen. Wochen. Drei. Fünf. Doch am vierzigsten Tag nach seinem Verschwinden geschah etwas Unglaubliches. Der Bagger vor unserem Haus begann zu leuchten. Zunächst fast unsichtbar, wurde das fahle Leuchten immer stärker und blendete mehr und mehr, bis sich die Maschine in einen glühenden Ball verwandelte, vom Hof hoch in den Himmel stieg und dort wie eine zweite Sonne stand.

Ich zeigte es meinen Nachbarn, die sich seit dem Verschwinden meines Vaters um mich kümmerten. Sie versicherten mir, dass alles in Ordnung komme. Vielleicht sahen sie es auch nicht. Aber ich sehe die zwei Sonnen. Die eine Sonne geht auf und die andere Sonne geht unter. Die andere leuchtet Tag und Nacht. Sie ist schwarz. Ich sehe sie sogar, wenn ich nicht in den Himmel schaue. Ich sehe sie, wenn ich im Bett liege und mir die Decke über den Kopf ziehe. Ich sehe sie sogar, wenn ich meine Augen schließe. Sie ist wie ein riesiges schwarzes Loch in der schwarzen Erde. Wie ein Bohrloch in der Mitte des Himmels. Wie die Pupille eines furchtbaren Monsters oder Gottes. Sie lässt mich nicht schlafen.

10. Oktober

Kafka meint, ich würde Dinge verkomplizieren.

Dass das ein Abbild meiner Persönlichkeit sei.

Jeder Nebensatz ein Ausdruck der Schwäche. Des Wunsches zu vertuschen.

Er fordert, dass ich so einfach wie nur möglich schreibe.

Klare, einfache Sätze, als ob ich für dreijährige Kinder schreiben würde.

»Als würdest du Nägel einschlagen, lange gerade Nägel«, sagt er.

»Wenn du deine Sätze nicht so formen kannst, dass sie von Dreijährigen verstanden werden, bist du noch nicht auf den Grund vorgestoßen, weißt eigentlich noch nicht, was du in Wirklichkeit sagen willst.«

Jeder Nebensatz ist ein Zeichen der Vernebelung.

Jeder gekrümmte Nagel das Zeichen einer zitternden Hand, einer gebeugten Wirbelsäule, einer fehlenden Konzentration oder schlimmstenfalls des fehlenden Talents.

Wenn man zum Beispiel die Pointe oder die Charaktere eines Romans nicht auf einer Seite zusammenfassen kann, konzise und klar wie Rüben, sind nach Kafkas Überzeugung schriftstellerische Irreführung und Selbsttäuschung am Werk.

Ich sehe ihn an und denke mir, dass sein Standpunkt dem gleicht, was uns in der Öffentlichkeit und in den Medien verkauft wird.

Dass die Welt trotz ihrer Kompliziertheit immer mehr zu Vereinfachung, Banalisierung und zum Weitergeben von oberflächlichen Meinungen neigt. Sie eignet sich am besten für die Menschen, die keine Lust haben, über Folgen nachzudenken, sondern die nur Thesen aufstellen.

Wir schlagen Nägel in die Wand, obwohl allen klar ist, dass die Wand irgendwann zusammenfallen wird.

Wir hämmern, einer in den anderen, simple Phrasen ein. Gerade und einfach.

Wir denken, dass die Wand alles aushält.

Dabei verhärten wir, wir werden unsensibel für das permanente Löchereinschlagen. Steif und ignorant.

Die Wand schert sich nicht um den Sinn. Sie selbst ist lediglich eine Grenze, eine Abtrennung, ein Spiegel, eine Illusion, die wir uns erschaffen. Ein Quasi-Ende mit dem Versprechen eines Anfangs.

»Hinter der Wand stehen keine Dreijährigen«, sage ich.

»Dort gibt es auch Leute, die Beckett gelesen haben und deinen Namensgeber.«

Dort sind auch Banktransaktionen, Arbeiterproteste, Gläser mit eingelegten Gurken, verfaultes Fleisch in den Supermärkten, da gibt es Geschütze, Vergewaltigungen, Kriegsflüchtlinge und politische Krisen.

Da sind Leute, die nach einem durchgelesenen Satz wissen, ob du ihnen katholische Moral, das Kommunistische Manifest oder eine Bad Bank andrehen willst.

»In Serbien gärt es wieder.«

Überall um uns herum.

»Das kommt allen zugute, die Sätze ohne Nebensatz predigen, weil es die Vereinfachung auf Ja und Nein legitimiert«, sage ich.

Die Sprache der Literatur ist aber beides.

Die Sprache ist ein Fenster in der Wand.

Kafka schaut mich von der Seite an und sagt, er würde

mich hier und jetzt am liebsten vögeln, hier in meiner Küche, hier auf meinem Küchentisch, an dem wir sitzen.

Mein Gott, überall, nur nicht auf meinem Küchentisch. Das ist der letzte Freund, der mir geblieben ist.

Er legt seine Hand auf mein Bein, und ich rücke ab.

Er versucht mich zu umarmen, ich stoße ihn zurück.

Er sagt, ich könne gern noch weiter mit meinem Kopf gegen die Wand rennen.

Dass nie etwas aus mir werde.

Dass ich ein Nichts sei.

Eine arme Waise, eine Schriftstellerin, die nie etwas geschrieben hat.

Ich solle mir eine andere Arbeit suchen.

Dann werfe ich ihn aus der Wohnung.

Er aber lacht.

Er sagt, ich solle endlich zu mir kommen, erwachsen werden.

Ich soll mein Manuskript in den Papierkorb werfen.

Endlich etwas Ambitionierteres schreiben.

Aber das mache ich schon die ganze Zeit, geht mir durch den Kopf, als ich heulend die Tür hinter ihm zuschlage und mich mit dem Rücken an die Tür gelehnt hinsetze.

Ich höre, dass er noch weiterredet, ein paar Mal klopft, bevor seine Schritte im Treppenhaus verklingen.

Ich mache doch nichts anderes, als dass ich Manuskripte in den Papierkorb stopfe.

Den Papierkorb in den Müll.

Den Müll in mich.

Mich ins Feuer.

Das Feuer wieder in mich zurück.

Ich tue nichts anderes, als zu versuchen zu leben.

Ich sitze an die Tür gelehnt und weine.

Als hätte mich jemand ganz nebenbei abgestochen. Es tut so weh.

Voller Tränen sehe ich etwas zwischen den Schmutzknöllchen unter dem Schrank.

Mit einem Besen stochere ich einen langen, verrosteten Nagel ans Tageslicht.

Ich halte ihn in der Hand, er ist kalt.

Er sieht gleichermaßen unermesslich fragil und stark aus.

Wie viele Jahre hat er dort gelegen?

Und jetzt (gerade jetzt!) finde ich ihn.

Als hätte ihn mein und Kafkas Gespräch über Nägel herbeigerufen.

Ich trage ihn in die Küche und schiebe ihn in das Fleisch von einer der zwei Bananen.

Beide Bananen sind schon zur Hälfte mit großen, braunen Flecken bedeckt.

Einer der Flecken hat eine andere Farbe und einen absolut perfekten Kreis, das ist der Nagelkopf.

Der Frucht ist überhaupt nicht anzumerken, dass sie durchbohrt wurde.

Nur ein rostiger Abdruck auf meiner Hand zeugt noch davon, dass es einmal einen Nagel gab.

11. Oktober

Ich ordne meine Notizen aus dem Gefängnis. Ich bemühe mich darum, so viel Material wie möglich zu sammeln, auch wenn es unwichtig scheint.

Die Notiz vom Besuch in Dob am 21. September:

Wir üben das Durchstreichen.

Ich verteile eine Kopie eines Zeitungsartikels über den

Israel-Krieg mit dem Hinweis, sie sollen schrittweise einzelne Wörter im Text so lange durchstreichen, bis aus dem Nichtdurchgestrichenen eine neue, ungeahnte Bedeutung hervorquillt.

Zehn Minuten Stille, ab und an durchbrochen von Dioneus' Rotzen.

Panfi streicht alle Konjunktionen, alle Adjektive durch, es bleiben nur noch Verben und einzelne Substantive wie »Bewegungen bietet Investition kämpft Gefechte« übrig.

Fiil (am Schluss der letzten Stunde habe ich Petek gefragt und endlich erfahren, dass sein Nachname mit Doppel i geschrieben wird) löscht alle Wörter, außer einem einzigen kleinen ›und‹, irgendwo in der Mitte des Blattes versteckt.

Dioneus gibt mir ein Blatt zurück, auf dem kein einziges Wort durchgestrichen ist, er hat aber über alles einen Kreis gezeichnet, mit zwei kleineren Kreisen darin. Ich sehe ihn fragend an, sein Schmunzeln als Antwort, sogar ein kleines Lächeln. Das ist das erste Mal, dass ich ihn so sehe.

Nach zwanzig Minuten führt Dr. Petek Dioneus in sein Büro, weil er dringend irgendwelche psychologischen Teste durchführen muss. Ich bleibe allein mit Fiil und Panfi.

Panfi erzählt lang und breit über den ausgezeichneten Spinat mit Sojafrikadellen und die Cremeschnitten, die sie einen Tag zuvor gegessen haben. Er sagt, er liebe Spinat. Er könnte sterben für Spinat, schon allein wegen des Antioxidans und des Eisens, das er enthält. Oder hat er gesagt, er könnte morden für Spinat? Ich bin mir nicht mehr sicher.

Während Panfi spricht, meditiert Fiil. Er schließt die Augen, man sieht es seinem Gesicht an, dass er mit den Gedanken weit weg ist, ab und zu durchzuckt sein Gesicht ein Ausdruck von großer Freude oder Geborgenheit. Soll ich mir das als Flucht in die geistige Freiheit erklären? Im Gefängnis hat er höchstens seinen Körper zurückgelassen, damit der in den Stunden von Zugehörigkeit und Aktivierung ruht.

Während der Stunde hört man von draußen das Kreischen der Raben, die auf der Grünfläche unter dem Fenster weiden, große, kräftige Vögel. In der Ecke liegt einer der Raben tot da, die Beine in der Luft. Die anderen lungern indifferent um ihn herum. Sie sehen aus, als wären sie lange vor uns geschaffen worden und als ob sie sich hier feindlich mit ihren langen schwarzen Schnäbeln zu Wort melden, sich selbst und der Welt gegenüber feindlich, und auch noch lange danach, wenn es uns Menschen längst nicht mehr geben wird.

Draußen die Szene mit dem toten Raben, im Klassenraum nur Panfis und Fiils Keuchen, die aus der Verordnung über die neuen europäischen Richtlinien der Agrarwirtschaft gelegentlich ein oder zwei Wörter streichen, bis fast nichts mehr übrig bleibt.

Zum Abendessen geselle ich mich zu Eva und Manuel Prada, einem Gast aus Argentinien, dem Direktor der Universitätsbibliothek in La Plata.

Manuel ist nett, ein sehr belesener Herr.

Wir sprechen über Borges und seine Geschichten.

Ihn interessiert der Zerfall Jugoslawiens.

»Natürlich interessieren uns alle die Gesetze des Zerfalls«, erwidere ich.

Ihn interessiert der Fall Karadžić.

Im Jahrzehnt, als der auf der Flucht war, war er einer der meistgesuchten Poeten der Welt.

Jetzt hat er vierzig Jahre Zeit, um im Den Haager Gefängnis in Ruhe neue Bücher zu schreiben.

Ich frage ihn, ob er Karadžić' berühmte Aussage aus dem Prozess kennt: »I am not a monster, I am a writer.«

Ich frage ihn, ob er weiß, dass er in den USA studiert hat, Psychiater des Fußballclubs Crvena zvezda war und ein beliebter Kinderpoet?

Je čudež, ni čudeža, Ein Wunder, kein Wunder, heißt sein Buch mit Poesie für Kinder, das noch immer nachgedruckt wird.

Mehrere Jahre hat er sich in Belgrad versteckt, stand unter dem Schutz des serbischen Geheimdienstes, hat sich einen Bart wachsen lassen, dreißig Kilo abgenommen, ist mit der Buslinie 73 herumgefahren und saß regelmäßig im Café Luda kuća, Verrücktes Haus, in Novi Belgrad, genau unter seinem Porträt.

Gelegentlich nahm er im Luda kuća die Gusle-Fidel von der Wand, ein für mich unmöglich tönendes serbisches Nationalinstrument, und spielte darauf und sang dabei vom Heldentum der bosnischen Serben, auch über sich, natürlich in dritter Person.

Dragan David Dabić war sein Tarnname, unter dem er sich als Bioenergetiker betätigte.

Angeblich ziemlich erfolgreich.

Er hatte auch einen Online Shop mit Gegenständen, kleineren und größeren Kreuzen, die ersten trägt man zum energetischen Schutz um den Hals, die zweiten stellt man in den Raum, um diesen energetisch zu reinigen.

Mit einem gefälschten Reisepass reiste er öfter nach Wien zu einem Kongress für Heilpraktiker, machte Ferien an der kroatischen Riviera und fuhr nach Venedig.

Bekannt sind einige Fälle von Kindern, denen die klassische Medizin nicht helfen konnte, er hingegen schon.

Ein und dieselben schaufelartigen Hände, die düstere Gedichte schrieben, balkanische Schlachten befehligten und Kinder mit Bioenergie heilten.

Und auf der Gusle-Fidel Lieder über sich selbst spielten.

Mein argentinischer Gast ist von der Geschichte total erstaunt und entzückt.

Ich frage ihn, was er mit Hitlers Geburtshaus tun würde, es in ein Museum umgestalten oder es von der Erdoberfläche löschen?

Was er mit Herrn Dabić tun würde, der mit jeder Geschichte, mit jeder winzigen und bizarren Anekdote über sich immer unauslöschbarer wird, immer enigmatischer und unvergesslicher.

Man kann einen Menschen töten oder ihn in eine Einzelzelle stecken und ihm den Kontakt zur Außenwelt beschränken.

Aber wie verhindert man den Aufbau eines Mythos?

Ist es nicht zugleich eine Niederlage und Tragik des menschlichen Geistes an sich, etwas, das große Mörder und große Texte verbindet, dass man deren Existenz und das Zirkulieren zwischen den Menschen nicht einschränken kann?

Dass es praktisch unmöglich ist, alles einzugrenzen oder gar zu löschen, was stark vom erwarteten Durchschnitt abweicht, was verrückt genug ist, aggressiv genug. Bizarr genug?

Wie viel Übel und wie viel Schönheit schöpft die Legitimierung aus vergangenem Übel und aus der Schönheit – bei Verbrechern wie Karadžić!

Wird denn nicht jede originelje, bewusst andersartige Literatur durch ihren brutalen Eigenwillen in die Nähe des Verbrechens eingeordnet?

Mein argentinischer Gesprächspartner lächelt und stellt mir eine Frage, die ich jetzt, da ich das schreibe, als rhetorisch empfinde. Im gegebenen Moment aber fand ich es von schicksalhafter Bedeutung, darauf zu antworten: »Wo ist der Ursprung des Bösen?«

»Wenn jemand aus der Überzeugung, dass er damit das Unrecht der Vergangenheit repariert, Böses tut, dann hat die

Spirale des Bösen weder Anfang noch Ende. Alles kann als Ursache für Böses dienen. Und alles kann im Geiste von historischem Ungleichgewicht heraufbeschworen werden, aus dem die Pflicht des Einzelnen erwächst, dieses Ungleichgewicht zu begradigen. Sobald der Mensch eine Berufung hat, wird er zum potenziellen Mörder. Und wenn ich Bücher schreibe, habe ich immer eine Berufung«, sagt mein Gesprächspartner.

Schweigend buddle ich mit dem Löffel im Schokoladenmousse herum und denke an die unzähligen Massengräber auf dem Balkan.

Dann fällt mir ein, dass eine physische Ähnlichkeit zwischen dem Heiler Dragan David Dabić und Fiil besteht, und ich weiß nicht, was ich davon denken soll.

12. Oktober

Nach beharrlichem Zureden geselle ich mich zu Eva in ihren roten Alfa Romeo auf dem Weg nach Idrija.

Dort hatte ich vor zwei Jahren eine Lesung nach dem Erscheinen meines Romans, aber es ist, als wären seither Jahrhunderte vergangen.

Bald verlassen wir die Autobahn. Die Kurven führen zwischen Wäldern immer tiefer ins Talbecken.

Eva spricht von ihrem einzigen Helden, Michel Foucault.

Angeblich hat sich auch Michel für Idrija interessiert, weil hier die letzten fünfhundert Jahre eines der größten Quecksilberbergwerke der Welt in Betrieb war.

»Michel interessierte die Geschichte der Medizin, daher natürlich auch die der Alchemie«, sagt Eva. »Michel wusste alles von allem, was man nur wissen konnte, besonders kannte er sich mit der Geschichte des Erwerbs und der Anwendung von Quecksilber aus, das die Basis jedes alchemistischen Prozesses ist.«

Sie nervt mit ihrer Intimtuerei mit Foucault. »Mein Michel«, sagt sie, als hätten sie zusammen den Kindergarten besucht.

Ich ertrage ihre primitive Freude nicht, mit der sie die Sätze wiederholt, die sie gestern in einer Zeitung oder im Lehrbuch oder im Reiseführer über die Umgebung von Idrija gelesen hat. Jedoch klingen dieselben Sätze aus ihrem Mund, als hätte sie sich die gerade ausgedacht und an den Haaren ihres genialen Geistes herbeigezogen.

Diese stille Aneignung fremder Kenntnisse mit dem Ziel, sich den Gesprächspartner unterzuordnen, Aufmerksamkeit und Bewunderung zu erregen, ist es, die mich abstößt. Schämt sie sich denn kein bisschen? Fühlt sie keinerlei ethische Verlegenheit, einfach querbeet von anderen zu stehlen und das Ganze dann als ihr Eigenes zu verkaufen?

Eva aber spricht und spricht von der Erzproduktion, von Knappen-Krankheiten, über Michel und sein Buch *Archäologie des Wissens*, das im Original überhaupt nicht *Archäologie des Wissens* heißt, sondern irgendwie anders, und so weiter und so fort.

»Stopp«, sage ich, »halte sofort an.«

Eva bremst stark. Ich öffne die Tür und steige aus.

Ich entferne mich etwas von der Straße. Um mich herum Wälder im Abendduft.

Ich greife nach einer der vielen Fichten und atme tief ein, einmal, zweimal.

Nach einigen Minuten komme ich zurück, setze mich wieder ins Auto, diesmal aber auf den Rücksitz.

Mit der Ausrede, dass mir vorne schlecht wird.

Eva schaut mich ungläubig an. »Auf dem Rücksitz wird es nur noch schlimmer«, meint sie.

Ich schüttele den Kopf.

Sie gibt Gas und beginnt sogleich wieder mit ihrem Michel und seinen Theorien über die Archäologie als Schreibweise der Gegenwart, über die Kunst der Existenz, über das panoptische Überwachungsmodell, das heutzutage aus dem Kerker auf die gesamte Gesellschaft übertragen wird, bis ich es einfach nicht mehr aushalte. Ich bitte sie, erneut anzuhalten.

Ich steige aus, öffne den Kofferraum, zwänge mich hinein, schlage die Kofferraumtür zu und schreie, sie solle weiterfahren.

Es ist sehr unbequem, und ich bin überzeugt, dass Eva jetzt absichtlich schneller fährt, damit es mich in den Kurven gut durchrüttelt, dass sie in jedes der zahlreichen Schlaglöcher fährt, sodass ich mit dem Kopf und allem anderen gegen den Kofferraumboden schlage. Trotz allem ist das unvergleichlich besser, als noch ein einziges Wort über ihren Michel und seine Theorien hören zu müssen.

Es ist fast vollkommen düster im Kofferraum.

Ich erinnere mich an einen Schulausflug in das Quecksilberbergwerk Idrija vor mehr als fünfzehn Jahren.

Wir wurden mit kleinen Aufzügen, die auch die Knappen verwendeten, zehn Horizont unter die Erdoberfläche befördert.

Niemals zuvor oder danach habe ich eine derartige Stille gespürt.

Dann wurde für einen Moment das Licht ausgemacht.

Es war eine besondere Form von Dunkelheit. Man hätte sie in Stücke schneiden können, so undurchdringlich war sie.

Wir Mädchen fingen an zu schreien, die Jungs begannen sofort, uns zu begrapschen, und lachten.

In Momenten, in denen wir nicht wissen, wie wir uns benehmen sollen, benehmen wir uns nach einem vorbereiteten Szenarium.

Hat Michel das auch geschrieben?

Eva hält an und öffnet den Kofferraum.

Wir sind da.

Wortlos ziehen wir durch die dunklen Straßen.

Die Bibliothek ist voll, einige stehen vor der Tür.

Eva ist zugänglich genug, Pop genug und freundlich, man kennt sie aus Zeitungen und dem Fernsehen.

Auf der Romanvorstellung vor zwei Jahren saß ich allein mit drei Omas und dem Bibliothekar da.

Eva erzählt ihre Dummheiten einfach vor der Menge, schüttelt Hände und fotografiert sich und lacht gewinnend.

Sie präsentiert ihre schlanken Beinchen und redet gescheit über Michel Foucault. Sie richtet ihre langen blonden Haare und klugscheißert, Michel dies und Michel das.

Alles ist nett. Ja, alles ist nett, so nett, wie es nur sein kann.

Sie spricht von ihrer persönlichen Betroffenheit. Und ihrer persönlichen Ergriffenheit.

Dann erzählt sie noch zwei Witze, und alle sind glücklich, und alle kaufen ein Buch und reihen sich ein, um eine Widmung zu bekommen, und Eva ist die größte Schriftstellerin der Welt an diesem Abend in Idrija.

Ich drehe eine Runde durch die Bibliothek.

An der Wand eine Ausstellung der Briefe von Giovanni Antonio Scopoli, einem Arzt und Naturwissenschaftler, der in Idrija gelebt hat, und Carl Linnaeus.

Ich richte meinen Blick auf Scopolis Porträt.

Ich sehe einen molligen Jungen, der gleichzeitig ein Greis ist, fette, rundliche Augen hat, die in die Ferne blicken, als würden sie, allein im Schmerz gefangen, in einen Raum starren, in dem der Schmerz nicht existiert.

Beim Abendessen stellt sich heraus, dass der Bibliothekar ein Kenner von Scopoli ist. Er ist gänzlich begeistert von meinem Interesse für Naturwissenschaft und hört nicht auf, mir von einem Tiroler zu erzählen, der als Arzt in eine fast tausendköpfige Knappen-Gemeinschaft geschickt wurde.

Er erzählt mir von den unmöglichen Lebensverhältnissen in Idrija Mitte des achtzehnten Jahrhunderts, über die hohe Sterblichkeit (die Knappen starben mit fünfunddreißig, Arbeiter in Schmelzhütten noch früher).

»Selbst jetzt, wo das Bergwerk schon geschlossen und in ein Museum umgebaut wurde, haben die Einheimischen noch Spuren von Quecksilber in sich. Quecksilber verursacht schlimme Depressionen, Angstneurosen, infolgedessen ist auch der Alkoholismus seit jeher ein dauernder Begleiter der Knappen«, sagt der Bibliothekar und prostet der Tafelrunde mit einem Glas Schnaps zu.

Auf dem Weg zum Auto schweigen Eva und ich. Graue, heruntergekommene Blöcke aus der Kommunistenzeit. Steile Hügel, einige flimmernde Lichter.

Ich fühle mich wie in einer Falle.

Auf dem Nachbarberg ein beleuchteter Kreuzweg, der zur Kirche hinaufführt, die vor zweihundert Jahren mit den Beiträgen der armen Knappen gebaut wurde.

Über der Kirche der Zauberberg Idrijas, eine psychiatrische Klinik, die vor einem halben Jahrhundert erbaut wurde, um die Einflüsse von Quecksilber auf die Menschen zu erforschen und einen Ort zu haben, wo die chronischen Alkoholiker endgültig vergammeln können.

Neben der Straße ein Flüsschen. Unter der Stadt eine zweite, eine Stadt der Maulwürfe und Geister der toten Knappen, ein Schachtlabyrinth, hohl und leer und dunkel und mit Wasser geflutet, ein verlassenes Bergwerk.

Trotz der Schließung und Sanierung des Bergwerks ist Idrija am Versinken. Es sinkt immer tiefer und tiefer.

Der Rest der Nacht vergeht mit der Heimfahrt – ohne

Worte und Kommentare und ohne Michel Foucault, und selbst Eva und ich versinken, jede auf ihrer Seite, und dann verabschieden wir uns schweigend wie Fremde.

Müde überfliege ich zu Hause noch meine Mails. Eine Nachricht von Dr. Petek, der fragt, ob ich möchte, dass er weiter bei den Workshops dabei ist. Ich antworte, es gebe keine Probleme, dass ich mich nicht bedroht fühle und es absolut alleine schaffe. Ich lösche die bereits verfasste Mail und schreibe das genaue Gegenteil, dass es vielleicht doch besser wäre, wenn er einstweilen bei uns bleibt, sofern es ihm seine Zeit erlaubt. Als ich die Mail abschicke, fühle ich mich beruhigt, befreit.

Denke ich wirklich, dass mir Panfi, Fiil und Dioneus irgendwie gefährlich werden könnten?

Bislang war ich ihrerseits nicht das Ziel auch nur eines einzigen ernsten Scherzes gewesen, alle drei scheinen mir ziemlich unbeholfen und kein bisschen aggressiv. Ich habe das Gefühl, dass ich als Frau sogar leichter den Respekt aufrechterhalte, weil bei unserem Verhältnis automatisch das machohafte Konkurrenzverhalten wegfällt, mit dem sich früher oder später jeder männliche Mentor auseinandersetzen müsste.

Das heißt, dass ich Petek nicht an meiner Seite brauche.

Trotzdem bin ich mit meiner Antwort zufrieden.

13. Oktober

Ich schweige und höre zu, wie mich Kafka übers Telefon Liebste, Rehlein, Herzilein nennt.

Ich schweige, als er mich Mimose, Zitrone, Essiggurke nennt.

Ich schweige, als er beginnt, nervös die Stimme zu heben, als er mich fragt, warum ich abgehoben habe, wenn ich mich nicht mehr unterhalten möchte.

Dass er weiß, dass ich im Zwiespalt bin, er aber jenen Teil von mir möchte, dem er, Kafka, etwas bedeutet.

Ich solle um Gottes willen endlich etwas sagen, irgendwas.

Ich räuspere mich.

»So ist es besser«, sagt Kafka zufrieden mit seiner tiefen, etwas heiseren Stimme, »viel besser.«

»Du weißt gar nicht, wie viel es mir bedeutet, dass du dort bist, auf der anderen Seite der Linie, egal wo, aber gewiss irgendwo dort«, sagt er.

Egal was passiert, wir beide für immer und ewig, sagt er, und ich räuspere mich erneut (diesmal kratzt mich bei seinen Worten wirklich etwas im Hals, und ich kann ein Husten nicht unterdrücken).

Er nennt mich Nobelpreisträgerin und Große Dame der Poesie, Schreiberin und Graphomanin, Perfektionistin und Wortstreicherin.

Ich höre ihm zu, aber seine Worte dringen nicht zu mir durch.

Sie klingen noch immer nach, sie erreichen mich noch immer, verletzen mich aber nicht mehr, treffen mich nicht mehr ins Herz.

Zumindest scheint es mir so.

Ich weiß nicht, ob ich auflegen oder etwas sagen soll, trotz allem.

Dann räuspere ich mich noch ein drittes Mal.

Die plappernde Stimme auf der anderen Seite verstummt endlich.

Dann erzähle ich Kafka vom Abendessen mit dem Bibliotheksdirektor aus La Plata.

Kafka wundert sich, dass sich der Direktor über Karadžić' Geschichte gewundert hat.

»Sie hatten doch die Desaparecidos«, meint Kafka, »und

sicherlich eine Vielzahl ähnlicher Fälle.« Ich solle ruhig Bolaño lesen, *Die Naziliteratur in Amerika*, und mir würde alles klar werden.

Kafka macht Anspielungen darauf, dass des Direktors Verwunderung wahrscheinlich anderen Zwecken galt, und zwar seinem Interesse an meiner Gesellschaft und daher meinem Körper.

Ebenso findet er den Fall Karadžić völlig deplatziert.

Typen wie Karadžić müsste man erhängen und vergessen, ihre Poesie verbrennen.

Typen wie den Bibliotheksdirektor in La Plata müsste man, Kafkas Meinung nach, auf Eis legen. Auf eine Temperatur 273 Grad unter dem Gefrierpunkt.

(Also dorthin, wo du jetzt bist, denke ich, sage es jedoch nicht, sondern lächle lediglich bei dem Gedanken).

Es folgt Kafkas langer Monolog über die Dringlichkeit der positiven Tilgung.

»Stell dir vor, wie viel menschliche Bemühungen, wie viel Geld und wie viel Zeit in das Erforschen der unmöglichsten, verwerflichsten und widerlichsten Taten investiert wird. Wie viele Studien etlichen Eichmanns, Globocniks und anderen Schlächtern auf der ganzen Welt gewidmet wurden. Man könnte meinen, dass wir dank dieser ganzen Scheiße der Lösung des Rätsels, wie es möglich ist, dass solche Dinge immer wieder aufs Neue passieren, zumindest etwas näher sind. Nein, sind wir eben nicht!«

Ich stelle mir vor, wie er in der Mitte seiner Wohnung mit dem schwarzen Boden und dem gänzlich weißen Interieur steht. Wie er sich, während des Sprechens, immer wieder die Spucke, die sich bei seiner feurigen Rede in den Mundwinkeln sammelt, mit der Hand abwischt.

»Können wir sagen, dass sich solche Schrecknisse nicht

mehr wiederholen werden? Können wir nicht! Den Kindern einzuflößen, dass sich Schrecknisse in der Vergangenheit zugetragen haben, wir aber nun bessere Menschen sind und uns als zivilisierte Gesellschaft wohl nicht gegenseitig die Köpfe abschlagen werden, keine Millionen in Gaskammern schicken und keine neuen Konzentrationslager errichten werden, ist die größte Verworfenheit, die größte Lüge und die Basis jeder zukünftigen Schlächterei!«, schreit Kafka heiser.

Stille. Ich schweige, um seinen bizarren, monologischen Fluss nicht zu unterbrechen.

»In der Schule müsste man das genaue Gegenteil unterrichten. Man müsste lehren, dass der Krieg immer vor der Tür steht, die Kinder in dem Geiste erziehen, dass sie auf das Allerschlimmste gefasst sind, und man müsste Typen wie Karadžić und seine balkanischen Schlächter sofort und für immer aus allen Büchern und unserem gemeinsamen Gedächtnis löschen.«

Kafkas Monolog ruft eine Erinnerung an ein Bruchstück aus meinem gestrigen Traum herbei, einen kurzen Ausschnitt, ich weiß, dass es mehrere Träume waren, jedoch sind sie verlorengegangen, nur dieses eine Bruchstück gibt es noch, und ich bin nicht überzeugt, dass alles, was sich darauf bezieht, nun meinen Träumen entspringt oder meiner Fantasie.

Ich lege auf.

Im Bruchstück meiner Träume gibt es ein Käfergefecht, Käfer, die um die Vorherrschaft einer Stadt kämpfen. Die Stadt sieht märchenhaft aus wie in *Herr der Ringe*. Die Käfer gehen mit ihren Mandibeln aufeinander los und lassen nicht mehr voneinander ab. Sie verharren so, bewegen sich ab und an ein bisschen hin und her, vor und zurück, es sind Tausende, Millionen von Käfern ineinander verflochten.

In meinen Träumen hallt nur das Knirschen der Mandibeln

wider, die unter dem Druck knacken. Die Träume werden immer mehr zum Geräusch, einem Widerhall der Körper, winziger Panzer, der Reibung. Der schwarze Käferhaufen zwischen den Hügeln ist eine Art lebendiger Tod. Keiner der Käfer wird nachlassen. Selbst wenn er es täte, würden ihn seine Gegner im selben Moment vernichten, hinter ihm käme schon der nächste Käfer, dazu bereit, seinen Platz einzunehmen. So bewegen sie sich mit einer Ahnung, dass sie bis ans Ende ihrer Käfertage nichts anderes mehr tun werden, als zu versuchen, noch etwas länger auszuharren.

Auf dem Handy erscheint wieder Kafkas Nummer, aber ich gehe nicht ran.

Was ist Leben? Was ist Zeit?

Jetzt, wo ich das schreibe, tauchen diese beiden Fragen plötzlich mit großer Klarheit auf, und ich weiß nicht, ob sie bereits in meinen Träumen hörbar und deutlich ausgedrückt wurden oder nur eine Art Widerhall dieser Träume, Geräusche meiner Träume waren.

Das ist ein Geräusch, das ich auch jetzt im Wachsein nicht aus meinem Schädel verscheuchen kann. Es wurde sozusagen zum Bauteil meines Körpers.

Ich kann aus dem Knirschen der knackenden Käferpanzer nicht aufwachen.

Wie in der mythologischen Landschaft, wo Käfer kämpfen, kann auch in meiner Gedankenlandschaft nur jemand Drittes das Knirschen unterbrechen, jemand von außen, ein Monstrum, eine natürliche Katastrophe oder ein Zauberer, ein Retter, ein mythologischer Held oder ein Bote des Untergangs, der diesen Kampf unterbricht.

Manchmal reicht schon etwas Kleineres als die Apokalypse aus, sagen wir mal das erneute Handyklingeln, um das Knirschen in meinem Kopf zu unterbrechen.

Wütend packe ich das Handy, wütend schreie ich: »Was willst du noch?«

Im Handy das Knirschen der knackenden Käferpanzer.

Hinter dem Fenster Paulas Kreischen.

Es gibt Kriege, die nie enden.

14. Oktober

Es ist kälter geworden.

Es duftet zwei Monate zu früh nach dem ersten Schnee.

Ich besuche Tante Marija. Zuerst kleide ich mich ganz schwarz, überlege es mir jedoch, der grüne Rock und der Pullover mit den großen gelben Blumen passen perfekt.

Ich gedenke nicht zu trauern, obwohl ich meinen Onkel irgendwie gern mochte.

Weil es keine Trauer geben darf.

Für niemanden.

Auch nicht für jemanden, den wir gernhatten, ohne uns darüber bewusst zu sein, weil uns erst die plötzliche Kluft im Raum an die zerrissenen Bindungen und die verlorene Nähe gemahnt.

Wie bei meinem Onkel.

Ich möchte dem Tod, so gut es geht, direkt ins Auge sehen.

Für mich ist das wie die Kirche des heiligen Apollinaris bei Ravenna, die ich während des Studiums besucht habe.

Ich war mir sicher, dass es sich um eine weitere von Italiens unzählbaren Kirchen handelt, die ich studieren wollte, um sie nach historischen Epochen, Architekturstil, Material und Bauweise zu klassifizieren.

Ich trat ein, aber die Kirche war plötzlich verschwunden.

Alles, was im nächsten Moment noch dastand, war eine gigantische Kuppel, ein offenes Auge aus grüner und goldener Farbe mit Mosaiken von Schafen, Olivenbäumen, Felsen und einem Hirten, der mit ausgebreiteten Armen die ganze Welt umarmte.

Es war eine noch nie zuvor erblickte Schönheit.

Wie verhext setzte ich mich unter das grün-goldene Auge und starb.

Ich spürte, wie mich das Auge aufnahm und wie sorglos es alles der Reihe nach ringsherum einsaugte.

Alles sickerte in dieses Auge, in diesen Todesbereich im Auge, aber dieser Tod war nichts Schlechtes, nichts Tragisches.

Dieser Tod war keinerlei Ereignis.

Ruhig schloss ich meine Augen und spürte, dass es etwas anderes betrachtete als mich, es gab keinerlei Bedarf, dass auch ich schauen würde, noch weniger mit Augen, die nichts sehen, mit dem menschlichen, versehrten Sehvermögen einer Studentin der Kunstgeschichte.

Dieser unerwartete Ansturm von Religiosität dauerte circa fünfzehn Minuten.

In dieser Zeit wurde mir meine Handtasche mit Geld gestohlen.

Später hatte ich deswegen ziemliche Scherereien, aber die Spur des perfekten grün-goldenen Todes ist geblieben.

Was ich heute für den Besuch bei meiner Tante angezogen habe, ist das Zitat meines Ravenner Todes auf meinem Pullover.

Nein, es darf keine Trauer geben.

Onkels Tod hat nur die Barriere beseitigt.

Ohne seinen Tod würde es mir nicht in den Sinn kommen, meine Tante zu besuchen.

Wenn mein Onkel nicht gestorben wäre, würde ich nie und nimmer mit dem Gefühl zu ihr gehen, dass wir uns wahrhaftig in die Augen sehen, dass wir uns unterhalten, dass zwischen uns Worte möglich sind, die eine Schwere haben, Worte, die etwas gelten.

Dann klingelt das Handy.

Tante Marija sagt, dass etwas dazwischengekommen ist, ob wir uns in ein paar Tagen sehen können.

Ich lege auf und ziehe mein Augen-Zitat aus, mein Todeszitat, lege es auf den Stuhl, anziehbereit, für den Augenblick, wenn ich mich mit Marija treffe.

In der Mitte des Tages öffnet sich unerwartet die Leere.

Erfüllt wird sie durch Dr. Peteks Mail mit einer neuen Sendung von Geschichten.

Jetzt bin ich in der Kirche des heiligen Apollinaris bei Ravenna, ich bin das Auge, absorbiere Buchstabe für Buchstabe, Satz für Satz, ich sauge nur ein, ich bewerte nicht, korrigiere nicht und kommentiere nicht. Ich schaue an Panfis, Fiils und Dioneus' Stelle. Ich schaue anstelle des mir unbekannten Verfassers dieser Geschichten.

Lamm

Maly, der Kleine, stammte aus den Bergen, seine Familie lebte von der Schaf- und Ziegenzucht, und so war er der Einzige von uns, der wusste, wie man so etwas macht. Zuerst hätten wir das Lamm schlachten müssen, erst danach das alte Schaf. Aber niemand hörte auf den Kleinen. Aus purem Egoismus haben wir uns also zuerst um das alte Schaf gekümmert. Während wir es ausbluten ließen und mit dem Häuten begannen, verschwand das junge Lamm, das uns die ganze Zeit von hinter dem Zaun aus beobachtet hatte, ins Ungewisse. Dann kam sowieso alles anders. Explosionen und Panik. Ich schnappte mir meinen Rucksack und mein Gewehr und rannte um mein Leben. Jenseits der Waldlichtung sah ich mich schweren Herzens nach dem Tier um, das wir mitten auf dem Hof des abgelegenen Bauernhofs hatten zurücklassen müssen. Unsere hungrigen Gesichter erblassten bei dem Gedanken an frisch gebratenes Hammelfleisch. Aus der Ferne konnten wir nur hilflos zusehen, wie sich ein Trio Wölfe dem zerstückelten Tier näherte und begann, das Fleisch zu zerreißen. Es war zum Verzweifeln.

Wir rückten näher an die Frontlinie heran. Wir zelteten mitten im Wald. Wir durften kein Feuer machen, um unsere Position nicht zu verraten. Das ging einige Tage so, bis ich eines frühen Morgens, es war noch dunkel, das Knacken von Ästen hörte. Zuerst dachte ich, es sei ein größeres Tier, ein Reh oder gar ein Bär, als aus der Dunkelheit das vermisste Lamm hervortrat. Ich erkannte es sofort an den graubraunen

Flecken auf dem Rücken. Es war uns heimlich von der Farm bis hierher gefolgt, tief in den Wald hinein. Ich hob mein Gewehr und zielte, aber das Lamm kam auf mich zugelaufen und drückte sich gegen mein Hosenbein. Ich streckte meine Hand aus, und das junge Tier leckte sie ab und begann an meinem Daumen zu lutschen. Offenbar hielt das Lamm mich für seine Mutter, die ich einige Tage zuvor vor den Augen des Lamms geschlachtet hatte. Ich nahm es mit. Meine Gefährten wollten es sofort schlachten, aber ich habe das nicht zugelassen. Von da an war das Lamm immer bei mir. Es schlief bei mir, und ich kümmerte mich um es, fütterte es mit Milch und Brot, wenn ich welches finden konnte. Natürlich wusste ich, dass es nicht möglich sein würde, es auf Dauer zu behalten. Aber in den schweren Tagen des Krieges wuchs mir das kleine Lamm auf seltsame Weise ans Herz und wurde alles, was ich hatte.

Wir wurden immer weiter eingekesselt. Wir mussten oft schnell handeln. Zweimal gerieten wir ins Kreuzfeuer und erlitten schwere Verluste. Unser Kommandant fiel, ein paar unserer besten Männer, Maly, der Kleine, wurde ein paar hundert Meter von mir entfernt von einer Granate in die Luft gesprengt, und es war ein echtes Wunder, dass das Lamm und ich am Leben blieben. Wir haben uns über schwieriges Gelände zurückgezogen. Ich musste das Lamm und meine gesamte Ausrüstung schultern und durch die Schluchten tragen. Sein Herz pochte wild an meinem Nacken, und es leckte mich oft aus Dankbarkeit ab, wenn ich es trug. Bald saßen wir ganz in der Falle. Der Feind wusste nicht genau, wo wir uns befanden, und da wir von unwegsamen Bergen umgeben waren, konnten wir nicht weitergehen. Wir waren gezwungen, ein Lager aufzuschlagen und auf den Angriff zu warten. Das konnte sehr lange dauern. Wir waren am Verhungern, und meine Kameraden drängten mich, das Lamm doch endlich zu schlachten.

Ich habe das nicht zugelassen. Die Angelegenheit eskalierte. Wir zielten mit Waffen aufeinander, verfluchten und bedrohten uns gegenseitig. Dann zog ich mich mit dem Lamm vom Rest der Truppe in einen nahe gelegenen felsigen Unterschlupf zurück, verbarrikadierte mich und bewachte mein Tier Tag und Nacht. Ich wusste, dass sie früher oder später versuchen würden, mir das einzige Lebewesen wegzunehmen, das ich auf der Welt liebte. Und damit auch den Sinn meines Weiterlebens. Der Krieg fand nicht mehr da draußen statt, zwischen dem Feind und uns. Es zog in unsere Truppen ein. Tage- und nächtelang hielt ich Wache. Gelegentlich sah ich Schatten meiner ehemaligen Kameraden, die zum Auskundschaften kamen. Sie warteten auf den richtigen Moment, wenn ich einzuschlafen schien. Dann ... ich weiß nicht, wie ich es beschreiben soll.

Ich schloss vor Hunger und Erschöpfung die Augen und lehnte mich gegen die dicken Wolldaunen meines Lamms. Trotz des flachen Schlafs beobachtete mein Geist weiterhin alles, was geschah. Ich schlief vor Erschöpfung ein und blieb doch gleichzeitig wach. Warum sonst wären mir ein paar verschwommene Bilder geblieben, die Umrisse von drei Gesichtern, die sich über mich beugten? Im nächsten Moment spürte ich einen stumpfen Schlag in der Mitte meiner Stirn, einen Schwall Blut und den Ruf meines Lammes, das meinen Namen blökte. Ich weiß, dass ich auch dachte, wie seltsam das war, dass ein Lamm mich in der Sprache der Menschen rief. Zwei weitere Szenen sind mir besonders in Erinnerung geblieben. Die erste ist die Szene der klebrigen Blutlache, in der ich lag, die Hitze der Glut, über der sich das aufgespießte Tier drehte. Und die letzte Szene, von der ich hätte schwören können, dass sie vor allen anderen passiert ist, obwohl das nicht möglich ist. Oder handelt es sich um eine Szene, die sich im Laufe der Geschichte immer wieder ereignet hat und

Erinnerungen an frühere Ereignisse weckte? Die Szene des zerstörten Lagers, meine toten Kameraden, deren Körper von einem Rudel Wölfe zerfetzt wurden.

Wohnblock

In der belagerten Stadt verbreiteten sich Gerüchte über Block 13. Wie war es möglich, dass diese Ruine am Rande einer Geisterstadt nach Monaten heftiger Kämpfe noch immer bewohnt war? Wie war es möglich, dass kein einziger Bewohner des Blocks dem Scharfschützenfeuer oder einer der Raketen zum Opfer gefallen war, die unablässig durch die Luft schwirrten? Mit einer Ausnahme. Eines der ersten Opfer des Krieges war Mara gewesen, eine alte Hexe aus der Hausmeisterwohnung im Erdgeschoss des Wohnblocks. Sie war in der Stadt für ihre verdächtigen Heilkräutermischungen und illegalen Abtreibungen bekannt. Einige machten sich über sie lustig, während andere, die überzeugt waren, dass sie schwarze Magie und Wahrsagerei beherrschte, sie lieber mieden. Bei Ausbruch des Krieges starb Mara eines natürlichen Todes. Es heißt, dass sie am Abend vor ihrem Tod einer Nachbarin im Erdgeschoss mitteilte, dass sie in dieser Nacht abreisen würde, weil sie Maulwürfe nicht ausstehen könne. »Welche Maulwürfe, Mara?«, rief Miro, der Nachbar, und drehte nervös eine halbleere Zigarettenschachtel in seiner rechten Hand immer wieder um. »Solche, die sich in dein Herz eingraben und es in das Land von Nirgends tragen«, antwortete Mara theatralisch. »Aber heute Nacht werde ich mich zwischen ihre Schnauzen und diesen Block legen. Niemand wird Mara stehlen, was Mara gehört!«, rief sie und schlug die Tür zu.

Am nächsten Nachmittag, als schwere Artillerie durch die umliegenden Hügel donnerte und aus den Nachbarstraßen immer wieder Lärm zu hören war, wurde Mara tot in ihrem Bett gefunden. Über dem Bett hing ein alter Rahmen mit einer billigen Reproduktion eines Stilllebens, ein Steintisch war mit Obst und Gemüse gedeckt. Unter der Reproduktion stand in vergilbten Buchstaben *Michelangelo Merisi da Caravaggio*. Es ist nicht bekannt, wer es abgenommen und im Korridor hinter der Eingangstür des Wohnblocks aufgehängt hat, aber am Tag nach Maras Beerdigung hing es neben einem halb zerrissenen Plakat, auf dem die Warnsignale und die Anweisungen für die Bewohner im Falle eines Atomschlags erklärt wurden. Die Bewohner blieben immer vor dem Bild stehen, bevor sie die Tür öffneten und nach draußen traten. Jeder Ausstieg war lebensbedrohlich. Jeder wusste, dass vor der Tür eine Scharfschützenkugel, ein Schrapnell oder die Dunkelheit auf ihn warten konnte. Der Anblick dieser Reproduktion des Bildes eines mit Kürbissen, Melonen, Granatäpfeln, Pfirsichen, Pflaumen und Trauben beladenen Tisches mit der quietschenden Pracht des Spätherbstes im gedämpften Licht hatte fast etwas Heiliges an sich. Von Tag zu Tag bildete Maras Bild einen immer stärkeren Kontrast zu den allgemeinen Entbehrungen, unter denen die Bewohner des Viertels litten. Seine scheinbare Bedeutungslosigkeit, seine barocke Überfrachtung erinnerten an Zeiten des Überflusses und des Friedens.

Immer öfter konnte man einen der Bewohner antreffen, der vor diesem Bild der fruchtigen Fülle still für sich betete. Als wäre es die Ikone einer namenlosen Religion der Bewohner des Wohnblocks, wurde das Gemälde zu einer gemeinsamen Zuflucht. Vor dem Verlassen des Blocks berührten die Bewohner kurz das Bild, um es um eine glückliche Rückkehr zu bitten, und bedankten sich bei ihrer Rückkehr dafür, dass es sie am Leben erhalten hatte. Unter den Bewohnern wuchs der Glaube, dass sie im Gegensatz zu den getöteten Bewohnern der Nachbarblöcke aufgrund des Zaubers von Mara noch am Leben waren. »Die Hexe hat sich geopfert, sie ist gestorben, damit wir überleben können«, sagte Miro. Er hatte schon seit einiger Zeit keine Zigaretten mehr, und das traf ihn hart. Er versuchte, das Gras, das überall wucherte, in zusammengerollten Buchblättern zu rauchen, aber nichts konnte richtigen Tabak ersetzen. Deshalb gehörte er zu den unruhigsten Bewohnern. Tag und Nacht streifte Miro durch die Korridore und hatte ein wachsames Auge auf die Ausgänge und die Rückkehr aller Bewohner.

Eines Morgens wurde das Viertel von Miros Schreien geweckt. Die Bewohner spähten vorsichtig aus ihren Wohnungen. War er verrückt geworden? War er von einem Scharfschützen getroffen worden? Miro stand blass vor Maras Bild. »Etwas fehlt, etwas fehlt«, stammelte er und deutete auf das Bild. Und tatsächlich bemerkten auch die anderen Bewohner, dass sich das Bild verändert hatte. Über Nacht war einer der vier essbaren Kürbisse von der Bildfläche verschwunden. Oder war das nur Einbildung? Ein paar Tage später wurden zwei weitere Früchte vermisst. Die Bewohner waren entsetzt. Dann überschlugen sich die Ereignisse förmlich. Jede Nacht verschwand eine Frucht, manchmal auch mehrere, aus der Fülle. Nach drei Wochen war selbst der Korb, der ursprünglich von Obst überquoll, verschwunden. Die Bewohner sahen den Veränderungen hilflos zu. Niemand traute sich mehr, den Block zu verlassen. Keiner sprach mehr. Jetzt war auf dem Bild nur noch ein Steintisch zu sehen, dessen graue Oberfläche an den Rändern abgeplatzt war. Er ähnelte einem Opferstein, der von einem dunklen Lichtstrahl erleuchtet wurde. Miro saß Tag und Nacht vor dem Bild und weinte. Er war völlig verzweifelt, und keiner seiner Mitbewohner hatte die Kraft, ihn zu trösten. Von draußen ertönten Schüsse. Die feindliche

Offensive war in vollem Gang, die bisher stärkste. Schüsse regneten auf den Block herab. Es war allen klar, dass es vorbei war. Jeder, der durch die Tür trat, wäre direkt in den Tod gelaufen. Und der Tod wartete sicher auf sie, wenn dieser Teil der Stadt schließlich fiel.

Mitten in der Nacht hörten die verängstigten Bewohner erneut Miros Stimme. Bald waren sie alle im Erdgeschoss versammelt. Miro hielt eine Kerze vor das Bild. Der Steintisch auf dem Bild war verschwunden. An seiner Stelle befand sich inmitten des düsteren Lichts ein frisch gegrabener Tunnel, den der mit Früchten beladene Tisch zuvor verdeckt hatte. Miro bat seine Mitbewohner, ihn hochzuheben. Mit überraschender Leichtigkeit zwängte er sich durch den kleinen Bilderrahmen und verschwand in dem Tunnel. Alle restlichen zweiunddreißig Bewohner des Blocks folgten ihm wortlos. Es war die Nacht, bevor die Stadt fiel.

Hotel

Ich lebe unter Stimmen, die nur ich höre. Andere hören sie nicht, doch man kann auch nicht sagen, die Leute seien taub. Wer das behauptet, liegt falsch. Warum keiner im Hotel länger als eine Nacht bleibt? Ganze Busladungen voll Touristen, die zwar sehr selten in unsere Stadt kommen, verlassen nach einer Nacht das Hotel wieder, obwohl sie zwei, manchmal sogar noch mehr Übernachtungen in unserem Hotel gebucht hatten. Wenn ein fremder Geschäftsmann oder ein Vertreter einer der vielen fremden Organisationen, die in unserem Land herrschen, auch nur die Schwelle des ansonsten recht hellen Empfangsraums übertritt, wird er vom Dunkel heimgesucht. Sander, der niederländische Eigentümer des Hotels, hat schon zwei Marketingfirmen aus Sarajevo angeheuert, um eine neue Profilierungsstrategie für das Hotel erstellen zu lassen. Extraanimierungsprogramme für die Gäste und anderen Schnickschnack. Ich weiß, dass das umsonst ist. Ich weiß, dass auch Sander weiß, dass das alles umsonst ist. Er weiß es, doch im Gegensatz zu mir hört er sie nicht. Zu Kriegszeiten war er hier als Leutnant der Blauhelme. Nach dem Krieg kehrte er als Direktor der fremden Firma in das Hotel zurück, in dem er so lange gewohnt hat. Das Hotel stammt noch aus k. u. k. Zeiten. Die Fassade und das Innere hat man sehr schön mit europäischen Geldern renoviert, obwohl das Hotel all die Kriegsjahre über ungestört funktioniert und als einziger Bau weit umher den Krieg ohne einen einzigen Einschlag überstanden hat. Der Krieg, das waren goldene Zeiten. So sagt

Marko, der Mann am Empfang, ein Teil des Hotelinventars. Marko arbeitete schon im Hotel, als Tito Ende der Sechziger hier einmal übernachtet hat. Sander weiß, warum er ihn behalten hat, obwohl Marko schon alt ist und alles andere als ein Beispiel für Freundlichkeit und Effektivität. Über Sander, Marko und das Hotel gibt es in der Stadt viele Gerüchte. Vielleicht ist das das Einzige, was in Bosnien nach dem Krieg übrig geblieben ist: Gerüchte. Es geht nicht darum, ob man den Gerüchten glaubt oder nicht. In Bosnien wissen wir, dass alles, was irgendjemand ausspricht oder auch nur denkt, wahr ist. Deshalb schweigen wir alle. Schweigen und leben weiter. Meine Großmutter hat nicht geschwiegen. Als ich ihr erzählt habe, dass ich Zimmermädchen im Hotel werden würde, liefen ihr die Tränen über die Wangen. Geh da nicht hin, mein Kind, sagte sie. Dann drehte sie sich in ihrem alten Bett auf die andere Seite und starb einen Monat später. Sie war alles, was ich hatte. Sie erzog mich, gab mir ein Zuhause in unmöglichen Zeiten. Meine Mutter starb bei meiner Geburt. Meine Großmutter und ich waren die besten Freundinnen. Alles, was mir jetzt noch bleibt, ist mein Hotel. Bald nachdem ich dort angefangen hatte, habe ich seinen Stimmen gelauscht. Zuerst waren sie gedämpft. Dann immer deutlicher. Bald wurde mir klar, dass niemand sonst wusste, dass man sie hört. Nur ich. Frauenstimmen in leeren Hotelzimmern, in einigen Zimmern im ersten Stock nur eine Stimme, in anderen mehr als zehn. Wie soll ich's erklären. Es ist ein Sich-Hörbarmachen ohne Stimme, ohne Worte. Es sind nur gedämpfte Stimmen, als hätte man ihnen den Mund verstopft, und sie würden trotzdem versuchen, eine Kindermelodie zu summen. Wie ins Schweigen gedrückt. Von Jahr zu Jahr werden die Stimmen in den Zimmern mehr. Als ob sie von irgendeinem unbekannten Ort hierhergezogen sind. Zurück an den Ort, der für ihr

Schicksal entscheidend war. Wir alle sind eine große Frauenfamilie. In den drei Jahren, seit ich hier arbeite, wurden wir unzertrennlich. Sie sind traurig, wenn ich nicht da bin. Sie heulen. Deshalb bleibe ich auch meistens nach Feierabend im leeren Hotel und höre ihnen zu. Meine Anwesenheit beruhigt sie. Wenn jemand das hörte, was ich höre, er würde sofort flüchten. Ich aber gehe aus einem Zimmer ins andere. Am Schluss gehe ich immer ins Zimmer Nummer 17. In diesem Zimmer ist die Stimme meiner Mutter. Ich setze mich auf den Boden neben dem frisch bezogenen Bett, halte mir die Augen zu und lausche. Als ob das Gedröhn vom Ende und vom Beginn der Welt ertönte. Das macht uns beide glücklich und beruhigt uns. Mit der Zeit bin ich mit Mutters Stimme so weit gekommen, dass ich anfange, einzelne Silben zu verstehen. Sie möchte mir etwas sagen. Etwas über das Zimmer, in dem wir uns befinden, über sich und über mich. Ich weiß nicht, ob ich sie mit meiner Anwesenheit und mit meinem Zuhören das Sprechen lehre oder ob sie mir beibringt zuzuhören. Noch eine Weile und wir werden miteinander sprechen können, so wie es Eltern und Kinder tun.

15. Oktober

In allen Zeitungen steht die Geschichte der pensionierten Lehrerin Dana aus einem kleinen Dorf nicht weit von hier.

Im Dorf hat man pakistanische Flüchtlinge angesiedelt, ein paar Familien und Jugendliche ohne Begleitung. Die Jungs haben sich regelmäßig bei ihr im Garten versteckt, gelegentlich haben sie ihr ein paar Kartoffeln und anderes Gemüse geklaut, sich abends dort aufgehalten, geraucht und Krawall gemacht.

Die pensionierte Lehrerin war zu Tode verängstigt, sie hat öfter die Polizei gerufen, sich bei verschiedenen Instanzen beschwert.

Dann nahm sie die Sache in die eigene Hand.

Sie stellte den Jungs in Form von vergifteten Keksen eine Falle im Garten.

Als der erste Junge gekostet hatte und starke Krämpfe bekam, sind die anderen abgehauen.

Die Alte schlug mit einem Hammer auf den Jungen ein, der sich in Qualen auf dem Boden wälzte, übergoss ihn mit Benzin und verbrannte ihn bei lebendigem Leibe, rief dann die Polizei und verlangte von den Polizisten, die verkohlte Leiche den Asylanten als Abendessen im Asylantenheim zu servieren.

Die Lehrerin Dana ist achtundsechzig Jahre alt und hat keine Kinder, ist unverheiratet, lebt allein mit einem russischen Hamster.

Die Titel der Artikel in den Massenmedien sagen alles:

»Sie nahm das Recht in eigene Hand«, »Sie bereitete ein gerechtes Abendmahl zu«, »Sie hat sich selbst geholfen, nun helfe ihr Gott«, »Gerechte Strafe für dunkelhäutige Möhrendiebe« und Ähnliches.

Die Autoren der Artikel heben immer wieder die Beliebtheit der Lehrerin im Ort hervor, den Respekt, der ihr in der Schule zuteilwurde, ihr Recht auf Selbstverteidigung.

Im Internet gibt es die ersten Petitionen zur Unterstützung der Lehrerin und für die Vertreibung der übrigen Asylanten.

Ich will mich gerade den Online-Polemiken anschließen, als ich plötzlich starke Kopfschmerzen bekomme.

Ich kann meine Augen kaum noch offen halten, die immer stärker brennen.

Ich lege mich unter den Küchentisch.

Dort fühle ich mich sicher.

Ich schlafe ein und träume von Mutter.

Sie verlangt, ich solle in die Konserve steigen.

Ich wehre mich.

Ich übergieße sie mit Benzin und verbrenne sie.

Jedoch entsteigt sie immer wieder unbeschädigt den Flammen.

Dann gebe ich auf und steige in die Konserve.

In der Konserve ist ein großes Krankenbett.

Wir fahren damit um ein Schloss herum wie auf einem riesigen Karussell. Ich und Dr. Petek und Kafka und Mutter.

Mutter ist der Kapitän.

Wir fahren immer schneller.

Dann zieht Mutter grundlos am Hebel ganz oben am Bett, bis wir stehen bleiben.

Dort ist der Eingang in einen Sommerpalast. Wir steigen aus.

Im Palast ist eine schöne Wiese, riesige weiße Gänseblümchen und Vogelgesang.

In meinen Träumen weiß ich, dass ich gekommen bin, um meine Mutter zu begraben, jedoch habe ich keine Schaufel.

Ich suche überall, aber erfolglos, deshalb grabe ich mit nackten Händen.

Die Erde ist hart, mir reißen die Fingernägel ab, meine Haut blättert ab, danach mein Fleisch, am Schluss grabe ich mit meinen Händen, die nur noch aus Knochen bestehen.

Endlich entsteht ein passendes Loch.

Mutter springt hinein und legt sich hin.

Sie brennt immer noch, eine bläuliche Flamme umhüllt ihren wundervollen jungen Körper.

»Du musst mich nicht vergraben, liebes Kind«, sagt sie, »ich werde hier im Sonnentod liegen und ruhen.«

Dann legt sich die Sonne über sie und bedeckt sie, und es ist Nacht.

16. Oktober

Noch immer Kopfschmerzen.

Ich suche im Internet irgendetwas über Panfi, Fiil und Dioneus.

Über die ersten Beiden finde ich nichts. Ich finde nur eine Geschichte, wegen der Dioneus im Knast sitzt.

Vor sechs Jahren erregte sein Fall im ganzen Staat Aufsehen, obwohl ich mich persönlich nicht daran erinnere.

Dioneus und seine Frau, beide Universitätsabsolventen, strenge Veganer, Anhänger der Philosophie der Sammlerwirtschaft, die die vollkommene Selbstversorgung befürwortet, nicht nur bei der Nahrung, sondern auch bei Kleidung, Schuhen, Bauwesen und Ähnlichem. Zuerst lebten sie mit ihren beiden Kindern auf einem abgelegenen Bauernhof, in den Sommermonaten zogen sie immer in eine Felsenhöhle in der Nähe.

Das Mädchen entwickelte sich normal, der Junge aber wog mit fünf Jahren noch immer nicht mehr als zwölf Kilo.

Als er krank wurde, behandelten ihn seine Eltern mit Heilkräutern.

Sein Zustand verbesserte sich nicht.

Die Medien schrieben, dass der Junge aufgrund seiner schlechten Ernährung äußerst schwach war und bald nicht mal mehr von seinem Strohlager in der feuchten Felshöhle aufstehen konnte.

Die Eltern beharrten auf ihrem Leben, führten vorchristliche Rituale mit Weihrauch aus, vertrieben böse Geister, gaben dem Kind, was sie in Höhlennähe fanden.

Verhängnisvoll für ihn war eine Mischung aus halluzinogenen Pilzen und Brennnesselwurzeln.

Medizinisch gesehen handelte es sich um einen einfachen, schon fast Routinefall, den die moderne Medizin wahrscheinlich nebenbei mit ein paar Antibiotika gelöst hätte.

Als der Junge starb, begab sich Dioneus mit seiner Tochter zum Haus, um Werkzeug zu holen. Die Eltern hatten sich nämlich zuvor entschieden, dass alle Familienmitglieder im Todesfall in einer Feuergabe eingeäschert werden sollten.

Bei der Rückkehr erwartete Dioneus jedoch ein tragischer Anblick. Neben der Leiche seines toten Sohnes lag die Leiche seiner Frau, die sich die Kehle durchgeschnitten hatte.

Es folgte ein Gerichtsprozess.

Im Internet die Bilder des Prozesses, Dioneus wie ein Wilder mit seinen langen, zerzausten Haaren und dem Bart, barfuß, in notdürftig gewebte Sachen aus Leinen gekleidet.

Neben ihm ein elegant gekleideter Rechtsanwalt, mit roter Krawatte und Taschentuch, der Schöne und das Biest.

Ich lese Dioneus' Verteidigung vor dem Gericht, ein richtiges philosophisches Traktat, das den Terror der christlich-kapitalistischen Gesellschaft kritisiert und für das Recht des Einzelnen auf freie Wahl der Lebensweise und der Erziehung seiner Kinder plädiert.

Dioneus wurde zu zwölf Jahren Gefängnis verurteilt wegen des Todes seines Kindes.

Sein Mädchen wurde zur Adoption freigegeben.

Anhand dieses Falls wurden die Sammelwirtschaft und das Veganertum bei Vorschulkindern gesetzlich verboten. Seit Dioneus' Fall drohen jedem Elternteil, das sein Kind vegan ernährt, der Entzug des Sorgerechts und die Freigabe der Kinder zur Adoption.

Es folgte ein Aufstand der Veganer, die bis zum heutigen Tag in jeder Art und Weise für ihre Rechte kämpfen, unter anderem klagen sie gegen den Staat wegen der Beschneidung der menschlichen Grundrechte.

Ich versuche das Gelesene und Gesehene zu verbinden. Dioneus, der immer in der letzten Bank am Fenster sitzt und hinausschaut, auf die Mauer hinter dem Fenster starrt, sein Rotzen, das In-sich-Halten von etwas, das rauswill, gleichzeitig der totale Zerfall seines früheren Lebens, der mehrjährige Gerichtsprozess, die langjährige Gefängnisstrafe, der tote Sohn, die Ehefrau und das entrissene zweite Kind.

Auf der anderen Seite des Klassenraums bin ich, die ihn alle vierzehn Tage eine Stunde lang mit einbeziehen soll.

Einbeziehen in was?

Und ihn zu aktivieren.

Zu was aktivieren?

War er denn nicht maximal aktivieren, in Hinsicht darauf, dass er sich bewusst für eine radikal eigenartige Lebensweise entschlossen hat? Für ein anderes System von Überleben, Wohnen, Erziehung, sogar für andere Götter und Beerdigungsrituale?

Wer bin ich, die ich ihn jetzt in eine fleischfressende Gesellschaft zurück aktivieren soll, die ihm alles genommen hat, was ihm geblieben ist, die ihn in Gesetze und Rechtsanordnungen presst und in ihm ein Musterbeispiel zur Abschreckung aller, die irgendwann auf ähnliche Gedanken kommen könnten, gefunden hat?

Im Nu werden meine Kopfschmerzen noch stärker, und ich bereue es unendlich, dass ich das Versprechen gebrochen habe, nicht in der Vergangenheit meiner Seminarteilnehmer zu stöbern.

Es gibt Geschichten, die man besser nicht kennen sollte.

Es gibt Geschichten, die schwerer sind als eiserne Gefängnisketten, Geschichten, zu schwer, um mit ihnen weiterzugehen, gar zu rennen oder zu tanzen.

Wie soll ich weitermachen?

17. Oktober

Mein Briefkasten ist mit Werbung für politische Parteien zugemüllt, für Grüne und Rote und Schwarze.

Zuerst schmeiße ich sie in die große Pappschachtel, die jemand genau für solche Fälle aufgestellt hat, aber ich überlege es mir.

Ich nehme die ganze Schachtel mit und leere den Inhalt auf dem Küchentisch in meiner Wohnung aus.

Vor mir liegen alle Karrieristen, ihre mit Photoshop bearbeiteten Gesichter. Deren politische Slogans in drei oder vier Absätzen angeführt, ihre Versprechungen steil wie die

Werbungen von Lidl und Spar und allen anderen super-hit-bum-knall Angeboten der Woche.

Dass sich die Geschäfte Werbung überhaupt noch leisten können, wo doch zahlreiche Produkte schon seit Monaten nicht mehr erhältlich sind!

So ist die Luft, die mich umgibt, voller bunter Werbung für Schweinekoteletts zum Aktionspreis und preiswerten Joghurt und Plastik-Sitzgarnituren und Spielkonsolen.

Und Gesichter, Gesichter, alle gleich, alle Plastik, alle lachend oder nachdenklich ernst, alle in die Nationalfarben gekleidet, mit Slogans verkitscht, derentwegen man den Appetit verliert.

Ich nehme eine Schere und beginne sie auszuschneiden.

Auf einer Seite des Tisches wächst ein Schnipselhaufen aus Politikergesichtern, auf der anderen einer aus den Angeboten der Handelsketten.

Als ich müde werde, gehe ich ins Bad, ziehe mich aus und wasche mich, aber nicht mit Wasser, ich reibe meine Haut mit den Papierschnipseln ab, dass es brennt, erst reibe ich mich gründlich mit den Politikern ab, danach mit den Schweinekoteletts zum Aktionspreis.

Bis ich vor Kälte zittere und meine Haut ganz rot vom Reiben ist.

Ich steige aus der Wanne und verbrenne alles.

Manuskripte brennen viel besser als bedruckte Werbung für Wahlen und Supermärkte, weil sie nicht auf gewachstes Papier gedruckt werden.

Ich gieße etwas Pflanzenöl dazu, die Flamme zischt nach oben und vertilgt im Nu alle Augen und wulstigen Lippen, Schweinshaxen und Joghurts, Krawatten und ungewöhnlichen Frisuren der Kandidatinnen und Kandidaten für unsere Hoheit, das slowenische Parlament.

Noch bevor das Feuer ausgeht, weiß ich, dass es mir diesmal nicht gelingen wird, dessen Folgen von der Wanne zu entfernen Jedoch ist es mir diesmal im Gegensatz zum letzten Mal total egal, was die Vermieterin sagen wird.

18. Oktober

Bin bei Tante Marija.

Sie sagt, dass sie sofort nach dem Tod einen Impuls verspürte, alles, was Onkel gehörte, umgehend verbrennen und vernichten zu müssen.

Sie habe es nicht getan, und nun bereue sie es. Es belaste sie sehr. Sie fragt, ob ich ihr helfen könne.

Schon eine halbe Stunde später tragen wir Onkels Kleidung, Unterwäsche, Pullover, Hemden und Hosen und Mäntel, aus den Schränken.

Im Garten machen wir einen großen Haufen.

Die Tante weint durchgehend. Sie beruhigt sich erst, als wir wieder im Haus sitzen und Tee mit Rum trinken, zusehen, wie die Flammen den Kleiderhaufen verschlingen.

Sie sagt, Onkel sei die letzten fünfzehn Jahre ganz zahm geworden.

Dass er sich vom unzähmbaren Sturkopf in einen Hauskater verwandelt hat, in ein Stück Inventar, das den ganzen Tag vor der Glotze hockte.

Er dachte nicht mehr, fühlte nicht, las nicht.

Trank auch nichts mehr.

Zuvor schlimmer Alkoholismus, immer wieder in der Klinik, Therapie, Zeitabschnitte, in denen er sich beherrschte, dann erneute Abhängigkeitsphasen.

Er habe erst gänzlich damit abgeschlossen, als die Tante nach einer ihrer Auseinandersetzungen, in der er ihr das Handgelenk verstaucht hatte, ausgezogen war.

Er habe am Schluss nur noch wenig gesprochen. Und auch das nur in Phrasen, voll Unsinn.

Früher sprudelte es nur so aus ihm heraus.

Sie liebte diese intelligenten, häufig selbstironischen Monologe, die mehrere Stunden dauern konnten.

So versucht sie ihn nun in Erinnerung zu behalten.

Komisch, dass wir nur das zu erhalten versuchen, was uns gefällt, was man geliebt hat, nicht aber auch das, was uns gestört hat.

Vielleicht ist das der Grund, warum das, was man hasst und unbedingt aus seinem Leben zu löschen versucht, sich niemals ändert, sondern sich lediglich versteckt und danach immer wieder ausbricht.

Wie die Geschichte von Onkels Vater, meinem Opa.

Ich habe sie bereits vergessen, jedoch ruft mir die Tante sie wieder in Erinnerung.

Über einen Bäcker, der eine Bäckerei auf dem Land hatte.

Über einen ehemaligen Partisanen, der seine Familientradition weiterführte, was jedoch im Kommunismus nicht mehr erlaubt war.

Seine Mitstreiter, die nach dem Krieg alle wichtigen Stellen in der Staatsverwaltung einnahmen, kamen und sagten ihm, entweder ziehst du weg oder du behälst dein Haus, aber schließt deinen Laden.

Er schloss den Laden.

Sie zwangen ihn dazu, den Ofen, in dem er ein Leben lang täglich sein Brot buk, eigenhändig vor ihren Augen zu zerlegen und zu zerstören.

Aus Gnade bekam er eine Stelle an der staatlichen Backfabrik.

Die letzten fünfzehn Jahre seines Lebens fuhr er dreißig

Kilometer mit dem Bus, um nicht mehr sein eigenes, privates, sondern kommunistisches Einheitsbrot zu backen.

Der Onkel aß deshalb gar kein Brot. Nur Fleisch.

Während wir uns unterhalten, beginnt es zu regnen.

Der verkohlte Haufen im Garten, dichte Rauchschwaden sinken auf die Erde.

Ein Gefühl des kommenden Frühlings, obwohl in Wahrheit der Winter kommt.

Die Tante schaut mich an und fragt, ob ich Ana sehe.

Ich schüttele den Kopf.

»Warum?«, fragt die Tante. »Ana ist alles, was von deiner Familie übrig geblieben ist.«

»Darum«, sage ich und starre in Onkels abgeschalteten Fernseher.

Die Tante fragt mich, ob ich einen Fernseher habe.

Sie möchte ihn mir schenken.

Natürlich nehme ich das nicht an.

Sie bietet mir Würste an.

Auch die Würste lehne ich ab.

19. Oktober

Schreie mitten in der Nacht.

Auf der Straße höre ich jemanden um Hilfe rufen, eindringlich, brüllend.

Das ist nicht Paula.

Es ist Nacht.

Dem Schreienden hilft niemand.

Auch ich komme nicht unter meinem Küchentisch hervor, ziehe die Knie noch näher an den Körper, sodass die Füße nicht unter dem Tisch herausragen.

Die Schreie dauern fort.

Es folgen lautes Weinen und Stille.

Ich überlege, von was ich gerade eben keine Zeugin sein wollte. Wem habe ich meine Hilfe verweigert?

Die Schuldgefühle mischen sich mit den Träumen, aus denen mich die Schreie geweckt haben und die noch immer wie Spinnweben zwischen den Küchentischbeinen hängen.

20. Oktober

Fünfzehn Minuten Verspätung wegen Platzregens und Staus auf den Straßen.

Ich komme total durchnässt im Gefängnis an.

Als ich in Begleitung des Wächters den Klassenraum betrete, warten schon alle auf mich.

Wir besprechen die Geschichten Lamm, Wohnblock, Hotel, die ich zuletzt bekommen habe.

Alle drei kommentieren sie, als hätte sie jemand Drittes geschrieben. Alle verstecken sich hinter der Tatsache, dass sie ununterschrieben waren und ich nur raten kann, wer welche verfasst hat.

Ich schlage vor, dass wir uns jeglicher Kritik enthalten und nur das kommentieren, was uns an den Geschichten gefällt.

Das gefällt allen dreien.

Ich rate nur noch, ob Panfi, Fiil und Dioneus eine stille Vereinbarung haben, was ich jedoch bezweifle.

Warum?

Ich weiß nicht, ich habe einfach so ein Gefühl.

Vielleicht bin ich naiv, aber egal.

Die Textanalyse interessiert die drei in Wirklichkeit gar nicht, was ich akzeptiere.

Ich bin hier, um den Wunsch zu aktivieren, das Interesse, ihnen, soweit sie die Geschichten wirklich selber schreiben, das Selbstbild zu stärken, nicht mehr.

Bald gehen wir zu anderen Themen über.

Ich frage sie nach dem Leben im Gefängnis.

Wieder spricht überwiegend Panfi.

Über das größte Problem, die mangelnde Privatsphäre.

In den Zimmern sind drei, vier oder auch sechs Häftlinge, man ist nie allein.

»Wir sind nicht der Freiheit beraubt, sondern der Einsamkeit, und das ist schrecklich«, meint Panfi.

»Ständig Geräusche, jemand schnarcht, atmet tief oder hustet trocken. Das ist keine Strafe, das ist psychologische Quälerei«, sagt Panfi.

»Jemand über dir spült das Klo, jemand erledigt hinter der Tür sein Geschäft, du aber kannst alldem nicht ausweichen, sondern musst es über dich ergehen lassen. Wenn ich mein eigenes Zimmer hätte, wäre es hier besser als in einem Hotel«, lacht Panfi.

Ein Einzelzimmer bekommen in erster Linie die Häftlinge, die zu einer langjährige Gefängnisstrafe verurteilt sind.

»Ich teile die Freude dieses Privilegs nicht«, geistreichelt Panfi.

Er spricht, als müsse er nach Luft schnappen, seine Gedanken sind eine Schleifmaschine, die mit großen Drehungen andauernd an der Oberfläche knabbert, so sehr, dass man häufig nichts mehr sieht.

Einige Regeln sind streng, zum Beispiel keine Handys oder Kameras. Keine Spiegel. Man kann sich nicht einmal normal in die Augen schauen. »Im Gefängnis hörte ich auf, ich zu sein«, lacht Panfi.

Fiil streicht dabei seinen Bart glatt und lächelt geheimnisvoll. Er ist viel unzugänglicher als Panfi.

Wenn er kein Häftling wäre, könnte er ein orthodoxer Mönch oder ein Kräutersammler sein.

Seine grauen Haare und der Bart umrahmen das Augenpaar, dem ich irgendwie keine Farbe zuordnen kann.

Obwohl er sie die meiste Zeit geschlossen hat, sind seine Augen immer irgendwo, sie sehen alles, obwohl es scheint, dass sie nie beobachten.

Fiil weicht einem direkten Kontakt aus, ich sehe, dass er das auch bei den anderen tut, als wären wir Menschen um ihn herum nur eine Wiederholung der gorgonischen Medusa, die jeden, der ihr in die Augen blickte, in Stein verwandelte. Seine grauen Haare und der Bart verhüllen auch sein Alter.

Ich ahne, dass es sich nur um eine Maske handelt, hinter der sich ein fünfzehnjähriger Junge verbirgt.

So sind nämlich Fiils Bewegungen, seine sanften Hände und knochigen Finger.

Von allen dreien ist er das größte Rätsel. Über ihn weiß ich am wenigsten.

Am meisten weiß ich über Dioneus. Leider! Über Dioneus, der beharrlich seinen Blick abwendet und hinausstarrt, zur Wand, nicht aus Verachtung, sondern demonstrativ, als Akt der bewussten Isolation seiner selbst.

Zuvor schien mir, dass er die ganze Zeit in einem billigen Melodram spielt, seit ich aber seine Lebensgeschichte kenne, ist alles anders.

Dioneus spricht in der Regel nicht, wenn er es aber tut, stellt sein kurzer Kommentar alles zuvor Gesagte auf den Kopf.

Mein Verhältnis zu ihm hat sich verändert, seit ich weiß, warum er eingesperrt ist.

Gleichzeitig aber muss ich darüber hinweg, es wegdenken,

mit einer erfundenen idealen Situation arbeiten. Mitleid ist in diesem Fall verhängnisvoll.

Bin ich in den wenigen bisherigen Stunden des Aktivierens und Einbeziehens herzloser, weniger emphatisch für ihre Not geworden?

Vielleicht.

Ich versuche Distanz zu halten, aber ich bin nicht davon überzeugt, dass es mir gelingt.

Ich erfahre, dass Dioneus mehrere Instrumente spielt, dass es im Gefängnis ein Musikzimmer gibt, das jedoch meistens unzugänglich ist wegen des kaputten Türschlosses.

»So ist es hier«, sagt Panfi, »auf dem Papier steht den Häftlingen alles und noch mehr zur Verfügung, leider aber sind die Regeln manchmal weniger wert als das Papier, auf dem sie vermerkt sind.«

Ich frage, ob sie möchten, dass wir das Thema wechseln und sie in Zukunft über etwas anderes als den Krieg schreiben.

Panfi meint, okay, aber sie würden trotzdem lieber noch weiter daran arbeiten, womit sie begonnen haben. Fiil stimmt dem zu, Dioneus rotzt und sagt nichts.

Wir bleiben beim Alten.

Petek sagt, dass er die Stunde trotz Verspätung nicht verlängern könne, die Regeln seien streng.

Wir machen pünktlich Schluss.

Auf dem Weg nach draußen lädt mich Petek zu Tee und Torte in die Angestellten-Kantine.

Offenbar tat ich ihm leid, weil ich total durchnässt bin und im Klassenzimmer begonnen habe, vor Kälte zu zittern.

Wir sprechen über die Psychologie der Häftlinge. Über das Verhältnis zwischen den Wächtern und dem Personal auf der einen Seite und den Häftlingen auf der anderen.

Er meint, prinzipiell gilt, dass sich der Wächter nicht in die Konflikte der Häftlinge einmischen soll.

Den Häftlingen ist es überlassen, dass sie die Dinge unter sich klären.

Dass sie trotzdem keine schlimmeren Fälle von gegenseitigen Abrechnungen haben.

»Die Häftlinge haben zu viel Angst, ihre Vergünstigungen zu verlieren, die Aussicht auf ein frühzeitiges Verlegen in den offenen Vollzug oder sogar die vorzeitige Entlassung auf Bewährung. Deshalb unterwerfen sie sich lieber.«

Dann fragt mich Petek, ob es mir als Frau unangenehm ist, in einem Männergefängnis zu sein.

Vielleicht war es zu Beginn wirklich so, sage ich, jetzt habe ich mich schon daran gewöhnt.

Petek sagt, es sei überraschend, wie schnell wir uns an alles gewöhnen, an wirklich alles.

Danach langes Schweigen.

Draußen prasselt eiskalter Regen, während ich mich mit beiden Händen an der warmen Teetasse festklammere.

Ich zittere.

Ich rede mir ein, dass ich nicht krank werde.

Gleichzeitig weiß ich, dass ich es sicher schon bin.

22. Oktober

Schon mein zweiter Tag im Bett, bin völlig geschwächt.

Aus der Halbfinsternis steigen gestaltlose Monster hervor, die Ahnung der Anwesenheit von etwas Bösem, sie spielen mit mir.

Sie heben mich hoch und reichen mich herum.

Nebenbei dringen sie in mich ein, heften sich an meine

Lunge und an mein Fleisch, rütteln mein Gerippe und wackeln an meinen Zähnen, sodass ich wie verrückt zittere.

Hitze und beißende Kälte gleichzeitig.

Jemand ist in mir, jemand, der mich nicht loslässt, jemand, der mir die Gliedmaßen krümmt und an die Kiefer klopft, der mich von innen mit feinen Nadeln durchsticht und auf dem Bett herumwälzt wie eine Puppe.

Was wäre, wenn sich dieser jemand in mir entscheiden würde, mich gegen die Wand zu schmettern, durchs Fenster hinauszujagen?

Oder mir das Spuckeschlucken, Atmen, Schwitzen, Augenöffnen, das Lauschen dieser höhnischen Stille zu verwehren?

Ich spüre, wie dieser Jemand meinen Herzschlag steuert.

Die Temperatur des Körpers regelt, der nicht mehr mir gehört.

In meiner Folterkammer.

Langsam drehe ich durch.

Ich bin die Funktion der eigenen Abwesenheit, des Kontrollverlusts, Zeugin eines Putsches im Staat meines Körpers.

Ich versuche so wach wie möglich zu bleiben, mit großer Qual notiere ich, was vor sich geht, Buchstabe für Buchstabe, obwohl alles immer mehr im Traum versickert und der Stift in den zittrigen Händen zerfließt.

Die Buchstaben zerfließen. Mein Körper zerfließt. Der Raum um mich herum ist eine dicke, stickige Suppe. Der Schrank schwebt leicht, ist trüb und kurz davor, sich zu verflüssigen.

Die Regale verformen sich, ebenso einige Bücher, der Kühlschrank, ein Magnet mit drei Affen, der erste hält sich die Augen zu, der zweite hält sich die Ohren zu, der dritte den Mund.

Ich spüre, wie er mich von innen öffnet, mich rüttelt,

verprügelt, wie er mir schmerzhaft die brennenden Knochen auseinanderdrückt, sodass alles, der Schrank, der Stift, die Zeitungen, der Kühlschrank, die Affen in mich hineinstürzen.

Bereits mein zweiter Tag im Bett, voller Flecken verschütteter Tinte.

Foltertag Nummer 2.

Ich bin Zeugin, Beobachterin, Angehörige der Blauhelme.

In mir das Toben der Affen.

23. Oktober

Fieberträume, erschütternd und klar, als handle es sich um eine Prophezeiung.

Ich bin ein Pharao, der begraben wird. Sand dringt von allen Seiten in die Pyramide und verschüttet mich. Ich liege in totaler Finsternis, regungslos. Mein Körper und mein Bewusstsein sind nicht eins, sondern getrennt. Eine weiße Wühlmaus beißt sich durch den Sand und beginnt an meiner Wange zu knabbern. Langsam reißt sie Hautstückchen von meinem Gesicht, und ich beobachte das Ganze machtlos. Ich bin tot, deshalb ertrage ich die Gewalt mühelos. Langsam gräbt sich die weiße Wühlmaus einen Eingang in meinen Schädel und kriecht in mich hinein, baut ein Nest in mir. Sie gebiert in meinem Kopf. Jedoch gebiert sie keine Wühlmäuse. Sie gebiert einen Wirbel, der immer größer und stärker wird. Endlich kann ich aufstehen. Aus meinem Kopf steigt ein kleiner Tornado empor. Wild und unvorhersehbar. Ich merke, dass ich ihn mit den Händen lenken kann. Es ist ein Tornado der totalen Verwüstung, ein schwarzer Tornado des puren Bösen. Ich lenke ihn auf einen Punkt und erkenne mich dort. Ich bin Befehlshaberin eines Konzentrationslagers. Ich bin Meisterin des Bösen. Ich bin der Krieg, ein Gefecht. Mit meinen Händen kann ich beliebig zerstören. Ich zerstöre das Haus, in dem ich lebe, zerstöre unsere Straße, zerstöre Ljubljana.

Ich zerstöre meine eigene Vergangenheit, dass sie verschwindet. Ich lösche meine Mutter, lösche Ana, lösche alle übrigen Städte. Ich lösche Völker und Tiere und Wälder und Berge. Ich lösche den ganzen Planeten, die Sterne um mich herum, lösche die Finsternis, lösche die Leere, die sich hinter der Finsternis öffnet. Alles zerfällt. Nichts existiert mehr. Selbst der Tornado nicht. Um mich herum nur noch das pure Nichts. Darin ein kleines leuchtendes Pünktchen. Plötzlich höre ich Mutters Herz. Ich bin der Embryo in ihrem Bauch. Ich träume meine eigene Entstehung. Die ersten Monate nach der Zeugung. Ich bin ein ungewolltes Kind, das weiß ich, doch das Meer in Mutters Bauch ist warm, und ich fühle mich sicher und frei. Ich wachse. Bald besteht etwas Ähnliches wie die Zeit. Bald wird es immer enger um mich herum. Alles drückt. Ich drehe mich und beschädige Mutter mit jeder Bewegung. Mutter, lass mich raus! Aber Mutter hört mich nicht. Ich muss raus, hörst du! Ich spüre, dass die Nabelschnur um meinen Hals gewickelt ist. Es gibt immer weniger Luft. Mutter, ich muss raus. Ich muss! Selbst wenn ich dich umbringe, Mutter. Ich muss raus. Ich spüre, wie ich Mutters Knochen auseinanderdrücke, wie ich ihr unendlichen Schmerz bereite. Vielleicht werden wir beide sterben. Vielleicht nur ich, vielleicht nur sie. Aber es geht nicht anders. Ich muss raus, Luft holen. Dann – plötzlich falle ich in scharfes Licht, das mich wie ein Skalpell schneidet. Man legt mich in einen Inkubator. Ich sehe kaum etwas. Über mir sind Sterne. Ich lerne, was Einsamkeit ist, was es bedeutet, niemanden zu haben, mit dem man verbunden sein könnte. Nornen und Schicksalsgöttinnen, formlose Geister besuchen und beobachten mich. Ich weiß nicht, ob sie mich vernichten werden, ob es mir überhaupt beschieden war zu leben. Dann verschwinden sie in der Nacht. Aus der Nacht erscheint erneut die Wühlmaus, die winzige weiße Wühlmaus. Sie hat Hunger. Sie ist gekommen, um mich zu fressen. Dicht neben mir sind ihr Näschen und ein paar scharfe Zähne, jedoch trennt uns das Glas des Inkubators. Die Wühlmaus beginnt den Eingang im Inkubator zu suchen. Sie schiebt ihren spitzen Schwanz durch die Löcher im Glas, um mich zu stechen und herauszustochern, aber in diesem Moment packe ich sie mit meinen kleinen durchsichtigen Fingern und beiße ihr in den Schwanz. Die Wühlmaus springt auf und rennt davon.

Ich wache erst am Nachmittag wieder auf, erschöpft. Mein Bett ist durchnässt. Ich rufe Kafka an, frage ihn, ob er mir etwas zu essen bringen könnte. Er sagt, er habe zu viel zu tun und könne vielleicht gegen Abend kommen.

24. Oktober

Schon mein vierter Tag im Bett.

Reste von Pizza, die Kafka gestern mitgebracht hat.

Ich erinnere mich nicht, wann ich zuletzt dermaßen fertig war.

Fieberträume, Albträume, Visionen, wer weiß, was noch alles.

Ich habe keine Kraft, es zu notieren.

Noch weniger, etwas zu tun. Ich bin meiner selbst überdrüssig.

Neben dem Bett eine große schwarze Schachtel mit der Aufschrift TICK TACK BUUM.

Ein Geschenk von Kafka.

Er schenkte es mir mit jenem Lächeln, das ich unendlich

verachte und das immer bedeutet, dass sich eine Falle dahinter verbirgt oder zumindest eine Reihe versteckter Gedanken.

Kafka kann nichts verbergen.

Alles, man kann ihm wirklich alles vom Gesicht ablesen.

Zum Beispiel seine Zufriedenheit, wenn er gelobt wird, ihm Schmeicheleien zuteilwerden, besonders in der Öffentlichkeit.

Was ihn natürlich zum Trottel macht.

Oder seine Nervosität, wenn etwas nicht nach Plan läuft.

Oder seine verdrießliche Laune, wenn er schreibt.

In Wahrheit schreibt er schon lange nicht mehr. Und hat keine schlechte Laune mehr.

Sein ehemaliger Schriftstellerruhm ist schneller verblasst, als man denken könnte.

Die jüngeren Generationen kennen ihn nicht, die älteren erinnern sich an ihn wie an einen verblassten Schatten.

Die Verdienste für diese Ausnahmen hat er sich in erster Linie selbst verschafft, er erhält sie mit seiner starken gesellschaftlichen Aktivität, unermüdlichen Kaffeekränzchen und Mittagessen, mit Geschenken und Aufmerksamkeiten aufrecht.

Und mit seinen zahlreichen Ämtern in verschiedenen Preisausschüssen, Kommissionen zur Mitgliedsaufnahme in diverse Vereine und Verbände, mit seiner Anstellung als Sekretär der Slowenischen Akademie für Wissenschaft und Kunst, mit seinem zweiten Job als Professor für kreatives Schreiben an Fakultäten, seiner dritten Arbeit als Vorsitzender des PEN.

Nein, Kafka ist kein Vogel, Kafka ist eine Spinne, seine Netze sind überall, er ist überall, wo er auf seine ahnungslose Beute lauert.

Ich wette, dass auch im schwarzen Karton mit dem idiotischen Namen TICK TACK BUUM eine Falle lauert.

Unsicher öffne ich sie.

In der Schachtel sind ein Würfel, ein Haufen schwarzer Karten und eine schwarze Plastikbombe. Keine echte, ein Spielzeug mit einer falschen Zündschnur und einem Knopf auf der unteren Seite.

Auf den schwarzen Karten sind mit fetten, weißen Buchstaben folgende Silben abgebildet: ID, BU, ZA, JA, JE, IS, ME, NE, NA, IN und so weiter.

Die Spielregeln: würfeln, Karte aufdecken, Bombe aktivieren.

Dann muss jeder Spieler ein Wort nennen, das die jeweilige Silbe enthält (Kafka hat auf der Anleitung das Wort »Wort« durchgestrichen und an dessen Stelle mit großen kindlichen Buchstaben geschrieben: NAME EINES POLITIKERS, DIKTATORS ODER KRIEGSVERBRECHERS).

Wenn man das verlangte Wort weiß, darf man die tickende Bombe an den nächsten Spieler weiterreichen und so weiter. Derjenige, bei dem die Bombe explodiert, hat verloren.

Ich drücke den Knopf auf der Kugel und vernehme ein überraschend lautes, nervtötendes Ticken.

Ich decke die Karte mit der Silbe IN auf.

LENIN sage ich und reiche die tickende Bombe aus der einen in die andere Hand.

STALIN, und wieder reiche ich das Ticken in die erste Hand.

Durch meinen Kopf schwirren Diktatoren-Namen: HITLER, MAO, TITO, ANDROPOW, CEAUŞESCU, JARUZELSKI, POL POT, aber keiner von ihnen trägt die Silbe IN im Namen.

Im Moment, als mir HUSSEIN in den Sinn kommt, ist es zu spät.

Das nervöse Ticken verstummt, es ertönt ein donnerndes BUUUUUM, und ich explodiere.

Ich hasse dieses Spiel, also spiele ich es erneut.

Ich drehe eine Karte um.

Es ist die Silbe IĆ.

Das ist aber leicht, denke ich und betätige den Knopf.

MILOŠEVIĆ, KARADŽIĆ, MLADIĆ, BLAŠKIĆ, ĆORIĆ, HADŽIHASANOVIĆ, das ist aber leicht, denke ich, die Silbe IĆ ist wie geschaffen für dieses Spiel, die Kugel fliegt regelrecht aus einer Hand in die andere.

Ich habe mehr und mehr Namen auf Lager, aber wieder verstummt das Ticken, diesmal früher als in der ersten Runde, und ein lautes BUUUM ertönt.

Ich versuche es noch einmal, diesmal mit der Silbe UM: TRUMP, AL MAKTUM, BUM BUM BUUUM!

26. Oktober

In der Nacht weckt mich Katzengeschrei aus dem Hof.

Ich höre ein Brüllen, Heulen, danach ein wilder Kampf aus Lauten.

Danach wieder ein Brüllen. Dann leises Geheul.

Ich trete ans Fenster.

Im Schein der Straßenlampe erblicke ich eine graue Katze, die in ihrem Maul ein kleines Kätzchen trägt.

Ich öffne das Fenster und schreie, die Katze erschrickt, verschwindet im Gebüsch.

Einige Minuten höre ich noch die Stimme des Kätzchens, dann nichts mehr.

In Schlafrock und Schlappen laufe ich hinaus.

Im Gebüsch erblicke ich die Katze oder den Kater, das Kätzchen fressend.

Die Katze faucht mich an, lässt die Beute fallen, flüchtet.

Ich sehe, wie das Blut langsam aus der kleinen Leiche sickert, sich aus der Wunde an ihrem Hals und aus dem aufgeschlitzten Fell über ihren zierlichen, dünnen Leib verteilt.

Es hatte keine Chance gegen die alte, stärkere und erfahrenere Katze.

Ich nehme es auf den Schoß. Ich trage es in die Wohnung. Ich lege es auf den Küchentisch und beobachte es genau.

Ich mache mir Vorwürfe.

Ich hätte das Fenster nie öffnen dürfen.

Ich hätte die alte Katze nicht verscheuchen dürfen, in den natürlichen Prozess eingreifen dürfen, der auf Fressen und Gefressenwerden basiert.

Das winzige Schwänzlein, die sanften Ohren, mit geronnenem Blut bedeckt, die Unbeholfenheit der ruhenden, zärtlichen Lebensmöglichkeit, die unterbrochen, gewalttätig genommen wurde, vernichtet, die tote Mechanik der Gliedmaßen.

Eine Ahnung, dass all dies nicht nur dem kleinen Kätzchen auf meinem Küchentisch passiert, sondern auch in mir geschieht, dass all das auch für mich passiert, ich nicht nur eine Zeugin bin, sondern unvermeidlich auch ein aktives Glied des Fressens, des gesamten Todes bin, der mich umgibt und, ich spüre es plötzlich mit voller Klarheit, von Nacht zu Nacht nur noch wächst.

27. Oktober

Mehr als zweihundert E-Mails haben sich in der letzten Woche angesammelt, seit ich krank geworden bin, größtenteils Werbung für das Behandeln von Unfruchtbarkeit, Wunderstrümpfe aus Polyester und Buchvorstellungen über die Rolle

Sloweniens beim Zerfall der NATO, die fehlgeschlagenen dreißigjährigen Verhandlungen über die jugoslawische Nachfolge und noch ein Epos des slowenischen Volks, in zehntausend palindromischer Strophen verfasst.

Ljubljana: als gäbe es kein Leben, nur Pflanzen und Wahnsinn.

Als wäre die Stadt abwesend und wartete nur darauf, dass sie sich in den Schwanz beißt und von den Toten wiederaufersteht.

Auch zwei Mails von Petek, in der ersten eine, in der zweiten noch zwei weitere Geschichten. Ich markiere sie, um sie später abends zu lesen, davor wartet noch das Wohnungsputzen auf mich, das Bodenschrubben, das Säubern meiner selbst und der Umgebung.

Ich bin schwach, aber ich muss aus dem Bett, wenn auch auf allen vieren.

Ich schrubbe, wasche, wische Staub, poliere, als ginge es um Leben und Tod, als wäre es noch heute schicksalhaft, in diesem Moment, meine kleine Welt zum Glänzen zu bringen, das, was ich sehe, so gründlich wegzuwischen, dass darunter etwas ganz anderes zum Vorschein kommt.

Ist es wirklich so? Ist wirklich etwas ganz anderes darunter?

Ist es nicht mutiger, sich mit dem Schmutz zu konfrontieren, als mit verdeckter Reinheit zu rechnen?

Als eine eigene Realität auf einer vermeintlich vollen Leere aufzubauen?

Bunker

Ich hatte die Wahl, mich umzubringen oder wegzulaufen. Was ich gesehen und erlebt habe, war einfach zu viel. Menschenleben hatten jeden Wert verloren, und ich konnte die Schrecken, die sich vor meinen Augen abspielten, nicht mehr ertragen. Ich könnte nie einer meiner eigenen Leute werden. Ein Deserteur. Die auf der anderen Seite waren auch nicht besser, allenfalls noch grausamer. In diesem Krieg gab es keine Besseren und keine Schlechteren, sondern nur diejenigen, die sich auf beiden Seiten am Gemetzel und an den Plünderungen beteiligten, und dann alle anderen. Die Opfer. Das Einzige, was noch zu tun blieb, war zu fliehen. Irgendwohin, einfach weg, irgendwohin, wo es keinen Krieg gibt. Wir zelteten in den Wäldern am Fluss. Ich wusste, wo sich die feindlichen Stellungen in den umliegenden Hügeln befanden und dass ich ziemlich einfallsreich sein musste, um sie zu umgehen. Ich kannte das Terrain. Wir hatten hier als Kinder gezeltet, und das gab mir Mut, als ich im Morgengrauen aus dem Lager kroch. Nach zwei Stunden Fußmarsch hörte ich in der Ferne ein Bellen und Stimmen. Ich erklomm einen nahe gelegenen Hügel und erkannte in der Ferne meine Gefährten. Sie waren mir auf der Spur. Ich war sehr überrascht, ich hatte nicht erwartet, dass sie sich in Gefahr begeben und trotz allem meiner Spur folgen würden. Offenbar waren sie der Meinung, dass ich zu viel wusste und dass die Informationen, wenn sie in die Hände des Feindes gelangten, für sie tödlich sein könnten. Mein Herz begann wie wild zu schlagen. Ich hatte keine andere Wahl, als zu einem nahen Bach zu laufen und zu versuchen, meine Spuren zu verwischen. Aber das hätte mich gefährlich nahe an das feindliche Lager gebracht. Ich rannte, so schnell ich konnte, und bald schien ich sie abgeschüttelt zu haben. Ich setzte mich in den Schatten einer großen Fichte und holte tief Luft. Ein paar Minuten später hörte ich sie wieder. Sie waren mir auf den Fersen. Dann erinnerte ich mich an den alten Kanal aus dem Ersten Weltkrieg, der entlang des Baches zu den Ruinen des großen Bunkers führte. Ich rannte um mein Leben. Der Bunker war riesig und voll stehenden Wassers. Ich stapfte durch das Labyrinth tief in sein Inneres und lauschte aufmerksam. Eiskaltes Wasser tropfte von den Wänden. Es roch muffig. Ich dachte an all die Soldaten und Kriegsgefangenen, die vor hundert Jahren solch monströse Befestigungen in die Berge gebaut hatten, um sich dann mit dem Gegner ein paar Jahre lang zu beschießen ohne Aussicht auf einen Frontdurchbruch. Zehntausende Männer fanden hier, zwischen diesen Mauern, den Tod. Ich rief ihre schlafenden Seelen, damit sie kommen und mich beschützen sollten. Ich war überzeugt, dass nur diejenigen, die Opfer eines sinnlosen Krieges waren, mir helfen konnten, dass nur tote Soldaten, die in die gleiche Verzweiflung gestürzt worden waren, in die ich jetzt gestürzt wurde, mich verstehen und davor bewahren konnten, so sinnlos zu sterben, wie sie gestorben waren. Ich hatte den Schutzschild geöffnet, den ich am Morgen vor meiner Flucht in Gedanken um mich errichtet hatte. Sie standen blitzschnell da. Die toten Seelen der Jungen, Gespenster mit rostigen Helmen und Feldflaschen, die Fetzen, die von ihren Uniformen übrig geblieben waren, umgaben mich im Halbdunkel. Ich spürte, wie sie mich von allen Seiten beschnupperten und musterten. Draußen suchten die Verfolger unterdessen vergeblich nach meiner Spur. Ich hörte sie am Eingang des Bunkers flüstern und fluchen. Selbst der Hund konnte mich nicht aufspüren. Sie drehten um und begannen den Weg zurückzugehen, den sie gekommen waren. Der Feind war nah, und es war zu gefährlich, lange zu bleiben. In diesem Moment regten sich die Geister, etwas schimmerte durch sie hindurch, wie Rauch zogen sie in eine dunkle Ecke, verschmolzen zu einem einzigen, riesigen Maul, das brüllte: »Hierher, hierher!« Meine Verfolger drehten sich blitzschnell um und rannten auf den Bunkereingang zu. Ich war erledigt! Ich sah die Geister verzweifelt an. »Warum?« Ein Mund in der Luft lächelte mich an und antwortete: »Wenn es Gerechtigkeit gibt, dann ist es richtig, dass wir alles teilen.« In diesem Moment stürmte ein großer Deutscher Schäferhund von der anderen Seite des Ganges auf mich zu, zwei Lichtstrahlen erfassten mich, und hinter ihnen sah ich noch einen Moment lang meine Kameraden, die ihre Waffen auf mich gerichtet hatten und schossen.

Lego

Alle Toten müssen wieder zusammengefügt werden, alle Gebeine müssen ihre Namen erhalten. Jeder hat das Recht auf seinen eigenen Tod. Ich bin die Hüterin der Ermordeten. Ich bin die Hüterin der Gebeine. Ich wache darüber, dass die verstreuten Fragmente des Verbrechens wieder zusammengefügt werden. Ich bin die Erinnerung. Nein, das sind keine Legosteine, obwohl es normal ist, dass meine Kameraden und ich uns von Zeit zu Zeit so fühlen. Sonst wird man verrückt. Aber was für ein Leben ist das, in einem bewachten Hotel zu leben wie ein Kriegsgefangener, nur mit bewaffneter Eskorte, zehn Stunden am Stück, mit winzigen Löffeln, mit feinen Bürsten, mit Haken, die nicht größer sind als eine Haarnadel, Knochen für Knochen auszugraben, Kleidungsstücke und winzige Gegenstände, die im Tod mit vergraben sind. Dann wieder ins Hotel zurück, um die Familie in Sydney anzurufen, die Mutter in Miami, den Liebhaber in Dresden. Und so geht es von Woche zu Woche, von Monat zu Monat. Und dann zu einem neuen Krisenherd, zu neuen Gräbern voller Knochen. Nur die Klimaanlagen und das Essen sind unterschiedlich schlecht, alles andere ist gleich, und die Arbeit wird nie erledigt. Nein, es gibt kein Ende. Das ist mir glasklar geworden, wenn ich sehe, wie meine Kameraden auf den Toten sitzen. Unsere Füße baumeln in eine Grube voller Toter. Wir erzählen uns Witze, kleine Geschichten aus unserer Studentenzeit, manchmal Rezepte. Wir tauschen Gurken und Würstchen aus, während wir unsere täglichen Sandwiches essen. Jeden Tag, Woche für

Woche, Monat für Monat, essen wir Sandwiches, manchmal sogar zweimal am Tag. Für Außenstehende ist es nicht klar, wie wir mit den Toten essen können. Mir ist das klar. Den Außenstehenden ist nicht klar, wie wir in diesem süßen Geruch von verwesenden Leichen essen können. Mir ist das klar. Es gibt keinen anderen Geruch als den Geruch des Todes. Nein, das sind keine Legosteine, auch wenn es manchmal so aussieht, als würde ich mit ihnen spielen, wenn ich die Skelette zusammensetze. Kindliche Verspieltheit hilft. Die Hälfte der Zeit grabe ich, die andere Hälfte der Zeit baue ich zusammen. Wenn ich es nicht mehr aushalte, wenn es ein schlechter Tag ist, wenn kein Schlüsselbein passt und kein Schädel richtig sitzt, verlasse ich meine miefige Sporthalle. Ich habe dort über zweitausend Skelette und ein paar Lastwagenladungen unsortierter Knochen auf Lager. Ich kenne jedes Skelett in- und auswendig. Ich gebe jedem einen Namen, ich erfinde ihm eine Geschichte. Das hilft mir. Geschichten helfen. Geschichten sind wie Magneten. Knochen mit einer Geschichte suchen nach ihren Brüdern und Schwestern. Die Knochen rufen nach ihren Kameraden. Ich weiß das. Ich stehe in der Mitte der Turnhalle, höre zu und denke mir Sachen aus. Ich war noch nie in Legoland, aber ich glaube, da geht es ähnlich zu. Aber ich baue nur durch Zuhören. Solange ich es aushalten kann, solange es nicht zu laut wird, solange mich alles nicht zu sehr anwidert, bis ich mir nicht mehr das Geschrei der Knochen im Depot anhören kann. Es gibt Tage, da kann ich den Anblick von Skeletten nicht länger ertragen. Jeder Knochen möchte mich am liebsten ganz für sich allein haben. Ich trete nach draußen und atme tief ein. Ich gehe an den Müllhaufen vorbei auf die andere Straßenseite. Es gibt einen Kindergarten. Ich beobachte die Kinder, wie sie im Sand spielen. Ich sehe lächelnde Gesichter. Sie erkennen mich und winken. Und ich winke zurück. Manchmal bringe ich ihnen Äpfel mit, manchmal ein Stück von meinem Werkzeug. Sie haben sich an mich gewöhnt. Als ich sie das letzte Mal sah, haben sie von irgendwoher einen unserer speziellen Beutel mitgebracht, in denen wir die Knochen aufbewahren. Vier kleine Kinder saßen in einem solchen Sack mitten im Schlamm und ruderten – wie in einem Boot. Ich winkte ihnen zu. Sie winkten mit den Knochen, die ihre Ruder waren, zurück. Für Außenstehende ist das nicht verständlich. Mir ist alles klar.

Sitzung des Redaktionsausschusses

In der Vergangenheit war Ž. einer der beliebtesten und meistgelesenen Autoren der Zeitung gewesen. Intern wusste jeder, dass sein Stern im Sinken war, vor allem nachdem er nach seiner dritten Scheidung und dem Selbstmord seines Sohnes wieder zu trinken begonnen hatte. »Es gibt keine genesenen Alkoholiker«, sagte der Chefredakteur, während er auf Ž. wartete. Am Abend zuvor hatte er ihn zufällig im Restaurant des Schriftstellerverbandes getroffen. Eigentlich hatte er ihn unter dem Restaurant getroffen, weil Ž. unter der Treppe zum Restaurant lag. »Der Komet verlischt inmitten des Geruchs von Alkohol«, bemerkte der Chefredakteur augenzwinkernd. Alle fünf Journalisten, praktisch die gesamte Kulturredaktion, schwiegen zu dieser Aussage. Einerseits sympathisierten sie mit Ž. Jeder von ihnen kannte die tragische Geschichte des Sohnes, der sich vor den Augen von Ž. aus dem Fenster im siebten Stock gestürzt hatte. Jeder von ihnen hatte die schreckliche Geschichte von Ž. gehört, wie er vor den Augen seiner Frau hinter ihm hergelaufen war, ihn noch auf dem Fenstersims erwischt hatte, einen Moment lang überzeugt war, ihn zu haben, aber dann doch nur noch die Jacke seines Sohnes in der Hand hielt. Jeder der fünf hatte die frühen Romane von Ž. gelesen und bewunderte sie. Jeder von ihnen war ein bisschen von Ž. oder wollte zumindest ein bisschen so wie Ž. sein, ein bisschen, nicht zu viel. »Was nun?«, sagte der Chefredakteur und starrte auf die zerknitterten Blätter, die in einem Korb zu seinen Füßen lagen. Dies sollte ein Beispiel für mich und für uns alle sein. »Arbeite nie mit Alkoholikern, niemals«, murmelte er und trat wütend gegen den Mülleimer. Daraufhin richteten sich die fünf Journalisten unruhig auf und wandten ihre Augen noch fester zu Boden. »Ich meine, wir leben nicht mehr in der Zeit der Fortsetzungsromane«, fuhr der Chefredakteur fort, »aber wir können trotzdem nicht etwas stoppen, das Ž. begonnen und losgetreten hat und das, den Leserbriefen zufolge, ein gewisses Publikum erreicht. Wir sind eine seriöse Zeitung. Die Angelegenheit muss zu Ende gebracht werden.« »Aber wie?«, fragte der Journalist B. Er war neu in der Redaktion, und ihm war nicht klar, dass es nicht klug war, in solchen Momenten das Wort zu ergreifen. Die fünf wurden alle in das Büro des Chefredakteurs gerufen, um zuzuhören und Aufgaben zu erledigen, nicht um Fragen zu stellen. Der Redakteur schaute den jungen Kollegen mit einem offensichtlichen Ausdruck des Ekels an und seufzte: »Wie? Was wie? Leicht! Wir werden sie alle begraben.« Alle schauten einander an. »Stimmt, Sie haben richtig gehört. Der Roman im Feuilleton, den dieser Blutsauger begonnen und bis zur Mitte gebracht hat, um uns dann auf dem Trockenen sitzen zu lassen, ohne ihn fortzusetzen, muss beendet werden. Und natürlich werden wir ihn verklagen. Er wird den Vorschuss, den er erhalten hat, um ein Vielfaches zurückzahlen, aber das ist nicht der Punkt. Wir dürfen unsere Leser nicht enttäuschen. Sehen Sie sich diesen Stapel von Briefen an. Sie alle fragen, was aus der Serie geworden ist, warum die nicht mehr erscheint, oder gar, wann sie wieder erscheinen wird. Ich selbst habe im Stillen gehofft, dass es niemandem auffallen würde. Andererseits zeigt es uns, dass Romane in Fortsetzungen immer noch funktionieren. Wie auch immer, Schaufeln in die Hand, Gewehre, Seile, Nägel. Der Roman besteht aus sechs Personen, einem Serben, einem Kroaten, einem Slowenen, einem Mazedonier, einem Montenegriner, einem Albaner und einer Bosnierin, um die sich alles dreht. Jeder von euch wird einen von ihnen begraben.« »Aber wir sind zu fünft und nicht zu sechst«, meldete sich der grünschnäblige B. wieder zu Wort, der offenbar immer noch nichts gelernt hatte. »Sehen Sie, weil Sie so fleißig sind, können Sie die bosnische Prinzessin zusätzlich nach dem Serben begraben. Sie haben sechs Fortsetzungen, nicht mehr. Aber bitte begraben Sie sie auf dramatische Weise, so wie es sich für einen großen Autor und für unsere Zeitung gehört. Jede der Romanfiguren soll einen einzigartigen Tod sterben, der unsere Leser schockiert. Lassen Sie sie sterben, als ob es das letzte Mal wäre.«

27. Oktober

Woher kommt der alte jugoslawische Slogan in meinem Kopf, wer hat mir davon erzählt?

Nichts darf uns überraschen.

Unter dieser Phrase hat man Jahr für Jahr nationale Übungen zur generellen Vorbereitung der Bevölkerung auf das Allerschlimmste durchgeführt: Naturkatastrophen, Angriffe von feindlichen Mächten, atomare Katastrophen.

Am helllichten Tag heulten die Sirenen auf, alle ließen ihre Arbeit stehen und liegen, die Maschinen in den Fabriken verstummten, die Schüler unterbrachen den Unterricht, der Kellner hielt mitten beim Suppe-Servieren inne.

Alle rannten in den nächstliegenden Bunker, die Tiefgarage, den Antiatom-Schutzraum und warteten dann dort, bis der falsche Alarm vorbei war.

Machten sich Gedanken, ob derartige Übungen wirklich vonnöten seien, gleichzeitig aber auch, ob eigentlich die Möglichkeit eines echten Alarms bestand.

In Gedanken waren sie bereits wieder bei ihren kleinen Erledigungen, bei der Milch, die auf dem Kocher stehenblieb, dem Haufen unbeantworteter Zuschriften, dem zur Hälfte umgegrabenen Beet, der offenen Wohnungstür.

Inoffiziell wussten alle bereits Wochen zuvor vom unangekündigten Alarm, alle hatten im Voraus insgeheim vereinbart, dass der falsche Alarm zu diesem oder jenem Zeitpunkt stattfinden würde.

Alle wussten alles, und gleichzeitig wusste doch keiner etwas.

Das ist die Basis jeder Theaterillusion.

Deshalb ist die gespielte Verwunderung beim Sirenengegröl und dem Geheul des Alarms so effektiv.

Weil uns nichts, nichts und wieder nichts überraschen darf.

Heute ebenso wenig wie einst.

Einst ebenso wenig wie morgen.

Auch ich bereite mich auf eine Vorstellung falscher Überraschungen vor.

In Gedanken.

Und physisch im Schweiß meines Körpers, der die Zeit misst.

Ich brauche sechseinhalb Minuten, um zwei Koffer zu packen, sieben Minuten vierzig, um mit allen nötigen Dokumenten, Geld, beiden Koffern und dem Computer beschuht an der Tür zu stehen, neun Minuten dreizehn, bis ich, schnaufend, mit zwei Koffern, Computer, Papieren im Rucksack, Hut auf dem Kopf und schwerem Wintermantel, Wanderschuhen, Handschuhen, zwei dicken Schals, mit meinem gesamten Schmuck behängt, mit allem, über das ich verfüge und das ich zu tragen vermag, auf der Straße stehe, losrenne, schnaufe, mich in Richtung Bushaltestelle schleppe.

Dreizehn Minuten achtundzwanzig, um zum ersten Mal vollkommen erschöpft die Koffer abzustellen und schnaubend Luft zu schlucken, vierzehn Minuten fünfzig, um erneut die schweren Griffe zu packen und loszurennen, siebzehn Minuten und zwei Sekunden, um total hinfällig stehen zu bleiben, ich schlucke Luft, unwissend, ob ich überhaupt weitergehen soll.

Wird im Falle einer Katastrophe, im Falle eines überraschenden Angriffs unbekannter feindlicher Mächte der Bus überhaupt fahren?

Wäre es im Falle einer Katastrophe nicht besser, sich im Keller zu verbarrikadieren?

In den Wald zu laufen?

Sich in einem verlassenen Gebäude zu verstecken?

Einen alternativen Weg zu finden?

Oder gar nichts zu tun.

Nicht zu kooperieren. Nur darauf warten, dass es passiert.

Egal was.

Auch wenn nichts passiert?

Wo?

Und wohin?

Zweiunddreißig Minuten, siebzehn Sekunden.

Langsam kehre ich nach Hause zurück, gänzlich erschöpft und verschwitzt, mit den Koffern, unter der Schwere des Wintermantels, unter den Silberketten und zwei schwarzen Schals aus rauer Wolle, die mich in die Wangen pikst.

Vierundvierzig Minuten, dreißig Sekunden, als ich die Tür hinter mir schließe.

Sieben pro Koffer, ich hole das Brot hervor, das ich eilig in den Rucksack gestopft habe, kaue.

Kaue nervös.

Wenn es eine Kugel gibt, die für mich gedacht ist, dann werde ich ihr auf diese Weise nie entwischen.

Ich kann sie höchstens gut zerkauen und tief hinunterschlucken.

28. Oktober

Meine Nachbarin Paula kreischt wieder.

Durchs Fenster beobachte ich, wie sie einem Mann in elegantem schwarzen Anzug und Regenmantel mit ihrer Krücke droht, sodass er am Ende aufgebracht mit seinem schwarzen Audi vom Hof fährt.

Als ich später vorbeigehe, schreit sie auch mich an.

Ich lächle.

Paula schreit auf Kroatisch: »Ei, mein Kind, dein Lächeln ist nicht schlecht, aber das Töten mit ernstem Blick ist viel besser. Am besten aber ist das nächtliche Herumtragen von toten Katzen.«

Am Todestag ihres Sohnes hört sie auf, zur Arbeit zu gehen, sie hört auf, mit Menschen zu kommunizieren, schließt sich in ihrer Garage ein und wartet einfach auf den eigenen Tod.

Seit dem Tod ihres Sohnes sind mindestens dreißig Jahre vergangen.

Aber der Tod will und will nicht kommen, der Tod fürchtet sich zu sehr vor Paulas Geschrei, vor ihren Einschüchterungen und Drohungen und vor ihrem Spucken.

Er lässt sie so stehen, erschlagen und von Menschen verlassen, völlig an den sozialen Rand gedrückt, dass sie sich ihr Essen und das Heizmaterial in Mülltonnen sucht und immer unzugänglicher wird.

Immer mehr Menschen stöbern in Mülltonnen, bringen sich mit Müll durch.

In Wirklichkeit ist Paulas Nahrung von anderer Art: Es ist das Leben der anderen, der Nachbarn, die sie tagein, tagaus beobachtet und kommentiert, in das sie sich einmischt.

Nicht, weil sie jemandem helfen wollte.

Noch weniger, weil sie jemandem Böses wünschte.

Paula ist den Menschen ein Spiegel, in dem sie ihre schlechteste, die verfluchte Seite von sich selbst sehen.

Niemand kann vor ihr flüchten. Wenn nötig, wird sie im Hinterhalt in allen Ecken des Hofes gleichzeitig liegen, ihn aus seiner Bequemlichkeit stoßen, mit einer Sauerei konfrontieren, dem Mist, dem Tod, mit nichts oder allem, was wir Schönes im Leben eines jeden überhören wollen.

Paula hat keinen Platz unter uns, sie ist ein lebender Leichnam.

Paula kann nicht sterben, weil sie einen Platz besetzt, den sonst nur der Tod unter den Lebenden einnimmt, ihre Werkzeuge sind ein Krückstock und ihre Stimme, ihre Methode ist die Anwesenheit, ihr Name ist grob, ihre Zeit ist unbestechlich und dreist.

Paula ist dem schönen Leben ein Schlag ins Gesicht.

Paula ist unser Dreck, unser Albtraum, unser böses Schicksal, das wir mit bösen Tritten in eine versteckte Ecke befördert haben.

29. Oktober

Die Straßen sind mit Plakaten von Platano vollgeklebt.

Er ist buchstäblich überall.

Ich versuche mich darauf vorzubereiten, was ich sehe, was sich uns unvermeidlich nähert.

Nichts darf uns überraschen, sage ich zu mir. Nichts!

Beim Ausbruch der Krise war Platano eine totale Unbekannte.

In einer Schwemme von Populisten verwirklichte er sich als zentraler Kandidat, in erster Linie wegen seines grotesken Namens.

Platano: der richtige Name zur richtigen Zeit.

Die Bananenkriege, die Europa mit den USA, mit China und deren Satelliten führt, haben Europa vernichtet.

Die ökonomische Situation, in der wir uns befinden, ist die Folge der zweifachen Maßstäbe Europas im internationalen Handel.

Die Bananen, die nicht aus den europäischen Kolonien

kamen, wurden von den europäischen Bürokraten so extrem besteuert, dass es Blockaden bei Autos, chemischen Produkten, Nahrungsmitteln nach sich zog und einen Handelskrieg von enormen Ausmaßen auslöste. Ein paar Wochen später verschwanden Bananen leise aus den Regalen.

Und nicht nur um Bananen.

Auch um Erdnussbutter, Kokosöl, Erzeugnisse aus Kautschuk und Ähnliches.

Die verwöhnten Europäer sind verrückt geworden.

Sie forderten ihre Bananen zurück.

Das brachte die ohnehin starken antieuropäischen, nationalistischen und separatistischen Bewegungen, verschiedene Populisten in Schwung.

Über Nacht hat sich die unveränderliche, ewige Greisin Europa verändert.

Es ist zum Kind geworden, das nach seiner Banane verlangte.

Wir dachten, dass wir unsere hundertjährigen geistigen Kriege innerhalb der EU für immer beschwichtigt hätten, was sich jedoch als schrecklicher Irrtum herausgestellt hat.

Wegen des Bananenkriegs haben auch Griechenland, Schweden, Polen und Zypern den EU-Austrittsmechanismus ausgelöst. Spanien, Italien und die Beneluxstaaten zögern noch.

Unser Ländchen ist höchstens ein Kollateralschaden, ein Widerhall von allem, was überall um uns herum geschieht.

Manchmal ist es auch ein Indikator.

Platano, der Bananenpolitiker, ein Argentinier mit slowenischen Wurzeln, dem der Name der Krise ins Gesicht geschrieben steht, der als fünfjähriger Junge nach Ljubljana zurückgekehrt ist, von woher vor mehr als einem halben Jahrhundert seine Familie politisch verbannt wurde, hat eine Konservenherstellungsfirma gegründet und ist reich geworden.

Was auch immer konserviert werden muss, Platanos Firma gibt dem eine Hülle.

Wortwörtlich und im übertragenen Sinne.

Nein, nichts und wieder nichts darf mich überraschen.

Und von Worten muss man zu Taten übergehen, sich aufs Schlimmste vorbereiten.

Warum?

Weil mir die drei kleinen Affen keine Ruhe geben. Sie sind in mir. Ein fortwährendes kopfloses Toben, ich halte es nicht mehr aus in meinem Elfenbeinturm. Ich muss mich hinaustrauen, obwohl ich diesen Impuls zutiefst verachte. Obwohl ich dagegen ankämpfe.

Drei kleine Affen aus dem Kühlschrankmagneten, der erste drückt sich die Augen zu, der zweite die Ohren und der dritte den Mund.

Ich bin diese Affen. Sie sind in mir, ein einziges Toben.

Ich werde alles versuchen, um diese drei Affen nach außen zu sein, nichts zu sehen, zu hören, zu sprechen.

Ein Affe zu sein unter den Menschen. Gibt es eine bessere Schule für jemanden, der eigentlich nichts anderes möchte, als fernab von den Menschen zu leben, allein, in Frieden, um in Ruhe schreiben zu können?

In einem Geschäft mit medizinischen Hilfsmitteln kaufe ich einen zusammenschiebbaren Blindenstock.

Dann setze ich mir eine Sonnenbrille auf, die ich zuvor auf der Innenseite schwarz färbe, sodass ich nur am Rand ein wenig sehen kann.

Ich versuche meine Augen geschlossen zu halten.

Wie auf Eiern bewege ich mich langsam die Straße entlang.

Ich kenne den Weg, ich gehe ihn jeden Tag, die Bodenmarkierungen für Blinde helfen mir anfangs, aber nach einigen Metern bin ich total verloren.

Ich frage die Passanten, ob sie mir die Richtung zeigen können.

Zuerst bleibt keiner stehen. Dann packt mich ein Mann an der Schulter und dreht mich um 180 Grad, sagt, dass das meine Richtung sei.

Ich gehe weiter, taste mit dem Stock.

Links müsste ein Kaufhaus sein, ich versuche den Eingang zu finden.

Ich stoße gegen eine Treppe, prüfe behutsam mit den Füßen nach, stolpere einige Male, fange mich. Die Tür will sich nicht öffnen. Ich weiß nicht, in welcher Richtung sie aufgeht.

Erneut wende ich mich an die Passanten, niemand reagiert.

Dann beginne ich mit dem Stock wütend um mich zu schlagen, bis einer der Angestellten angelaufen kommt, ein Portier oder Türsteher, der mich am Arm ins Innere führt.

Überall remple ich Regale an, dröhnende Musik, viele Menschen, einige Male werde ich fast umgestoßen.

Ich bleibe am Pult stehen und frage, was man denn hier verkaufe.

Ein weibliches Stimmchen sagt, man verkaufe Lederhandschuhe.

Ich versuche ein paar unterschiedliche Paare zu befühlen, sie zu beschnuppern. Danach probiere ich sogar eins und kaufe es am Ende sogar.

Ich ziehe meinen Geldbeutel hervor, gebe ihn der Verkäuferin und bitte sie, das Geld herauszunehmen.

Was, wenn sie etwas mehr genommen hat? Oder wenn sie meine Dokumente aus dem Geldbeutel genommen hat?

Nichts darf mich überraschen, selbst das Stehlen meiner Mitbürger nicht, weder Grobheit noch Grausamkeit.

Ich bewege mich weiter durchs Kaufhaus, ab und zu höre

ich, wie ich mit meinem Stock etwas von den Regalen stoße oder jemandem auf die Füße schlage.

Dann höre ich Laute von draußen. Sie kommen von meiner Linken, dringen durch die Schiebetür. Ich höre, wie sie sich öffnet und schließt. Ich hasse Türen.

Ich stelle mich dazwischen, drinnen ist die Luft heiß, draußen kalt. Ich befinde mich in einem Wirbel von schlechter und noch schlechterer Luft. Dazwischen. Dort stehe ich.

Menschen drängeln an mir vorbei, ich höre Seufzer, Bemerkungen, Schimpfwörter, Flüche.

Dann kommt irgendein Wächter und begleitet mich bis zur Straße. Ich wehre mich, aber er packt mich an der Hand und zieht mich regelrecht auf die Straße.

Nach ein paar Metern schlage ich mit dem Kopf an etwas Hartes und Scharfes.

Ich falle, alles dreht sich um mich herum.

Die Passanten schauen mich an. Ich schaue sie an.

Ich bin entlarvt. Sie sind nicht weniger entlarvt.

Ich rapple mich auf.

Ringsherum Platano-Plakate.

Was ist passiert?

Woher hat Platano das Geld für solch eine Kampagne?

Wahrscheinlich ist es wirklich nötig, dass man eins über die Rübe gezogen bekommt, um sehend zu werden.

Oder lieber, um zu erkennen, dass es keine Hilfe gibt.

Selbst wenn zufällig Hilfe existieren sollte – nur deshalb, damit sie zu spät kommt.

30. Oktober

Jemand klopft an die Tür, hämmert darauf herum, noch ein bisschen, und sie fliegt gleich aus den Angeln.

Endlich gehe ich öffnen.

Irgendein Junge. Er fragt, ob ich ich bin.

»Ich bin ich«, erwidere ich, »und wer bist du?«

Auf Tante Marijas Bestellung hat er mir Onkels Fernseher herantransportiert.

Obwohl ich ausdrücklich gesagt habe, dass ich keinen Fernseher möchte, dass mich schon mein Computer total ausmergelt, dass er ein schwarzes Loch ist, das alle Zeit und Aufmerksamkeit einsaugt, auf keinen Fall kann ich noch einen Fernseher gebrauchen.

Er lauscht meinem Monolog und zuckt mit den Achseln.

Er wurde lediglich beauftragt, mir den Fernseher zu bringen, und das ist auch alles.

Ich lasse ihn rein.

In der Küche findet er sofort eine Steckdose und schließt die gigantische Kiste an.

Er schaltet sie ein und beginnt an der Fernbedienung herumzufummeln.

Ich bitte ihn zu gehen. Aber er hört mir nicht zu.

Als wäre er vollkommen mit seinem Spielzeug verschmolzen.

Auf einmal erscheint wirklich ein Bild, das erste Programm des nationalen Fernsehens, Kafka, der eine kurze Ansprache hält, in der er im Namen einer Gruppe von Intellektuellen dem Kandidaten Platano ihre Unterstützung für das Amt des Staatspräsidenten zusichert.

Der Junge räumt ziemlich zufrieden, fast schon stolz, sein Werkzeug ein und verschwindet endlich.

1. November

Ich werde nicht zum Friedhof gehen. Ich werde nicht zum Friedhof gehen. Ich werde nicht zum Friedhof gehen.

Später zünde ich am Fenster eine Kerze an.

In Gedanken unterhalte ich mich mit den Abwesenden. Zumindest scheint es mir so.

Warum schreibe ich Abwesende, wenn sie doch nur gestorben sind?

Sie sind hier, in der Wohnung, hinter und unter dem Küchentisch, im Badezimmerspiegel und hinter dem Schlafzimmerfenster.

Wahrscheinlich würde ich sie gern bloß als abwesend erklären, mich so befreien, ich kann sie aber nicht aus meinen Gedanken verbannen.

Noch mehr: Ich denke, dass in mir eine immer größere Angst wächst, dass meine Gedanken nur wegen meiner Toten existieren, sie sich von ihnen ernähren und wie ein durchstochener Luftballon erschlaffen würden, wären die Toten nicht mehr hier.

Die Kerze erhellt sie lediglich, sie sind nämlich selbst dann um mich, wenn ich sie nicht wahrnehme.

Heute Abend möchte ich nicht mehr weiter darüber nachdenken, mich darüber unterhalten, schon gar nicht mit dir.

Ich wäre gern nur wie diese Kerze, die langsam schmilzt, wie diese Flamme, die zerbrechlich und widerspenstig zugleich aussieht.

Beim Schlafengehen sehe ich durchs Fenster eine weitere Kerze im Garagenfenster, sie beleuchtet Paulas Gesicht. Sie starrt in die Nacht, als hätte sie einen schwarzen Käfig vor sich.

Zumindest stelle ich es mir so vor.

Trotz der Nähe sind wir uns so fern.

Die eine in einer Wohnung voller Toter im zweiten Stock.
Die andere in einer Garage mit einem einzigen Tod im Hof.
Zwei Kerzen, die im Abbrennen wettstreiten.

2. November

»Wie begeht ihr eigentlich Allerheiligen im Knast?«, frage ich.

»So, dass wir Tischtennis spielen«, sagt Panfi und lacht auf.

»Wer verliert, muss dann für alle Toten beten, besonders für diejenigen, die mal eingesperrt waren oder im Knast gestorben sind.«

»In Wirklichkeit ist im Knast jeden Tag Allerheiligen«, fügt Panfi nach kurzer Überlegung hinzu.

»Ich komme nicht daran vorbei, zu überlegen, wer vor mir auf meiner Matratze gelegen, wen er ermordet hat und wo er später selbst gestorben ist. Vielleicht ist gerade dieses fortwährende Nachdenken das Schlimmste am Knast. Der Überfluss an Zeit, in der die Gedanken übersprudeln. Ernste Selbstdisziplin ist nötig, damit man Ordnung im Umherirren der Gedanken schafft, die Tür schließt, nicht erlaubt, dass einen die Sache vernichtet. Im Knast gibt es viele Mörder unter uns. Nun, keiner von uns dreien ist einer«, sagt Panfi und räuspert sich laut. »Es ist aber vollkommen normal, dass man mit einem Mörder Basketball spielt oder zu Abend isst. Der eine hat seinen Vater umgebracht, der andere seine Schwester, der dritte seinen Nachbarn, der vierte einen Polizisten in der Bank oder er hat auf dem Zebrastreifen einen Alten überfahren, egal. Die Pointe ist, dass die Toten den Mörder nie wieder loslassen.«

Dioneus fängt bei diesen Worten stark zu rotzen an, zappelt unruhig herum, fährt sich mit den Händen einige Male nervös durch die Haare, mit einem dermaßen verzogenen Gesicht, als würde er jeden Moment in Tränen ausbrechen.

»In jedem Knast gibt es mindestens so viele Tote, wie es Lebendige gibt«, fährt Panfi fort und säubert sich dabei die Fingernägel, »weil jeder Lebendige mindestens einen Toten hat, der ihm die ganze Zeit auf der Schulter sitzt und ihm etwas zuflüstert, sich mit ihm unterhält, ihn ab und zu an den Haaren zieht, in seine Gedanken und Träume dringt, ihn provoziert, quält und vertreibt. Dabei kann man locker durchdrehen. Jeder Mörder weiß, dass er seinen Toten nicht loswird, dass er ihn begleiten wird, wohin auch immer er geht. Hier hilft kein Knast, keine Strafe, keine Reue. Selbst später, wenn er eines Tages entlassen wird, muss der Mörder seinen Toten schön mit sich tragen, in einer Hand ein Köfferchen mit persönlichen Dingen, in der anderen Hand ein lebendiger Toter, die Seele des Ermordeten, die ihn nicht loslassen will. Der Knast ist vor allem deshalb eine Strafinstitution, weil die Toten hier unvergleichlich hörbarer sind. Draußen beschäftigen sich die Menschen, verfallen dem Suff oder versuchen auf eine andere Weise, ihren Toten zum Schweigen zu bringen. Hier im Knast gibt es viel weniger Möglichkeiten. Hier kann man nicht vor seinem Kopf fliehen«, sagt Panfi und schaut zu Fiil, der regungslos vor sich hin starrt.

»Eigentlich sind nicht wir im Gefängnis«, sagt Panfi und lacht. »Es stimmt schon, dass mein Körper im Knast ist, ich bin es, der in seine Zelle geht, der Runden in der Turnhalle läuft, der wegen des köstlichen Essens hier zunimmt, der gesellschaftlich nützliche Arbeit im Knastgarten oder in der Knastbibliothek leistet, das schon.« Panfi verstummt für einen Augenblick, beugt sich fast verschwörerisch nach vorn und fährt mit noch leiserer Stimme fort.

»Manchmal habe ich das Gefühl, dass das alles nur eine Einbildung ist. In Wirklichkeit sind wir überhaupt nicht hier.

Hier sind nur die Toten eingesperrt, all jene Seelen, die von den Häftlingen getötet, betrogen, verärgert, beleidigt, ausgeplündert, verwundet, ins Jenseits geschickt oder irgendwie anders aus dem Weg geschafft wurden. Deshalb schreiben wir Häftlinge so gern. Um uns zu überzeugen, dass wir wirklich hier sind, dass wir überhaupt wirklich existieren. Die Toten brauchen keinen Kurs und kein Schreiben.«

Bei Panfis Monolog wird mir ziemlich unwohl zumute. Eigentlich habe ich nichts hinzuzusetzen, und das Thema ist ziemlich interessant. Andererseits aber ist unsere Zeit begrenzt, und ich habe das Gefühl, dass ich selbst keinerlei Funktion habe, wenn alles, was ich tue, das Anhören von Panfis Monologen ist.

Ich gebe ihnen eine Übung, das Schreiben eines kurzen Satzes, ohne den Buchstaben z zu verwenden.

»Ziemlich zacher Zander«, kommentiert Dioneus schnippisch.

In diesem Moment richtet sich Fiil auf und sagt mit langsamen, deutlichen Worten: »Du hast ihn gehört. Es ist klar, warum wir, die im Knast sind, schreiben. Wie aber ist es mit dir? Warum schreibst du, wo du doch frei bist? Dass du eine Schriftstellerin bist, erklärt einiges über dein Leben dort draußen. Auch ich denke, dass unser Knast nur eine Einbildung ist. Wenn ich wollte, könnte ich in diesem Moment hinausschreiten, einfach hier, an den Wächtern vorbei oder durch die Wand.«

Bei diesen Worten bricht Panfi in Gelächter aus, beruhigt sich jedoch bald. Fiil lässt sich nicht stören.

»Selbst die Menschen, die sich in sogenannter Freiheit befinden, leben im Knast, jedoch einem weniger sichtbaren. Was wir Freiheit nennen, ist lediglich eine vergrößerte Einzelzelle. Wir Häftlinge mussten uns mit der Tatsache abfinden, dass wir eingesperrt sind. Das verleiht uns eine Kraft, welche die Menschen draußen nicht haben. Als Häftling schreibe ich, um durch meine Worte aus dem Knast zu entwischen, die einzige Form von Freiheit zu erfahren, die mir keiner nehmen kann. Mein Körper ist hier, meine Gedanken aber sind frei. In unserem Fall ist klar, was wir tun, wenn wir schreiben. Ich verstehe jedoch nicht, warum du schreibst? Du bist frei, in Wirklichkeit aber ist der Knast überall für dich. Im Gegensatz zu uns kannst du mit dem Schreiben nirgendwohin fliehen.«

»Deshalb besucht sie uns auch so gern, damit sie ein wenig von unserer Freiheit kostet«, lacht Panfi auf und zwinkert Fiil verschwörerisch zu, der erneut vor sich hin starrt, mit ernstem Gesicht und geistesabwesenden Augen.

Im Bus spüre ich, dass etwas an meinem Hosenbein herunterkrabbelt, ein unangenehmes, gruseliges Gefühl. Ich taste danach, finde aber nichts. Als ich meine Hand entferne, fängt es wieder an, krabbelt etwas höher, dann wieder tiefer. Als würde es ein Spielchen mit mir treiben. Ich weiß nicht, ob es unter oder über meiner Haut krabbelt. Ich fühle noch ein-, zweimal nach, nichts. Dann verschwindet es für eine Weile. Ich schließe die Augen. Das Rattern des Busses. Es erwacht erneut und krabbelt unter meiner Socke in den Schuh. Erschrocken streife ich sofort meinen Schuh ab, reiße die Socke vom Fuß, taste meinen nackten Fuß ab. Nichts. Trotzdem, als hätte sie die ganze Zeit darauf gewartet, dass sie befreit wird, fliegt eine unsichtbare Wespe aus dem Schuh. Als sie an mir vorbei und wer weiß wohin fliegt, sehe ich deutlich ihren golden leuchtenden Stachel.

3. November

Im TV ein Albtraum.
    Wahlen Wahlen Wahlen.

Die Debilität der meisten Kandidaten ist beispiellos.

Die Kandidatin der Grünen hat Fichtenzweige in den Haaren. Als sie über die Kernkraft zu sprechen beginnt, treten ihr Tränen in die Augen.

Der Kandidat der Nationalpartei steht bei der Frage zu seinem Sozialprogramm auf und beginnt aus vollem Halse die Hymne zu singen.

In den Regierungsparteien der Grauen Katzen und der Konservativen stammelt man nur, wenn die Themen Sexskandal und Korruption angesprochen werden.

Wahlen Wahlen Wahlen.

Für die Mehrheit ist Platano ein richtiger Professor. Er ist intelligent und charismatisch, böse und demagogisch, wie es sich gehört. Mit einem aggressiven Zynismus, der auf angeblich schmutzigen Tatsachen beruht, bringt er seine Gegenkandidaten zur Verzweiflung.

Die Kandidatin der Grünen bricht schon zum zweiten Mal in Tränen aus, als er sie beschuldigt, dass sie als Studentin Mitglied eines Satansklubs gewesen sei, in dem man Hühner geschlachtet habe, und auch ihr Ehemann habe eine kriminelle Vergangenheit.

Die Kandidatin der Grünen stammelt, dass Platano lüge. Platano bringt Bilder der geköpften Hühner in der Mitte eines Hofes an den Tag, hält diese in die Kamera und lacht höhnisch.

Er behauptet, dass er staatliche Wunder vollbringen, alle Ausländer hinaustreiben und obligatorischen Religionsunterricht in den Kindergärten einführen werde.

Wahlen Wahlen Wahlen.

Falls Platano siegen wird, bietet er dem Kandidaten der nationalen Partei einen Job als Solist im Chor der slowenischen Armee an.

Dann wirft er ihm vor, dass er als bekennender Patriot

seiner Heimat immer noch den Wehrdienst schulde. Er sei während des Krieges nach Italien geflüchtet, wo er es sich als Kellner gutgehen lassen habe.

Wahlen Wahlen Wahlen.

Die Konservativen stammeln nur.

Die Grauen Katzen stammeln nur.

Ich kann es einfach nicht mehr hören. Ich schalte um.

In Polen haben Unbekannte in diesem Jahr schon die achte Synagoge niedergebrannt.

In Österreich hat das Parlament ein Referendum über den Bau einer vier Meter hohen Betonmauer an der Grenze zu Slowenien ausgeschrieben. Sie kaufen neue Panzer und Jagdflugzeuge.

Der amerikanische Präsident prahlt damit, dass er fünfzig Jahre lang kein einziges Buch gelesen hat, Bücher würden nur ablenken, er aber brauche einen perfekten Überblick.

Ein neuer superschneller Zug von Peking bis Moskau.

Rekordeinnahmen für den Radiosender Radio Marija.

Endlich finde ich einen Kanal mit Tiersendungen, diesmal über Gorillas.

Eine doppelte heisere Ausatmung bedeutet, dass sich der Gorilla beim Ankömmling sicher fühlt und ihn nicht als Feind betrachtet.

Ein rothaariger Primatologe sitzt unter einer Palme, neben ihm ein Gorilla, erst atmet der Primatologe zweimal heiser aus, dann der Gorilla, danach erneut der Primatologe.

Dann schaue ich mir die Serie *Friends* an, die ich mir schon reingezogen habe, als ich noch ein Teenager war.

Ross: Der Homo habilis hatte einen absolut aufrechten Gang, der Australopithecus hatte nie eine absolut aufrechte Haltung.

Chandler: Tja, vielleicht war der Australopithecus zu nervös.

Dümmere Witze habe ich noch nie gehört.

Das Lachen des unsichtbaren Publikums ertönt.

Ich habe mir eine Abscheu gegen alle Sendungen anerzogen, in denen eine Lachmaschine zum Einsatz kommt und man weiß, dass die Lacher des Publikums aufgenommen und programmiert sind und dass in der Regie jemand sitzt, der all diese unterschiedlichen Lachtypen steuert, das donnernde Gruppenlachen, das leichte Gekicher, den Applaus und die verwunderten Ausrufe.

Wie bei den Wahlen Wahlen Wahlen.

Was mich umgibt, ist immer mehr ein Produkt der Maschinerie aus Lachen und Vergnügung, das abartige Gesicht von Grauen und Angst.

Freunde, die in einem gemeinsamen Haushalt wohnen und ihre täglichen Probleme miteinander teilen, sind potenzielle Mörder des anderen.

Sobald die Umstände sie erdrücken, werden sie sich gegenseitig abschlachten.

Ich befürchte, dass dann niemandem mehr zum Lachen zumute sein wird.

Selbst den Lachmaschinen nicht.

5. November

Ich frage Tante Marija, warum sie mir den Fernseher geschickt hat.

Ich möchte ihn nicht und würde ihn ihr gern zurückgeben.

Sie schaut mich lediglich streng an und fragt, ob ich auch eine derjenigen sei, die sich von der Welt abgekapselt haben.

Sie bemerkt, dass sich immer mehr Menschen völlig von der Welt abgekapselt haben.

Dass sie höchstens die Inflationsbewegung interessiert, das schon, und der Preis von Brot und Milch, das schon, keineswegs aber die Politik, wer der Präsident ist, wohin die Steuern gehen, wo es Krieg gibt, was mit den Flüchtlingen passiert.

Dass sie völlig apathisch sind und das Gefühl haben, dass ihnen die Medien sowieso nur Lügen und Konstruktionen erzählen, der Hintergrund aber verdeckt bleibt.

»Wozu sollte man sich überhaupt bemühen, irgendetwas davon zu verstehen?«, schreit die Tante und gießt uns Tee ein.

»Das ist dann eine handliche Ausrede, damit sie sich von der Welt abkapseln, dass sie nur noch das tun, was sie interessiert, etwa das Sammeln von Preiselbeeren, das Lackieren von Fingernägeln, oder sie unterhalten sich über das Wetter oder pflanzen Olivenbäume und schauen Fußball. Auch der Onkel hat sich die letzten Jahre ganz abgekapselt, und es hat ihm nicht gutgetan«, sagt die Tante.

»Der Mensch muss sich ein bisschen über die Politik aufregen, das ist gut für den Bürgerstolz und den Blutdruck.«

»Mit dem Fernseher wirst du mehr Gründe für Wut haben, mehr Munition, um auf die Straße zu gehen und alle zu verfluchen und dorthin zu schicken, wo der Pfeffer wächst. Und es wird toll, natürlich«, sagt Marija.

Nachdem wir den Tee ausgetrunken haben, tragen wir noch mehr Schachteln mit Altpapier und Zeitungen aus dem Keller hoch.

Das Wetter ist klar und kalt, der Wind bläst, deshalb muss ich in ihrem Garten stehen und das Feuer beaufsichtigen, damit es sich nicht ausbreitet, während die Tante allerlei Dinge in die Schachteln packt, die sie vor der Tür stehen lässt.

Die Flammen züngeln in meine Richtung, einmal versengen sie mir sogar die Strickjacke.

Nur einen Schritt weiter weg ist die Luft eisig kalt und kristallklar.

Die Tante fragt mich nach Mutter.

Sie fragt, ob ich sehr einsam bin und warum Ana und ich uns so entfremdet haben.

Sie fragt, was ich tun werde, wenn alles Erbe aufgebraucht ist.

»Hüte dich vor der Armut, mein Kind«, sagt sie mit hoher, pathetischer Stimme.

Ich starre in die Glut am Boden und sehe den unverbrannten Papierfetzen und Lumpen hinterher, die der Wind über den Hof trägt.

Ich fürchte mich vor nichts. Besser gesagt: Ich fürchte mich vor allem, jedoch sehe ich in der Angst immer mehr die Quelle von Kraft und Hoffnung.

Ich vertraue immer mehr auf meine Angst.

So wie ich auf meine Mutter vertraue, auf ihr Verschwinden, auf die Leere, die sie in unseren Leben hinterlassen hat.

Die Tante umarmt mich, vielleicht zum ersten Mal im Leben. Und ich umarme sie.

Im Nu spüre ich, wie sehr ich Umarmungen vermisse, die Nähe zwischen Mitmenschen.

Daheim öffne ich am Abend Onkels Familienalbum, das sie mir gegeben hat.

Ich sehe den Onkel zusammen mit Mutter, als sie noch Schüler waren, sie sitzen auf einer großen geschmiedeten Glocke und lachen mich an. Sie sehen glücklich aus.

Es muss um das Jahr 1955, vielleicht 1960 gewesen sein.

Auf den Bildern steht mein Opa Peter vor seiner Bäckerei, mit Oma Irma.

Fotos des Onkels in der Armee. Später in der Druckerei mit seinen Mitarbeitern beim Einlegen von Bleibuchstaben in Setzkästen.

Onkel mit seiner Stein-, Samen- und Schmetterlingssammlung.

Peters Beerdigung.

Und die Beerdigung meiner Oma, unbekannte Menschen in grauen Mänteln, ein langer Trauerzug.

Ich habe meine Großeltern nie kennengelernt.

Diese Bilder sehe ich zum ersten Mal, ich habe nichts dergleichen in Mutters Hinterlassenschaft entdeckt.

Nach vielen Jahren wieder das alte Gefühl, das ich oft als Kind hatte.

Das Gefühl, dass ich niemandem gehöre, dass ich über einem Abgrund hänge und niemand da ist, der mich retten könnte.

Ich erinnere mich, wie mich meine Mutter, als ich es ihr einmal gesagt habe, streng angeschaut und gefragt hat, ob sie nicht zählt.

»Du musst loslassen und fallen, Kind, und du wirst sehen, dass ich dort unten bin, um dich aufzufangen«, sagte Mutter immer.

»Aber alle Kinder haben zwei Omas und zwei Opas«, antwortete ich.

Meine Mutter blickte mich streng an und wischte mir mit hartem Griff und ihrer Schürze die Nase.

»Dein Opa und deine Oma sind schon gestorben«, sagte Mutter, »aber ihre Seelen weilen zwischen uns und beschützen dich.«

Ich erinnere mich, dass ich daraufhin fragte, wie es kommt, dass ich nur einen Opa und eine Oma habe und beide obendrein tot sind, die anderen Kinder aber vier Großeltern haben.

Ich bekam keine Antwort.

Nur ein erneutes Nasewischen.

Ich glaube, es beruhigte sie, wenn sie mich an die Nase

fasste und sie stark drückte, einmal, zweimal, unter dem Vorwand, dass sie sie putzen musste.

In Wahrheit wollte sie mich nur zum Schweigen bringen.

6. November

Ich stecke mir eine alte Zahnspange in den Mund, die ich als Schülerin getragen habe.

Sie ist zu klein und drückt stark.

Sie drückt mir die Zunge tief in die Mundhöhle zurück, sodass ich mich die ganze Zeit bemühen muss, sie tief im Hals zu behalten.

Ich stecke mir Stöpsel in die Ohren.

Ich wickle einen dicken Verband darüber.

Ich verbinde mir sogar den Schädel, so fest, dass ich meinen Unterkiefer nicht bewegen kann.

Aus dem Verband ragen nur die Nasenspitze und die Augen hervor, alles andere ist weiß.

Ich höre noch immer, was ich höre, es kommt von innen, ein fortwährendes Körpergeräusch, der Herzschlag, ein Schlucken.

Nichts von draußen.

Fast nichts.

Ich mache einen Test.

Ich schalte den Fernseher ein und erhöhe die Lautstärke bis zum Maximum.

Ich lausche, höre aber viel schlechter als gewöhnlich, die Laute dringen schwach in mich hinein und erschaffen dort ein gedämpftes Lautschwaden-Geflecht.

Als würden die Stimmen der Kommentatorin und der Gäste am runden Tisch im Fernsehen nicht mehr durch meine

Ohren dringen, sondern ein Teil von mir sein, seit jeher, und das Fernsehbild hat sie lediglich erweckt.

Als kämen sie von innen nach außen und sickerten durch meine Haut.

Dann ziehe ich dicke weiße Unterwäsche an, drei, vier Shirts, einen dicken Pullover und darüber noch einen Skianzug.

Ich glaube jetzt noch weniger zu hören, nur kleine schleimige Bewegungen meiner Zunge, die von der Zahnspangenfeder tief in die Kehle zurückgedrückt wird.

So zurechtgemacht bin ich ziemlich ungelenkig.

Im Bus traut sich niemand, sich neben mich zu setzen.

Die Menschen beobachten mich, einige lachen, andere starren mich mit ernster Miene an.

Ich versuche herauszufinden, über was sie sich unterhalten, aber ich höre sie fast nicht, nur ein entferntes Rauschen der Fahrzeuge auf der Straße, das gelegentliche Hupen, das mit Verzögerung in mir widerhallt.

Im Stadtzentrum steige ich beim Kozolec aus.

Ich stelle mich unter die Arkaden und stehe einfach so da und bin taubstumm.

Ich höre nichts. Ich sage nichts.

Vor einem Laden lässt eine Gruppe Obdachloser eine Weinflasche kreisen.

Einer von ihnen glotzt mich dauernd an.

Sie drängeln, streiten, fuchteln mit den Armen.

Der Obdachlose kommt zu mir. Er begutachtet mich aus nächster Nähe.

Er schnuppert an mir wie ein Hund.

Auch ich erschnuppere ihn, seinen Geruch nach abgestandenem Schweiß und Alkohol.

Er fragt mich etwas, aber ich höre es nicht.

Ich blicke ihm in die Augen, unbeweglich.

Er neigt sich ganz nah zu mir.

Sein schwarzes Gebiss öffnet sich, ich sehe den Schlund seiner Kehle. Er schreit etwas.

Ich sehe, dass er brüllt, aber ich verstehe nichts.

Ich zucke mit den Schultern, versuche ihm mit Gesten und Blicken mitzuteilen, dass ich weder höre noch spreche.

Das irritiert ihn umso mehr.

Ich überlege, dass mich wahrscheinlich meine Augen verraten.

Ich spreche mit den Augen, so wie Menschen sprechen, die hören und sprechen, gleichzeitig aber so tun, als ob sie nicht sprechen und nicht hören.

Das heißt also, dass ich lüge.

Der Obdachlose macht etwas Ekliges.

Zwischen den grauen Barthaaren streckt er seine fleischige Zunge aus und schleckt mir über Nase und Augen.

Ich trete zur Seite.

Im selben Moment verpasst er mir eine Ohrfeige.

Eine zweite.

Ich falle zu Boden, schütze den Kopf vor seinen Tritten.

Ich spüre, wie meine Zunge prickelt. Im Nu ist mein Mund voller Blut.

Ich schlucke, während Füße auf meinen Körper eintreten.

Dann ist es plötzlich vorbei.

Als ich aufblicke, sehe ich, dass eine Gruppe von Menschen um mich herumsteht, die Obdachlosen haben sich entfernt, der Angreifer, der wild herumfuchtelt und den anderen aufgeregt etwas erklärt, wird beruhigt.

Ich rapple mich auf.

Die Menschen stellen mir Fragen, ein älterer Herr nimmt mich an der Hand, aber ich reiße mich los.

Ich höre mein Herzschlagen immer lauter, ich höre die

rauschenden Bewegungen des Verbands, als ich mir an den Kopf fasse, ich höre meine Atmung, als gehörte sie jemand Drittem.

Ich breche aus dem Kreis der Neugierigen aus. Ich blute nicht mehr im Mund, aber meine Zunge brennt höllisch, wahrscheinlich habe ich sie mir mit der Zahnspange durchbohrt.

Für einen Moment sehe ich meinen Widerschein im Schaufenster von einem der Läden, den verbundenen Schädel mit einem dunkelroten Fleck anstelle des Mundes.

In Skianzug und Verband laufe ich die Straße entlang.

Plötzlich ist überall um mich herum Polizei. Drehende Autolichter.

Um die Ecke kommen Protestierende. Sie tragen Transparente in den Händen. Ich sehe nicht genau, welche, aber ich schließe mich ihnen sofort an.

Ich gehe an der Spitze des Protestzugs.

Neben mir werden Parolen gerufen, Fahnenwinken.

Ich höre nicht, welche, für oder gegen wen, aber ich bin dabei.

Der gesamte Zug, ungefähr tausend, zweitausend Menschen, bleibt stehen.

Ein Junge neben mir sagt etwas zu mir, ich sehe ihn an, dann zieht er die EU-Flagge aus seiner Winterjacke, begießt sie mit Benzin und zündet sie an.

Sofort ist die Polizei bei ihm, sie stoßen ihn zu Boden, legen ihm Handschellen an und bringen ihn weg.

Einer der Polizisten spricht mich an, aber ich höre nichts.

Die Menge schiebt mich weiter, viele ändern die Richtung, um in die Asche inmitten des Flecks zu treten, den die Plastikfahne am Boden hinterlassen hat.

Der Heimweg nimmt kein Ende.

Endlich sitze ich wieder im Dunkeln unter meinem Küchentisch.

Dann ziehe ich mich langsam Stück für Stück aus, wickle den Verband ab.

Ich zünde eine Kerze an und beobachte in ihrem Schein die zersprungene Zahnspange, die verdrehten Drähte, an denen noch die Hälfte meines abgebrochenen Zahnes hängt.

Am Abend erwartet mich in meiner Mailbox ein neues Geschichtenpaket.

Im Begleitwort fragt mich Dr. Petek, ob wir uns bezüglich der Arbeit mit den Häftlingen treffen könnten. Opera Bar, am Mittwoch, dem Achten.

Ich fahre den Computer herunter.

Ich blase die Kerze aus, obwohl ich dabei das Gefühl habe, dass ich damit auch mich selbst ausblase.

Ich zünde mich wieder an. Lese.

Sohn

Seit dem Ausbruch des Krieges ist mein Papa nicht mehr wiederzuerkennen. Er sitzt die ganze Zeit vor einem alten Transistor und hört Nachrichten. Er weiß nicht, was aus uns werden soll. Die Rangierstation liegt mitten im Nirgendwo. Ich weiß nicht, wo das ist, nirgendwo. Papa sagt, dass es der Ort ist, an dem Gott sich gute Nacht sagt. Vor dem Krieg fuhren täglich mehrere Züge, Personen- und Güterzüge, durch Nirgendwo. Ich saß am Fenster der kleinen Station und beobachtete die Gesichter der Fahrgäste in den Abteilen. »Wohin fahren sie?«, fragte ich meinen Vater. Ich wusste die Antwort: »In die Welt, mein Sohn, in die Welt.« – »Wo ist das?« – »Überall, nur nicht hier«, sagte er. Bei den Güterzügen war es nicht anders. »Wo bringen sie all diese Container hin?« – »Überallhin auf der Welt, nur nicht hierhin.« Nun herrschte überall auf der Welt Krieg. Nur nicht bei uns. Das Leben auf der Rangierstation hatte sich jedoch sehr verändert. Anfangs verkehrten nachts noch gelegentlich ein paar Güterzüge, doch dann verschwanden sie. Mein Vater schwieg ängstlich, und ich verbrachte meine Zeit zunehmend damit, auf dem Gleis zu spielen und meine Zunge an die rostigen Schienen zu halten. Wenn der bittere Geschmack des Metalls einen süßlichen Beigeschmack annahm, dann bedeutete das, dass sich endlich ein anderer Zug näherte. Nichts ging mehr in die Welt hinaus, nichts kam mehr von der Welt herein. Wir waren im Nirgendwo, aber anders, und ohne unsere Züge war auch mein Vater anders. Ich habe mir Sorgen um ihn gemacht. Ich musste ihm irgendwie seine Züge zurückgeben. Ich probierte vieles aus und kam schließlich auf die Idee, in unsere kleine Rangierstation den einzigen noch fahrenden Zug einfahren zu lassen, einen von den Zügen, die jede Nacht durch meine Träume fuhren. Ich würde ihn von den Zügen nehmen, die jede Nacht durch meine Träume fuhren. Das war mein geheimer Plan. Am Anfang klappte es nicht. Ich habe mich bemüht, ich habe von den schönsten Zuggarnituren geträumt, von alten Museumszügen, von Hochgeschwindigkeitszügen, einmal sogar von einer Präsidentenzuggarnitur mit Samtsitzen und goldenen Türgriffen, aber nichts da. Eines Nachts wachte ich jedoch unerwartet durch das Heulen des Zuges auf, von dem ich geträumt hatte, dass er kommen würde. Mein Vater lief mit seiner Laterne zum Bahnhof. Ein mit Coca-Cola beladener Zug fuhr an uns vorbei, eine lange Reihe Waggons, bis zum Rand mit dunklen Flaschen in Kisten gefüllt, die im Mondlicht klirrten, wenn sie sich langsam bewegten. Mein Vater bediente die Hebel, und der Zug fuhr mit einem feierlichen Pfiff in die Nacht hinaus. Er war überglücklich. Ich habe ihm nicht gesagt, dass der Zug aus meinem Traum gekommen ist. Das war auch nicht von Bedeutung. In der nächsten Nacht, vor dem Schlafengehen, nahm ich mir vor, den Zug noch einmal zu träumen und ihn aus meinem Traum in unseren Bahnhof zu bringen. Und in der Tat. Kurz nachdem ich die Augen geschlossen hatte, wurde die Nacht vom fernen Pfeifen einer Diesellokomotive aus meinem Traum durchdrungen. Ich öffnete die Augen und rannte hinter meinem Vater her. Aus der Nacht kam langsam ein pfeifender Zug, eine endlose Komposition von Waggons voller Panzer, Haubitzen, Kanonen und anderer Waffen. Mein Vater stand bleich da und beobachtete die Szene, in der eine endlose Reihe von Wagen Waffen in die Welt transportierte. Von da an träumte ich Nacht für Nacht von demselben Zug, nur wurde er jede Nacht länger und länger. Ich habe versucht, den Traum zu ändern, ihm sogar ein Ende zu setzen, aber nichts hat geholfen. Die mit Waffen beladenen Züge fuhren unaufhörlich weiter. Tage- und wochenlang träumte ich von ihnen, bis eines Nachts ein normaler Viehtransportzug in den Bahnhof einfuhr. Wie jede Nacht fuhr der Zug aus meinen Träumen heraus und in unseren Rangierbahnhof hinein, nur dass der Viehzug unerwartet anhielt. Mein Vater rannte zu den ersten Waggons und hielt sich den Kopf. Durch die Schlitze hörten wir Kinder weinen, stöhnen und nach Wasser fragen. Ich konnte dünne Arme zwischen den Brettern sehen, die um Hilfe bettelten. Mein Vater rannte zum Schlauch, er begann, Wasser durch die Schlitze in das Innere der Viehwaggons zu spritzen, die sich daraufhin in Bewegung setzten und weiterfuhren. Die Waggons mit den Internierten fuhren wochen- und monatelang aus meinem Traum zum Bahnhof. Ich konnte nichts tun. Ich habe versucht, nicht zu schlafen. Die erste Nacht konnte ich noch durchhalten, aber in der nächsten Nacht übermannte mich der Schlaf. Ich hatte Angst zu träumen, aber die Angst schürte nur meine Träume von den Wagen voller Leichen. Von Nacht zu Nacht schickte ich aus meinen Träumen Hunderte von Ermordeten in die Welt, die an Krankheiten und Entbehrungen gestorben waren. Nacht für Nacht wurde mir klarer, wo das Nirgendwo war und wo die Welt war, wo Kriege geführt wurden und wo es keine Kindheit und kein Erwachsensein mehr gab. Eines Morgens, als mein Vater bereits eingeschlafen war, küsste ich ihn sanft auf sein ergrautes Haar. Ich kroch hinaus, vor die kleine Bahnstation, und legte mich auf die Gleise. Ich schaute eine Weile zum blauen Himmel hinauf. Trotz der Sonne schlief ich ein wie ein Kind.

Berg des Bösen

Er ist bei den Bewohnern der Umgebung als Berg des Bösen bekannt. Seit den letzten Pogromen gegen die dortigen Dörfer ist er unbewohnt. Niemand geht in die Bergwälder, um Brennholz, Pilze und wilde Beeren zu sammeln, obwohl es sie dort in Hülle und Fülle gibt. Die Häuser sind verfallen, die Felder überwuchert, und selbst die Minenschächte, in denen im Mittelalter Quecksilber abgebaut wurde, sind verfallen und größtenteils zugeschüttet. Historiker sagen, dass in diesem Teil der Welt alle fünfzig Jahre ein blutiger Krieg ausbricht. Die Einheimischen machen den Fluch des Berges für diesen Schrecken verantwortlich, der auch in der heutigen Zeit seine Macht über die größtenteils ungebildete Landbevölkerung behalten hat. Ich habe schon lange nach einem Reiseführer gesucht, der mich an diese Orte geleitet. Schließlich fand ich jemanden namens Slobodan, was so viel wie ›freier Mann‹ bedeutet. Offenbar glaubte er nicht an den Spruch, dass jeder, der den Berg besteigt und die dort ruhenden bösen Geister erweckt, sich eines neuen Krieges schuldig macht und selbst dessen erstes Opfer wird. Er spuckte aus, wir einigten uns auf einen Preis und gaben uns die Hand. Am nächsten Morgen belud er seinen Esel mit Wasser und Essbarem und mit meiner technischen Ausrüstung. Wir brachen im Morgengrauen auf. Slobodan sprach kaum und war deshalb schon fast geheimnisvoll. Aus den kurzen Sätzen, mit denen er die Spuren der Tiere kommentierte, denen wir begegneten, die Hänge und die Flüsse, die wir in Begleitung des Esels überquerten, wurde mir klar, dass er im Gegensatz zu seinen Landsleuten recht gebildet sein musste. Als sein Esel ihm nicht gehorchen wollte, züchtigte er ihn in fließendem Französisch. Und wenn ich ihn nach den unbekannten Bäumen und Pflanzen fragte, die wir unterwegs sahen, konnte er mir fast immer sowohl den lateinischen als auch den Namen in der Umgangssprache nennen. Von Tag zu Tag interessierte mich die Vergangenheit meines stillen Begleiters mehr. Außer einer kurzen Erwähnung, dass er einige Jahre in New York als Nachtwächter in einer Bank gearbeitet hatte, wollte er mir praktisch nichts erzählen. Ich fragte mich, ob es neben dem Geld noch einen anderen Grund gab, warum er mein Führer geworden war. Ein Lächeln zog über sein Gesicht, das war alles. Ich konnte mit ähnlichen Fragen nicht zu ihm durchdringen. Nach neun Tagen Marsch erreichten wir den Fuß eines felsigen Gipfels. Der Weg war schwer zu finden. Wir banden unseren Esel an, den er Fraternité nannte, und ließen ihn mit der Hauptlast in unserem letzten Lager zurück. Außerdem ließ ich über dreihundert Proben von Erde, Steinen und Pflanzen zurück, die ich unterwegs gesammelt hatte. Ich nahm nur das Nötigste in meinem Rucksack mit – und natürlich meine Fotoausrüstung. Ich zögerte, was ich mit meinem Telefon tun sollte. Wir waren eine Zeit lang in einem Gebiet ohne Signal marschiert, aber schließlich nahm ich es trotzdem mit. Nach stundenlangem, steilem Aufstieg kamen wir zu dem verschütteten Eingang einer verlassenen Mine. Slobodan schaute sich um und fand in einigen hundert Metern Höhe ein Loch. Wir seilten uns in den Berg ab. Quecksilberadern blitzten auf, als ich mit der Taschenlampe leuchtete. Dann wurde der Tunnel plötzlich zu Beton, was mich sehr erstaunte. Slobodan ließ sich durch meine Fragen nicht aus der Ruhe bringen. Er band sich sofort los. Wie von einer hypnotischen, fast manischen

Kraft getrieben, rannte er, halb gebückt, vor mir den Tunnel hinunter, bis wir die riesige unterirdische Halle erreichten, in der Slobodan verschwand. Es handelte sich um eine unterirdische Militärbasis mit Panzern und einer Landebahn für Kampfflugzeuge. Ich sah Soldaten in voller Kampfmontur, die ausgestreckt über Munitionsstapeln lagen, tief im Schlaf von tausend Jahren. Wessen Armee war das? Sie sahen aus wie professionelle Söldner, die sich zwischen den Einsätzen ausruhten. Plötzlich begann das Telefon in meinem Rucksack zu klingeln. Es dauerte lange, bis ich es endlich fand. Die Stimme von Slobodan erklang am anderen Ende. »Ich habe dich hierhergebracht, um mit dir meine Helden zu erwecken«, sagte er. »Ich kann einen Krieg nicht allein beginnen, ich brauche einen unwissenden, hochmütigen Fremden, der das für mich tut. Ich brauche dich.« In diesem Moment begannen die Soldaten um mich herum aufzuwachen. Ich hob meine Kamera, um den Moment zu verewigen. Kurz darauf riss mir einer der Soldaten die Kamera aus der Hand und warf sie auf den Boden. Ich protestierte, aber bevor ich etwas sagen konnte, packte er mich am Hals und schlitzte ihn auf.

Schwarzer Anzug

Vor mir liegt ein schwarzer Anzug. Es ist das Totenkleid meines Vaters, das elegante Hochzeitskleid meines Großvaters, mein erstes schwarzes Ballkleid. Es ist das offizielle Kleid, mit dem ich einem Land die Treue geschworen habe, das in dem Moment, in dem ich es anziehe, auseinanderfallen wird. Es ist ein weiteres schwarzes Kleidungsstück in der Welt, eines von unzähligen schwarzen Kleidern, es ist jedes schwarze Kleid, alle schwarzen Kleider, und das einzige, das den Tod unseres geliebten Führers, unseres Diktators, unseres alten Schweins und der letzten Hoffnung, die wir hatten, verursachen wird. Wenn meine Hand unter den Ärmel greifen wird, wenn mein Höschen mit der Präsenz meiner Hüften und Knie gefüllt ist, wird alles vorbei sein. Dies ist das Kleid meines Lebens, das Kleid, in dem ein abwesender und mir unbekannter Richter das Todesurteil über uns alle verhängen wird. Es wurde mir vor drei Wochen gebracht. Seitdem betrachte ich es, das vor mir an der Tür des Büroschranks hängt, und es kommt mir immer mehr so vor, als wäre ich schon bei meiner Geburt dazu bestimmt gewesen, dieses Kleidungsstück zu tragen. Eines Tages, wahrscheinlich schon bald, wird das Warten ein Ende haben. Eines Tages wird alles, was geschieht, Geschichte sein, zu Märchen verdammt und in Vergessenheit geraten. Sie sagen mir, dass ich auserwählt bin, dass es eine besondere Ehre ist, dieses und kein anderes, das einzig absolute schwarze Kleid zu haben. In meinen eigenen Augen bin ich bestenfalls ein Opfer. Warum ich und nicht jemand anderes? Das Kleid hat mich gewählt. Sie brachten es zu mir, drückten es an meinen Körper, nickten, und seitdem sind wir unzertrennlich. Ich bin dessen Sklave und Diener, ein treuer Untertan, ein Soldat, Kanonenfutter, eine Variable in einer bereits berechneten historischen Gleichung. Es gibt nichts, was ich tun kann. Das Drehbuch wurde vor langer Zeit geschrieben. Ich kenne den Text auswendig, sicherer als ich meinen eigenen Namen kenne. Das Studio ist vierundzwanzig Stunden lang in Bereitschaft. Seit drei Wochen schlafe ich auf einer Matratze in meinem kleinen Büro, esse schlechtes Essen aus der Kantine, leide unter gelegentlicher Verstopfung und einer schwarzen Zunge vom Rauchen. Ich rufe meine Frau zweimal am Tag an, das ist alles. Auch sie wartet. Wir warten alle darauf, dass sie mich anrufen. Der Anzug wird mich rufen. Er wird mich aufnehmen und sich durch meine Anwesenheit aufblähen. Ich bin nur sein Füllmittel, sein Treibstoff und namenloser Träger. Ich ziehe ihn an, richte ihn auf, streichle ihn, schüttle ihm die Schuppen von den Schultern, um den feierlichen, schon fast heiligen Moment nicht zu verderben. Das Urteil ist längst gefällt. Wir werden alle dem Untergang geweiht sein. Ich warte schon seit drei Wochen auf den Anruf. Wenn es geschieht, werde ich den Anzug anziehen, er wird mich anziehen, er wird mit mir in das Fernsehstudio kommen, wo ich mit dem tragischsten, ernstesten und traurigsten Gesicht, das ich aufzusetzen vermag, erzählen werde, was mir vorgelegt wurde. Der schwarze Anzug grinst. Er kann nicht anders. Ich spiele die Rolle des Verdammten und Verworfenen, der das ganze Land mit einem Wendepunkt in unserer Geschichte konfrontieren wird. Ich kenne meinen Text seit drei Wochen auswendig. Er beginnt: »Liebe Mitbürgerinnen und Mitbürger, Genossinnen und Genossen, Brüder und Schwestern, heute Nacht, genau um Mitternacht, hat das Herz unseres geliebten Führers aufgehört zu schlagen.«

7. November

Ich habe ihm gesagt, dass nicht jeder in meinem Körper herumfuhrwerken kann. Und ich fühlte mich sofort gefickt von meinem eigenen Wort.

Dass so etwas überhaupt möglich ist!

Onanieren ohne irgendeine Perspektive auf Befriedigung. So wie die Szene vorhin auf der Straße.

Nachts, nirgends niemand, nur Wind und Müll in der Luft und auf der Mitte der Straße ein Paket, eine Kartonschachtel, vielleicht etwas Drittes, aber in Bewegung, Wind, ein starker Wind, doch kein Müll auf der Straße.

Zwei Katzen, eine schwarze auf einer grauen, die auf dem Asphalt am bitteren Glück der Kopulation herumkauen.

Das Auto bremst stark ab. So aus unmittelbarer Nähe sollten unsere Scheinwerfer sie blenden, doch die zwei Katzen lassen sich nicht stören, bis Kafka hupt und sie wegrennen, zwei Gotteskinder in dem Moment, wo in die Welt die Erbsünde einbricht.

Ich fühle eine Wunde im Mund.

Nicht nur die Wunde, die meine Zahnspange an meiner Zunge hinterlassen hat, sondern eine andere, sagen wir ganz einfach eine metaphysische Wunde.

Ich kann ihm nichts mehr sagen, ich kann ihn nicht mal verfluchen.

Ich hab keine Worte mehr. Was immer ich sage, wird sofort platt und leer, es ahmt seine Worte nach.

Im Auto sitzt jemand bei mir, der mich ficken gekommen ist wie ein Objekt, wortlos.

Jemand, an dessen Seite auch Worte Objekte werden.

Der einzige mögliche Grund für die Existenz der Worte ist das Ficken.

Die einzige Möglichkeit, da rauszukommen, ist das Ficken zu unterlassen.

8. November

Petek in der Opera Bar.

Es ist sehr merkwürdig, ihn außerhalb des Knasts zu treffen. In meinem Kopf existierte er ausschließlich und nur als Teil des Gefängnisses, eher ein Gefangener als die Insassen selbst.

Er wirkt wie ein unschuldiges Tierchen, das aus dem Zoo entwischt ist, aber keinesfalls wie jemand, der frei flanieren würde, in Cafés herumsitzen und Aperol Spritz trinken.

Er erzählt von seiner Arbeit, über das Heilen der Gefängnisinsassen, von ihrer Abhängigkeit von Alkohol und Drogen.

Er erzählt, wie fremd und immer wieder feindlich das Verhältnis der Aufseher im Gefängnis zum Fachpersonal ist. Getrennte Welten, getrennte Ansichten darüber, was überhaupt eine Strafanstalt ist. Getrennte Tische, an denen sie essen, getrennte Neujahrsfeiern, getrennte Gewerkschaften.

Er erzählt, dass ausgebildete Wachmänner noch in Ordnung sind. Vor Jahren aber, nach dem Beitritt des Staates zum Schengen-Raum, habe man sehr viele ehemalige Grenzbeamte hierher versetzt, die viel brutaler waren als das ausgebildete Wachpersonal.

Petek erzählt von Dioneus. Ein paar Wochen nach seinem Haftantritt versuchte er Selbstmord zu begehen. Das war vor zweieinhalb Jahren. Danach hat er sich an den Gefängnisrhythmus gewöhnt.

Er erzählt, dass Dioneus der Feinfühligste und Sensibelste von allen dreien sei. Dass seine Persönlichkeit bis auf die Grundfesten zerschmettert worden sei und es daher unmöglich sei, zu sagen, ob er psychisch stabil ist oder nicht.

Als Petek nach zwei Jahren Therapie überzeugt war, dass Dioneus' Lage sich stabilisiert hatte, zog der sich beim Mittagessen in der Kantine nackt aus. Vor allen.

»Ich weiß nicht, ob Sie sich vorstellen können, was es heißt, so was in einem Knast zu machen«, sagt Petek und schlürft seinen Aperol Spritz. »In dem Moment verlierst du dein Gesicht, den Respekt, die Ehre. Und die ist die einzige Währung, die man im Knast kennt.«

Für einen Moment herrschte Stille. Dann brüllendes Gelächter, gemischt mit Aggression.

Die Mithäftlinge begannen ihn mit Cremeschnitten zu bewerfen, die man an diesem Tag zum Dessert gereicht hatte. Dann verprügelte man ihn.

Wenn die Wärter nicht dazwischengegangen wären, hätte man ihn vermutlich umgebracht.

Später in den Therapiestunden habe Dioneus Petek erklärt, dass er allen auf diese Art seine Verwandlung zeigen wollte. Dass aus einem Verlorenen ein neuer Mensch wurde, aus einem Verbrecher jemand, der die Schicksalsschläge und die Strafe auf sich nimmt.

Er fühlte die Notwendigkeit, nackt und ganz fragil vor die anderen zu treten.

»Ich würde nicht sagen, dass es sich um ein undurchdachtes Manöver gehandelt hat. Die Folgen waren ihm bloß absolut egal«, sagt Petek.

Für Petek ist Dioneus ein Ausnahmefall, ganz und gar einzigartig.

Petek habe die Möglichkeit, Dioneus aus dem geschlossenen Vollzug in einen halboffenen zu verlegen, doch bislang halte er die Bewilligung noch zurück.

»Ich glaube nicht, dass Dioneus wirklich in seiner Persönlichkeit sicher verankert ist, aus einem halboffenen Vollzug kann man jederzeit in den offenen Vollzug versetzt werden, und das bedeutet, dass der Gefangene das Recht erhält, die Wochenenden zu Hause zu verbringen. So geht der Gefangene dann in den Knast wie in einen unbezahlten Job und kommt an den Weekends wieder nach Hause. Dioneus hat aber kein Zuhause. Er hat keinen Ort, an den er gehen könnte. Das heißt, dass er auch die Gründe für eine Haftentlassung nicht erfüllen würde«, sagt Petek und bestellt einen neuen Aperol Spritz.

»Andererseits ist Dioneus völlig harmlos für seine Umgebung, die einzige Gefahr bei ihm besteht im aggressiven Verhalten sich selbst gegenüber«, sagt Petek.

»Wer von uns trägt denn keine Keime von Autodestruktion in sich?«, sagt er und schlürft die letzten Tropfen des abgestandenen Aperol Spritz, dass das Schlürfen des Strohhalms zwischen den Eiswürfeln am Boden des Glases aufheult.

Er bietet mir das Du an.

»Gut, Andrej« – als ich Andrej ausspreche, finde ich es noch eigenartiger als die Tatsache, dass wir uns außerhalb des Knasts getroffen haben –, »gut, Andrej, was aber ist mit Panfi und Fiil?«, frage ich.

Panfi ist ein ehemaliger Ökonom, der wegen mehrfachen finanziellen Betrugs, Schiebung, Steuerhinterziehung sitzt, kurzum allem, was im wirtschaftskriminellen Bereich möglich ist. Was seine Person angeht, ist er laut Peteks beziehungsweise Andrejs Meinung kein bisschen gefährlich, eine sensible Seele, wenn nicht sogar schon feige, ein Lamm Gottes, das niemandem etwas antun könnte. Er arbeitet schon mehrere Jahre in der Knastbibliothek, wo er ein Buch nach dem anderen verschlingt. Er hat sich sogar für ein Jura-Fernstudium eingeschrieben.

Wie ich geahnt hatte, ist Panfi derjenige, der Andrej die Texte im Namen aller drei bringt.

Angeblich bekommt sie Panfi per Hand geschrieben und tippt sie dann auf dem Computer ab, zu dem er in der Bibliothek Zugang hat.

Es ist möglich, dass Panfi alle Texte auch durchsieht, wenn nötig sie auch sprachlich überarbeitet und korrigiert.

Sehr wahrscheinlich ist Panfi zumindest Mitautor aller Geschichten, die mir Petek zuschickt, obwohl das alles andere als bestätigt ist.

Möglich ist auch, dass er die Geschichten nach Absprache mit den anderen beiden aus einem der Bücher, die er in der Bibliothek hat, abtippt, aus einem älteren, zum Beispiel einem, das im Internet nicht erfasst ist.

Der Älteste des Dreigespanns und der am wenigsten Zugängliche ist Fiil.

Angeblich hat er eine ziemlich lange kriminelle Vorgeschichte, er hat zweimal wegen Menschenhandels gesessen und wegen Vertickens gefälschter Reisepässe.

Momentan sitzt er, weil er gefälschte Diabetes-Medikamente verkauft hat.

Vor zwei Jahren haben die Medikamente, mit denen er handelte, eine Massenvergiftung ausgelöst.

Mehr als vierhundert Menschen endeten im Krankenhaus, ein alter ist an den Folgen der Medikamente gestorben.

Dementsprechend ist auch die langjährige Strafe, die Fiil verbüßt.

»Wenn er aus dem Gefängnis kommt, wird er zu alt fürs Leben sein«, sagt Petek.

Fiil ist gemeinhin ein Sonderling. Einige Häftlinge behaupten, er könne durch Handauflegen heilen und die Zukunft voraussagen.

»Anscheinend allen, außer sich selbst«, lacht Andrej auf und bestellt noch einen Aperol Spritz.

Er wird immer gesprächiger. Er öffnet den obersten Knopf seines Hemdes und spricht über seine Therapeuten-Arbeit.

»Wenn man mit Häftlingen arbeitet, muss man sich die ganze Zeit vor Augen halten, dass sie schon morgen auf freiem Fuße sein werden. Kurzum, du musst sie kurzhalten, sie aber gleichzeitig nicht wie Tiere behandeln, wie viele Wächter es tun.«

Langsam nippe ich an meinem Aperol Spritz und warte, was er mir so Dringendes zu erzählen hat.

Andrej beginnt über das Wetter zu sprechen, er fragt mich, was ich in meiner Freizeit tue, wo ich meinen Urlaub verbringe, wie ich mich als Schriftstellerin durchbringe.

Er ist nicht aufdringlich, aber ich verstehe nicht so recht, was der Grund unseres Treffens ist.

Während er unwichtiges Zeug plappert, bohre ich mich im Geist insgeheim in ihn hinein.

Ich durchdringe ihn, als wäre er eine Seifenblase, ich trete mit meinen Gedanken ein, zwischen seine Adern und sein Blut und das schlagende Herz.

Es fühlt sich an, als würde ich meinen Kopf in eine riesige Schachtel voller Kinderspielzeug stecken. Oder in eine Rumpelkammer oder in ein Kaufhaus nach einem Erdbeben.

Jetzt bemerke ich, wie verunsichert er ist, wie sehr sein Gerede lediglich eine nackte Verteidigung ist, das Verstecken der Tatsache, dass er seine Position missbraucht hat, um mich unter dem Vorwand eines Fachtreffens auf ein Date einzuladen.

Dr. Petek redet und redet. Eigentlich redet er nur Schwachsinn, über die ausgezeichnete Gefängnisküche, die Marathon-Vorbereitungen und über die Strahlung von Handys.

In seiner vermutlich verwirrten, prätentiösen Naivität ist er nicht unsympathisch, etwas langweilig schon, aber keineswegs unsympathisch.

Als der Kellner kommt, bestelle auch ich noch einen Aperol Spritz.

9. November

Der Redakteur der *Literaturbeilage* schreibt mir, dass er den Auszug meines im Entstehen begriffenen Romans gelesen hat und dass er sich »wegen des verringerten Umfangs, der ihm nach der Erneuerung der Zeitung zur Verfügung steht, leider nicht für eine Veröffentlichung entscheiden konnte«.

Kann man Literatur verfassen, ohne den Wunsch zu haben, dass das Geschriebene für andere gedacht ist?

Welchen Sinn hat meine Arbeit, wenn der Andere diesen Wunsch nicht erkennt, wenn er es nicht versteht, wenn das Geschriebene an ihm vorbeigeht?

Schreibe ich denn nicht aus einer uralten und falschen Vorstellung von Zeit als etwas Gerechtem? Aus dem Wahn, dass die Zeit gewiss eines Tages, wenn nicht heute, dann eben in dreißig oder fünfzig oder hundert Jahren, alles ausgleicht, auf seinen Platz rückt, dem Geschriebenen jenen Sinn gibt, den es verdient hat?

Eines Tages, so beginnen Märchen ...

Ich frage mich, welche Art von Literatur aus diesem Selbstbetrug erwachsen ist.

Ist es nicht dringend notwendig, zu denken, schon fast religiös geboten, daran zu glauben, dass dieses Aneinanderreihen von Wörtern auf Papier, das Aneinanderreihen von Sätzen, Zeichen in den Sätzen, von Leerstellen zwischen den

Zeichen, nicht nur für mich wichtig ist, sondern für die ganze Welt?

Obgleich mir die Wahrheit bekannt ist: Die Welt schert sich kein bisschen um mich.

Die Wahrheit ist: Der Welt bin ich total egal.

Es gibt Formen von Aufruhr, die niemandem in die Wiege gelegt wurden, einzig das Leben selbst kann uns belehren.

Zu oft ist mein Interesse für andere lediglich mein leerer Vergleich mit ihnen.

Wie tief ich mich wirklich in jemanden vertiefe, zu jemand anderem werde, mich ihm überlasse, ihm zur Verfügung stehe, mich zerteile und die Teile meines Ichs an alle Enden der Welt schleudere, erlaube, dass mich etwas schreibt?

In diesem Moment fühle ich mich nicht geschenkt, auch nicht gefunden, höchstens verloren.

Ich fühle mich verloren und vollkommen überflüssig, abgelehnt und ausgeschlossen.

Ich sehe mich über einem Abgrund von Misserfolg schweben, in meiner grotesken, pathetisch heroischen Erhabenheit.

Die Geste hat etwas Operettenartiges an sich.

Es gefällt mir nicht, aber es ist alles, was ich im Moment kann.

Ich drucke die Absage des Redakteurs circa hundertmal aus.

Ich zerschneide sie in winzige Schnipsel, bade darin.

Ich begieße sie mit ein bisschen Spiritus und verbrenne sie in der Wanne.

Ich fühle mich wie die Bananen auf meinem Tisch, die immer schwärzer werden.

Und gleichzeitig wie der Tisch, der die beiden faulen Früchte trägt.

Eines Tages.

Wird der Tisch eines Tages wissen, warum?

10. November

Im Traum arbeite ich in einer großen Streichholzfabrik. Die Arbeiter transportieren einen neuen Baum heran. Der Baum ist gigantisch, nur der obere Teil der abgesägten Krone passt in die Halle, der Stamm bleibt draußen. Wir stellen die Streichhölzer mit dem Mund her. Jeder bekommt eine leuchtende, fluoreszierende Schürze mit einer großen Tasche. Auch ich. Ich versuche sie mir um die Hüften zu binden, aber die Schnüre sind zu kurz, oder ich bin zu dick. Alle lachen mich aus. Ich bin neu und weiß noch nicht, dass man die Schürze nicht um die Hüften bindet, sondern um den Hals wie eine Art riesiges Lätzchen. Das Zeichen für den Beginn ertönt. Wir stürzen zum gigantischen Stamm und beginnen hineinzubeißen. Ich habe große Zähne. Aus meinem Mund fließt giftiger Speichel, der das Holz zersetzt, sodass es unter meinem Mund schmilzt und zu kleinen Streichhölzern auseinanderfällt. Wie Termiten haben wir uns am ächzenden Stamm festgesaugt. Er lebt noch. Ich beiße wie verrückt, mein Hals ist schwer von der Streichholzlast, die sich in der Tasche meiner fluoreszierenden Schürze sammelt. Der Baum jammert immer stärker. Ich erkenne diesen Ton. Es ist die Stimme meiner Mutter, die immer stärker und schmerzlicher wird, je mehr wir in den Baum beißen und das Holz in Streichhölzer umformen. Ich blicke zurück, aber anscheinend hört keiner von den andern ihre Stimme, alle sind ganz in ihre Arbeit vertieft. Von hinten werde ich von den Werkmeistern angetrieben, ich solle nicht zurückbleiben. Ich beeile mich. Ich schäme mich, dass ich schlechter als die anderen bin. Als wir uns den Baumwurzeln nähern, verstummt Mutter. Das trockene Holz unter meinen Zähnen wird feucht und rot. Mir scheint immer mehr, dass ich gar kein Holz mehr kaue, sondern Mutters pulsierendes

Fleisch. Ich blicke mich um und sehe, dass ich allein geblieben bin. Alle anderen machen Pause. Oder der Arbeitstag ist zu Ende. Vor lauter Eifer und vor Angst, nicht zurückzubleiben, habe ich die Sirene überhört, die einfach nicht aufhört zu heulen. Aber es ist nicht die Sirene, die das Ende des Arbeitstages verkündet. Es ist die Sirene der Feuerwehr. Die Feuerwehrleute umkreisen mich mit Schläuchen, löschbereit. Ich blicke mich um und sehe nirgends Feuer, keinen Rauch, keine Brandanzeichen. Mein Mund ist mit Mutters Fleisch vollgestopft, ich murmle, es gelingt mir jedoch nicht, zu fragen, was sie zu löschen gedenken. Ich kann nicht verhindern, dass mich das Wasser überflutet und versenkt.

Immer wenn ich so intensive Träume habe, spielt sich der gesamte darauffolgende Tag in deren Schatten ab.

Am Nachmittag Regen, der die Gedanken verlangsamt.

Aus dem Bus heraus sehe ich einen Greis im Rollstuhl, der in einer großen Pfütze vor dem Bürgersteig stecken geblieben ist und nicht weiterkann.

Niemand hilft ihm.

Die Menschen gehen geduckt an ihm vorbei.

Vor wem schützen sie ihre Körper, vor wessen Regen?

Vor einer Strafe, die laut den Prognosen der Apokalyptiker jeden Moment über die Ungerechten hereinbrechen wird?

Der Greis dreht zuckend sein schrumpeliges, schmerzverzogenes Gesicht.

Ich sehe, wie sein zahnloser Mund versucht, etwas zu sagen.

Menschen steigen aus und ein.

Die Bustür schließt, die Fahrt geht endlich weiter, und erst nach einer Weile frage ich mich, warum ich nicht ausgestiegen und ins Nass gerannt bin, warum ich nicht selbst seinen Rollstuhl weitergeschoben habe, runter von der Straße, auf den Bürgersteig.

Vor dem Parlament eine Allee aus Palmen, die mit durchsichtiger Plastikfolie umwickelt sind, einer künstlerischen Installation ähnelnd, für den Winter bereit.

Unser Klima ist zu kalt für sie.

Bevor man sie vor Jahren anpflanzte, wurde ein besonderes Heizsystem ins Pflaster verlegt, damit die Wurzeln nicht gefrieren.

Die Stämme werden vor dem Wintereinbruch wie Geschenke verpackt, mit kitschigen Schleifen geschmückt.

Man pflegt sie sehr gut.

Diese Palmen sind alles, was wir nicht sind.

Diese Palmen tragen keine Bananen.

11. November

Das Thema des Tages ist die gescheiterte Entführung des Präsidentschaftskandidaten Platano.

Vorgestern Abend sollen bewaffnete Unbekannte Platano unter Drogen gesetzt, entführt, eingeschüchtert und verprügelt haben.

Gestern früh haben ihn zwei tschechische Chauffeure in einem Müllcontainer auf einem Lkw-Parkplatz in der Nähe von Ljubljana gefunden.

Obgleich seit dem Vorfall weniger als achtundvierzig Stunden vergangen sind, ist Platano bereits auf den Beinen, um die Mittagszeit meldet er sich mit einer Pressekonferenz direkt aus dem Krankenhaus.

Ein Veilchen unter dem linken Auge, ein großes Pflaster auf der Stirn, ansonsten scheint Platano ganz in seinem Element, obwohl er vor den Journalisten in hellblauer Patientenhose auftritt.

Er beschuldigt die aktuelle Regierung, den Angriff geplant zu haben, die dunklen Mächte, die den ganzen Staat unter Kontrolle haben, den Geheimdienst, den Kraken krimineller Individuen, die leise im Hintergrund alle wichtigen Fäden ziehen und um ihre Zukunft fürchten, falls Platano an die Macht kommt.

Motiv des Angriffs: Abschreckung.

Ziel des Angriffs: ihn von der Präsidentschaftskandidatur abzuhalten.

Platano verstummt für einen Augenblick.

Einen Augenblick lang blitzt eine winzige Träne im linken Auge mit dem großen Veilchen auf.

Nein, Platano lässt sich nicht kleinkriegen.

Für nichts auf der Welt würde er seine Leute verraten.

Die Gerechtigkeit wird siegen. Die Täter werden bestraft. Der Staat wird erlöst.

Platano verspricht, dass er bis ans Ende gehen wird. Falls er die Wahlen gewinne, werde er die speziellen Sicherheitseinheiten auflösen und alle Kontrollorgane im Staat reformieren.

Er wird Armee und Polizei reformieren.

Jene wegfegen, die schon Jahrzehnte verdeckten Terror gegen das Volk ausüben, und jene, die sich durch das Volk bereichern.

Platano flüstert immer stärker. Die Kameras sind mal auf sein Pflaster gerichtet, mal auf sein Veilchen, dann wieder auf seine Rechte, die mit entschlossenen Bewegungen seinen Gegnern droht.

Neben Platano steht schon wieder Kafka, der danach, als Platano von den Krankenschwestern in theatralischem Stil weggebracht wird, die Fragen der Journalisten beantwortet.

Es folgen die Aussagen führender Politiker.

Der Innenminister streitet alles ab, aber natürlich hört ihm keiner zu.

Der Regierungspräsident meint, es handle sich um eine populistische Hetzkampagne, aber natürlich hört ihm keiner zu.

Der Journalist sammelt Aussagen von Passanten.

Alle zeigen Mitgefühl für Platano.

Alle träumen vom heldenhaften Erlöser, der in die Baumspitze klettert, wohin nur die privilegiertesten Affen dürfen, und ihnen ihre Bananen wieder zurückgibt.

Vom Mann, der sich nicht fürchtet und der mit einer zur Faust geballten stählernen Pfote der Welt zeigen wird, wie man Freiheit und Gerechtigkeit herstellt.

So einfach ist das.

Die Menschen wollen ihre Bananen zurück und haben jetzt einen unmissverständlichen Beweis, wer sie ihnen besorgen wird.

12. November

Über Nacht wurden Bananen zum Synonym aller Unzufriedenheit, sie sind die Metapher für alles, was die Menschen vermissen.

»Das B« wurde zur Währung des hiesigen Alltags.

»Ich gebe dir eine Banane«, kann mancherlei bedeuten.

»Gemeinsam Bananen pflücken« ist ein ironischer Retro- und Insider-Ausdruck für eine Einladung zum rekreativen Sex.

»Es ist mir Banane« bedeutet, dass es jemandem reicht, es ist ihm egal, er ist zu allem bereit.

»#NPGBI« ist gleich »Nur Platano garantiert Bananen, Idiot«.

In den sozialen Medien erscheint Platanos Gestalt als Eric aus dem Trickfilm *Bananaman*.

Der Junge Eric ist kein gewöhnlicher Junge. Sobald Eric eine Banane verspeist, verwandelt er sich in einen Superhelden mit dem Namen Bananaman.

Platanoman.

Platano verspricht Bananen.

Platano verspricht das Ende der Versprechungen, es soll nur noch Taten geben.

Platano verspricht noch mehr Platano, unendlich viel Platano, Platano im Überfluss.

Es ist so einfach.

Ich liege auf dem Küchentisch und lese ein Buch, das mir der Bibliothekar aus Idrija zugeschickt hat, mit dem Postskriptum, ich solle bei Gelegenheit wieder mal im »unterirdischen Himmel« vorbeischauen.

Ich lese die Korrespondenz zwischen Carl von Linné und Giovanni Antonio Scopoli.

»Ich bitte Euch, edelster Mann, verübelt es mir nicht, wenn ich Euch aufrichtig von meinen Gefühlen berichte«, schreibt Scopoli im Jahr 1773, wenige Jahre vor Linnés Tod.

Ganze fünfzehn Jahre reisen die Briefe durch ganz Europa über offizielle und inoffizielle Wege, über Freunde, mithilfe von Jesuiten und anderen Vermittlern.

Einzelne Briefe oder eine Sendung von Mustern toter Vögel, Samen, getrockneter Pflanzen, Insekten und Mineralien reisen sogar mehrere Jahre, kommen zwischendurch vom Weg ab, werden insgeheim geöffnet, geplündert oder sogar für immer von den Zensoren in Wien zurückgehalten.

Fünfzehn Jahre von Ydria nach Ljubljana, von Ljubljana

nach Wien, von Wien nach Hamburg, von Hamburg nach Stockholm, von Stockholm nach Uppsala und zurück.

Linné ist zu jener Zeit in ganz Europa eine absolute Autorität. Linné betitelt den in wissenschaftlichen Kreisen relativ unbekannten Hobby-Naturwissenschaftler Scopoli in seinen Briefen als »wirklich belesenen Mann«, »überaus erfahrenen Mann«, sogar »ausgezeichneten Botaniker«.

Welch einzigartige Ehre muss es gewesen sein, einen Brief vom Mitglied der Königlichen Gesellschaft der Wissenschaften in Uppsala zu bekommen, dem Reisende, Mäzene und die größten Denker aus aller Welt Kisten mit Mustern von gesammelten Tier- und Pflanzenarten, ihre mühevoll erstellten Herbarien und Sammlungen von Mineralien, Schmetterlingen, Vögeln und Insekten mit dem Wunsch zuschickten, von der obersten Autorität im Benennen und Sortieren in sein einzigartiges System eingefügt zu werden!

Welch eine Ehre war es, in den Gedanken des großen Carl von Linné respektiert zu werden, des Ritters des Nordpolarsterns, des Genies, dem als erstem Menschen, seit der Allmächtige alles Lebende auf der Erde erschaffen hat, die Gnade gewährt wurde, die Schöpfung zu verstehen und sie neu in Kategorien einzuteilen, dem Belebten und Unbelebten neue Namen zu verleihen, als wäre er selbst der Allmächtige.

Welch eine Ehre und was für ein Fenster in die Welt, nein, kein Fenster, eine Luke, nein, keine Luke, ein winziger Lichtstrahl, der an seltenen Tagen aufleuchtete, als einer von Linnés Briefen in die düstere bergbauliche Welt des Hobby-Gelehrten Antonio Scopoli hineinwehte, der im letzten Eck der Habsburgermonarchie arbeitete, an einem Ort mit ein paar tausend Seelen, die wie winzige Teufel mehr Zeit in der feuchten Finsternis der Unterwelt verbrachten als an der Oberfläche, in den Gassen des Städtchens im tiefen Talbecken namens Ydria.

Scopoli hat eine ungewöhnliche, introvertierte und – nennen wir es mal vorsichtig so – ganz eigene Natur. Er ist dandyhaft, übertrieben erhaben, ehrgeizig und generell nicht sehr umgänglich, fast menschenverachtend, was für einen Arzt der schlimmste aller Mängel ist.

Es ist völlig unmöglich, ihn ins Herz zu schließen, nicht einmal mögen kann man ihn. Man kann ihn nur vergöttern. Aber in Ydria tut das niemand. Deshalb sehnt sich Scopoli umso mehr nach Aufmerksamkeit, nach Anerkennung jener Art, die man im abgeschiedenen Bergbauort unmöglich bekommt.

Geliebt zu werden, wenn schon nicht geliebt, dann wenigstens gepriesen und respektiert.

Abgesehen davon, von allem respektiert zu werden.

Wieso abgesehen davon?

Der Allmächtige hatte Scopoli vieles nicht zugedacht, was alle anderen, sogar die schlichtesten Knappen um ihn herum besaßen.

Er machte ihn kindisch hässlich, eitel und gesundheitlich auffällig.

Aber weil der Allmächtige gerecht ist, gab er ihm im Tausch für all seine Makel eine außerordentliche Gabe (welche, nun mal Hand aufs Herz, Scopoli jedoch als Verdammnis erlebte).

Er beschenkte Scopoli mit der übermäßigen Empfindlichkeit der Sinnesorgane.

Scopoli sieht wie ein Falke (Linné klassifiziert ihn als *Falco peregrinus*), er riecht wie ein Hausschwein (Linné: *Sus scrofa domesticus*) und hört wie eine Fledermaus (Linné: *Chiroptera rhinolophidae*).

Scopolis außerordentliche Gabe ist das ununterbrochene Wahrnehmen des Terrors der Welt, der von überall in ihn eindringt, im Wachsein und im Schlaf, und vor dem es kein Entrinnen und keine richtige Verteidigung gibt.

Am meisten leidet er unter der übermäßigen Riechfähigkeit, der unheilbaren Beschwerde, die er »olidusea« nennt.

Um den unerträglichen Zustand von Überempfindlichkeit zu lindern, empfängt er seine Patienten mit verbundenem Kopf, was die schlichten Knappen für ein Zeichen von erhabener Entfremdung und Ekel nehmen, also als Hochmut, der im Endeffekt ein Zeichen des Teufels ist.

Scopoli ist auch sonst von empfindlicher Natur.

Auf bestimmte Stoffe reagiert er, z.B. auf Quecksilber, das bei Kontakt mit Metall sofort amalgamiert. Bei Menschenansammlungen erstarrt Scopoli regelrecht.

Er erträgt keine totale Finsternis.

Beim Geruch von Milch wird ihm übel.

Er träumt häufig von nackten Männerkörpern, von lebenden Toten und heimlichen, verbotenen Vivisektionen.

Er ist aufrichtig geizig und ein Einzelgänger, gleichzeitig unnachgiebig wortklauberisch, obsessiv insistent in seinem Treiben, besonders dann, wenn ihm eine seiner Kopfschmerzattacken zu schaffen macht.

Und die sind häufig, ja, schon jahrzehntelang chronisch, vom Todestag seiner Mutter an.

Die einzige Freude bereitet ihm das unendliche Umherstreifen durch die umliegenden Berge, das Entdecken immer neuer Pflanzen- und Tierarten.

Für die Bergarbeiter und die Leiter des Bergwerks ist das natürlich eine unerwünschte, tadelnswerte und zu bespöttelnde Marotte des Arztes, Zeitverschwendung und eine Freigeistigkeit, die immer aufs Neue zu Konflikten mit seinen Vorgesetzten führt.

Anstatt dass er sich ganz seinem Beruf widmet, scharwenzelt Scopoli auf den umliegenden Bergen herum, sammelt Pflanzen, Tiere und Mineralien, klassifiziert und analysiert diese nach Linnés Prinzip und häuft sie in diversen Schachteln und Schubladen in seinem kleinen Zimmer an, und später – als dort der Platz dafür mangelt – in einem Raum, in dem er eigentlich seine Patienten empfängt und Eingriffe durchführt.

Im Bergwerk lauern auf Schritt und Tritt Gefahren, Unfälle sind häufig. Verkrüppelte Extremitäten, Vergiftungen mit Gasen, schlimme Verbrennungen.

Der einzige Arzt in Ydria ist oft nicht erreichbar, wenn die Schwerstverletzten Hilfe brauchen, weil er irgendwo Farne sammelt und Käfern hinterherjagt.

Knappen, Schmelzer, Zimmerleute und ihre andauernd schwangeren Frauen wissen nur zu gut, dass sie in den Augen des plumpen und stets rotzigen Arztes Scopoli keine hilfebedürftigen Menschen sind, sondern lediglich Quelle von gelegentlich interessanten Phänomenen mit besonderen Charakteristiken, die es zu analysieren gilt.

Nein, für Scopoli sind das keine Menschen. Wie könnten sie es auch sein, wenn sie noch nie von Linné gehört haben.

Es sind höchstens Exemplare, Spezimen, Proben, Exempel, die man zusammen mit den Tieren, die auf ihnen leben, klassifizieren muss.

Zum Beispiel die geflügelte Bettwanze, eine nächtliche Plage für die Gattung Mensch, die nachts in die Heime der Bergbauer fliegt.

Linné: »Ich habe stets Ihre Feststellungen über die geflügelten Bettwanzen vor Augen *(Cimex lectularius)*; soweit man nämlich a priori beurteilen kann, ist es höchstwahrscheinlich, dass in heißen Gebieten Geflügelte präsent sind, in kühlen kommen sie wiederum ohne Flügel vor.«

Zum Beispiel eine neue Wurmart, in Hühnerkot entdeckt, »kugelig, weiß, beide Enden wechselweise sich streckend und zusammenziehend«.

Linné: »Das ist *lumbricus terrestris*.«

Scopoli studiert sie lieber als Menschen.

Gibt es eine Gerechtigkeit zwischen lebenden Arten?

Warum hat der Allmächtige einige Wesen so gestaltet, die anderen aber wieder nicht?

Warum hat er uns überhaupt unterschiedlich kreiert?

13. November

Ganze fünfzehn Jahre reisen die Briefe hin und her zwischen Uppsala und Ydria.

Fünfzehn Jahre freundschaftlicher Zuneigung des Begründers der binären Nomenklatur aus dem Norden, auf der anderen Seite die verdeckte Verzweiflung seines Anhängers aus Südeuropa.

»Geschätzter ferner Freund. Ich fürchte mich, die schmerzliche Wahrheit niederzuschreiben. Wir werden uns nie begegnen«, schreibt Linné in einem seiner letzten Briefe.

Fürwahr: Sie sind einander nie begegnet, außer in ihren Träumen, Gedanken, Proben.

Wie etwa in den Exemplaren der Scopoli-Samen, einer winzigen Pflanze mit dem heutigen Namen Scopolia carniolica (Pflanzenreich: Plantae, Ordnung: Solanales, Familie: Solanaceae, Art: Scopolia), die Scopoli an Linné schickte.

Die Giftpflanze mit halluzinogenen Wirkungen brachte Scopoli eine Fülle schlafloser Nächte und geistiges Leid.

Es gibt Anekdoten, die einem alles über den Charakter des Menschen verraten.

Als der Wiener Botaniker Nikolas Joseph von Jacquin das giftige Pflänzchen unter dem Namen klassifizierte, der Scopoli Ehre erweisen sollte, ist beim letzten Schritt auf dem Weg in die Nomenklatur der Ewigkeit jene Form von Unglück passiert, die Scopoli schon von Geburt an begleitete.

Jacquin (dieser linguistische Nichtskönner!) hat das einzige Pflänzchen, das ab da für alle kommenden Generationen Scopolis Namen tragen sollte, mit dem missratenen, giftigen, bösen Namen *Scopola carniolica* benannt.

Scopola bedeutet im venezianischen Dialekt »Ohrfeige«.

War es wirklich nur ein Lapsus, der zu Scopolis Lebzeiten verhinderte, dass der nach Ruhm lechzende Scopoli die Verewigung seines Namens genießen konnte?

Wie auch immer: Sie sind sich nie begegnet.

Beziehungsweise: Scopoli und Linné sind sich nur vermittelt begegnet, mit einer Verschiebung von Monaten, oft Jahren.

Die außerordentliche Sorgfalt, mit der Scopolis Hand die Samen der *Scopola carniolica* in die Briefsendungen legte, und Linnés Hand, die sie später der Schachtel entnahm und in seinen botanischen Garten in Uppsala pflanzte.

Reisen Berührungen mit den Gegenständen mit?

Können Seelen oder zumindest Teile der Seele mit den Gegenständen reisen, die ein Körper berührte?

Sie begegneten sich nie, aber trotzdem, immer wieder und beharrlich, fünfzehn Jahre lang, haben sich Carl Linné und Giovanni Antonio Scopoli getroffen, wie wir uns noch heute in Träumen und Gedanken treffen.

»Ihre Scopola gedeiht gut«, schreibt Linné, der Jahre später Scopolis Schmerz lindert und die Pflanze unter dem Namen *Hyoscyamus scopolia* klassifiziert.

»Ach, könnte doch auch ich zumindest wenige Tage an Ihrer Seite und im Gespräch mit Ihnen verbringen!«, antwortet Scopoli in einem ihrer letzten Briefwechsel.

Nein, sie sind einander nie, nie, nie begegnet.

Bis heute.

Aber warum sollte es dabei bleiben?

14. November

Ich gehe mit der Tante auf den Dachboden.

In der Ecke steht eine Vielzahl großer Kartonschachteln.

Darin sind kleinere Schachteln mit Steinen, Onkels Sammlung.

»Eines Tages war es zu Ende«, sagt Tante.

»Ich holte ihn aus dem Krankenhaus ab, wo er erneut wegen Alkoholismus behandelt wurde. Er war schon im Ruhestand. An jenem Tag entsorgte er unsere Büchersammlung und kaufte einen Fernseher. Davor konnte man ihn kaum von seinen Büchern und Sammlungen wegkriegen. Sie gingen mir auf die Nerven, er aber hatte sie überall in der ganzen Wohnung verteilt, sogar im Schlafzimmer unterm Bett bewahrte er seine Schmetterlinge auf«, sagt die Tante. »Dann waren sie plötzlich weg. Er hat alles auf den Dachboden getragen und die Sammlungen nie wieder berührt.«

Ich öffne die Schachteln und betrachte die Steine.

Sie machen keinen besonderen Eindruck auf mich.

Es handelt sich nicht etwa um eine Sammlung von Kristallen oder seltenen oder zumindest interessanten Steinen.

In den Schachteln sind ganz gewöhnliche graue Steine in verschiedenen Größen.

Überall liegt grauer Kies.

Die Steine sind nicht mit wissenschaftlichen Namen versehen, sondern mit Ortsnamen, Daten und manchmal mit einer Beschreibung.

Ich öffne eine Schachtel nach der anderen.

Einige davon sind wirklich klein, auf ihnen sind noch Bilder von Kinderschuhen abgebildet, die einst darin waren.

In den Schachteln liegt neben dem Stein immer ein Zettel mit Onkels Schrift. Die älteste Datierung ist: Rijeka, 12.4.1972, auf dem Weg ins Krankenhaus, trauriger Stein.

In den anderen Schachteln liegen Steine mit Anmerkungen auf kleinen Zetteln, zum Beispiel:

Rožna dolina, 11.7.1984, Spaziergang durch Matsch, schlafender Stein.

Wien, Prater, 1.8.1986, mit Marija vor dem Spiegellabyrinth, umgestürzter Stein, Konvertit-Stein.

Venedig, 25.9.1988, San Michele, bei Strawinsky, dumme Touristen, herbeigeschaffter Stein der Ausgeschlossenen.

Maribor, Pohorje, 15.3.1988, bei den toten Partisanen, Stockschwämmchen, Stein im Gebet.

22.6.1996, auf dem Weg nach Banja Luka, Angst, finsterer Stein, der einsaugt.

Rovinj, 11.11.1998, ruhige See, Ansprache des Steins, Politiker-Stein.

Rom, Kolosseum, 15.6.2007, was ich tat, als noch Zeit war, der Zeugen-Stein.

Der zweitjüngste Stein ist grau, mit einer leichten Furche und einem Zettelchen, auf dem steht: Ljubljana, 1.4.2001, Weg der Erinnerungen, der Blick auf einen, auf zwei, übermütiger Stein.

Tante Marija beginnt wortlos die Steine mit den Zetteln aus den Schachteln zu nehmen und auf dem Boden zu verteilen.

Ich helfe ihr, reiche ihr Stein für Stein, und sie legt sie nach einer bestimmten Reihenfolge aus, die nur sie kennt.

Als sie fertig ist, liegt ein kleines Meer vor uns, ein Stein-Archipel aus größeren und kleineren, jeder auf seinem Zettelchen.

In der Mitte ist ein größerer steinloser Platz.

Die Tante legt sich hinein.

Der Platz ist genau richtig für eine dünne Person, wie sie es ist.

Sie liegt mit geschlossenen Augen da und schluchzt.

Holt plötzlich mit ihren Armen und Beinen aus, winkelt ihren Körper überraschend gelenkig für ihr Alter an und streckt ihn wieder.

Im Nu ist alles vermischt.

Die Zettel und Steine rollen auf alle Seiten.

Die Ordnung, um die sich mein Onkel jahrzehntelang bemühte, für immer verloren.

Nun gibt es keinen Stein im Gebet, Konvertit-Stein, schlafenden Stein, übermütigen Stein mehr.

Jetzt ist all das nur ein anonymer Schutt, Zettelchen mit den Funddaten, Orten und Namen für Nichtexistierendes.

Auf dem Heimweg verteile ich Onkels Steine an Passanten.

Nur wenige nehmen sie an und verstehen das Geschenk als Witz.

Oder sie denken, ich sei eine Verrückte.

Einige schmeißen sie vor meinen Augen weg.

Jemand nimmt einen Stein nach langem Überreden an und lässt ihn dann demonstrativ auf meinen Fuß fallen.

Die meisten wehren sich, winken ab und gehen weiter.

Ich laufe einer Frau hinterher und stecke ihr insgeheim einen kleineren Stein in die Einkaufstüte.

Ich lege Steine unter die Sitze im Bus, auf Zäune unbekannter Häuser, auf Mülltonnen.

Ich lege einen auf die Eisenbahngleise, einen anderen vor einen Kircheneingang, den dritten auf das Dach eines Polizeiautos. In die Hand eines Bettlers und unter Platanos Wahlplakat.

Ich behalte keinen.

Jetzt ist weniger Onkel auf Tantes Dachboden und mehr Onkel überall zwischen Tantes Haus und meiner Wohnung.

15. November

Ich träume von einer matschigen Anhöhe, durch Glasmalerei getrennt. Hinter den Fenstern sind ausgehobene Gräber, in die man sich hineinlegen muss, um zu sterben. Es ist frühmorgens, ziemlich viele Menschen. Einige der Fenster sind halb oder ganz geöffnet, man sieht alles, aber mit einem gewissen Maß an Diskretion, obwohl in Wirklichkeit alles im Freien stattfindet und die Fenster nur eine Art Paravent zwischen den Menschen sind, die einzeln oder in kleineren Gruppen dastehen. Keine Kommunikation zwischen uns, niemand spricht, nur ab und an ein Seufzer. Einige Gräber weiter sehe ich meine Mutter, die gerade in eines hineinklettert. Meine Tante steht an einem ausgehobenen Lehmhaufen, auf dem Gesicht ist ihr ein dichter Schnurrbart gewachsen, ihr Kopf ist gesenkt, sie trauert. Ich blicke in die tiefe Grube, die für mich gedacht ist. Aus der gelben Erde fließt auf ihren Boden klares Wasser ein. Als wären die Gräber tief unter der Erde gegraben. Als ob sie wesentlich tiefer reichen würden, als ich im Traum zu sehen vermag. In jenem Moment beschließe ich, nicht ins Grab zu steigen. Ich schäme mich, habe Angst, dass ich wegen meines Ungehorsams bestraft werde. Ich blicke mich um, aber niemand schert sich um mich. Leben oder nicht leben, das ist einzig und allein meine Entscheidung. Niemand zwingt sie mir auf. Niemand bestreitet sie mir. Niemand widerspricht mir. Ich erinnere mich lebhaft an meine Verwunderung bei dieser Feststellung. An meine totale Verblüffung im Traum.

Das ist meine meine meine meine Entscheidung. Ist es deshalb so schwer, sie zu akzeptieren? Ich sehe die anderen in ihre Gräber steigen. Sie steigen hinein, und es ist vollbracht. Mir bleiben aber noch so viele Erledigungen hier. Aber welche, was? In Wirklichkeit verstehe ich nicht, was der wahre Antrieb meiner Entscheidung ist. Und ist es wirklich eine Entscheidung? Wem geht es besser, denen, die in klares Wasser gestiegen sind, oder mir, die ich in der kalten, durchlüfteten Welt bleibe, in wenige Lumpen gekleidet? Was bestimmt wer in mir, ob ich gehe oder bleibe? Am eigenen Grab wäge ich die Gründe ab, die nicht existieren. Weil es keine Argumente dafür und dagegen gibt. Alles ist viel automatischer. Vor allem aber setzt mir die Leichtigkeit zu, mit der ich in meinen Träumen Ja oder Nein sagen kann. Als wäre beides gleich. Als wäre die Wahl unecht, als gäbe es gar keine Wahl. Dieses Gefühl begleitet mich, als ich aufwache. Mehr als die Gestalten, mehr als die Reihenfolge einer Geschichte, die ich heute geträumt habe, bleibt diese Erkenntnis auf der Ebene eines Gefühls, das nachts in mir gewachsen und jetzt wie ein neues Organ ist, wie ein neuer, unveräußerlicher Teil meiner physiologischen Konstitution.

16. November

Andrej empfängt mich mit breitem Lächeln. Er nimmt mir meinen Mantel ab und begleitet mich zum Klassenraum.

Auf dem Weg sagt er mir, er habe dringende Verpflichtungen in der Küche, weshalb er diesmal nicht an unserer Stunde des Aktivierens und Miteinbeziehens teilnehmen könne.

Trotz allem kommt er alle zehn Minuten, um zu kontrollieren, ob alles in Ordnung ist. Alle zehn Minuten öffnet er quietschend die Tür einen Spalt weit und schiebt den Kopf in den Klassenraum, lächelt blöd und verschwindet wieder.

Dioneus ist wegen Andrejs Kommen immer irritiert.

Das weiß ich, weil er jedes Mal, wenn die Tür quietscht, stark herumzurotzen beginnt, während er felsenfest durchs Fenster auf die Mauer starrt.

Nur Panfi lässt sich nicht stören.

Er erzählt von seinen Reisen durch das ehemalige Jugoslawien, von den prächtigen Hotels an der istrischen Riviera vor dem Krieg, vom Wildspargel-Sammeln und von Schweinen, mit denen er Trüffeln gesucht hat.

»Säue sind die Besten«, sagt Panfi, »ihr Geruchssinn ist viel ausgeprägter als bei Ebern. Eine hat mich einmal so wild durch den Wald getrieben, dass es fast um mich geschehen ist. Ich hatte die Leine nämlich ums Handgelenk gewickelt, als sie zog und zu rennen begann. Sie war viel stärker als ich, und wahrscheinlich hätte sie mich umgebracht, wenn es nicht diesen Glückstrüffel unter der Erde gegeben hätte, der sie stoppte und für den sie ihren Rüssel in die Erde grub, ich aber hatte Zeit, um mir die Schnur vom aufgeschürften Handgelenk zu wickeln, bevor sie weiterdüste.«

»Ich habe sie nie wiedergesehen«, setzt Panfi zauberhaft hinzu.

Auch Fiil meldet sich. Mit ruhiger, tiefer Stimme erklärt er Panfi, dass die Sau eine Erscheinung aus seiner Zukunft war, eine Art Verkünderin dessen, was ihn alles im Leben erwartet.

»Die Prophezeiung einer Macht, der du nicht entweichen kannst«, sagt Fiil und streicht sich langsam, mit durchdachten Bewegungen den Bart glatt.

»Wie kannst du nur so fatalistisch sein!«, wirft Panfi zurück.

»Glaubst du wirklich, dass wir unsere Taten nicht selbst

steuern, haben wir keine freie Wahl, treffen wir keine Entscheidungen? Wie konnte die Sau wissen, was mit mir passieren wird? Und selbst wenn, warum sollte ich ein Ereignis dieser Art auf symbolischer Ebene interpretieren? Eine Sau ist eine Sau, hundertfünfzig, zweihundert Kilo Fleisch, Schmalz und basta.«

Fiil lächelt sanft.

Er vermittelt den Eindruck eines seligen Weisen, den nichts aus dem Gleichgewicht bringen kann.

»Du verstehst nicht, dass es für alles einen großen Schöpfungsplan gibt und dass wir alle nur Figuren darin sind? Es gibt kein Aussteigen, es bestehen aber Abkürzungen. Manchmal kann man in einem Leben einen Weg finden, der uns für zwei Leben bestimmt war. Das ist schon sehr viel. Noch leichter aber fallen wir im Leben zurück, um drei oder mehr Leben, und müssen von Neuem beginnen. Ich denke, dass diese Sau dein Schicksal war und die Schnur eine Vorbotin von etwas, das bald passieren kann.«

Panfi betrachtet Fiil.

»Du kennst also den Plan?«, fragt Panfi spöttisch.

»Natürlich kenne ich ihn nicht«, erwidert Fiil seelenruhig, »aber ich weiß, dass das, von dem wir glauben zu wissen, dass es eine Sache unserer freien Entscheidung ist, eine einfache Lüge ist, ein Trugbild. Ich sehe, dass all das, du, ich, Dioneus, dass wir alle ein Trugbild sind. Wir sind nicht im Knast eingesperrt, sondern in unserer Vorstellung von einem Knast, in unserer Illusion vom Knast. All das weiß ich, ich weiß aber nicht, wie man aus dieser Illusion aussteigt. Diesen Trüffel habe ich noch nicht gefunden.«

Ich gebe allen dreien die Aufgabe, eine Geschichte zu schreiben, in der sie sich immerfort zwischen Varianten entscheiden müssen. Zum Beispiel: Der Vater geht aufs Feld. Auf dem Feld: A: gräbt er, B: schläft er. Wenn A, dann: AA: wird er dort beraubt, AB: tötet er dort ein Wildschwein. Wenn B, dann: BA: träumt er von einem Überfall, BB: träumt er von einem Wildschwein. Und so weiter und so fort, bis der Vater tot und das Schwein verspeist ist.

Panfi protestiert, dass diese Aufgabe totaler Schwachsinn ist.

Fiil lächelt nur.

Erneut quietscht die Tür, Andrej guckt in den Klassenraum, Dioneus zieht seinen Rotz hoch und starrt schweigend weiter durchs Fenster auf die Knastmauer.

Als die Stunde um ist, bleibt Dioneus im Klassenraum.

Ich frage ihn, ob alles okay ist.

Als er den Kopf schüttelt und mich mit seinen tiefblauen Augen ansieht, merke ich, dass er den Tränen nahe ist.

Er fragt mich, was ich tun würde, wenn vor meinen Augen alles zu Staub zerfallen würde, das Letzte, was mir noch geblieben, verschwinden würde.

Ich antworte ihm, dass gerade die Hoffnung etwas ist, das nie erlischt, immer wieder neu entsteht, wenn sich die alte auflöst, dass wir sie jedoch oft nicht wahrnehmen. Dass Phasen von Hoffnungslosigkeit und totaler Demotivierung sehr häufig bei Menschen vorkommen, die langjährige Strafen absitzen müssen, er aber nicht aufgeben soll.

»Als ich sechs Jahre alt war, wurden mir meine Eltern weggenommen. Dann wurde mir das Umfeld geraubt, in dem ich aufwuchs, man nahm mir meine Sprache und meine Heimat. Später nahm man mir meine Kinder und meine Familie«, sagt er.

»Man nahm mir meine Freiheit. In den Knast kam ich mit der Überzeugung, dass ich verloren bin. Ich kam ohne jegliche Hoffnung, lebte zu meiner Verwunderung aber trotzdem weiter. Als lebte ich mit einer Zeitverschiebung. Als lebte ich das

Leben eines Fremden. Jetzt aber sehe ich, was ich schon die ganze Zeit hätte sehen müssen, dass alles nur ein Schwindel ist. Ich muss durch diese Mauer (dabei zeigt er auf die Mauer draußen vor dem Fenster, auf die er immerzu während der Stunden starrt), und ich werde durchkommen, so oder so, damit ich mich davon überzeuge, ob dort draußen noch Hoffnung für mich besteht oder nicht. Verstehen Sie?«

Dioneus fasst meine Hand.

Was ich in seinen Augen sehe, ängstigt mich.

Im selben Moment betritt Andrej den Raum, und Dioneus' Druck lässt sofort nach. Mit gesenktem Kopf steht er auf und verlässt die Klasse wortlos.

Ich gehe mit Andrej in sein Büro. Er zieht eine Flasche Aperol, Prosecco und Mineralwasser aus seiner Schublade hervor und mixt uns einen Aperol Spritz.

Andrej sagt, dass sich im Gefängnis alles um Flucht dreht, nicht um physische Flucht, sondern um mentale. Besonders bei Häftlingen mit langjährigen Gefängnisstrafen. Deshalb blüht der Verkauf von Drogen, Alkohol, Videospielen. Deshalb fangen viele Häftlinge an, Romane zu lesen, oder schreiben sich für ein Fernstudium ein.

»Dafür sind schließlich Romane da, um zu fliehen, nicht wahr?«, fragt er mich.

Er spricht von seiner Mutter, von den Gesundheitsbeschwerden, die seine Mutter hat.

Er fragt nach meiner Familie.

Ich sage ihm, dass ich niemanden habe.

Dass ich allein bin.

Dass ich keine Eltern hatte.

Dass ich in vitro geboren bin, als Produkt eines militärischen Experiments mit hochoktanhaltigem Kerosin für den Antrieb von Düsenflugzeugen.

Dass ich in einem Gummiboot unbefleckt empfangen wurde.

Dass ich in einem Waisenheim aufgewachsen bin.

Dass ich das Produkt eines besonderen Programms von Genmanipulation bin, mit dem Ziel, einen vorbildlichen kommunistischen Staatsbürger zu erziehen, den die jugoslawische Armee entwickelt hat.

Andrej hört mir überhaupt nicht zu.

Er schaut in die rosa Flüssigkeit im Glas, in dem winzige Luftbläschen hinaufklettern, und sagt, dass es im Gefängnis gar nicht so schlecht ist.

Dass das Essen gut, sogar ausgezeichnet ist.

Dass viel Zeit für wissenschaftliche Forschungen zur Verfügung steht.

Dass die Häftlinge in seiner Gruppentherapie schnelle Fortschritte machen.

Ich frage ihn, ob Dioneus Drogen nimmt.

»Dioneus ist meiner Meinung nach das Beispiel eines tragisch reinen Menschen«, sagt Andrej und trinkt seinen Aperol Spritz aus. »Ein Veganer, der nie im Leben getrunken oder Drogen genommen hat, eine sensible Seele, die der Knastrealität nicht gewachsen ist. Ich habe schon öfter versucht, ihn in die halboffene Abteilung zu verlegen, aber das ist nicht leicht, weil Dioneus nach Meinung der anderen Angestellten als Person nicht ordentlich genug ist« (wieder verwendet er die Phrase, bei der ich stets Gänsehaut kriege).

»Trotzdem denke ich darüber nach, ihm gelegentlich Freigänge zu ermöglichen, um eine zusätzliche Motivation für eine größere Teilnahme an den Gefängnisaktivitäten zu erreichen. Das Ziel des Knasts ist, die Häftlinge ohne Zwischenfälle hierzubehalten. Und Dioneus' Kartei ist leider nicht ohne Zwischenfälle. Sie sind zwar nicht aggressiv, Dioneus ist meistens selbst das Opfer von Aggressionen seitens der Häftlinge, aber egal ... Wenn er sich nicht vor einem Jahr im Speisesaal nackt ausgezogen hätte, wäre er jetzt sicher schon in der halboffenen Abteilung, wenn nicht sogar im offenen Vollzug«, sagt Andrej.

»Stell dir das mal vor, seitens der Häftlinge wurde er dadurch sofort als verrückte Schwuchtel etikettiert, in den Augen der Wächter verlor er sein Gesicht und seine Würde, er wurde zum verachtenswerten Knast-Abschaum.

Im Gegensatz zu den Wächtern und zur Leitung der Anstalt denke ich darüber nach, was mit den Häftlingen geschehen wird, wenn sie wieder draußen sind. In dem Sinne bin ich die Zukunft der Häftlinge, obwohl das die meisten nicht sehen. Sie sehen nicht, wie wichtig ich für sie sein könnte«, sagt Andrej und leert still seinen zweiten Aperol Spritz.

Als ich gehe, zieht er mich an der Tür an sich und küsst mich, plötzlich und nervös, als müsste er diese Tat vor sich selbst verstecken.

Das verwundert mich dermaßen, dass ich vorerst nichts tue.

Seine Wangen sind sanft, warm.

Ich stoße ihn leicht von mir.

Er entschuldigt sich, ganz errötet, wie ein Mittelschüler.

Anfangs möchte ich wütend sein, mich aufregen, aber er schaut mich so bettelnd an wie ein verwundetes Tier, dass mich das Lachen packt.

Er tut mir leid.

Gleichzeitig weiß ich, dass auch das Erbarmen eine Strategie ist.

17. November

Die Kaiserin erhörte seine Bitten nicht, ihn aus der kleinen, mit Quecksilber verseuchten Stadt mit dem Namen Ydria zu versetzen, sie erhörte auch seine Rufe nach zusätzlichen Ärzten oder zumindest nach einem Assistenten nicht, sie kümmerte sich nicht um seine demütigen Bitten, ihn nach einem Jahrzehnt ergebenen Dienstes von der unerträglichen Last zu befreien, für mehr als zweitausend Kranke verantwortlich zu sein.

Jede seiner Bitten nach dringender zusätzlicher Erholungszeit, die er ausschließlich seinen Forschungsbestrebungen widmen wollte, die seiner majestätischen Gnade mit großer Gewissheit zugutekommen würden, blieb unbeantwortet.

Anstelle der Antworten auf seine Bitten bekam Scopoli lediglich neue Titel und Aufgaben aus Wien.

Der einst königliche Arzt wurde zum Schulpräfekten ernannt – aber was für einer!

Er war der einzige Angestellte an der Schule, die er neuerdings leitete, gleichzeitig übte er alle Tätigkeiten aus, die er bereits zuvor ausgeübt hatte.

Die Nachricht des durchlauchtigsten Wienerhofs war klar. Die neuen Titel und die angeblichen Beförderungen auf der hierarchischen Stufenleiter waren in Wirklichkeit eine spöttische Strafe für das Beunruhigen der kaiserlichen Ordnung. Die Unruhe von Scopolis Forschungsgeist wurde mit noch mehr Arbeit belohnt.

Scopolis Geist aber konnte nicht ruhen.

In diesem einzigen Geist hatte er immer wieder die lateinischen Sätze in Linnés Brief vor Augen, den er am Vortag mit einer mehr als einjährigen Verspätung bekommen hatte, einen Brief, der in seiner menschlichen Schlichtheit und wissenschaftlichen Klarheit bis an den Grund seines verkrüppelten, von den schmerzlichen Anblicken und Krankheiten der Knappen gänzlich abgestumpften Herzens reichte.

Herzens? Welchen Herzens wohl!

Sein Herz hat sich schon längst in die vertrocknete Blüte einer seltenen oder weniger seltenen Pflanze verwandelt, etwa die *Cirsium vulgares* (»mit getrennten, gefiederten, auf der Unterseite haarigen Blättern, Stängel mit einem Blütenkorb, der hängt und duftet«) oder vielleicht sogar in ein neues Mineral (»Bechers Regeln entsprechend erkenne ich drei Klassen an: Erde, Bitumen, Metalle oder gewöhnliche, zusammengesetzte und gespaltene Körper«), das er selbst seiner Sammlung hinzufügte, als Trost und Erleichterung, die seinem Verstand durch die Schärfe des Beobachtens und der Klarheit der Benennung zuteilwurde.

Die Sätze waren klar und scharf, die Gedanken klar und scharf, die Ungerechtigkeit des Wiener Hofs war klar und scharf.

»Ach«, schreibt Scopoli in einem seiner Briefe an Linné, »wenn ich doch nur wenige Tage an Deiner Seite und im Gespräch mit Dir verbringen könnte! Aber das sind Wünsche, die sich nie erfüllen werden ...«

Was aber, wenn Wünsche wahr werden?

Obgleich mit zweieinhalb Jahrhunderte langer Verspätung?

Erfüllt sich nicht jeder Wunsch ausschließlich deshalb, um mit seiner Erfüllung seine illusorische Natur preiszugeben und damit etwas außerordentlich Schrecklicheres und Nichtiges aufzudecken, das wie ein Abgrund, von einer Illusion verdeckt, hinter dem Wunsch steht?

Ist nicht genau das die Grundstruktur jedes Gefechts um etwas, jedes Kampfes und jedes Krieges, jedes Strebens nach etwas anderem, der menschlichen Existenz an sich?

Das Zerreißen der regulären Trugbilder, das Erschaffen von neuen Trugbildern, größtenteils nicht viel besseren als den ursprünglichen?

Apropos Trugbilder: Die Neuigkeit, die gestern in den Medien veröffentlicht wurde, stinkt nach einem Trugbild.

In Platanos Parteisitz ist ein Feuer ausgebrochen.

Die Polizei hat den Verdacht, dass es gelegt wurde.

Auf dem Trg Republike hat sich sofort eine große Menschenmasse zu Platanos Unterstützung versammelt.

Jetzt ist alle Aufmerksamkeit auf den Präsidentschaftskandidaten der in knapp zwei Tagen stattfindenden Wahlen gerichtet, der schreit, dass sich die Kriminellen, die den Brand gelegt haben, vor dem Arm des Gesetzes in Acht nehmen sollen.

Platano erklärt, dass er nach seinem Wahlsieg Ordnung schaffen, die Kriminellen ausfindig machen und sie bestrafen wird.

Platano brüllt, dass er sich nie und nimmer zurückziehen wird, den Drohungen nicht nachgeben wird, sich nicht einschüchtern lassen wird, weder von den dunklen Mächten im Hintergrund noch von den politischen Gegnern oder von Europa.

»Unser Staat verdient Demokratie, Gerechtigkeit, Solidarität zwischen den Menschen. Jetzt herrschen in ihm Kriminalität und geheime Netzwerke. Es herrschen multinationale Konzerne und fremdes Kapital. Schluss damit!«, schreit Platano und hinter ihm die Masse seiner Anhänger, die ihm Wort für Wort nachspricht.

Eine Kamera zeigt die Aufnahmen der Brandstelle.

Niemand wurde verletzt.

Die Polizei hat den Verdacht auf Brandstiftung bestätigt, aber man könne noch nichts Genaues sagen.

Einige der anderen Parteiführer schlagen vor, die Wahlen zu verschieben.

Platano nutzt das sofort aus.

Über die sozialen Medien teilt er mit, dass diejenigen, die hinter den kriminellen Taten stehen, schon die Hosen voll haben.

»Na wartet, ihr werdet schon sehen, was Angst ist, wenn wir die Wahlen gewinnen und euch der verdiente Arm des Gesetzes trifft!«

Der Vorschlag, die Wahlen zu verlegen, scheitert auf der außerordentlichen nächtlichen Sitzung erbärmlich.

Die Wahlen finden in zwei Tagen statt.

Morgen beginnt das Wahlkampf-Schweigen, was natürlich bedeutet, dass vor den Wahlen niemand analysieren kann, was in Sachen Brandfall tatsächlich passiert ist.

Alles zusammen erinnert mich das sehr an den nazistischen Brandanschlag auf den Reichstag.

Niemand traut sich, etwas zu sagen.

Der Staat ist auf den Beinen.

Alle wollen Platano.

Alle wollen Bananen.

Alle wollen das Ende der Europäischen Union.

Alle wollen eine harte Hand, die sie am Hals packt und ohrfeigt.

18. November

Nichts darf uns überraschen.

Aber es hat uns trotzdem überrascht.

Und überrascht uns immer wieder.

Der Grund dafür ist ein einziger.

Weil wir vom Balkan kommen.

Was das bedeutet?

Für mich bedeutet das Tomaten und Paprika von höchster Qualität.

Für jemanden aus Deutschland oder England ist der Balkan das Synonym der schlimmsten Barbarei.

Wie ist das möglich?, fragen die Verdutzten.

Wie ist das möglich?

Europa ist ein erfolgreiches Beispiel für friedlichen Aufbau und Wohlstand, wir schlachten Kolonien aus, im Namen der Demokratisierung und des Wohlstands im Nahen Osten oder in Afrika.

Auf dem Balkan schlachtet man sich dagegen immer noch gegenseitig ab.

Europa schläft ruhig.

Mit Ausnahme der ehemaligen jugoslawischen Staaten.

Wie ist das möglich?

Die Antwort lautet: wegen der Tomaten und Paprika.

Wir mögen rote Tomaten, weil sie an Blut erinnern.

Und grüne Paprika, weil sie an die Partisanenwälder erinnern.

Wie ist das möglich, Ende des zwanzigsten Jahrhunderts, unter zivilisierten Europäern?

Ende des neunzehnten Jahrhunderts.

Anfang des zwanzigsten Jahrhunderts.

Mitte des zwanzigsten Jahrhunderts.

Anfang des einundzwanzigsten Jahrhunderts.

Immer wieder aufs Neue.

Das fragen sich die Europäer, zum Beispiel ein verdutzter Deutscher oder Engländer.

Anstelle von Antworten gibt es Schweigen.

Das Kauen von Tomaten und Paprika gibt es anstelle von Antworten, das Spucken kleiner Kerne.

Auch das heutige Wahlkampf-Schweigen ist so ein Schweigen.

Es stinkt nach Ruhe vor dem Sturm.

Ein alchemistischer Zaubertrank der Aufklärung auf dem Balkan wurde nie bekannt oder eingenommen.

Zumindest denkt man das in Europa so, so denken der Deutsche und der Engländer.

Ein alchemistischer Zaubertrank, unter dessen Einfluss zu Linnés und Scopolis Zeiten zwischen Madrid und London, Venedig und Amsterdam private Wunderkammern, Sammlungen exotischer Pflanzen und Tiere entstanden, Gemächer voller ausgestopfter Missgeburten und gefälschter Kuriositäten angelegt wurden.

Keine Aufklärung, nur Tomaten und Paprika, das Kauen und Spucken der kleinen Kerne auf dem Balkan.

Die erkennbaren Zeichen der aufklärerischen aristokratischen Kultiviertheit und des Stils waren neben der Wunderkammer auch das bedeckte Gewächshaus, der private botanische Garten, die Mineraliensammlung und womöglich noch ein Privatgelehrter, das ultimative Zeichen des kolonialen Reichseins und der fortschrittlichen Kultiviertheit.

Ich lese, dass Privatgelehrte ein ganzes Vermögen gekostet haben, besonders, wenn diese, wie Linné in seinen jungen Jahren, neben ihrer wissenschaftlichen Arbeit auch die Arbeit eines Privatarztes ausübten, mehrere tausend Goldtaler oder Franken, Pfund oder Gulden.

Alles, was selten und wertvoll war, konnte als Währung dienen, wenn es um gebildete Menschen ging.

Sagen wir mal, ein Exemplar der äußerst seltenen und reich illustrierten *Naturgeschichte Jamaikas* von Sir Hans Sloane, dem Begründer des British Museum. Pieter Clifford, ein Amsterdamer Mäzen und reicher Sammler, hat seinem Kollegen Johannes Burman für ein Exemplar des teuren Buches den jungen Doktor Carl Linné als Hauslehrer abgekauft, noch bevor Linné weltberühmt wurde.

Handeln konnten diese leidenschaftlichen aufklärerischen Sammler seit jeher sehr gut.

Paprika für Tomaten, ein Buch für einen Menschen.

Die Jahre 1736 und 1737 im Dienst auf dem Gut Hartekamp, in der Sommervilla des reichen Clifford, waren womöglich Linnés schönste Jahre.

Er wohnte im Himmel auf Erden, auf einem wundervollen Gut mit einem riesigen Garten, in dem hinter Abgrenzungen oder ganz frei Tiger und Affen spazierten, afrikanische Hirsche und südafrikanische Schweine, wo in den Wipfeln der exotischen Zedern und Platanen asiatische und andere exotische Vogelarten nisteten, wo in einer riesigen Orangerie und in vier Glashäusern Pflanzen wuchsen, die Clifford von Expeditionen aus allen Ecken der Welt bekam.

Es war in Hartekamp, wo der junge Linné die endgültige Bestätigung für seine gewagten Thesen gelang.

Es war in Hartekamp, wo das junge schwedische Genie die Grundlagen der Erkenntnis erlangte, dass die Form der Geschlechtsorgane und die Art der Fortpflanzung jener Schlüssel sind, der uns den tiefsten Einblick in die verwandtschaftlichen Verbindungen zwischen allem Lebenden im Reich Gottes bietet.

Es war in Hartekamp, wo er in knappen zwei Jahren seines Aufenthaltes fast zweitausend Seiten Forschungsmaterial festhielt, vier dicke und reich illustrierte Bücher, *Critica Botanica*, *Flora Lapponica*, *Genera Plantarum* sowie auch *Hortus Cliffortianus*.

Ein seltenes Exemplar des letzteren besaß auch Scopoli.

Hortus Cliffortianus behütete er wie seinen größten Schatz, in einen roten Seidenschal gewickelt, das ihm seine geliebte Mutter, die einzige Person, die er bedingungslos liebte, auf dem Sterbebett in die kleine, dickliche Hand gelegt hatte.

Dieses Buch war die lebendige Verbindung zwischen Hartekamp und Ydria, eine Verbindung, die sich auf eine ungewöhnliche, bizarre Weise bis heute erstreckt.

Denn es war in Hartekamp, wo es dem jungen Linné als erstem Botaniker aus dem kalten Norden Europas gelang, einen wunderlichen Paradiesbaum zum Blühen zu bringen, zum ersten Mal in der menschlichen Geschichte war es ihm gelungen, eine Frucht vom Baum aller Bäume künstlich zu züchten, dem botanischen Baum der Erkenntnis und dem paradiesischen Baum der Versuchung, einem exotischen Baum, der, in Kupferstich verewigt, das Frontispiz des reich illustrierten *Hortus Cliffortianus* zierte.

Musa paradisiaca, *Musa sapientum*, die Ess- und Dessertbanane.

Während die Knappen vom Balkan in die Dunkelheit des Ydria-Bergwerks hinabstiegen und durch Quecksilber vergiftet zurückkamen, gelang es Linné im aufklärerischen Hartekamp, die erste Banane auf europäischem Boden zu züchten und zu ernten.

Zweihundertachtzig Jahre später herrscht in Europa ein Bananen-Handelskrieg, und wir haben Platano.

Und ich habe obendrein noch eine E-Mail von Andrej.

Er schreibt vom gestrigen Abendessen im Knast im Rahmen seines Programms Kochen mit Häftlingen.

Ich bekomme eine genaue Beschreibung von der Spargelcremesuppe mit gerösteten Farnspitzen, von einem etwas zu stark paprizierten Thunfisch-Sashimi auf Algensalat, den sie als zweite Vorspeise hatten, danach gab es Wildschwein-Koteletts mit Bratkartoffeln und gratinierten Fenchelringen als Hauptspeise.

Er schließt mit einem Loblied auf die Schokoladenmousse, die kandierte Ingwerstückchen enthielt und mit ihrer Luftigkeit selbst die Häftlinge mit erlesenstem Geschmack überraschte.

Dass alldem nur ein erlesener Tropfen fehlte, ihm persönlich sein allerliebster Aperol Spritz.

Andrej fragt mich nach den Wahlen und nach meiner Gesundheit, ob ich gelegentlich schwimme oder Schach spiele, Bridge, Monopoly oder eine andere Art von Gesellschaftsspielen?

Im selben Satz fügt er hinzu, dass er ganz zufällig zwei Karten für die Oper hat.

Er fragt, ob ich mir, ganz zufällig natürlich, mit ihm *Madama Butterfly* ansehen möchte.

Der Mail sind drei Geschichten angehängt.

Ich schalte den Computer aus und denke darüber nach, dass im *Hortus Cliffortianus* sicher auch den Schmetterlingen ein Abschnitt gewidmet wurde.

Ich verstehe mich selbst nicht mehr. Andrej klingt mürrisch. Andrej ist mürrisch. Aber gerade diese busterkeatonartige Vorhersehbarkeit erweicht mich, sodass ich ihn nicht einfach abhaken kann, sondern ...

Sondern was?

Später, nachdem ich alle drei Geschichten gelesen habe, bin ich total schockiert.

Als hätte sich derjenige, der sie verfasst hat, über dieselben Dinge Gedanken gemacht wie ich, meine Gedanken gelesen, sie in diesem Moment für mich aufgeschrieben.

Ich lese sie erneut und weiß immer weniger, was ich von diesen unglaublichen Überschneidungen halten soll.

Milka

Als kleines Mädchen hörte sie von ihren Großeltern oft eine Geschichte über eine weiße Schlange mit einer Krone auf dem Kopf, die die armen Kinder mit der wenigen Milch fütterten, die sie hatten. Für ihre Großzügigkeit wurden die Kinder mit der Krone der Schlange belohnt, die dafür sorgte, dass es dem Haus fortan nie an etwas mangelte. Warum erinnerte sie sich gerade jetzt, da die ersten humanitären Hilfskonvois in den ersten Wochen nach dem Krieg in der zerstörten Stadt ankamen, an diese Geschichte? Sie konnte und wollte sich nicht an das neue Ritual der Überlebenden gewöhnen: in der Schlange der Gedemütigten zu stehen und auf Lebensmittelpakete angewiesen zu sein, diese Mitleidsgaben, die aus dem Ausland verschickt wurden. Rot war die Farbe der Hoffnungslosigkeit und der Hoffnung zugleich, als einer der Lastwagen schließlich vor der Menge sich windender Hände anhielt. Rotes Kreuz. Der Rote Halbmond. Rote Spuren an Wänden und Böden, in der Erinnerung und in Träumen. Trotz aller Schrecken und Entbehrungen überlebte sie den Krieg mit Würde. Selbst als ihr einziger Sohn von einem Scharfschützen auf der Schwelle ihres Hauses ermordet worden war, war sie, des sicheren Todes gewiss, hinausgetreten und hatte seinen Körper so aufrecht und liebevoll aufgehoben, wie es nur eine Mutter tun kann, die alles verloren hat. Aber jetzt, wo überall eine seltsame Mischung aus Erleichterung und wachsender Verzweiflung über das Ende des Krieges zu spüren war und die Kameraden in der belagerten Stadt aufhörten, das Wenige zu teilen, und stattdessen begannen, das, was in Trümmern lag, wieder in Besitz zu nehmen, war von der Menschenwürde nichts mehr übrig geblieben. Der menschliche Stolz war weniger wert als ein Paar abgetragener Jeans, ein Kochtopf mit zerbrochenem Griff oder ein billiges chinesisches Spielzeug. Deshalb stand sie oft mit leeren Händen und hungrig vor dem Hilfstransporter. Es erschien ihr würdelos, dass sie nach all dem, was sie durchgemacht hatte, nun wie ein Tier um ein Paar abgetragene Schuhe oder ein Päckchen Mehl kämpfte. Der Krieg hatte bei allen unauslöschliche Spuren hinterlassen, und plötzlich schien die vergangene Zeit der Entbehrungen irgendwie stabiler, berechenbarer, ja gerechter zu sein als die jetzige, die mit jedem Tag mehr ihr neues, egoistisches Gesicht zeigte. Auch heute gab es nicht genügend Lebensmittelpakete für alle, und die Menschen gingen frustriert auseinander. Ein junger Soldat aus dem Rotkreuz-Lkw rief sie zurück. Auf dem Boden des Lastwagens lag noch etwas, und er hatte keine Ahnung, warum dieses seltsame Ding überhaupt auf den Transporter geladen worden war. Sie nickte stumm, dass sie es nehmen würde, und da es ziemlich groß war, wurde es zu ihrem Haus gebracht. Der Soldat und der Fahrer brachten es sogar in ihre Wohnung und stellten es mitten in das völlig zerstörte und von Granatsplittern zersiebte Wohnzimmer. Dann gingen sie, zufrieden damit, dass sie ihre Arbeit getan hatten, und sie blieb allein mit einem großen, in weiße Folie eingewickelten Paket zurück. Sie öffnete es und begann auszupacken, bis eine lebensgroße lilafarbene Plastikkuh inmitten der Trümmer stand, mit der Aufschrift Milka. Es wurde Nacht, und es gab keinen Strom. Sie zündete eine Kerze an. Sie hatte einen unerträglichen Hunger. Sie betrachtete ihre Hände, ihre langen, weißen Finger. Sie begannen sich ineinander zu verschränken, plötzlich war ihr zerrissenes

T-Shirt zu groß für sie, ihr Rock ein riesiges Segel, das sie bedeckte und aus dem sie sich befreien musste, indem sie ihren ganzen Körper bewegte. Sie räkelte sich auf dem durchlöcherten Kelim-Teppich und saugte an den riesigen Plastikeutern der Kuhfigur. Die Schwarze Milch, die nach den Todesfabriken schmeckte, begann in ihren langen Körper zu fließen, der im Kerzenlicht glitzerte, erfüllte und berauschte sie. Sie war so hungrig und so benommen von dem süßen Lutschen, dass sie den jungen Soldaten nicht bemerkte, der inzwischen zurückgekehrt war. Der Fehler war bald entdeckt worden, und der Kommandant hatte ihm streng befohlen, die Plastikkuh unverzüglich an ihren rechtmäßigen Besitzer zurückzugeben. Vielleicht hatte der Soldat als Kind auch die Geschichte von der weißen Schlange mit der Krone auf dem Kopf gelesen? Oder mochte er selbst Milch? Erinnert er sich aufgrund seiner Jugend im Krieg vielleicht besser an die Märchen, waren sie in seinem Gedächtnis lebendiger, weil er unendlich viel Zeit hatte, über sie nachzudenken, oder hatte er sie angesichts all dessen, was er gesehen und erlebt hatte, für immer vergessen, zusammen mit seinem Glauben an alles Wunderbare? Vielleicht waren ihm die Märchen, die humanitäre Arbeit und eine weitere hungernde Frau egal? Als er auf die weiße Schlange zeigte, dachte er nur daran, dass er die Plastikkuh nicht treffen durfte, und schon gar nicht die vergoldete Krone, die Milka, die Kuh, auf dem Kopf trug.

Mauer

Es gibt eine Mauer zwischen uns und ihnen. Ich liebe diese Mauer. Immer schon. Bereits als kleines Mädchen, das in ihrem Schatten spielte, wusste ich, dass wir füreinander bestimmt waren. Wortwörtlich. Natürlich habe ich das nie jemandem erzählt. Das hat sie mir auch geraten. Es soll ein Geheimnis bleiben. Unser Gelübde. Unser gemeinsames Schicksal. Ich weiß, man könnte sagen, ich sei verrückt oder schizophren oder so. Wie leicht ist es, eine Realität zu banalisieren, die nicht für jeden zugänglich ist, und sie einfach als Krankheit darzustellen. Im Gegensatz zu allen anderen, die viele Dinge nicht hören können, kann ich hören. Im Gegensatz zu anderen, denen das meiste egal ist, bin ich ein Teil der Geschichte. Diese Trennung ist mein Schicksal. Diese Mauer ist mein Schicksal. Vom ersten Moment an, als ich ihr Flüstern hörte, wusste ich es. Alles, was sie sagte, war wahr. Dass sie auf der anderen Seite heimlich Waffen sammelten. Dass sie sich darauf vorbereiteten, unser Volk zu massakrieren. Alles war wahr. Wenn ich unsere Leute nicht gewarnt hätte, wäre das Schlimmste passiert, aber so ... Wir werden niemals gemeinsam leben können. Und nie die einen ohne die anderen. Eine Mauer zwischen uns ist die Lösung. Aber das weiß nur ich. Deshalb habe ich insgeheim einen Eid darauf geschworen. Ich bin ihre Braut, sie ist mein Schicksal. Ich bin oft gefragt worden, wann ich endlich heiraten werde. Meine Freunde haben mir vorgeworfen, dass ich wohl Jungfrau bleiben wolle, aber ich war ihr immer mit Leib und Seele zugetan. Bis letzte

Woche. Da gab es Explosionen, Kanonendonner, dann das Rattern von automatischen Waffen, Sirenen. Alle waren auf den Beinen. Sechs von uns wurden getötet, alle noch minderjährig. Sie haben ein riesiges Loch in meine Geliebte gerissen, so groß wie ein Mensch. Ich lief zu ihr und weinte. Ich streichelte sie. Sie hat sehr gelitten. Ich hörte ihr Rufen. Ich habe verstanden. Unsere gemeinsame Zeit, unsere Zeit, eins zu werden, war endlich gekommen. Nachts schlich ich mich an unseren Wachen vorbei zu diesem Loch in der Mauer. Ich stand in ihr, füllte das Loch mit meinem pochenden Körper aus und spürte, wie sich alles, was ich bin, aus Liebe und Hingabe in sie verwandelte. Ich war mehr und mehr Stein. Ich war mehr und mehr Mörtel, Ziegel und Betonstahl. Als ihre Wachen vorbeikamen, standen sie vor mir und staunten, wie es unsere Leute geschafft haben, das Loch in der Mauer zuzumauern. Ich wusste, das war Vollkommenheit. Es gab keinen Unterschied mehr zwischen mir und meiner Geliebten. Wir können mit Baggern und Dynamit gesprengt, beschossen oder mit Spitzhacken und Hämmern angegriffen werden. Wir sind uneinnehmbar und fest, denn es gibt keine größere und festere Mauer als die, die von der Liebe errichtet wird.

Waschmaschine

Ich war schon immer sehr geräuschempfindlich. Vielleicht liegt es daran, dass ich in Dedinje aufgewachsen bin, dem ruhigsten Teil Belgrads. Ich wurde schon durch das ferne Grollen von Passagierflugzeugen am Nachthimmel gestört. Ich konnte nicht einschlafen, wenn in den Tiefen unseres großen Hauses auch nur das leiseste Knarren zu hören war oder wenn aus der Ferne die Stimmen meiner Eltern zu hören waren, als sie noch lebten. Das dauerte zweiundzwanzig Jahre lang. Alles änderte sich, als mein Sohn geboren wurde. Sein Geschrei hat mich nicht gestört. Im Gegenteil, der Schrei des Babys war eine Bestätigung des Lebens, er gab mir die feste Zuversicht, dass alles in Ordnung war, dass ich, Dascha und das Baby eins waren. Dass sich die Erde dreht. Dass sich das Universum dreht. Dass die Straßenbahnen noch fahren. Dass das Brot duftet und frisch ist. Dass nichts Schlimmes passieren wird und dass die Nachrichten, die wir Nacht für Nacht im Fernsehen sahen, nur Fiktion sind, Nervengift für die dumme Masse, Regierungsprogramme zur Entmenschlichung. Dascha schloss sich bald den Antikriegsdemonstranten an. Das tat ich nicht. Welcher Krieg? Es gab keinen Krieg, zumindest nicht offiziell. Das alles gab es nur für andere Menschen, Nachbarn, ausländische Koalitionen, Flüchtlinge, ich sagte, wir seien nicht Teil davon. Warum also protestieren? Eines Abends kamen sie dann in unser Haus. Die Militärpolizei. Sie waren hinter allen Reservisten her. Ich sprang aus dem hinteren Fenster und floh in die Nacht. Dascha und mein kleiner Sohn blieben zurück. Sie haben sie schlecht behandelt, aber bei ihr bloß ein paar blaue Flecken hinterlassen. Wahrscheinlich haben die Schreie des Babys sie gerettet. Wir mussten das Haus verlassen, es war zu gefährlich, entdeckt und abgeführt zu werden. Nach diesem Ereignis wurde Dascha noch militanter. Sie kümmerte sich immer weniger um unseren Sohn und immer mehr um unseren Krieg. Was soll das mit *unser Krieg*, es ist ihr Krieg, nicht unser, rief ich. Sie schien nichts zu hören. Sie ging zu einer ihrer Kundgebungen, mit einem Transparent in der Hand, das sie am letzten Tag zu Hause auf dem Küchentisch bemalt hatte: »Wir Frauen sind stärker als Panzer.« Seitdem habe ich sie nicht mehr gesehen. Mein kleiner Sohn und ich suchten Zuflucht bei einer Jugendfreundin von mir. Ihre Wohnung war voll mit Flüchtlingen aus Bosnien. Sie gab uns einen Platz zum Schlafen auf dem Boden in der kleinen Küche. In der Küche steht auch eine Waschmaschine, und es liegt da ein Haufen schmutziger Wäsche. Mein Sohn weint eine Weile, dann schläft er endlich ein. Ich kuschele mich an ihn, halte ihn ganz nah bei mir und nehme seinen Geruch und sein Atmen im Schlaf ganz in mich auf. Der Atem meines Sohnes wiegt und beruhigt mich. Solange ich seinen Atem hören kann, gibt es Hoffnung. Wird Dascha zurückkommen? Nicht wegen Dascha und mir, zwischen uns ist schon lange nichts mehr, sondern wegen meines Sohnes, deshalb will ich sie zurück. Ich möchte, dass mein Sohn eine normale Familie und eine normale Kindheit hat, was auch immer das bedeutet. Ich kann die Flugzeuge am Himmel hören. Die Waschmaschine schleudert neben unseren Kopfkissen. Das Waschen der schmutzigen Wäsche von Kriegsflüchtlingen. Ich höre sein Atmen. Wenn ich die Augen öffne, sehe ich die Waschmaschinentrommel über dem Kopf meines Sohnes, eine schaumige Galaxie, die die ganze Dunkelheit dieser

Welt in einen immer dunkler werdenden Strudel verwandelt. Wenn ich die Augen schliesse, höre ich die beruhigenden, gleichmässigen Drehungen des Schicksals, die Mechanik der Geschichte, die uns durcheinanderwirbelt, uns auf den Kopf stellt, uns von hier, von diesem Ort und diesem Moment, im nächsten Augenblick in alle Ecken der Welt schleudert und uns, wenn uns das bestimmt sein sollte, in wer weiss wie vielen Jahren wieder zusammenführt. Ich glaube, dass unsere Gedanken stärker sind als Panzer, sage ich mir und kuschle mich an das Schnarchen meines kleinen Sohnes. Wenn ich ihn atmen höre, weiss ich, dass alles gut wird, alles ist gut, alles ist gut, sage ich mir. Es wird Erben geben, und es wird Dascha geben, und es wird Frieden herrschen, und wir drei werden die schönste, normalste Familie sein, was auch immer das bedeutet. Die Waschmaschine bleibt für einen Moment stehen. Völlige Stille. Dann schaltet sich der Schleudergang ein. Das Geräusch wirbelt mich durcheinander wie ein Bohrer, schneller und schneller, bis ich die Oberfläche der Nacht durchstosse, in den Strudel der Galaxie hineingesogen werde, und schon fliege ich, allein und hilflos, in die Tiefen einer unbekannten Dunkelheit hinaus.

19. November

Natürlich gehe ich nicht wählen.

Das werden andere für mich erledigen.

Dabei geht es weder um Leugnung noch um Aufstand.

Mehr um Resignation: Nichts, ich kann wirklich gar nichts an dieser Farce ändern.

Platano wird im ersten Wahlgang gewinnen, und dann hat alles ein Ende.

In Deutschland sind die Populisten an der Macht. In Italien ebenso.

Ungarn war sowieso unter den Ersten, bei denen die Radikalen alle, die keine Radikalen gleichen Typs waren, wortwörtlich zermalmten.

In Spanien spülten, nach der Abspaltung der Katalanen, Proteste den König und die neue Verfassung davon.

Das Europa, wie ich es kannte, geht flöten.

Mir ist nicht nach Musizieren zumute.

Ich gehe nicht ins Wahllokal, lieber drucke ich die europäische Flagge aus.

Ich drucke sie circa zwanzigmal aus, dann schneide ich die Sterne aus.

Die blauen Schnipsel, die übrig bleiben, gebe ich in eine Vase.

Ein Blau ohne Sterne. Was einst Europa war und was von ihm übrig geblieben ist, ist nun mein Blumenarrangement.

Es duftet nicht.

Ich könnte sagen, dass es nach Tinte und Papier stinkt.

Ich beklebe mich mit den Sternen, klebe sie auf meine Winterjacke, meine Hose, meine Schuhe und Mütze.

Wenige Straßen von mir entfernt ist das Wahllokal.

Hinter der quietschenden Tür führt eine schmale Treppe in den Keller hinunter, wo drei graue Gesichter hinter einer Schulbank sitzen, seitlich sind große Pappschachteln aufgestellt, in denen die Wähler ihre Stimmzettel ausfüllen.

Der Treppenboden ist ziemlich kalt, als ich mich hinlege.

Ich möchte den anderen nicht im Weg sein. Ich möchte niemandem den Zugang zum Wahllokal verwehren.

Auch mit meiner Tat, den Sternen, mit denen ich beklebt bin, möchte ich nichts mitteilen.

Es handelt sich lediglich um eine Übung in regungsloser Versenkung.

Ich darf nichts, weder meine Extremitäten und noch weniger meinen Körper oder meinen Mund bewegen.

Ich versuche einer der schmutzigen Fliesen zu gleichen, auf denen ich liege: fest an ihrem Platz eingemauert.

Das ist das Einzige, was mir noch bleibt: mein Platz, ein Ort, wo mein Körper mit dem Boden verwachsen ist.

Dieser Platz ist nicht in meinem Bett, auf keiner Parkbank, in keiner Gruft, dieser Platz ist genau hier, auf dieser Treppe, in diesem sozialistischen Wohnblock, der nach Schimmel und gerösteten Zwiebeln stinkt.

Seinen Platz zu haben, kein Teil der modernen Beliebigkeit zu sein, kein Teil eines mobilen Inventars, nicht vom Nomadentum zu träumen, sondern fest mit einem konkreten Ort verankert zu sein, da, wo ich bin, einem Ort ausgeliefert zu sein, aus dem Boden zu wachsen, nicht zufällig abgelegt oder abgeworfen zu werden.

In etwa so zu sein, wie ich bin, so gut es geht, regungslos.

Es kommen drei junge Männer, sie betrachten mich aus der Nähe.

Sie fragen mich, ob mir schlecht ist. Ob sie einen Krankenwagen rufen sollen?

Weil ich in meiner Regungslosigkeit verharre, steigen sie über mich hinweg, einer bleibt mit seinem Fuß unter meinen Rippen stecken und fällt fast die Treppen hinunter. Sie fluchen.

Auf dem Rückweg bleiben sie erneut bei mir stehen.

Sie werden von einem Mitglied der Dreiergruppe begleitet, die im Wahllokal als Wahlkommission arbeitet.

Er sagt zu mir, ich soll abhauen, dass ich eine Säuferin bin und er die Polizei rufen wird.

Reglos starre ich an ihm vorbei und bemühe mich, so gut wie gar nicht zu blinzeln, was immer schwieriger wird, besonders als sich der Mann ganz nah über mich beugt und mir in die Augen sieht.

Ich schließe die Augen, fest entschlossen, meine Regungslosigkeit ab jetzt mit geschlossenen Augen weiterzuführen.

Ich höre Stimmen anderer Menschen, die zum Wahllokal gekommen sind.

Eine Frauenstimme verlangt, dass ich sofort entfernt werden muss, weil ich den Zugang zum Wahllokal versperre.

Und was all diese Sterne sollen, mit denen ich vollgeklebt bin? Ob ich glaube, dass ich eine Karnevalsmaske bin oder ein Wesen aus dem All, oder was?

Ich spüre einen Schuh auf meiner Brust.

Ein dünner hoher Absatz bohrt sich in mich hinein.

Ich bin überzeugt, dass es ein Frauenschuh ist, schon wegen der Form des Absatzes, trotzdem öffne ich nicht die Augen.

Dann packen mich Hände und ziehen mich die Treppen hinunter.

Ich schlage mit dem Schädel ein paarmal hart gegen den steinernen Stufenrand, was aber denjenigen, der sich entschieden hat, mich zu entfernen, anscheinend überhaupt nicht stört.

Jemand hält meinen Kopf.

Ich spüre mehrere Hände, die mich auf die Seite drehen, sodass ich mit dem Gesicht zum Boden gedreht daliege.

Es ist sehr kalt, und es zieht.

Dem Gestank und der plastischen Oberfläche unter mir nach schlussfolgere ich, dass ich über die Treppen in den Keller gezogen und neben die Mülltonnen gelegt wurde, gleich hinter die Tür, die zu dem Raum führt, wo gewählt wird.

Dann liege ich den ganzen Tag hier.

Ab und zu kommt jemand, um mich aus nächster Nähe zu betrachten.

Das weiß ich anhand der Schritte, die sich nähern und wieder entfernen.

Niemand fragt mich, ob ich Hilfe brauche.

Ich bin niemandem mehr im Weg, und anscheinend zählt nur das.

Mein Körper dagegen wird immer schwerer und schwerer.

Der Boden unter mir wird immer weicher, oder die Spannung in meinem Körper lässt wirklich nach, und mein Körper wird immer flacher und verschmilzt mit der Bodenebene.

Wie viel Zeit wohl vergeht?

Wie viele Menschen wohl gekommen sind, um mich aus der Nähe zu betrachten wie einen Affen im Zoo?

Bald verliere ich das Gefühl für den Raum um mich herum, für die Zeit und alles, was mich nicht unmittelbar betrifft. Es zählt nur noch der Meter Boden, auf dem meine Knochen abgelegt sind.

Wahrscheinlich würde ich noch immer dort liegen, wenn

ich nicht plötzlich eine feuchte Schnauze gespürt hätte, die mich beschnuppert, abschleckt, dazu die warme Pisse, die meine Beine bespritzt.

Sofort danach ein stärkerer Pissestrahl, der aus größerer Höhe auf meinen Körper niederprasselt, mich von Kopf bis Fuß einweicht.

Zwei Schuhtritte unter die Rippen versetzen mich zwischen die Müllsäcke, sodass ich vor Schmerz röchle und die Augen öffne.

20. November

Der Versuch der Aufklärer, ein System zu erschaffen, das die gesamte Schöpfung erfassen soll, ist ein fundamentaler poetischer Akt.

Ich bin beeindruckt.

Ich wechsle eiskalte Kompressen und mache eine Reise durch Linnés Lebenslauf und Bücher, die ich aus der Bibliothek holen konnte, bevor diese wegen der Wahlen geschlossen wurde.

In Linné sehe ich einen schicken Gangster des Humanismus, in seinem englischen Zeitgenossen Hans Sloane einen fanatischen Sammler und Kaufmann, in Scopoli wiederum ein frustriertes, habsburger Provinzgenie.

Aber alles zusammen scheint mir ein zu stereotyper Vorentwurf für einen Roman zu sein, zu abgegriffen und erwartbar.

Gerne würde ich die Geister der drei herbeirufen, ihre Häute öffnen, in sie hineinkriechen, jemand anderes werden.

Etwas anderes denken.

Linné hat alles, sich selbst miteinbezogen, nach dem Geschlecht, der Vermehrungsweise, der Form der Geschlechtsorgane klassifiziert.

Warum hat er uns nicht danach klassifiziert, ob wir dazu fähig sind, emotionale Kontakte zu knüpfen oder nicht?

Danach, ob wir dazu fähig sind, Extremitäten, Körperteile und energetische Zustände auszutauschen?

Meine Hand Linnés Hand, mein Pankreas Sloanes Pankreas, meine Nase Scopolis Nase.

Falls es eine Übersetzung der individuellen Erfahrung gibt, eine Übersetzung der persönlichen Not, eine Übersetzung der Wahrnehmungen, könnten Mensch und Tier und sogar Pflanzen Teil eines gemeinsamen Systems sein.

Warum hat er uns nicht anhand unseres Verhältnisses zum Wind in Kategorien eingeteilt?

In etwa so:

Lebensformen, die Bananen essen.

Lebensformen, die Bananen sind.

Lebensformen, die zur Bank gehen, Auto fahren und Hamburger essen.

Lebensformen, die jeden Morgen vom Tau gewaschen werden.

Lebensformen, die sich selbst als Bananen ohne Schale träumen.

Lebensformen, die in der unterirdischen Welt gedeihen.

Lebensformen, die bewaffnet herumspazieren und »Oh yeah!« rufen.

Lebensformen, die zu Lügen und Verführungen fähig sind.

Lebensformen ohne Knochen und Gräber.

Lebensformen, die unter Bananenbäumen wühlen.

Lebensformen im dritten Stock eines zweistöckigen Hauses.

Lebensformen, die auf sozialen Netzwerken gesichtet werden.

Lebensformen, die loskreischen, wenn man sie verzehrt.

Lebensformen, die noch immer gedruckte Zeitungen lesen.

Lebensformen, die sich in allen Unformen des Lebens verstecken.

Andere.

So verstehe ich auch meinen schriftstellerischen Versuch: so präzise wie möglich das »Andere« zu schreiben, in Zeiten des Chaos zu schreiben, der Unvorhersehbarkeit, die Grenze zu testen, bis wohin ich etwas zu verstehen vermag, bis wohin meine Sprache reichen kann, kann sie überhaupt etwas zur Klarheit bringen, mich an einen anderen Ort versetzen?

Meine Bananasprache.

In diesem Moment fühle ich mich wie eine totale Außgestoßene auf unserem kalten Planeten.

Unserem?

Mir tut alles weh.

Auf dieser Seite ist der Bestandteil der Bananasprache die schwachsinnige Stummheit, abgegrenzt durch den lebenden Rand einer Tierart, die Linné im Jahr 1758 als *Homo sapiens* benennt.

Auf der anderen Seite des Rands herrscht das totale Chaos.

Auf der anderen Seite herrscht immer Krieg.

Ich rieche, wie er schon längst als kaltes und feuchtes Wetter anwesend ist, wie er uns allen unter den Kragen kriecht, in unsere Kleidung und Haut einzieht, ein Hersteller-Krieg, ein Interessen-Krieg, ein Ideologien-Krieg, ein Straßen-Krieg, ein Medien-Krieg, ein Banksystem- und Handelskonzern-Krieg.

Dann ist da noch der andere Krieg, der nie endet. Der Krieg in den Familien, zwischen den Rudeln und Ameisenhaufen, der Krieg der Bakterienkolonien und der Virus-Krieg.

Der Krieg ist immer taub, stumm, blind.

Der Krieg besucht keine Wahllokale, er wird immer gewählt.

Jede Tat der Ignoranz ist eine kleine Kriegsansage, wenn nicht schon ein Kriegsakt.

Und die Ignoranz ist heutzutage eine Lebensweise, die Art, wie wir Menschen sind, wie auch ich sein muss, wenn ich zwischen den Schwachen und Verschüchterten, meinesgleichen, bestehen will.

Alles löschen, was nicht wirklich dringend ist, Menschen löschen, Tode löschen, Gedächtnis löschen, Schuldige löschen, Freude löschen, Offenheit löschen, die Spuren von Kämpfen und Opfern löschen.

Kein Wunder, dass im Krieg jedes Schreiben verlorengeht, überflüssig wird, unwichtig.

Kriegstagebücher werden erst für die Nachkommen interessant, wenn der Krieg, in dem sie entstanden sind, vorbei ist und er von einem weiteren, anderen Krieg ersetzt wird.

Bitte, es soll mir jetzt bloß keiner mit der Moral über das Bewahren von Erinnerung kommen!

Wie viel Erinnern wurde allein aus dem Zweiten Weltkrieg erhalten und dokumentiert!

Wie viele Kriege!

Trotz allem, ja, zum Gespött dessen: Die Geschichte wiederholt sich trotz aller Tribunale, Archive, Aufklärungsprojekte, Schulprogramme, Denkmäler, Gedenk-Feiertage, Familien-Fotoalben und Dokumentarfilme.

Vielleicht wäre es besser zu sagen: Sie lacht sich zu alldem in den Bart und wiederholt sich.

Es gibt kein Gen gegen Bananen und Hunger.

Es gibt kein Gen gegen Dummheit.

Was auch immer ich schreibe, überall berühre ich die Grenze dessen, was ich nicht bin, was ich mit der Sprache zu kolonisieren wünsche, zu beschreiben, zu klassifizieren.

Die Grenze hat kein Ende, auf einer Seite die Sprache, auf der anderen Seite der Krieg.

Ich überschreite diese Grenze fortwährend, mal hier, mal dort.

Andauernd. Nie endgültig. Nie genug.

Ich bin im Neverend.

21. November

Ich träume von feindlichen Wesen, die sich uns Menschen unterwerfen wollen, uns gefangen nehmen und ausnutzen wollen. Ich gehöre zu den letzten Überlebenden auf der Flucht. Sie sind mir auf den Fersen, aber es gelingt mir, mich in ein großes, verlassenes Gewächshaus zu flüchten. Ich schließe die Glastüren und Fenster. Sie sind überall hinter dem Glas. Ihre Gestalten kleben an den Scheiben des Gewächshauses fest, können aber nicht hinein. Das Gewächshaus ist verlassen. In meinem Schuh habe ich Samen, die ich tief in eins der Beete stecke, mich danebensetze und warte, dass sie aufkeimen. Um meine Angst zu verjagen, beschreibe ich die Ungeheuer draußen. Unter ihnen ist meine Mutter. Als ich ihr durch das schmutzige Glas des Gewächshauses in die Augen schaue, weint sie. Es packt mich, ich will ihr die Tür öffnen, sie hineinlassen. Nur sie. Aber ich weiß, dass dies mein Ende wäre. Neben mir wächst eine Pflanze. Ich nenne sie Tristia. Sie hat Dornen und eine große fleischige Blüte, die einer gespaltenen Zunge ähnelt. Wenn sich die Blüte öffnet, kreischen die Ungeheuer auf der anderen Seite, sie beginnen hin und her zu irren und verwandeln sich in Nordlichter. Ich schreibe wie verrückt, beschreibe so detailliert wie möglich, was geschieht, bis die Pflanze ihre fleischfressende Blüte gänzlich öffnet und mich verschlingt.

Gestern waren mehr als fünfzigtausend Unterstützer Platanos auf dem Trg Republike, überall gelbe Fahnen.

Als man die Neuigkeit bekanntgab, dass er die Wahlen mit einer Promille Mehrheit der abgegebenen Stimmen gewonnen hat, verlangten die Verlierer ein erneutes Auszählen.

Es meldeten sich auch Richter des Obersten Gerichtshofs, juristische Experten, politische Prominente zu Wort, die vierundzwanzig Stunden fortwährend über Verfassungsmäßigkeit, Legalität, Demokratie, Glaubwürdigkeit, Stabilität und alle möglichen Aspekte der Wahlergebnisse nachgegrübelt haben.

Platano aber rief die Menschen auf die Straßen.

Es wird berichtet, dass es heute bereits um die hundertzwanzigtausend sind.

Die Massen und nicht die Wahlen, am wenigsten die juristischen Argumente werden über die Zukunft entscheiden.

Die Zukunft ist bereits hier, man muss sie nur erkennen.

Platano wird der achte Präsident unserer jungen Bananenrepublik.

Das Unfassbare ist passiert, in Wirklichkeit war es jedoch unvermeidlich.

In mir bohrt ein Wurm, der mir sagt, dass, wenn ich wählen gegangen wäre, das Ergebnis anders gewesen wäre.

Oder doch nicht?

Wenn eine Handvoll von Leuten wie ich wählen gegangen wäre ...

Werde ich es jemals wissen?

Könnte ich es überhaupt irgendwann wissen?

Im Fernsehen läuft die Übertragung von Platanos Auftritt auf dem Trg Republike.

Auf der Bühne, die mit gelben Bannern geschmückt ist, reihen sich die Redner, die ihn unterstützen.

Schon zum dritten Mal in zwei Stunden wird die Hymne gesungen, pathetische Gesichter, die Hand aufs Herz gelegt als Zeichen des tiefsten Patriotismus.

Kafka tritt ans Rednerpult.

Wie sein Führer ist er in einen gelben Schal gehüllt.

Er schließt seine lange emotionale Rede mit dem Gedanken, dass uns die politische Elite mit ihrer schamlosen Selbstbereicherung zwar die Zukunft geraubt hat, die Demokratie aber werden sie uns nicht nehmen.

Dass man, um den Bestand der Demokratie und eines juristischen Staats zu sichern, auch dazu bereit sein muss, zu den Waffen zu greifen, falls nötig.

Ich schalte die Glotze aus.

Ich setze mich an den Küchentisch und beobachte meine beiden Bananen. Ihre Form ist gänzlich verkrümmt. Die Oberfläche der Banane mit dem Nagel ist eingedrückter als die der Banane ohne Nagel. Sie haben eine auberginenähnliche Farbe angenommen, die sich schon eine Weile nicht mehr verändert. Als hätte sie der dunkle, verführerische Tod bedeckt. Ihre Haut trocknet immer mehr, wird faltig wie die Haut einer Mumie, ein Leichenpaar, an der Luft getrocknet und konserviert.

Als ich sie längere Zeit beobachte, passiert etwas.

Etwas spricht zu mir.

Ich schalte den Computer ein und tippe los.

Das eisige Frühjahr im Jahre des Herrn 1768, ein Frühjahr, das nicht kommen will. Nicht mehr Nacht und noch kein Morgen. Johannes Antonio Scopoli in einen Mantel aus winzigen Sternen gehüllt, die am Himmel verlöschen, und die sternenlose Dunkelheit der steilen Berghänge. Scopolis Knecht schwankt schlaftrunken unter der Schwere der Last zweier großer, in Jute gewickelter Koffer. Trotz seiner Jugend ist er fast zahnlos wie die meisten älteren Knappen, die nicht weit von hier zu früher Stunde hinab in die unvergleichbar dunklere Finsternis des unterirdischen Hofes steigen, um, so Gott will, zwölf Stunden später erschöpft, staubig und voll giftigen Zinnober-Staubs zurückzukehren. Das Hydrargyrum, das sie mühevoll an die Oberfläche bringen, ist in ihren Körpern, sie schwitzen und spucken es aus, scheiden und atmen es aus. Die gesamte Stadt ist von dem Geruch eines falschen Frühlings erfüllt, das in sich einen anderen Geruch birgt, den Geruch von Holzkohlemeilern und Hochöfen, den Geruch Hunderter Körper, aus denen sich das seltene, wertvolle und gleichzeitig so schwer einzufangende Material verflüchtigt. Wegen des Hydrargyrums, des Muttererzes des wertvollen Mercurius, ist hier, in der düsteren Einöde des Habsburger-Kaiserreichs das Städtchen Ydria gewachsen. Wegen des Hydrargyrums wurde Doktor Scopoli, als er noch jung war, von der Habsburger-Kaiserin persönlich dazu berufen, der Krone zu dienen und zugunsten aller Untertanen, in erster Linie der armen Seelen, die in die Bergbaustollen aufbrachen und meistens nicht einmal dreißig Frühlinge erlebten. Dienen, dienen, dienen. Nicht nur als Arzt. Sondern auch als Botaniker und Mineraloge. Denn die Weisheit der Kaiserin ordnete das sorgfältige Erforschen von Pflanzen, Tieren und Mineralien an, wie sie in all ihrer Mannigfaltigkeit und nach höherem Plan der Allmächtige selbst erschaffen hat. Daher kommt die strenge Anweisung der Krone, dass alle Entdeckungen, alle neuen Mineralarten und auch Pflanzen und Tiere unverzüglich nach Wien gesandt werden müssen. Besonders die Feststellungen im Zusammenhang mit dem wertvollen Quecksilber, *prima materia*, die vor drei Jahrhunderten in diesem schwer zugänglichen Blinddarm des Kaisertums entdeckt wurde. Die

Einkünfte aus dem Mercurius-Handel füllen laut Scopolis Berechnungen die kaiserliche Kasse so üppig, dass ihn sein Gehalt in Höhe von siebenhundert Gulden, mit dem ihn Ihre Hoheit schon dreizehn bittere Jahre verrotten lässt, in immer größere Verzweiflung treibt. Scopoli spuckt in die Nacht. Im Flüsslein, das am schlammigen Weg in Richtung Schmelzhütte dahinfließt, ist ein kleines Platschen zu vernehmen, das Keuchen eines Knechts, dessen schattiger Umriss in der Nacht an einen gebeugten Satyr erinnert, in der Ferne Pferdegewieher.

Nur einen Tag zuvor, gleich nachdem er einen Brief empfangen hatte, kehrte Scopoli ins Wirtshaus ein, wo der Kommandant der Postwache saß, öffnete wortlos seinen Geldbeutel, ließ zwei Goldmünzen herauskullern, dass diese hell aufblitzten wie die leuchtenden Pupillen in den finsteren Augen des Kommandanten. Scopoli hielt den Atem an und beugte sich still in den Dunst des Gestanks hinein, der aus dem faulenden Mund des Kommandanten wehte, flüsterte mit hoher, piepsender Stimme: »Morgen, einen Platz für mich wie gewöhnlich.«

Der Gestank des faulenden Munds und der üble Körpergeruch verbinden den vorigen Abend und den Morgen, der noch nicht angebrochen ist. Scopoli riecht ihn schon von Weitem, noch bevor er mit dem Knappen zum Hof vor der Schmelzhütte einbiegt, wo im Schein der Ölfunzeln Pferde mit Holzfässern beladen werden. In ihnen, im Strohlager gebettet wie ein Baby im Leib der Mutter, schläft der wertvolle Mercurius. Die Bezahlung für den nicht einfangbaren Quecksilberstoff, sei er naturwüchsig, aus der Erde schwitzend oder ein anderer, weniger wertvoller, der aus dem Brennen von Erzen in Retorten gewonnen wird, ist der sichere Tod derer, die ihn gegraben haben, der Tod derer, die ihn im Fluss ausgespült haben, der Tod derer, die ihn gebrannt haben, der Tod derer, die ihn in den venezianischen Spiegel-Werkstätten, unter Goldgräbern oder in alchemistischen

Kabinetten zur Austreibung von Teufelsträumen über *lapidem philosophorum* beziehungsweise dem Stein der Weisen verwendeten, der Tod derer, die dem plötzlichen Reichtum und dem ewigen Leben hinterherjagen. In Ydria ist der Tod überall in der Stadt, schwimmt auf einem unterirdischen Fluss aus nicht einfangbarem Mercurius. In kleineren Mengen, davon war Scopoli fest überzeugt, verspricht Mercurius anstelle des Todes die Heilung zahlreicher Krankheiten, auch solcher, die als unheilbar gelten. Hier in Ydria, in diesem dunklen Becken am Ende der bekannten Habsburgerwelt, verursacht derselbe Stoff bei so manch einem, der einige hundert Klafter tief unter der Oberfläche auf große Vorkommen von quälendem Quecksilber gestoßen ist, Unruhe und Schlafstörungen, Übelkeit und Albträume, Kraftlosigkeit und Besuche von bösen Geistern, bis der menschliche Weg, unter schrecklichen Zuckungen von Kopf, Fuß, Armen und unter Krämpfen leidend, sein sicheres Ende nimmt. Darum ist diese Stadt von Tod erfüllt. Es ist kein prächtiger oder heroischer Tod wie der, auf den die Helden der Schlachtfelder hoffen, es ist kein würdevoller und kein gemütlicher Tod, auf den die Händler und Gelehrten hoffen, es ist ein trivialer und stinkender Tod, der sich mit seinem alles überdeckenden düsteren Körper zwischen den umliegenden Bergen emporreckt, die Wunde auf seinem Bauch ist der Eingang in das Bergwerk, ein Ort, wo es keine Unterschiede zwischen den Tunneln und dem Himmel gibt, ein düsteres Loch, wo sich die Stadt in sich hineindreht und durch ein dichtes Labyrinth aus Tunneln und Höhlen in die Tiefe wächst, in den Untergrund. Hier steht die Welt kopf. Was anderswo tief im Inneren versteckt ruht, kriecht hier alles an die Oberfläche. Die steilen Berge sind ein geeignetes Bett für den Tod, sie zeigen höhnisch das offene Erd-Eingeweide und rufen die Lebenden, sie sollen auf die andere Seite treten und von dort, als lebendige Tote, zu den Lebenden zurückkehren.

22. November

Ein starker eisiger Wind.

Draußen ist ein schlafendes Monster erwacht, es heult, erhebt sich und prallt vom Putz und vom Asphalt zurück.

Seine hundertfachen Augen sind Papiertüten, Plastikteilchen und anderer Müll, die die Straßen entlangsausen, seine Haut sind Staub und feiner Sand, die in der Atmosphäre kreisen.

Er nagt an meinem Nacken, die Beine aufwärts und an den Wangen, wenn ich in meiner Jacke versteckt unterwegs bin.

Die Tante wundert sich, als ich in ihrer Tür stehe. Sie führt mich in den Keller, wo sie auf ihrer alten Kühltruhe die Schachteln mit Onkels Schmetterlingssammlung aufgestellt hat, die sie gerade durchsieht.

Sie fragt mich, ob ich endlich mit Ana gesprochen habe.

»Es wird dir noch leidtun, du hast eine einzige Schwester, und das Leben ist kürzer und unvorhersehbarer, als du denkst«, sagt die Tante ruhig, fast resigniert.

Wir öffnen Onkels Schachteln.

Darin sind nur wenige Schmetterlinge, mehr Nachtfalter und ähnliche Insekten, mit Stecknadeln durchstochen.

Marija erzählt, dass der Onkel die Schmetterlinge nie nach ihrer Art sammelte, keine Larven großzog, keine Käfige benutzte, um darin eigene Exemplare zu züchten, wie richtige Sammler es tun.

»Er sammelte nur jene Schmetterlinge, die sich um ihn versammelten«, sagt die Tante.

»Wenn wir am Meer waren und abends am Strand saßen und ein Schmetterling dahergeflogen kam und sich fangen ließ, fing er ihn«, sagt sie.

»Seine Sammlung ist die Sammlung von Erinnerungen an bestimmte Momente und Orte«, meint die Tante.

Für jeden hatte er eine eigene Geschichte.

Beim Anblick des Schmetterlings wusste er genau, wo, wann und unter welchen Umständen ihn der Schmetterling aufgespürt hat, was die Ursache des für den Schmetterling schicksalhaften Treffens war und was damals in Onkels Leben passierte.

In diesem Sinne war er eigentlich gar kein Schmetterlingssammler. Die Schmetterlinge waren lediglich die Markierungen vergehender Momente seines Lebens.

In den Schachteln sind viele Nachtfalter.

Diese brachte er meist aus der Druckerei mit, in der er nachts arbeitete. Besonders zu Beginn der Neunzigerjahre, sofort nach dem Zerfall Jugoslawiens, als in seiner Druckerei neues Geld und Reisepässe gedruckt wurden.

»Das war sehr lukrativ, aber auch sehr anstrengend«, sagt die Tante. »Ich habe ihn gar nicht zu Gesicht bekommen. Er verbrachte die Nächte in der Druckerei. In der Früh kehrte er mit einigen toten Exemplaren von Nachtfaltern zurück, ganz niedergeschlagen von den langen Überstunden, schlief bis nachmittags, wenn er erneut zur Arbeit ging, auch an den Sonn- und Feiertagen«, sagt Marija und schüttelt sich den Staub vom Rock, der sich wie ein Gespenst im flackernden Schein der elektrischen Lampe hebt.

»In jener Zeit kauften wir dieses Haus, hatten ein neues Auto, Geld war kein Problem. Um uns herum zerfiel alles, wenige hundert Kilometer südlich wütete Krieg, das Land war im Chaos, wegen seiner Arbeit aber war diese Zeit für uns finanziell die beste«, sagt die Tante.

»Was hast du mit den Schmetterlingen vor?«, frage ich sie.

»Weg damit, bring sie einfach nur weg«, erwidert die Tante. »Mich verbindet überhaupt nichts mit diesen Insekten. Ich habe mich schon immer davor geekelt. Jahrelang, als er sie unter unserem Ehebett im Schlafzimmer aufbewahrte, konnte ich nicht gut schlafen. Ich hatte immerzu das Gefühl, dass irgendwo unter mir lebendige Insekten sind, die jeden Moment ins Bett krabbeln. Er hat mir einfach nicht erlaubt, sie woanders hinzustellen. Er hat öfter gesagt, dass diese toten Insekten seine Erinnerung sind, dass er sie bei sich haben muss, wenn nicht, wäre er um seine Vergangenheit beraubt.«

Die Tante verstummt, stellt die Schachteln mal hin und mal her und legt endlich alles aus der Hand.

»Ich wusste, dass etwas wirklich Schreckliches passiert sein musste, als er sie hierher in den Keller brachte und sich einen Fernseher kaufte«, sagt die Tante. »Ich wusste, dass dies der Anfang vom Ende war, obwohl ich ruhiger schlafen konnte, weil die Insekten endlich aus dem Schlafzimmer verschwunden waren«.

»Deshalb hast du mir den Fernseher geschickt?«, frage ich sie.

»Das ist etwas anderes. Du bist noch jung und musst wissen, was im Staat vor sich geht. Behalte ihn ruhig, ich hoffe, er bereitet dir Freude.«

Vor dem Haus öffne ich eine Schachtel nach der anderen. Ich ziehe die eingerosteten Stecknadeln aus den brüchigen, verwitterten Körpern und beobachte, wie der Wind einen Schmetterling nach dem anderen, einen Nachtfalter nach dem anderen packt, Flügel um Flügel hoch in die Luft hebt, mit ihnen spielt, sie verweht, sie in Fetzen reißt.

Diese Szene hat etwas Überwältigendes an sich. Als würde der Wind das Tote erneut zum Leben erwecken.

Das Ganze ist eine Art stummer Opfergabe des Windes an sich selbst. Zwischen meinen Fingern verschwinden die Momente aus Onkels Leben. Ich gebe sie zurück in die Luft, an alle Ecken und Enden, an alle unbekannten Orte, aus denen sie gekommen sind, all diese Momente und Gespräche, Begegnungen und Trennungen.

Sie fliegen, als gäbe es keine Grenzen, als wären diese Erde, dieser Himmel, dieser Wind, diese Gnade, die sie trägt, die einzige Begrenzung.

Zu Hause wartet eine E-Mail von Andrej auf mich.

Wie geht es dir dort draußen in der Freiheit?

Es folgt eine lange Beschreibung der Hamburger, die sie im Gefängnis gegessen haben.

Sie waren aus mehreren Fleischsorten, auch aus Pferdefleisch. Die Senfsauce wurde aus Ungarn eingeführt, wirklich exzellent, vom Brot aus ökologischem Vollkornmehl mit Sesam dürfe er erst gar nicht anfangen zu schwärmen.

Als Nachspeise gab es Erdbeersorbet.

Was ich von der Einladung zu *Madama Butterfly* halte?

Ob ich mich schon entschieden habe?

»Hast du Zeit?«

»Habe ich Zeit?«, wiederhole ich so vor mich hin, noch immer die Nachtfalterflügel vor Augen, die sich in der Luft drehen, hoch, hoch.

»Wann kann ich dich endlich wiedersehen, dort draußen in der Freiheit?«

23. November

Zahlreiche amtliche Institutionen des Landes sind wegen der massenhaften Proteste von Platanos Anhängern und deren Gegnern, die das erneute Zählen der Wählerstimmen und Neuwahlen fordern, geschlossen.

Auf den Straßen ist viel Polizei unterwegs, der es jedoch nicht gelingt, die Lage zu beruhigen.

In meiner Straße reihen sich mehrere Ladeneinbrüche, auf dem Weg zur Bibliothek komme ich an zwei zerbrochenen Schaufenstern vorbei, aus denen alles verschwunden ist.

Herabgelassene Jalousien in den Wohnungen.

Ich sehe eine lange Schlange im Lebensmittelladen, die Menschen kaufen große Mengen an Milch, Mehl, Dosennahrung.

Das Verfassungsgericht entscheidet noch, angeblich soll die Entscheidung, ob die Wahlen wiederholt werden oder nicht, noch heute gefällt werden, irgendwann nachts.

Ich habe das Gefühl, dass alles zerbricht, dass alles außer Kontrolle gerät.

Misstrauen, Aggression und das Gefühl von Bedrohung breiten sich aus wie Feuer.

»Du weißt nicht, was ich alles durchgemacht habe«, sagt Paula an der Türschwelle ihrer Garage.

»Die Reichen sollen verrecken. Verfaulen sollen sie. Mich hat schon mein Vater verleugnet. Er hat sich versteckt. Mir aber machte man zwei Kreuze auf die Kleidung, ich wurde weggebracht. Ich habe Menschen gesehen, die zur Erschießung abgeführt wurden. Hunderte wurden in einer Reihe erschossen. Ich kenne ein Mädchen, das verwundet wurde und überlebt hat. Sie starb jedoch wegen der Patrone im Bein, Gangräne, Blutvergiftung. Die anderen starben wegen anderer Dinge. Ich starb, als ich Draža Mihailović sah. Bei meiner toten Seele, ich schwöre, dass ich ihn gesehen habe, als ich im Lager war. Weißt du, was *pâine* ist? Ihr Professoren, ihr Reichen könnt noch so schlau sein und wisst nicht, was *pâine* ist? Brot auf Rumänisch. Ich war dort, in Rumänien, bin dortgeblieben. Was du vor dir siehst, ist nur meine tote Seele.«

Paula beugt sich nach hinten und lacht laut. Ihr Lachen ist schrecklich.

Wenn sie zu lachen beginnt, wissen wir Nachbarn, dass dies nur die Ouvertüre ist und sie bald zu schreien anfangen wird.

Wenn sie schreit, werden sich alle verstecken.

Heute haben sich sowieso schon alle versteckt und erwarten voller Angst, was im Land passieren wird.

Paula schreit heute für sich und mich und für all die Toten in der Luft, für all die Getöteten, die sie gesehen hat und von denen sie niemandem erzählen kann.

»Ich bin zu verrückt, um klüger zu sein«, sagt sie und kreischt: »Die Reichen und Professoren sollen verrecken, Tod dem Faschismus, ich bin tot!«

Ich lasse sie im Hof stehen. Auch ich ziehe mich in meine Wohnung zurück, schließe die Wohnungstür zweimal ab, lasse die Rollladen herunter.

Aber nicht aus Angst.

Diesmal nicht aus Angst.

Es ist mir egal, was um mich herum passiert.

Beziehungsweise: Ich glaube, dass alles schon längst passiert ist, jetzt muss es sich nur noch vollenden. Wie in der Bibel.

Deshalb verstecke ich mich nicht.

In meinen vier Wänden eingeschlossen zu sein ist für mich etwas Natürliches, ich bin es fast jeden Tag, seit ich meinen Roman veröffentlicht habe oder noch länger, vielleicht seit dem Tag, als meine Mutter gestorben ist.

Ich sitze unter dem Küchentisch und schreibe.

Der schmale Waldpfad schlängelt sich die Abhänge der steilen Bergschluchten entlang. Scopoli ist die ganze Zeit tief in seine Gedanken an den Brief versunken, den er in der Innentasche seines Jacketts trägt und der ihm, so bildet er es sich ein, das Herz wärmt. Er ist auf den 11. November 1767 datiert, das heißt,

dass ihn der Brief nach einer fünfmonatigen Reise erreicht hat. In ihm schreibt Linné: »Den ganzen Monat lang hat mich eine schlimme Krankheit gelähmt. Den malmenden Kiefern des Todes entflohen, beginne ich endlich zu genesen. Ich spüre, dass sich mein Leben trotz der Genesung dem Spätherbst zuneigt, darum habe ich mich entschieden, noch ein letztes Mal mein geliebtes Hartekamp zu besuchen und dort das ganze nächste Jahr zu verbringen. Möge das milde holländische Klima meine Gesundheit stärken und es mir ermöglichen, noch ein Weilchen demütig meinem Beruf dienen zu können. Was gäbe meine arme Seele darum, diese Zeit mit Ihnen zu teilen, mein wertvoller Freund. Ich bin überzeugt, dass ich mithilfe meines Mäzens, des edelmütigen Herrn Clifford junior, und Ihrer Anwesenheit hier Ihren durchaus verständlichen und Ihren botanischen Leistungen nach angemessenen Wunsch, endlich in die ehrenvolle Gesellschaft der Königlichen Botanischen Vereinigung in Amsterdam aufgenommen zu werden, auf eine günstige Entwicklungsbahn leiten könnte. Ich befürchte jedoch, dass wir uns nie treffen werden und dass mein Augenlicht verlöschen wird, noch bevor ich das Glück habe, Ihr ehrwürdiges und erwartetes Antlitz zu erblicken.«
Scopoli tastet während des Ritts immer wieder nach dem Brief unter dem Mantel, als wollte er sich überzeugen, dass Linnés Worte, die er immer wieder aufs Neue in Gedanken wiederholte, real sind und genauso berauschend bleiben, wie sie es waren, als er sie einen Tag zuvor zum ersten Mal las. Der Pferdeführer neben den Fässchen mit der wertvollen Last und die Wache, die die Karawane begleitet, lassen den feierlich gekleideten Doktor am Ende der Karawane in Frieden. Seine winzigen schwarzen Augen und die rote Nase erfüllen sie mit Unbehagen, deshalb versuchen sie so selten wie möglich Scopolis Blick zu treffen, hoffend, dass die Anwesenheit des Doktors unter ihnen kein Vorbote eines kommenden Unglücks sei.

Nach zwei Tagen erreichen sie einen Flusssteg. Sofort beginnt man, den wertvollen Mercurius auf ein Floß umzuladen, das sie vom Dorf mit dem Namen Vrhnika nach Ljubljana befördern soll. Scopoli schlendert derweil etwas abseits dahin und beobachtet ein besonders schönes Exemplar des Wiedehopfs beziehungsweise *Upupa epops* mit seinem unverwechselbaren orange-schwarzen Kamm, überrascht, ihn so zeitig im Frühling zu erspähen. Als er schon vorhat, zu den anderen zurückzukehren, regt sich etwas im Unterholz. Seine Lederstiefel versinken tiefer im Schlamm, er neigt sich nach vorn und erblickt ein außerordentlich großes Exemplar eines Siebenschläfers beziehungsweise *Glis romanorum*, behaarte Schnauze, dunkelbrauner Fleck in Form eines Halbmonds auf der Schädelbasis, gespaltene Oberlippe und kürzere, fast halbkreisförmige Unterlippe. Weiter hat er ungewöhnliche Schneidezähne, vom Scheitel nach unten verläuft ein markanter schwarzer Streifen. »Ist das möglich?«, fragt sich Scopoli, als das Tier im Unterholz verschwindet. Scopoli stürzt ihm nach, sinkt tief im Schlamm ein, hebt schmatzend die Stiefel aus dem klebrigen Boden, dringt in den Wald ein, während er mit seiner Linken seinen schweren Lederkoffer festhält, von dem er sich nie trennt, mit der Rechten seine Kopfbedeckung. Für einen kurzen Moment entdeckt er das Tierlein. Es führt ihn immer tiefer in den Wald. Als würde es auf ihn warten und dann, wenn er sich nähert, weiterlaufen. Ein so großes Exemplar hat er noch nie zuvor gesehen, vielleicht handelt es sich um eine besondere Unterart oder sogar eine ganz neue Art? Scopolis Herz schlägt wild, der Siebenschläfer führt ihn tiefer ins Ungewisse, als ihn plötzlich, als kämen sie nicht von weit her, sondern aus einer versteckten Ecke seines bebenden Herzens, die Rufe »dottore, dottore« erreichen. Scopoli bleibt keuchend stehen, vernimmt ein Pferdegewieher und einen Schuss. Er fühlt sich zerrissen zwischen der Verfolgung des Siebenschläfers und allem anderen, das ihn zur Rückkehr auffordert. Inmitten des Moors, im Schlamm steckend, schließt er seine Augen und spürt, wie sich alles um ihn zu drehen und zu schwanken beginnt, die Baumkronen und die Lichtstrahlen und die kahlen Äste drehen sich, bis er in seinem tadellosen Anzug zusammenbricht und im blätterbedeckten Schlamm liegen bleibt.

Als er endlich zum Steg zurückkehrt, sieht er ein totes Pferd vor sich, dem noch Schaum aus dem Maul trieft, und einen der Männer mit einer heftigen Zitterlähmung. Sie eilen, um ihm zu erklären, dass das Pferd schrecklich beunruhigt war, eines der Fässer sei beim Umladen zu Boden gefallen und zerbrochen, wobei etwas des giftigen Mercurius aus dem Säcklein, in das er eingenäht war, hinausgespritzt ist und dabei das Pferd und den Jüngling getroffen hat. Scopoli beugt sich über den Jüngling und öffnet dessen Augen. »Helfen Sie, dottore, dottore!«, hört er die Bitten seiner Gefährten und weiß gleichzeitig, dass es zu spät ist. Der Tod hat den Blick des Jünglings, der nur noch ein schmerzleidender Menschenschatten ist, schon ganz benebelt. Scopoli steht auf, schaut zu den anderen, die still, mit verzweifelten Blicken, in Erwartung seines Handelns an der Seite warten, streift seine schlammigen Stiefel im Gras ab, um sie zu säubern, und beugt sich langsam, fast mit Ekel, zurück über die zitternden Extremitäten des Jungen.

Er kennt ihn, es ist Anton, der jüngste Sohn jener Frau, die jahrelang für Scopoli gekocht und aufgeräumt hat. In diesem Moment verdunkelt der Tod den Blick des Jungen endgültig, Scopoli schließt dem Toten die Augenlider und tritt zurück.

»Wir werden uns nie treffen.« Dieser Satz und der Todesschatten, der das Gesicht des Jungen bis zum letzten Gesichtsmuskel bedeckt und ihn befreit, ihn selig schön und entfernt zugleich macht, beides schwirrt Scopoli durch den Kopf, als er wenige Stunden später an der Floßspitze in winzige Flussstrudel starrt, die ganze Ströme toter Fische mit sich tragen.

24. November

»Das Verfassungsgericht ist zwiegespalten. Ende der politischen Krise. Wir haben einen neuen Präsidenten.«

Die Titel in den Medien bei der Bekanntmachung, dass nach dem erneuten Auszählen der Stimmzettel in einigen Wahllokalen die Wahlen für gültig erklärt wurden.

Vor einem Monat glaubte keiner, dass so etwas wirklich passieren könnte.

Ich hätte dem eine Chance von fünf, höchstens 10 Prozent gegeben.

Heute aber ist Platano der neue Staatspräsident.

Am Mittag ist eine Pressekonferenz geplant.

Ich beobachte, wie unterschiedlich die beiden Bananen auf dem Tisch verfallen.

Die mit dem Nagel in sich ist trockener, schon fast platt, die andere noch immer leicht aufgebläht.

Ich gehe die Texte über Scopoli durch. Soll ich korrigieren? Keine Korrekturen!

Ich verbiete mir, irgendetwas zu korrigieren, bis ich nicht durch den ganzen Text gekrochen bin, ans Ende des Tunnels gelange, raus aus dem unterirdischen Hof.

Jetzt etwas zu korrigieren wäre wie das Durchstechen einer schreibenden Hand.

Sie soll erst fertigschreiben, dann kann ich sie ruhig durchstechen.

Ich schalte den Fernseher an und bleibe bei Kafkas Gesicht hängen, er sieht erschöpft und gleichzeitig froh aus, fast glücklich (obwohl dergleichen als Bezeichnung für ihn überhaupt nicht infrage kommt).

Eine lange, pathetische Rede.

Die Unterschrift unter seinem Namen besagt, er sei der Pressesprecher des neuen Staatspräsidenten.

Seinem Auftritt nach ist er viel mehr.

Kafka ist ein Demagoge, Demiurg, der Architekt von Platanos Erfolg, ein Medien-Alchemist, jemand, der die Wahrheit in eine Lüge umdeuten kann und eine Lüge in eine noch größere Lüge, eine so gewaltige, dass sie ganz selbstverständlich wird.

Kafka ist jemand, der genau weiß, was die Wähler wollen.

Der genau weiß, was die Masse will, jedoch nicht, was er selbst will, außer dass er mehr will.

Mehr von allem.

Deshalb verspricht Kafka Bananen.

Er verspricht, dass ab jetzt alles anders wird.

Dass wir an der Schwelle einer großen Veränderung stehen.

Dass wir uns zwar noch etwas gedulden müssen, einen Monat, vielleicht drei oder sechs, uns in Slowenien jedoch eine helle Zukunft bevorsteht, außerhalb der Rahmen des Gefängnisses der Völker, das sich Europäische Union nennt.

»Sich Europäische Union nannte«, korrigiert Kafka sich theatralisch und setzt trocken hinzu: »Jetzt wäre der Titel Europäische Ruine passender.«

Circa eine Stunde später bekomme ich eine SMS. Kafka lädt am Abend zur Feier des Wahlsieges ins Restaurant As.

Natürlich werde ich nicht hingehen.

Ich habe bereits Eva versprochen, dass ich sie heute zur Eröffnung der Ausstellung eines amerikanischen Künstlers begleite.

Eva: »Wir leben in Zeiten, wo es ein Verbrechen ist, etwas zu haben, was der Nachbar nicht hat. Etwa Benzin. Oder sogar

Benzin und ein Auto. Ganz zu schweigen von Bananen. Ein noch größeres Verbrechen ist es jedoch, Überzeugungen zu haben. Und trotzdem schreiben und zeichnen wir, spielen Instrumente. Gerade deshalb, weil. Weil man gegen alles dort draußen ankämpfen muss. Seine Freiheit nach innen erhalten und sich dem Wahnsinn entgegensetzen muss, der uns umgibt. Das wusste schon Foucault. Michel hat uns, mehr als jeder andere moderne Denker, gezeigt, wie wir den Wahnsinn, den man zur Zeit der Renaissance als die Eigenschaft eines Genies verstand, zur Zeit des Klassizismus aus der Gesellschaft verbannt hat. Meine sehr verehrten Damen und Herren, heutzutage ist es dringend notwendig, zwischen dem politischen Wahnsinn und dem Wahnsinn der inneren Freiheit zu unterscheiden, die eine setzt sich der anderen entgegen. Mit dem inneren Wahnsinn, dem Synonym der geistigen Freiheit, müssen wir gegen den äußeren Wahnsinn, den politischen und gesellschaftlichen Wahnsinn unserer Zeit kämpfen.«

Evas Rede elektrisiert. Die Menschen sind begeistert. Ein Fotograf hüpft um sie herum, eine Kamera filmt.

Eva gibt den Journalisten ein Statement nach dem anderen. Als wäre sie die Künstlerin, die heute Abend ihre Ausstellung eröffnet, statt des Künstlers, der vor Verlegenheit ganz rot, zerknirscht und demütig neben ihr steht.

Applaus. Auch der junge amerikanische Künstler klatscht begeistert.

Als verstünde er jedes Wort in der fremden Sprache.

Eine Querflötenspielerin tritt auf.

Alle sinken aus Verzweiflung zusammen, aber es gibt keinen Ausweg. Die Besitzerin der Galerie steht vor der Eingangstür, die Kustodin vor den gedeckten Tischen im Nebenraum. Ein Entfliehen ist nicht möglich, und wohl oder übel sind alle dazu gezwungen, zu bleiben und bis zum Ende zuzuhören, erst dann dürfen sie sich auf die Gläser mit Aperol Spritz und die belegten Brote in Bananenform mit Mayonnaise und Salatblättern stürzen.

Das schmetterlingshafte Geflattere der Querflötentöne rüttelt mich auf und mit mir offenbar auch die anderen Besucher der Eröffnung, die mit immer saurerem Gesichtsausdruck zerknirscht warten.

Zum Glück gelingt es mir, unbemerkt in den Nebenraum zu huschen.

Bei dem Anblick, der mich dort erwartet, stockt mir der Atem.

Eine Statue dreier Affen.

Die Figuren sind in natürlicher Größe, aus Plastik oder Silikon hergestellt, total realistisch, lebendiger als die Lebenden.

Es scheint mir, dass sie jeden Moment anfangen, sich zu bewegen, dass ich ihr Fell und ihren Schweiß riechen werde, dass ich in den Tönen der Querflöte aus dem Nebenraum ihr Gekreische höre, das verzweifelte Gurgeln eines großen dicken Affen, der auf dem Rücken liegt, im Todeskampf, mit hochgereckten Armen. Die Zunge aus dem schmalen Mund gestreckt, die haarigen Beine gespreizt, das linke leicht angehoben in verzweifeltem Kampf.

Auf dem plumpen Affen befinden sich zwei mindestens halb so große, vollkommen ausgehungerte alte Affenmännchen, hängende Haut, einer würgt den liegenden Affen mit seinen langen Armen am Hals, der zweite ist dabei, ihn in sein baumelndes Bauchfett zu beißen.

Der Kampf zwischen dem Gemästeten und den Ausgehungerten, ein Kampf zwischen einer Domina und zwei Verlorenen, zwischen der Herrschaft und den Sklaven.

Eine große Statue der Evolution aus Silikon, Farbe und Fell.

Als ich sie erblicke, scheinen mir all unsere Konflikte unvermeidbar, der Überlebenskampf und der Tod das einzige Gesetz des Universums.

Die Querflöte pfeift.

Ich begutachte die hängenden Hoden der beiden alten Affenmännchen und den hässlich fetten Schritt der dicken Äffin.

Die Querflöte schießt noch einmal aus fast vollkommener Stille empor, in einem schwindelerregenden Notengefecht mit der Luft, ruckartig sich wiederholend, wie unfähig, aufzuhören.

Im Nu tut mir die dicke Äffin unendlich leid. Obwohl sie im Unterschied zu den Affenmännchen viel Futter und ein besseres Leben hatte, vermag ich nicht, nicht auf ihrer Seite zu sein.

Ich klettere auf die Statue und versuche die Arme des Affenmännchens vom Hals der Äffin zu reißen, aber es geht nicht, sie sind zu stark befestigt.

Einem der Affenmännchen stopfe ich Handschuhe in das offene Maul.

Dem anderen Affenmännchen versuche ich den Penis und die herabhängenden Hoden zu verdrehen, aber es geht nicht.

Die Querflöte macht endlich schlapp.

Stille.

Danach zaghafter Applaus.

Gerade noch gelingt es mir, der alten dicken Äffin eine Mütze über den Kopf zu stülpen, bevor die Menschen in den Raum stürmen.

Sie betrachten die Affen.

Sie kommentieren die Mütze und Handschuhe als Teil des Kunstwerks.

Sie loben den Humor des jungen amerikanischen Künstlers.

Ich höre Kommentare, dass einen derartig auserlesenen Humor nur Künstler haben, die aus Amerika stammen und obendrein jung und unbeschwert sind.

Ich kreise ein bisschen durch die Galerieräume.

Ich erspähe Eva im Gespräch mit dem Redakteur der *Literaturbeilage*, ja, mit jenem, der meine Prosa zurückgewiesen hat.

Ein Gespräch über Foucault, darüber, ob er wirklich keine Haare hatte oder sie sich abrasierte, und wenn ja, welches Kölnisch Wasser er benutzte.

Eva sagt, dass sie immer, auch in der größten Sommerhitze, zum Schreiben einen beigefarbenen Pulli anzieht, so einen, wie ihn Michel trug.

Dass das Gefühl des Stoffes, der ihr an die Kehle drückt, eine Hürde ist, die sie als Schriftstellerin fortwährend überschreiten muss.

Dass es sich um einen physischen Kampf gegen den Druck des schmalen Kragens handelt, der sie wie die Hände eines Würgers am Sprechen hindert.

Dass sie dieser Krieg, dieses verschwitzte Getippe im beigen Pulli, dieser Kampf ums Unaussprechliche, mit Michel verbindet.

Dass sie Foucaults Anwesenheit physisch (beim Wort »physisch« hebt Eva leicht ihre Stimme und macht eine dramatische Pause) in sich spürt, wenn sie schreibt.

Der Redakteur der *Literaturbeilage* lächelt bei diesen Worten etwas sauer, sagt jedoch nichts. Er zappelt unruhig und nimmt gelegentlich einen Zuckerwürfel und zerbröckelt ihn nervös zwischen den Fingern, bis der süße Staub über seine gesamten Hosenbeine verteilt ist.

Eva fragt den Redakteur der *Literaturbeilage*, ob auch er die physische Anwesenheit der verstorbenen Denker wahrnimmt. Als sie nicht gleich eine Antwort bekommt, stellt sie die Frage, was seiner Meinung nach Gedanken sind, wenn keine materialisierten spirituellen Kategorien.

Der Redakteur der *Literaturbeilage* wird noch unruhiger, nimmt einen neuen Zuckerwürfel, am Boden um ihn herum entsteht ein richtiger Zuckerkreis.

Dann sprechen sie über Foucaults Vorträge am Collège de France. Trug Foucault bei seinem Eröffnungsvortrag im Dezember 1970 wirklich eine rote Krawatte, auf deren Rückseite die Reproduktion von Warhols Banane abgebildet war, oder nicht? War er mit Warhol befreundet?

Plötzlich, wie nach einem mir unbekannten Programm, wird das Gespräch unterbrochen. Eva und der Redakteur der *Literaturbeilage* verabschieden sich, der Redakteur nimmt sich zum Abschied noch eine ganze Faust Zuckerstücke und verstaut sie in der Hosentasche.

Beim Weggehen sehe ich, wie der Redakteur einen gelben Schal aus dem Mantel zieht, unentschieden zappelt und ihn sich in die Manteltasche steckt.

Oh, diese heilige Geringschätzung, Zweitklassigkeit und Verachtung, die ich ihm gegenüber fühle!

Noch mehr aber hasse ich diese foucaultsche Eva, dieses Profil einer platten Schriftstellerin, die im Leben nichts Brauchbares verfasst hat, geschweige denn etwas Anständiges.

Ich hasse und spüre schon, wie heilend dieses Gefühl ist, wie beruhigend und gesund es ist, sich selbst auf einen Hügel zu versetzen, die Verhassten auf einen anderen, dazwischen lässt man Unüberbrückbares wachsen.

Auch ich greife nach meinem Mantel und verlasse die Galerie.

Trotz der späten Stunde und der Kälte ist Ljubljana voller Menschen. Auf den Straßen spürt man einen Moment der dringenden Entspannung, und sei sie noch so verlogen.

Viele Menschen mit gelben Schals, dem Zeichen von Platanos Anhängern, und viele, die den roten Schal der Opposition tragen.

Der Weg zur Bushaltestelle führt am Restaurant As vorbei.

Von Weitem sehe ich eine Menschenschar, unter ihnen auch Kafka, der vor der Tür raucht.

Auch er, der seit jeher jegliche Gruppenzugehörigkeit verspottet, mit einem gelben Schal um den Hals, auch er einer in der gelben Herde.

Eine Gruppe elegant gekleideter Männer mit gelben Schals umkreist ihn.

Einen Moment lang blickt er zu mir in die Dunkelheit.

Ich glaube nicht, dass er mich sieht, aber warum, frage ich mich, schaut er in meine Richtung, ob er spürt, dass ihn jemand aus der Dunkelheit beobachtet?

Als würde er meine Gedanken hören, tritt Kafka seine Zigarette aus und verschwindet ins Lokal.

25. November

Andrej mit einem Strauß gelber Rosen.

Ich frage ihn, woher er ihn hat, die Blumenläden sind doch schon mehrere Wochen leer und geschlossen.

Und warum gerade gelbe?

Er sagt, das sei die Farbe der Eifersucht.

Er sagt, dass er auf die ganze Welt eifersüchtig ist.

Er sagt, das habe ihm seine Mutter so beigebracht.

Er sagt, dass er mich liebt und mich lieber vorwarnt, dass er eifersüchtig und possessiv ist, der Eine und Einzige sein möchte.

Ich lausche, dann sage ich ihm, dass Gelb die Farbe der Bananen ist.

Platanos Farbe.

Die Farbe von Platanos Schalen.

Dass er keinen Grund habe, eifersüchtig zu sein.

Andrej sagt, dass gelb auch die Farbe des Dotters im Spiegelei ist.

Dass Gelb die Farbe von Kurkuma ist.

Dass Kurkuma nirgendwo erhältlich ist, nur im Knast gibt es sie im Überfluss.

Dass sie im Knast wieder groß aufgekocht und hervorragend gegessen haben.

Dass er Probleme mit Cholesterin hat.

Dass heute zum Glück Samstag ist und er nicht im Knast essen muss.

Er schlägt vor, dass wir nichts essen, nur Aperol Spritz trinken und nichts anderes, weil er ein wenig abnehmen muss.

Ich sage, dass ich eine Einladung zum Essen nicht abschlagen würde, aber Andrej überhört es, schon erzählt er mir von dem neuen Rezept – Risotto mit Safran und Weißwein, sehr gelb –, von Vanilleeis mit kandierten Früchten, das auch goldgelb ist, von der Hokkaidokürbis-Suppe mit gelben Linsen, die auch, wie sollte es anders sein, gelb ist.

Ich frage mich, ob mich Andrej überhaupt hört oder ob sein schlechtes oder selektives Hören zu seinem alltäglichen Instrumentarium gehört.

Sein Hörvermögen ist gelbgelb.

Deshalb sind die Blumen gelbgelb.

Und sein Blick grüngelb, gerade machtlos genug, dass ich ihn am liebsten beschützen möchte.

Ich bringe es nicht übers Herz, ihm zu sagen, dass ich viel

lieber in ein anderes Konzert oder essen gehen würde als in die Oper.

Ich putze mich heraus.

Ich stecke mir einen gelben Ohrring in die Nase und ziehe rote Strümpfe an.

Alles andere an mir ist schwarz wie die Nacht.

Vor der Oper ein paar junge Protestler, die schreien: »Nieder mit den Tycoons, wenn das Volk hungert!«

Männer vom Sicherheitsdienst tauchen auf.

Die jungen Leute setzen sich auf den Boden und halten einander fest.

Polizisten tragen einen nach dem anderen in den Gefangenentransportwagen.

Knüppelschläge unter die Rippen, das Verdrehen von Fingern der jungen Protestler, Geschrei und lautes Fluchen.

Ich erwische mich dabei, dass auch ich das Geschehen gemeinsam mit der Menschenmenge passiv beobachte.

Gewöhnlich wäre ich unter ihnen, auf ihrer Seite. Nun aber habe ich eine Verabredung und ein Ticket für die Oper, und das genügt schon, dass ich genauso gelb erscheine wie alle anderen um mich herum.

Unsere Plätze befinden sich in der Seitenloge mit einem eingeschränkten Blick auf die Bühne, ganz in der Nähe des Orchestergrabens.

Mein Blick wandert die ganze Zeit über die kleine Musiker-Armee, die das Publikum von der Bühne trennt.

In der Tiefe des Grabens haben sie seitlich eine kleine Tür, durch die sie wie Ameisen in ihren Bau ein- und austreten.

Vor allem die dritte Geige, die Harfenspielerin und die Oboen liegen ständig auf der Lauer und nutzen jede längere Pause, um hinauszuschlüpfen.

Was versteckt sich hinter der Tür? Die Toiletten? Eine Internetbar? Ein Raucherzimmer?

Wie viel Trägheit im Mechanismus, der nach außen reibungslos funktioniert, wie viel Freizeit und Warten!

Die Sopranistin ist mindestens fünfzig Jahre alt, was nicht einmal ihr dickes Make-up verbergen kann, obwohl die Butterfly, die sie spielt, eine fünfzehnjährige Geisha ist.

Vielleicht ist gerade das am schönsten an der Oper: Eine leicht mollige Dame mittleren Alters tritt als Jugendliche auf, obwohl allen klar ist, dass das unmöglich ist.

Alles ist offensichtlich erlogen, alles ist offensichtlich gestellt, aber trotzdem wirkt es.

In die Musik und in den Auftritt der Sängerin ist ein Mechanismus eingebaut, ein Gefühlsgift.

Obgleich sich die Sängerin sehr plump bewegt und ihre ziemlich dunkle Stimme absolut unpassend für ein zierliches japanisches Mädchen ist und ich auch noch so höhnisch sein kann, berührt mich ihr Gesang.

Andrej beobachtet, wie ich weine.

Ich weiß selbst nicht, was mit mir los ist.

Butterfly ist ein Opfer. Sie opfert ihre Kultur, ihre Familie und ihre Götter.

Von Beginn an ist klar, dass sie am Ende alles verlieren wird.

Das Einzige, was Butterfly bewahren kann, ist die innere Würde.

Ich beobachte die Cellistin, die breit gähnt, während mir die Tränen über die Wangen rinnen.

Genau in dem Moment glaube ich zwischen den Zuschauern auf den Stehplätzen auf der gegenüberliegenden Seite Dioneus' Gesicht zu erkennen. Ist das möglich?

Pause, die Menschen stehen auf.

Auf dem Flur halte ich überall Ausschau, ob ich Dioneus irgendwo erspähen kann, aber er taucht nirgends auf.

Auch im zweiten und dritten Akt sehe ich ihn nicht mehr.

Hat er gemerkt, dass ich ihn gesehen habe, und die Flucht ergriffen?

War er nur ein Trugbild, ein Versehen? Eine Art Spiegelbild des Bühnengeschehens, meine Projektion?

Andrej bringt zwei Aperol Spritz mit, beschwert sich über das Gedränge, fragt, ob ich jemanden im Publikum kenne, aber ich erwähne nichts.

Weil es einfach nicht möglich ist.

Dioneus sitzt im Knast.

Es durchfährt mich, dass Dioneus eine Art Butterfly ist und von ihm vielleicht ein Suggestionsspiel ausgeht, sodass ich mir eingebildet habe, ihn unter den Zuschauern gesehen zu haben.

Auch Dioneus – so wie Butterfly – hat seinen Sohn verloren.

Auch Dioneus wurde seiner Überzeugung beraubt, seiner Gesellschaft, seiner Familie.

Butterfly auf der Bühne. Butterfly im Publikum.

Butterfly im Knast meiner Fantasie.

Andrej döst neben mir ein.

Die Cellistin gähnt.

Ich weine.

Der Oboist putzt sich die Fingernägel.

Die Tür im Graben geht auf, die Musiker treten hinaus zur letzten Verbeugung.

Das ist Oper.

Das ist ein Bergbauschacht, eine Grube mit Orchester, eine Höhle in meinen Träumen.

Das ist ein Knast.

Das sind unsere Leben.

26. November

Platano ernennt eine neue Regierung.

Kafka wird der neue Informationsminister.

Wieder sehe ich ihn im Fernsehen. Ich schalte den Ton aus, nähere mich dem Bildschirm, gehe ganz nah heran, jetzt sehe ich die langgezogenen Streifen, das weißliche Netz, das Bildschirmflimmern, ich starre so lange hin, bis mir die Augen wehtun.

Kafkas Gestalt wird immer blasser und gedehnter, er ähnelt einer Missgeburt, undeutlich, aber wenn ich die Augen schließe, sehe ich noch immer die Lichtspur, eine Art Fleck, in meine Blindheit gebrannt.

Als ich die Augen erneut öffne, ist nirgends eine Menschenseele zu sehen, nur das Strahlen der Flecken auf dem Bildschirm.

Ist das wirklich der Kafka, den ich kannte?

Und habe ich ihn überhaupt je gekannt?

Was bedeutet es, jemanden zu kennen?

An unserem angeblichen Wissen ist etwas Unheimliches.

Was wir als selbstverständlich hinnehmen, ein Bild, das man sich von einem Menschen macht, ist nicht nur unsere Einbildung, es ist der Spiegel des eigenen Wunsches, wie dieser Mensch sein sollte.

Zugleich aber ist ein gänzliches Trugbild unmöglich.

In mir ist eine Person, die die Projektion einer Verblendung ist, und eine zweite, die den Horror dieser Selbstverblendung erahnt.

Zwischen beiden wütet ein ständiger Krieg, ein Kampf um Leben und Tod.

Vor Paulas Garage liegt eine tote Wühlmaus.

Die Pfötchen hat sie nach oben gestreckt, die Schnauze spitz von sich gereckt.

Keine Wunden, obwohl es ungewöhnlich ist, dass sie genau dort, mitten im Hof, eines natürlichen Todes gestorben ist.

Seit die Müllabfuhr nicht mehr funktioniert und überall Müllberge liegen, haben sich Mäuse und Ratten vermehrt.

Jedoch habe ich schon lange keine Wühlmaus mehr gesehen.

Sie ist besonders.

Sie ist mit mir verbunden.

Nicht nur, weil sie sich auf meinem Weg befand und ich fast auf sie getreten wäre.

Sie ist schön.

Ein außergewöhnliches Stillleben.

Ich nehme sie in meine Hände.

Sie ist kalt.

Ich streichle ihren weichen Flaum voll geronnener Schlammtropfen.

Mir scheint, dass sie jeden Moment aufwacht.

Wenige hundert Gramm Tod in der Hand.

Wenige hundert Gramm von etwas, das gestern noch voller Leben war und Hoffnung auf ein Leben hatte.

Ich weiß nicht, warum, aber ich habe das Gefühl, dass mit jedem Gramm dieser Wühlmaus auch meine Zukunft gestorben ist.

Ich würde sie gern in eine Tüte packen und unbemerkt mitnehmen.

Ich wäre gern diejenige, die meine Zukunft lenkt.

Obwohl es dafür zu spät ist.

Neben mir steht schon Paula.

»Auch ich hatte einen Sohn, der gestorben ist«, sagt Paula. »Ein Auto hat ihn überfahren, nicht weit von hier. So wie du diese Wühlmaus hältst, so habe ich seinen toten Körper gehalten. Sie haben mir alles genommen. Erst nahmen sie mir meine Hoffnung. Dann meine Würde. Danach nahmen sie mir meinen einzigen Sohn. Deshalb entschloss ich mich, nicht zu sterben. Ich werde nicht sterben, hört ihr!«, schreit Paula. »Ich werde euer lebendiges Grauen, hört ihr! Ich lebe nicht! Ich werde lebendig werden!«

Ich blicke zu den Fenstern der umliegenden Gebäude auf.
Niemand weit und breit.

27. November

Platanos Regierung erlässt mit großer Eile bereits am ersten Tag ein Bündel von Maßnahmen.

Eine davon ist die Bestellung von zwei Frachtschiffen voller Bananen.

Trotz des Handelskriegs und des Embargos der Europäischen Union werden diese bereits im Hafen ausgeladen.

Man erwartet, dass die Bananen spätestens morgen Mittag die Läden im ganzen Land überschwemmen werden.

Gleichzeitig hat die neue Regierung die Bananensteuer im Voraus abgeschafft und den Austritt aus den Freihandelsvereinbarungen der Europäischen Union angekündigt.

Brüssel hat offiziell noch nicht reagiert. Es sind Klagen zu erwarten, Strafen und Gegenmaßnahmen, man weiß noch nicht, welcher Art.

Platano kündigt seinen ersten amtlichen Berlin-Besuch an.

Sein deutscher Kollege hat vor einem Monat ein ähnlich populistisches Manöver mit Sardellen gestartet.

Auch Sardellen sind Teil des Handelskriegs, ebenso wie Gewürze, Autos, Weizen und Waffen. Der deutsche Umgang mit dem einheitlichen Embargo der Europäischen Union hatte einen Kurseinbruch an den Weltbörsen und einen sprunghaften Inflationszuwachs zur Folge.

»Europa stirbt in Sardellenfässern«, so lauteten die Kommentare der ausländischen Medien.

Platano: »Jetzt sind wir wieder Herr unserer selbst und können mit dem eigenen Kopf denken.«

Kafka: »Unser Staat gehört wieder uns.«

Die Polizei vertreibt eine Handvoll Studenten vor dem Parlament.

Im Fernsehen erneut Kafka: »Wir werden den Frieden und die Verfassung schützen, gegen den Terrorismus kämpfen und entschlossen einschreiten.«

Ich erwische mich bei der obsessiven Selbstbefragung, ob das dieselbe Person sein kann, die noch vor weniger als einem Monat an meinem Küchentisch gesessen ist.

Ich erwische mich im anästhetischen Effekt dieser Frage, die einen in Wirklichkeit von der Erkenntnis abschreckt, dass auch die intimsten Momente, Sex, Essen, das Beobachten des Menschen beim Verrichten von Hygiene, stundenlange Diskussionen, Millionen ausgesprochener Worte, ausgetauschter Meinungen und Gedanken, in Wahrheit nur das ganze Geheimnis des anderen enthüllen, die eigene Machtlosigkeit, irgendetwas über den anderen im Spektrum seiner Verwandlungen zu erfahren.

Immer sehen wir nur eine Art (dieser Fungus und jene Flechte und dieser Pavian und jene Wespe), versuchen die zu beschreiben und, so gut es geht, genau zu benennen als etwas Einmaliges, Außergewöhnliches, nie als das gesamte naturkundliche Königreich, das gesamte *Systema Naturae*, das gesamte fluide Bestiarium, aus dem jeder Einzelne besteht.

Bei dieser Erkenntnis lache ich über mich selbst.

Dann krabble ich unter den Küchentisch.

Es ist kühl, deshalb wickle ich mich in eine dicke Decke und schreibe mit gefrorenen Fingern.

Die Sätze des Briefes sind klar und scharf wie der Blick auf das Weiße der Alpen-Bergriesen in der Ferne an einem kalten Vormittag in Ljubljana, den Scopoli in Gesellschaft seines geliebten und geschätzten Vaters Franziskus Xaverius Wulfen verbringt. Dort, weit hinter den verschneiten Alpengipfeln, liegt Scopolis friaulische Heimat, vor ihm aber lockt der Ruf des Unbekannten, gleichzeitig schicksalhaften Geistes, der Verlangen nach Bestimmtheit ist, nach Erfolg und endgültiger Selbstbehauptung.

»Zu viel Wunsch trübt den Geist, das ist gegen den Wunsch des Allmächtigen«, flüstert Franziskus. Leise in seinen Mantel gebeugt, murmelt er von Angst, die unter den Jesuiten weilt, von Bruder Ignacij, der nach dem Madrider Esquilache-Aufstand und dem Verbot des Ordens in Spanien nach Ljubljana geflüchtet ist. Franziskus lauscht Scopolis Plan und versucht ihn stückchenweise von seinem Vorhaben abzuhalten. Obgleich er durch seine Mutter Schwede ist, ist er dem heiligen Papst stärker verpflichtet als der österreichischen Krone. Das, was Scopoli vorhat, ist ein Ausdruck von Ungehorsam gegenüber der weltlichen Macht, ein außerordentliches Beispiel vom Eigenwillen eines Untertans, der dazu verpflichtet ist, stets seine Dankbarkeit und seinen ergebenen Gehorsam zu erweisen.

Um die angespannte Stimmung zu lockern, erzählt Franziskus von einer besonderen Art *Euphorbia*, die er vor Jahren auf den Kvarnerinseln fand, von seinen Mittelschülern, die überhaupt keinen Sinn für Metaphysik haben, obwohl er hofft, in jemandem von ihnen zumindest für einen Moment einen kleinen Newton zu erwecken, er erzählt von Lügengeflechten und Intrigen, die seinen Orden fast in ganz Europa in Ungnade geraten ließen, sodass die Jesuiten-Brüder nun sogar in den ihnen wohlgesinnten österreichischen Ländern um ihre Existenz fürchten müssen.

Der Weg führt an einer Lederwerkstatt vorbei, vor der Häute getrocknet werden, aus denen der Gestank nach Lauge dringt, bevor sie auf den Akademski Trg abbiegen. Scopolis Blick bleibt auf einer Mariensäule haften, auf dem Gesicht und der Brust der steinernen Jungfrau mit dem kleinen nackten Kind, das verwundert, fast schon spöttisch die Menschen auf dem Platz vor der Jakobskirche beobachtet.

»Gleich wie Herodes Agrippa in Jerusalem die Festnahme von Jacobus des Älteren befahl, ihn auszupeitschen und mit einem Dolch zu enthaupten, so leiden nun meine Brüder«, erzählt Franziskus. »Nur der Allmächtige weiß, ob uns noch was schützen kann, ob wir das Kollegium bewahren können oder nicht. Das ist eine Verschwörung. Man schreibt uns zu, dass unser Orden auf der Grundlage von Verschwörungen tätig ist, in Wirklichkeit ist jedoch genau diese grundfalsche Logik die Grundlage jeder Verschwörung, dass man seinem Feind dasjenige zuschreibt, was man selbst mit ihm treibt. So war es schon zur Zeit des Falls von Babylon. So ist es heute. Wo liegt der Beginn der Verschwörung? Wo ist die Erbsünde?« Fragt Franziskus Scopoli und öffnete die schwere Eichentür zum Kollegium.

In der Bibliothek befinden sich nebst den Bücherregalen auch andere Schränke, für die nur Franziskus und einige wenige Eingeweihte Schlüssel haben. Franziskus öffnet eine der vielen, reich mit Ornamenten geschmückten Türen des Barockschranks und beginnt allerhand ungewöhnliche Dinge vor Scopoli aufzureihen. Das erste ist ein Buch über Taschenspieler-Tricks mit dem mysteriösen Titel *Engaños a ojos vistas* von einem Scopoli unbekannten Autor, Pablo Minguet e Yrol, das zweite ist ein Papyrus, auf dem ein Drache gezeichnet ist, der sich in seinen eigenen Schwanz beißt, dann das kleinere, aber nicht weniger schöne

Exemplar eines Einhorn-Horns, Muster von seltenen Mineralien, schwärzer als die Nacht, eine Münze aus dem alten Rom. Zwei antike Vasen, auf einer die Abbildung von Odysseus zwischen Scylla und Charybdis, die Sirenen, die ihn zu sich locken, auf der anderen Seite des Polyphems Blendung, daneben eine blutrote Koralle auf einem winzigen, fein ornamentierten Silberuntersatz, die Statue einer nackten Tänzerin mit vier Armen und Gesichtszügen, wie sie die Menschen im fernen Sina haben.

»Das ist der Gott Shiva«, erläutert Franziskus, »ich habe ihn von einem venezianischen Händler bekommen, der sagt, er stamme aus Indien.« Scopoli betrachtet einen riesigen Tierzahn, den er nicht zuzuordnen vermag. »Er wurde unweit von Ljubljana gefunden«, erläutert Franziskus, »und gehört wahrscheinlich der verschollenen Art *mammalia bestiae* an.«

Franziskus nimmt einen verschlossenen Kupfertopf in die Hände. Scopoli dringt ein starker Alkoholgeruch in die Nase. Franziskus greift vorsichtig mit zwei Fingern in den Topf und zieht ein ausgewachsenes Exemplar des *Proteus anguinus*, des Grottenolms, aus dem Alkohol. »Das ist ein äußerst empfindliches Wesen, es lebt in Grotten, durchsichtige Haut, stark ausgeprägte Sinnesorgane, mit Ausnahme der Augen. Er erträgt alles außer das Tageslicht. Helios verbrennt Proteus, wie seinen Vorgänger Ikarus.« Dabei treffen sich die Blicke der Männer. Nach längerer Pause flüstert er leise: »Möge es uns als Ermahnung dienen, dass zu viel Wissen schadet. Wer sich dem reinen Licht des Wissens nähert, fällt in die Dunkelheit, Scopoli! Ich habe deine Beschreibung und Klassifizierung für Proteus gelesen, die du auch Linné geschickt hast, und dachte mir, dass dir dieses Exemplar Freude bereiten wird.«

Scopoli hebt das glänzende Tier in die Luft und trägt es ganz nah zum Fenster. Die Haut ist noch immer durchsichtig, nur das Innere der Amphibie ist verfärbt im Vergleich zu den lebenden

Exemplaren, die ihm nicht unbekannt sind. Scopoli betrachtet die winzigen Fränslein anstelle von Augen, die Beine und den langen Schwanz, als ein Fremder die Bibliothek betritt. Franziskus stellt ihn als Bruder Ignacij vor. Bruder Ignacij ist schweigsam, bärtig und grauhaarig, um ihn herum ein besonderer Geruch nach einem alten, feuchten Sacktuch. Als er das Muster zurück in die Kupferschachtel räumt, erspäht Scopoli für einen kurzen Moment ein kleines Zeichen auf dem Innensaum des Kragens von Ignacijs Kutte, Zirkel und Winkel. Franziskus bittet Ignacij, ein verstecktes Fach im Sekretär aufzuschließen, zu dem nur er und der General der Ljubljaner Jesuiten den Schlüssel besitzen, um dem geschätzten Gast das ungewöhnlichste Objekt der hiesigen Sammlung zu präsentieren. Ignacij nickt, holt den Schlüssel hervor, den er unter seiner Kutte um den Hals gebunden trägt, und dreht ihn in der Schranktür. Im Fach befindet sich ein Tablett, darauf ein faustgroßes Objekt, das mit einem Tuch bedeckt ist. Im nächsten Moment erblicken Scopolis Augen etwas, das sie noch nie zuvor gesehen haben.

Auf dem vergoldeten Tablett liegt ein verkleinerter Menschenkopf, ein Affe vielleicht, nein, ein Mensch beziehungsweise ein Mensch, der in einen Affen verwandelt worden ist, mit drei Stäbchen, die ihm den Mund durchstechen, und mit zugenähten Augen, wenigen Haarsträhnen und Narben, tief in die Wangen geschnitten.

»Das ist Bruder Isonzo«, sagt Bruder Ignacij. »Er wurde nach Amerika geschickt, nach Peru, um dort den rechten Glauben zu verbreiten. Er ist spurlos verschwunden. Jahre später hat ein Händler mit den dortigen Wilden ein Geschäft gemacht, um Isonzos Schädel zurückzubekommen beziehungsweise das, was von ihm übrig geblieben ist. Ich denke, dass er eine Muskete dafür hergeben musste. Isonzo brach auf, um das Wort Gottes im Innern des Landes zu verkünden, wo es ziemlich viel Gold gibt und wohin man aus Ydria über Spanien Mercurius exportiert, um mit dessen Hilfe Gold aus den dortigen Flüssen zu sieben. Jetzt ist alles, was von Bruder Isonzo übrig geblieben ist, sein Kopf, jedoch kleiner, ohne Knochen und Mark. Gelegentlich unterhalte ich mich in meinen Gebeten mit ihm, und er erzählt mir, wie er gelitten hat und dass seine Seele bei Gott ist und ich auf mich aufpassen soll, damit mich nicht die heilige Wut befällt, wenn ich an die Wilden denke, die ihm solch schrecklichen Tod zugefügt haben.«

Scopoli kann seine Entzückung über den ungewöhnlichen Gegenstand nicht verhehlen. Er denkt über die Methoden nach, die erforderlich sind, um einen Kopf auf die Größe von weniger als einem Drittel der Normalgröße zu verkleinern, wobei die Proportionen und Hauptgesichtszüge erhalten bleiben. Vor seinen Augen erscheint das Gesicht des Jungen, der einen Tag zuvor bei Vrhnika gestorben ist, die Erleichterung, die der Mercurius-Tod auf die Wangen des Jungen gezaubert hat. Auf dem Gesicht von Bruder Isonzo gibt es keine Spuren eines ruhigen Todes. Der Tod, der Isonzos Augenhöhlen zugenäht hat, ist noch immer lebendig, er lodert im Inneren dieses Kopfs. Es ist ein lebendiger Tod, hinter Isonzos faltiger Gesichtshaut gefangen, einer, der sogar jemandem wie ihm, der an den Tod und an Schlimmeres im Zusammenhang mit dem menschlichen Körper gewöhnt ist, Unbehagen einflößt, ja sogar die Angst in die Knochen jagt.

Abends eine Mail von Andrej.

Das gemeinsame Pfannkuchen-Backen hat sich als eine sehr gute Annäherungsmethode zwischen den Häftlingen, die er in Therapie hat, erwiesen und zum Schluss sogar zu einem allgemeinen Sich-Überfressen geführt.

Er sagt, dass er mit Sodbrennen zu Hause liegt, dass er mindestens zehn Pfannkuchen mit Hagebuttenmarmelade gegessen hat, dass er nicht aufstehen kann und dass das Einzige, was ihn noch halbwegs am Leben hält, der Gedanke an mich ist.

Sein Süßholzraspeln geht mir unendlich auf die Nerven, ich versuche, so gut es geht, hart, mit einer zweisilbigen »aha«-Mail, zu antworten, obwohl ich mich beim Gedanken erwische, dass meine Schärfe lediglich eine Farce ist, dass ich bei so viel Zucker dahinschmelze und mich anpasse und es mich weniger stört, als es mich noch vor Kurzem gestört hätte.

Ich erkenne mich nicht wieder.

Zuckerkörner.

Zuckerpackungen.

Zuckerhaufen.

Zuckerberge.

Zuckerfabriken.

Pfui Teufel!

Wer bin ich?

Der Mail sind drei neue Geschichten angehängt, die ihm Panfi unerwartet im Namen der Dreiergruppe übergeben hat.

Junge

Er wurde bis zur Unkenntlichkeit entstellt. Nicht weil es fünf Jahre her war, dass ich den Jungen das letzte Mal gesehen hatte (in der Zwischenzeit war er von einem siebenjährigen Kind zu einem großen, schlaksigen Abstinenzler herangewachsen), sondern wegen seines grimmigen Blicks und wegen der Falten in seinem Gesicht, die zu einem Erwachsenen, wenn nicht gar zu einem älteren Mann zu gehören schienen. Ich hatte erwartet, dass er traumatisiert sein würde. Was er durchgemacht hatte, war unvorstellbar: drei Jahre Krieg, die Ermordung seiner Eltern (ein Überlebender aus dem Dorf behauptet, meine Schwester habe am Ende nur noch darum gebettelt, nicht vor seinen Augen getötet zu werden, was die Mörder natürlich zur Belustigung gerade darum taten), Monate in einem Lager und zwei Asylantenheime. Dann wurde er schließlich in meine Obhut übergeben. Er war nur noch Haut und Knochen. Und er sprach sehr wenig. Nur das Allernötigste, gelegentlich. Ich habe nichts gefordert. So lief es in den ersten paar Monaten. Ich versuchte mit aller Geduld, ihm näherzukommen, aber es gab keine wirklichen Fortschritte. Eines Tages hörte er dann ganz auf zu sprechen. Ich habe ihn nicht gezwungen. Ich hoffte, dass das nur eine Phase sei. Aber es dauerte eine Weile. Wochen, einen Monat, zwei, drei. Eines Morgens ging ich in sein Zimmer und traf ihn auf dem Kopf stehend an. Ich habe ihn allein gelassen. Zwei Stunden später kehrte ich zurück, und er stand immer noch auf dem Kopf und hatte schon ganz geschwollene Wangen. Ich sagte ihm, er solle sofort aufhören, er würde sich umbringen. Ich habe es geschafft, ihn umzudrehen. Am selben Abend fand ich ihn wieder in der gleichen Position aufgestellt. Ich schrie, was denn nur los sei. Dass es etwas bedeutete, dass er am Leben war, dass er für sein Leben verantwortlich war, dass er leichtsinnig mit seiner Gesundheit spielte. Da lächelte er zum ersten Mal, seit er zu mir gebracht worden war. Aus meiner Perspektive sah es wie ein Ausdruck von Schmerz aus, aber aus seiner eigenen Perspektive schien er sicherlich zu lächeln. Dann sagte er sogar ein Wort zu mir. Das erste Wort nach drei Monaten Schweigen. Ich habe das Wort nicht verstanden. Er sagte noch ein paar Worte in einer unbekannten Sprache zu mir. Ich dachte, er machte einen Scherz oder so. Ich habe ihn dann in Ruhe gelassen. Am nächsten Morgen fand ich ihn wieder auf derselben Stelle und in der gleichen Position. Es sah aus, als hätte er die ganze Nacht auf dem Kopf gestanden, und seine Beine baumelten in den Himmel. Ich fragte ihn wieder, ob er sich umbringen wolle. Wieder antwortete er mir mit demselben Wort, das ich in der ersten Nacht schon nicht verstanden hatte. Ich wusste nicht mehr, was ich noch tun sollte. Ab und zu ging ich in sein Zimmer, um nachzusehen, und er stand immer noch auf dem Kopf. Dann habe ich einfach die Worte aufgeschrieben, die er von Zeit zu Zeit vor sich hin murmelte, und nach einer Weile habe ich endlich verstanden. Er hat rückwärts gesprochen. Er wiederholte ständig »negnageglemmihnedniretnurdnisapapdnuamam!«, was ich schließlich als »Mama und Papa sind runter in den Himmel gegangen« entzifferte. Und der nächste Satz lautete: »Ich rufe sie, damit sie wieder nach oben zu meinen Füßen fallen.« Am nächsten Morgen bemerkte ich große Falten unter dem Teppich, der vor ihm ausgebreitet war. Ich schob ihn weg und war sprachlos. Der Holzboden bekam Risse, und Knochen-

und Kleidungsstücke ragten aus der Erde unter dem Boden in den Raum. Ich rief: »Was machst du da, du Unglückseliger! Lass die Toten in Ruhe, hörst du!« Das war das einzige Mal, dass ich ihn weinen sah. Er stand auf dem Kopf, und Tränen aus Blut flossen über sein Haar auf den Boden. Ich rannte nach draußen, um Hilfe zu holen. Als ich zurückkam, war der Junge weg, und die Knochen und Kleider, die aus dem Boden ragten, waren auch verschwunden. Dort, wo er auf dem Kopf gestanden hatte, befand sich ein großes schwarzes Loch im Boden.

Embryo

Obwohl wir monatelang gehungert hatten, begann mein Bauch zu wachsen. Unter normalen Umständen hätte ich gedacht, dass ich zu viel gegessen oder getrunken habe, aber mein erster Gedanke war, dass ich krank geworden bin. Mein Bauch wuchs im Rhythmus des wachsenden Hasses, des Misstrauens und der Gewalt um uns herum. Zuerst wuchs er, und dann spürte ich einen Fötus in meinem angespannten Bauch. Zuerst habe ich mir vorgestellt, es sei ein menschlicher Embryo. Dann erinnerte ich mich an eine Geschichte, die ich in der Schule lesen musste, über einen Mann, der zum Insekt wurde. Aber hier wurde nicht ich zum Insekt, sondern das Insekt wurde in mir. Und es wurde immer mehr. Und vielleicht war es gar kein Insekt. Vielleicht war es ein anderes Tier. Ich habe ein Gerücht gehört, dass ich nicht der erste Fall dieser Art bin. Dass ein paar Männer schwanger wurden, nachdem wir von Raketen mit angereichertem Uran beschossen worden waren. Einem soll im Krankenhaus ein krokodilähnliches Federmonster aus dem Körper geschnitten worden sein. Ich habe natürlich nicht an solche Gerüchte geglaubt. Aber ich habe festgestellt, dass die Kreatur in mir bei Beschuss oder Artilleriefeuer unruhig wird. Wenn es Bumm macht, gibt es ein starkes Grollen, fast ein Reißen, ein Flattern in meinem Bauch. Ich versuche, das Wesen in mir zu beruhigen. Indem ich es streichle. Und singe. Singen hilft immer, aber nur, wenn die Stimme tief und ruhig ist. Aber manchmal bin ich nicht ruhig, ich kann einfach nicht ruhig sein. Dann ist alles noch schlimmer. Ich habe kürzlich entdeckt, dass ich es auch mit meinen Gedanken beruhigen kann. Wenn es mir gelingt, mich zu konzentrieren, und ich die Gefahr, all die Verwundeten und Toten, beiseiteschieben kann und mir stattdessen das Rauschen des Meeres oder der Wolken oder irgendetwas anderes Friedliches vorstelle, dann beruhigt sich auch die Kreatur in mir. Aber ich bin nicht sehr gut darin. Höchstens für ein paar Minuten, dann dringen wieder Szenen des Krieges in meine Gedanken ein. Das Wesen in mir wacht auf und beginnt zu wüten. Ich weiß nicht, was es ist. Ich weiß nicht, wie es aussieht. Eines ist klar: Es ist ein Kind des Krieges, es ist der Krieg selbst, der Krieg in mir, in meinem Fleisch, in meinen Knochen. Es wurde nie erdacht. Dafür gab es keine Möglichkeit. Und doch existiert es. Ich frage mich immer wieder: Wie ist es entstanden? Warum in mir? Noch weniger ist mir klar, wie es überhaupt auf die Welt kommen soll. Durch meinen Mund? Durch mein linkes Ohr? Durch meine Pobacken? Sie müssen mich aufschneiden, es aus mir herausschneiden, oder wir werden uns gegenseitig umbringen. Jeder Krieg fordert seinen Tribut. Ich will nicht, dass diese Kreatur in mir von Anfang an keine Chance hat. Jedes Kind, selbst das größte Kriegsmonster, hat das Recht zu überleben. Ist es wirklich ein Ungeheuer? Und selbst wenn es ein Ungeheuer ist, dann ist es mein Ungeheuer. Und ich bin seines.

Der Weg in mir

Wenn ich meine Augen schließe, sehe ich die Straße vor mir. Eine Frau geht mit einem Baby im Arm die Straße entlang. Sie ist barfuß, ihr Haar ist unter einem Kopftuch verborgen. Ihr Spaziergang, ihre Ankunft, bringt Gold in die Monotonie des Morgens. Eine junge Frau geht mit einem Baby im Arm die Straße entlang. Jetzt kann ich ihr unbewegliches Gesicht erkennen. Ihr Gesicht ist von den großen Widersprüchen dieses Landes gezeichnet, ihre Kleidung ist zerrissen und schmutzig. Ihr Kleid hat die Farbe des Himmels über diesem Land. Sie geht aufrecht und würdevoll, als ob sie nicht von dieser Welt wäre. Frau, bleib stehen! Frau mit dem Baby, bleib sofort stehen, sage ich dir. In drei, in vier, in allen Sprachen dieser Welt befehle ich euch: Halt, halt, halt, halt, halt! Wenn ich die Augen öffne, verschwindet manchmal die Straße, verschwindet die Frau mit dem Baby im Arm. Wenn ich die Augen schließe, sehe ich sie wieder, die kurvenreiche und endlose Straße, auf der eine junge Frau, fast noch ein Mädchen, mit einem Baby im Arm unterwegs ist. Ihre nackten Füße treten zögerlich auf den staubigen Pfad, ein kleines, kaum hörbares Gebet. Ihre Fußsohlen haben bereits die Linie überschritten, das STOP-Schild an der Linie. Halt, ich befehle dir, Mädchen mit dem Baby im Arm, halt, oder ich schieße! Hinter mir stehen Soldaten wie ich. Andere Zivilisten wie sie. Ich bin der Kontrollpunkt. Ich bin die Grenze, die niemand unkontrolliert überschreitet, verstehst du? Kannst du mich hören? Bist du noch da, hinter meinen geschlossenen Augen? Warum hörst du nicht auf mich? Warum bringst du dein Baby nicht zu den Toten, dahin, wo es hingehört? Warum trägst du es weiterhin nur zu mir, nur zu meinem Rufen tief im Traum, tief im Traum dieses Landes, zu den Albträumen? Wenn ich meine Augen öffne, kann ich es hören. Wenn ich die Augen schließe, sehe ich nur die Vögel, die von den Bäumen auffliegen. Der arme streunende Hund zuckt kurz zusammen, rennt ein paar Dutzend Meter weg, setzt sich wieder an den Rand der Straße, die sich auf mich zu windet, die Straße, die mich verfolgt. Eine Frau liegt tot auf der Straße, neben ihr liegt ihr Baby. Ein totes Mädchen mit zerschossenem Gesicht liegt auf der Straße. Ich höre ein Baby weinen, aber nur, wenn ich meine Augen öffne. Wenn ich sie schließe, höre ich nichts in der Monotonie des Morgens. Alles, was ich sehe, ist ein eingewickeltes Brot mit einem Babykopf, der in einer Blutlache liegt. Ich sehe nur Soldaten in voller Kampfmontur, Soldaten, die sich an einem eintönigen Morgen mit erhobenen Gewehren langsam einer Blutlache auf der Straße nähern. Auf der Straße, die mich anstarrt, während ich meine Augen schließe. Die Leiche des Babys ist voll Dynamit, schreien meine Kameraden mir ins Ohr. Du hast das Richtige getan, du hast uns gerettet, das hätte uns alle in die Luft gejagt, schreien die Stimmen der Soldaten von der Straße. Ich weiß das alles. Es ist meine Aufgabe, das zu wissen. Ich habe für all das trainiert. Zu wissen, dass das meine Berufung ist. Ich habe uns alle gerettet. Aber wenn ich die Augen schließe, kann ich mich selbst nicht mehr sehen, ich kann meine Kameraden nicht mehr sehen, ich kann meine Frau und meine Kinder nicht mehr sehen, ich kann den Bahnhof, die Turmspitzen der Kirche Sint-Katelijne und unsere Rue de Flandre nicht mehr sehen. Wenn ich die Augen schließe, sehe ich nur die dunklen Bäume am Straßenrand, die Straße in einem fremden Land, die Frau mit dem Baby im

Arm, die auf mich zugeht. Alles, was ich sehe, was nie aufhört, ist die Straße, die an einem eintönigen Morgen auf mich zukommt, ein barfuß gehendes Mädchen mit einem Baby, das ich nicht aufhalten kann, ein Mädchen, das sich mit seinem toten Baby nähert, voll mit Sprengstoff, um mich von innen in die Luft zu jagen. Eines Tages wird sie Erfolg haben. Doch bis dahin ist es noch ein weiter Weg.

28. November

Gestern Massenaufruhr in den Läden und im gesamten Staat. Die Reaktionen der Menschen auf den Populismus der Regierung übertreffen alle Erwartungen.

Alle, wirklich alle wollen sich rechtzeitig ihre Bananen sichern.

Noch bevor die Läden ihre Türen öffnen, kam es zu Gedränge und Stampeden.

Man berichtet von Toten und vielen Schwerstverletzten.

Gewaltiges Chaos und Unzufriedenheit.

Die Regierung hat zwischenzeitlich den Notstand ausgerufen und neben den Polizisten zusätzlich noch die Armee vor die Einkaufszentren geschickt.

Alles zusammen ist viel zu bizarr, um nicht wahr zu sein.

Scharfe Kritik aus Brüssel bezüglich der Entscheidung der neuen Regierung, obwohl Brüssel momentan viel zu viel mit sich selbst zu tun hat.

Es scheint, dass Europa kurz vor dem Ende steht, wobei Bananen nur eine Metapher dafür sind.

Nichts darf uns mehr überraschen.

Und nichts kann uns mehr retten.

Am Nachmittag wird das angespannte Geschehen im Land eine unbedeutende Kulisse, etwas sehr Fernes und Marginales.

Ein Treffen mit meiner Schwester Ana.

Sie jammert wegen der Unzuverlässigkeit ihres Sohnes beim Erledigen der Hausaufgaben.

Ich schaue unter den Tisch.

Ich lausche den Schwierigkeiten und Kreditvorteilen, die die hohe Inflation mit sich bringt.

Ich schaue vor mich hin.

Ana beschwert sich über ihren Mann, einen Tennislehrer, der wegen der Krise immer weniger Kunden hat.

Ich schaue aus dem Fenster.

»Warum treffen wir uns erst jetzt, da uns Tante Marija dazu gezwungen hat?«

Ich beginne am Rand der Preisliste zu rupfen, Papierchen zu kleinen Kugeln zu formen.

Als sie auf die Toilette geht, nehme ich einen Strohhalm und schieße ihr einige Kügelchen nach.

Als sie zurückkommt, predigt sie mir, dass ich mein Erbe wohlüberlegt verbrauchen soll.

Ich trete ihr gegens Bein und entschuldige mich sofort.

Sie stöhnt auf, schaut mich böse an, fährt aber fort.

Sie jammert über die generelle Not.

Angeblich ist es ihrem Ehemann aufgrund seiner zwei Meter gelungen, ganze drei Kilogramm Bananen zu besorgen, aber sie sind schon ausgegangen.

Ihr Sohn möchte mehr, aber sie weiß nicht, was sie tun soll.

Sie dreht sich um, um noch einen Kaffee zu bestellen.

Sie ist die Einzige, die Kaffee trinkt, während wir alle Aperol Spritz trinken.

Ich sehe mich in der Bar um, an den Nachbartischen trinken alle Aperol Spritz.

Weil der Kellner nicht kommt, steht sie auf, geht zum Tresen, ich höre sie, wie sie sich über die Bedienung beschwert.

Am Fenster entdecke ich eine Reißzwecke, schnell lege ich sie auf ihren Stuhl.

Sie kommt zurück, setzt sich hin und schrickt kreischend hoch.

Ich stelle mich dumm, als wüsste ich nicht, woum es geht.
Sie flucht. Jetzt ist sie wirklich wütend.
Sie sagt, ich verhalte mich wie ein Teenie.
Ich gebe es zu.
Sie sagt, ich sei verantwortungslos.
Ich gebe es zu.
Sie weint.
Sie sagt, ich solle endlich einen Mann finden, eine Familie gründen.

Hier kann ich nichts erwidern, ich schweige nur und trinke Aperol Spritz.

Sie hört auf zu weinen, sie schnieft nur noch, sucht ein Taschentuch, findet es, schnäuzt sich kräftig.

Sie sagt, ich sei der Figur ähnlich, die Mutter auf dem Nachtkästchen hatte, einer Figur mit drei Affen, der erste hielt sich die Augen zu, der zweite den Mund, der dritte die Ohren.

Auch das gebe ich zu.
Ich frage sie, ob sie weiß, wo diese Figur ist.
Sie sagt, sie wisse es nicht.
Ich glaube ihr nicht.
Ich bin überzeugt davon, dass sie bei ihr zu Hause ist.
Sie weiß, dass ich ihr nicht glaube, aber es stört sie nicht.
Sie fährt fort.
Sie sagt, dass sie ganz allein für Mutters Grab sorge.

Dass ich total und absolut keine Verantwortung übernehme, kein bisschen Pietät besitze.

Dass ich Mutters Erbe nicht verdiene.
Ich antworte, das sei nicht ihre Angelegenheit.
Sie sagt, es sei ihre Angelegenheit, weil Mutter meinetwegen gestorben sei.

Sie sei so aufgebracht gewesen, dass sie nicht mehr konnte, sie konnte einfach nicht mehr.

Sie sei meinetwegen aus dem Leben ausgestiegen.

Ich antworte, sie sei nicht aus dem Leben ausgestiegen, sondern aus einem Auto, und das auf einem Viadukt, wo Anhalten strengstens verboten ist, und was ich damit zu tun habe, außer dass ich genauso wie sie an den Folgen von Mutters unüberlegtem Handeln leide.

Vielleicht sogar an Mutters überaus egoistischem Handeln.

»Du hast Mutter ins Grab gebracht«, sagt sie, »du pietätloses Ding!«

Bei »pietätloses Ding« hebt sie ihre Stimme, als wollte sie eine Arie singen.

Trotz aller Beschimpfungen ist ihr Kaffee immer noch nicht da.

Mit ausgestreckter Hand steht sie erneut auf.

Als sie vorhat, sich zu setzen, ziehe ich ihr den Stuhl weg, sodass sie auf den Boden plumpst.

Sie rappelt sich schnell auf.

»Jetzt bist du zu weit gegangen!«, schreit sie.

»Jetzt bist du dorthin gegangen, von wo es keinen Weg mehr zurück gibt!«, schreit sie und verpasst mir eine Ohrfeige.

Ich stürze mich auf ihre Haare.

Ich kenne dieses Spiel, wir haben es schon oft gespielt, seit sie auf der Welt ist.

Wir wälzen uns auf dem Boden, bis uns die Kellner auseinanderbringen.

Sie werfen uns hinaus.

Hinter uns höre ich das Geschrei, dass ich für alles zahlen werde.

»Wenn Krieg ist, ist Krieg«, höre ich.

Es gebe keinen Weg zurück.

Auf dem Heimweg überlege ich, dass es wahrscheinlich

stimmt, dass jeder Krieg zwischen zwei Menschen beginnt, die verwandt sind, meistens im engeren Verwandtschaftsverhältnis.

Im Verhältnis, das man brechen und woraus man sich befreien muss.

Du pietätloses Ding, hallt es in meinem Kopf wider.
Du pietätloses Ding.

29. November

Scopoli sitzt in einer wackeligen Postkutsche zwischen sieben andere Passagiere gezwängt auf dem Weg nach Salzburg. Starker Schweißgeruch. Im Schoß hält er eine Ledertasche, in der er das Wichtigste hat: einige Muster für Linné, Geld, Zahnpulver, persönliche Medikamente und ein Exemplar des Buchs *Hortus Cliffortianus*. Der Rest seines Gepäcks ist auf dem Dach und schaukelt gemeinsam mit der ungemütlichen Kutsche hin und her, die sich sehr langsam über die löchrige, schlammige Straße bewegt.

Scopoli nickt ein und träumt von Hartekamp. »Dort, in Hartekamp, verbrachte ich die glücklichsten Jahre meines Lebens«, schreibt ihm Linné. »Deshalb habe ich mich entschlossen, jetzt, wo mein Freund, der große Mäzen der Wissenschaft, Sir Pieter Clifford, aus der Welt geschieden ist und sein wackerer Sohn Pieter Clifford junior den Besitz übernommen hat, mich noch einmal an den Ort zu begeben, der so unglaublich prunkvoll war in der Vielfalt der Pflanzen- und Tiermuster, die Sir Clifford aus aller Welt herbeischaffen ließ, und der mir nach Gottes Gnade meine damals noch jungen Augen geöffnet hat, dass ich endlich erkannte, wie unser allmächtiger Gott unsere einzigartige Welt erschuf. Was würde ich darum geben, mein aufrechter Freund, dass wir uns dort treffen könnten, was würde ich darum geben, Sie nach all den Jahren gegenseitiger Ergebenheit in unseren Briefen endlich mit meinen eigenen Augen zu erblicken und alles Wissen und die Worte auszutauschen, für die jeder Brief zu kurz und jeder Satz zu beengend ist.« Immer aufs Neue wiederholt Scopoli im Stillen die Sätze aus dem Brief. Immer wieder, während sich in der schaukelnden Kutsche, die sich über die löchrige Straße kaum schneller als ein Mensch bewegt, der metallene Griff des Säbels seines Mitreisenden in seine Rippen bohrt. Der Mitreisende hatte sicher halbgekochte Bohnen gegessen, abscheuliche Blähungen quälen ihn. Sie entweichen nicht laut – trotzdem schämt er sich ein bisschen –, sondern leise, perfide und ununterbrochen, sodass sich alle in der Kutsche die Nasen zuhalten. Scopoli wird schlecht. Sie haben erst wenige Kilometer in Richtung Salzburg hinter sich, denkt er. Was kommt noch? Und wie lange dauert es noch? Hartekamp klingt in seinem Kopf nach. Hartekamp wie eine schaukelnde Glocke in seinem Darmsystem und im Herzen und Hals und in der Brust. Hartekamp in seinen abstehenden Ohren und der scharfen Nase, in seinen dicken Schenkeln und dem Doppelkinn. Wie viele Meilen, wie viele Nächte sind es noch bis Hartekamp?

Scopoli hält es bald nicht mehr aus. Er tauscht seinen Platz mit einem Mann, der für seine Reise um die Hälfte weniger bezahlt hat, weshalb ihm der unbequemste Platz zwischen dem Gepäck der Passagiere auf dem Kutschendach zusteht. Bald geht es wieder bergauf. Es beginnt zu regnen. Es schüttet wie noch nie zuvor. Auf der Straße sind mehrere Erdrutsche, sie müssen anhalten, Steine aus dem Weg räumen. Die Kutsche bleibt oft im Schlamm stecken. Alle müssen aussteigen, damit es den Pferden gelingt, das Gespann herauszuziehen, während hinten die Passagiere im Schlamm einsinken.

Gänzlich durchnässt, verfroren und erschöpft erreichen sie

mitten in der Nacht eine Wirtschaft. Alle Zimmer sind voll. Scopoli findet einen Liegeplatz auf dem Boden am Kamin. Er blickt ins Feuer, das prasselt und den Brief trocknet. Anstelle von Buchstaben ist das feuchte Papier voller Tintenflecken. Scopoli hält es vorsichtig nahe an die Flammen und versucht zu entziffern, was da geschrieben stand. Nur noch hier und da ist es möglich, eines der Wörter wiederzuerkennen. Rundherum nur blaue Dunkelheit. Aber zum Glück kennt er den Brief auswendig, wiederholt ihn andauernd, spricht ihn vor sich hin im Wunsch, keinen einzigen Satz zu vergessen, keinen einzigen Satz der Welt.

Eine Woche später überqueren sie auf Pferden die Alpen. Die Führer gehen Reisig für das Feuer sammeln und kommen nicht mehr zurück. Bei den Pferden bleibt eine Zehnergruppe verfrorener und hungriger Passagiere zurück, darunter zwei Frauen und ein Kind. Trotz des späten Frühjahrs ist es kalt, überall liegen Schneeflecken. Keiner kennt den Weg. Eine bewaffnete Fünfergruppe taucht auf. Man ließe sie am Leben, wenn sie alles Gold und Geld aushändigten. Nachdem sich die Passagiere beraten haben, willigen sie ein. Die Räuber nehmen noch die Hälfte der Pferde mit. Unter ihnen auch das von Scopoli. Sie nehmen sich auch Scopolis in Jute gewickelte Koffer, die an das Pferd gehängt sind. Im ersten befindet sich Scopolis Kleidung. Im zweiten sind Exemplare seltener Tiere, Pflanzen und Idrijer Mineralie und anderer Steinproben für Linné. Scopoli protestiert, verlangt zumindest den Koffer mit den Exemplaren zurück. Der Anführer der Räuber schaut ihn müde an, grinst für einen Moment, zwei Reihen schwarzer fauler Zähne öffnen sich leicht, während er den stumpfen Griff seiner Schrotflinte hebt und ausholt.

Als Scopoli aufwacht, ist er ganz blutig. Alles dreht sich um ihn. Die Gesichter der anderen Reisenden sind über ihn gebeugt. Beim Aufstehen hilft ihm ein älterer Mann, der dermaßen stinkt, dass Scopoli sich sofort erbrechen muss. Man hebt ihn auf ein Pferd. Etwas weiter gehen sie an einem Abgrund vorbei, in den die Räuber die für sie überflüssigen Dinge geworfen haben, darunter auch die beiden Koffer Scopolis. Scopoli erblickt weit unten in der Senke seine Hemden, die auf den Dornen hängen, wunderschöne Exemplare von Kolkraben *(Corvus corax)*, die über den Überresten des Koffers mit seinen Mustern kreisen, welche er mehrere Jahre gesammelt hatte und seinem geistigen Vater Linné bringen wollte. Dann sieht er noch den blaugrauen Himmel, riecht die Wolken dort oben, hört den Schrei eines Greifvogels über den verschneiten Bergriesen, sieht die Mähne des alten Gauls unter sich, bis ihm erneut schwindelig wird vor Übelkeit und er in die Dunkelheit fällt.

Acht Nächte später hallen auf den Straßen von Salzburg Hufe wider. Auf dem Pferd baumelt ein menschlicher Körper. Es ist nicht ganz klar, wie das Pferd an der Stadtwache vorbeigekommen ist, die ihrer Berufung in dieser reichen Stadt sonst konsequent nachkommt. Das Pferd schreitet erschöpft über das Katzenkopfpflaster, bleibt stehen, seine Beine erzittern. Das Tier sackt zusammen, kippt seine Last zur Seite, streckt die Hufe von sich, aus dem Maul tritt Schaum. Als die ersten Menschen angerannt kommen, ist das Pferd tot. Neben ihm liegt ein Mann, kaum noch lebend, ein Paar dünne Arme, die sich krampfhaft an einer Ledertasche festhalten.

Ich kann nicht einschlafen.

Ich schalte Onkels Fernseher ein.

Im Staat wütet ein richtiger Tsunami, man hat den Chef der Polizei ausgetauscht, den Chef des Armeegeneralstabs, den Chef der Geheimpolizei, den Direktor der Zentralbank, auch der Direktor des Staatsfernsehens wurde seiner Funktion enthoben, weil er nach Meinung der Regierung »unkorrekt und parteiisch über die Opfer der Schlachten und Stampeden beim Verteilen der Bananen im ganzen Land« berichtet hat.

Es gibt keine offiziellen Angaben über die Opfer, es verbreitet sich jedoch immer mehr die Neuigkeit von mehreren hundert Schwerstverletzten und sogar mehr als zehn Todesfällen.

In einem TV-Nachtklub diskutieren zwei politische Analytiker über die Zukunft der Europäischen Union, über die vorzeitige Auflösung des europäischen Parlaments und ein gesamteuropäisches Referendum über die Zukunft der Union.

Der erste schnupft pausenlos und sagt die ganze Zeit »aber, aber«.

Der zweite lässt den ersten gar nicht zu Wort kommen. Er redet wie ein Panzer, langsam, ruhig, schussfest.

Was auch immer er sagt, ist fade und leer und ekelhaft.

Dann schalte ich auf einen Kanal ohne Programm um, ich schaue in die Dunkelheit und die schimmernde Aufschrift in der Mitte: NO SIGNAL.

30. November

Jetzt erwarte ich sie schon. Sie erlaubt mir nicht, die Augen zu schließen, als der Bus sich einem Viadukt nähert.

Sie erlaubt mir nicht, an etwas anderes zu denken als an sie.

Sie ist mein Schmerz.

Ihre verhohlene, gleichzeitig unerbittliche Anwesenheit.

Pünktlich wie ein Uhrwerk fährt der Bus über den Viadukt.

Unveränderlich wie ein Ort, durch den wir fahren, ein Ort, der sich nicht auf Erden befindet, sondern in der Luft.

Der Boden scheint fest zu sein, aber das Auge sagt etwas anderes.

Mir wird heiß.

Ich öffne meinen Mantel einen Spalt. Sie ist auf meiner Brust.

Sie kriecht auf und in mir herum, draußen und drinnen zugleich.

Den anderen Mitreisenden bleibt sie unsichtbar, für mich aber ist sie mehr als ein Gefühl.

Ich glaube nicht, dass ich mich irgendwann an sie gewöhnen werde.

Ich glaube nicht, dass wir uns irgendwann anfreunden werden.

Ich öffne einen Knopf auf der Brusttasche meiner Jacke.

Ich versuche sie zu befreien, ihr Platz zu geben, dass sie rauskriechen kann, über meinen Herzmuskel.

Erst in diesem Moment wird mir bewusst, wie sehr mein Herz schlägt und dass ich stark schwitze.

Ich wünsche mir, dass sie mich sticht, mich durchsticht, mir Schmerzen zufügt!

Nicht nur eingebildete Schmerzen, sondern richtigen Schmerz.

Die Angst erfüllen, das wäre erlösend.

Nichts davon.

Sie steht still auf dem Rande der Haut, Haut selbst, nicht in und nicht außerhalb von mir.

Als warte sie auf mich und ich auf sie.

Meine Erwartung von Schmerz, mein Viadukt, meine Wespe.

Vielleicht ist das die Natur der Trauer.

Die Trauer sieht mich klar, er sieht mich von allen Seiten gleichzeitig an, er sieht mich zu Tausenden mit seinem Facettenblick, ich aber sehe sie nur als Trugbild.

Als dringendes, unvermeidbares Trugbild.

Als wir vom Viadukt abfahren, spüre ich sie nicht mehr.

Sie hat sich beruhigt, sich geduckt.

Trotzdem weiß ich, dass sie noch immer irgendwo in mir steckt.

Ich trage sie wie ein unvermeidliches Trugbild.

Die Wespe der Trauer ist traurig.

Ich trage sie auch, wenn ich mit Panfi, Fiil und Dioneus die Ergebnisse der Schreibübung analysiere.

Ich merke eine ungewöhnliche Spracheigenheit bei allen dreien, eine subtile Verschiebung im Benennen.

Anstelle von »Mörder« verwenden sie »Täter«, anstelle von »Mord« »Tat«, anstelle von »Verbrechen« »Heldentum«, anstelle von »Gefängnis« »Ort«, anstelle von »Strafe« »Erziehungsmaßnahme«, anstelle von »Mensch« »Subjekt«, anstelle von »Verbrechen« »Fall« usw.

Dioneus ist heute ungewöhnlich gesprächig.

Er spricht von der Entbehrung einfacher körperlicher Bedürfnisse, vom Wunsch, dass wir uns von den Tieren unterschieden, von denen wir uns ernähren.

»Der Mensch ist nicht wegen des Niedrigen auf der Welt, sondern wegen des Hohen.«

»Nur der Mensch tötet für etwas, das er nicht zum Überleben braucht.«

Fiil streicht sich bei diesen Worten einige Male den Bart glatt und richtet seinen Pferdeschwanz, zu dem er die restlichen weißen Haare auf seinem sonst kahlen Kopf zusammengebunden hat.

Oftmals frage ich mich, was ihm durch den Kopf geht.

Er ist eine schweigsame Person, noch mehr, er ist ein Genießer des Unausgesprochenen, einer derjenigen, die mit ihrem Schweigen die nuanciertesten und zweideutigsten Dinge erzählen können.

»Ich könnte Essen nicht widerstehen«, sagt Panfi.

»Auch würde ich meinen Erinnerungen nicht entsagen wollen, die mir ein Glas erlesenen Sekts herbeiruft. Auf der Terrasse des Hotels Esplanade habe ich Krug Sekt, Jahrgang 1928, getrunken, dazu aß ich Austern mit Pecorino und frischen Pignolen. Ich trage nichts in meinem Herzen, was mich zu Boden ziehen könnte, nichts, was ich bereuen würde. Ich habe getan, was ich konnte. Und wenn den anderen etwas daran nicht passt, dann ist das deren Problem. Ich weiß selbst, dass ich mein Bestes gegeben habe.«

»Mein Prinzip ist das Prinzip des bewussten Entsagens«, erwidert Dioneus, ohne seinen Blick vom Fenster zu lösen.

»Der eigenen Vergangenheit zu entsagen, des eigenen Staates, des Namens, seiner Kinder, der eigenen Liebe, des eigenen Schmerzes, der eigenen Eltern. Jeder zweite Weg ist ein Weg ins Verderben, weil wir zu viel tragen und zu schwer sind. Wenn man ins Exil geht, selbst wenn du noch ein Kind bist, trägst du deine Vergangenheit, deinen Geburtsort und die Menschen, mit denen du aufgewachsen bist, in dir. All das wächst in deinem Kopf weiter. Der Ort wurde währenddessen niedergebrannt, deine Liebsten gibt es nicht mehr, sie wurden ermordet oder wurden zu Mördern. Was du in deinem Kopf behältst und als eigene Erinnerung züchtest, besteht immer mehr nur dort, in der Vergangenheit und in deinem Kopf. Die Erinnerung ist ein Schwamm. Je länger du ihn trägst, umso mehr hat er sich mit Zeit vollgesaugt, er wird immer schwerer und zieht dich zu Boden.«

Panfi erwidert darauf ganz leise, fast unhörbar: »Am Ende bedeutet das, dem eigenen Leben zu entsagen.«

Dioneus setzt ebenso leise, fast unhörbar dazu: »Am Ende bedeutet das, dem eigenen Leben zu entsagen.«

Mit großem Interesse verfolge ich den ersten Wortzweikampf, seit ich unter ihnen bin.

Fiil hat seine Augen geschlossen, in Meditation versunken.

Auf dem Tisch liegt ein Stück Kreide, das sich plötzlich regt, ein, zwei Mal leicht aufspringt, sich dann erhebt und durch die Klasse schwebt, als würde sie von Geisterhand geleitet, sich an die Tafel lehnt und einen Kreis zeichnet. Darin tauchen zwei kleinere Kreise auf, dann fällt sie zu Boden.

»Habt ihr das gesehen?«, schreie ich.

»Was gesehen?«, fragt Dioneus, ohne damit aufzuhören, durchs Fenster zu schauen.

»Die Kreide«, sage ich.

Panfi schüttelt den Kopf.

Fiil öffnet seine Augen nicht, sagt nichts, lacht nur selig.

1. Dezember

Für morgen haben Anarchisten, Studenten, Linke, Umweltschützer, Syndikate und andere Demonstrationen gegen die radikalerenMaßnahmen von Platanos Regierung angekündigt, gegen die häufigen Wechsel in Führungspositionen und die vielen neuen Gesetze, die nach Eilverfahren beschlossen wurden.

Etliche sind davon überzeugt, dass es sich um einen stillen Staatsstreich handelt.

Kafka ist jetzt dauernd im Fernsehen.

Platano steht ziemlich im Hintergrund, er gibt fast gar keine Statements ab.

Kafka ist derjenige, der praktisch alle Fragen der Journalisten, auch die unangenehmsten beantwortet.

Kafka kündigt neue Postenwechsel an.

Kafka schimpft über die geplanten Proteste, diskreditiert diese vor der Öffentlichkeit.

Kafka ruft zu Geduld und zur Einigkeit des Volkes auf.

Er ist sichtlich müde und erschöpft.

Schon nach wenigen Tagen an der Regierung ist sein Charme verschwunden. Jetzt wirkt er wie ein verwundetes Tier, das zurückbeißt, wenn es angefallen wird, scharf und unnachgiebig.

Man spürt es an seiner Rhetorik, die immer allgemeiner und oberflächlicher wird, immer kränkender, aggressiver und intoleranter.

Inmitten einer Pressekonferenz beginnt er eine Journalistin anzuschreien, die die Maßnahmen der Regierung kritisiert, er lässt sie von der Security aus dem Pressezentrum entfernen.

Ich erhasche diese Szene zufällig im Programm eines privaten lokalen Fernsehsenders, das staatliche Fernsehen berichtet nämlich gar nicht darüber.

Die sozialen Netzwerke funktionieren in den letzten Tagen mit Störungen, das Internet ist oft sehr langsam.

Als ich das Telekommunikationsunternehmen anrufe, bekomme ich keine Antwort.

Auf deren Internetseite steht lediglich, dass sie sich bei den Benutzern für die Unannehmlichkeiten entschuldigen, dass sie aufgrund dringender Wartungsarbeiten Schwierigkeiten haben, die aber bald behoben sein werden.

Draußen beginnt ein eisiger Wind zu wehen. Schnee ist angesagt.

Ich entschließe mich, am nächsten Tag auch zu den Protestkundgebungen zu gehen, wenn schon nicht als Teilnehmerin, dann als Beobachterin.

Andrej ruft an.

Zu Beginn will er mich überzeugen, dass ich nicht zu den Protesten gehen soll, dass es zu gefährlich ist.

Als ich nicht klein beigebe, beschließt er, mich zu begleiten und mich zu beschützen.

»Du willst mich beschützen?«, sage ich in den Hörer. Mein Gesicht verzieht sich zu einem Lachen.

Auch er lacht, obwohl ich nicht weiß, warum.

2. Dezember

Ich bin um sieben Uhr abends mit Andrej in der Opera Bar verabredet, aber das Lokal ist geschlossen, genau wie alle anderen Geschäfte im Zentrum.

Die Straßen sind vollkommen leer, Ljubljana ist eine Geisterstadt, eine Stadt der bösen Vorahnung, eine Stadt, die in das Dämmerlicht einsickert, eine Stadt sich nähernden Dröhnens. Als würden Tote auf den geräumten Straßen spazieren, was auf den ersten Blick poetisch wirkt, dann aber immer gruseliger.

Wir gehen in Richtung Parlament, aber überall sind Polizisten, eine Reitertruppe und Schutzzäune. Wir müssen einen großen Kreis gehen, nähern uns dem Trg Republike von der anderen Seite, schließen uns einem Menschenstrom an, der von Süden den Platz füllt.

Eine ungewöhnliche Atmosphäre. Die meisten zeigen keinerlei Absicht Anti-Regierungs-Slogans zu rufen, Reden zu lauschen oder ihre Unzufriedenheit zu äußern. Die meisten lungern nur herum und beobachten – wie wir.

Ein junger Bursche hat Trommeln dabei und spielt darauf, eine Gruppe neben ihm tanzt.

Alles zusammen hat eigentlich eher den Charakter eines Karnevalsumzugs.

Über uns ein düsterer, eisiger und gleichgültiger Himmel, der ab und zu von einem Polizeihubschrauber durchquert wird.

In dem Ausstellungsfenster einer der teuren Boutiquen, die auf den Platz blicken, sitzt ein Typ und schreibt.

Auf dem Fenster ist die Aufschrift, die erklärt, dass es sich um eine schriftstellerische Performance handelt. Als Chronist unserer Gegenwart wird der Autor eine Geschichte über den spannendsten Abend des Jahres schreiben.

»Wie bizarr!«, denke ich. »Ein Aquarium-Fischlein wird über den Ozean berichten.«

Immer mehr Menschen, mit der wachsenden Menge steigt auch die Spannung.

Inmitten der Kälte bewegt sich die Menschenmenge immer mehr wie Wasser, sie schwankt mal hin, mal her, fließt langsam und formt Wasserlöcher.

Reden zahlreicher Oppositions-Prominenter, Widerstandsleiter, junger Anarchisten, des Rektors der Universität, einer Pop-Sängerin mit erkälteter Stimme.

Wir werden von hinten gestoßen, sodass wir uns zusammengedrängt, Körper an Körper, vorwärts bewegen, dann wieder zurück, uns durchströmt eine unsichtbare Welle, die von der Ecke des Trg Republike aufsteigt, dort, wo das Parlament und die Rednerbühne stehen.

Ich stehe zu weit weg, um gut zu sehen, jedoch erkenne ich einige Maskierte, die beginnen, das Parlament und die Polizei mit Steinen zu bewerfen.

Plötzlich ist es, als würde jemand das Meer in zwei Hälften teilen. Vor mir öffnet sich eine Lücke in der Menge. Ich sehe Molotowcocktails fliegen, Feuer und Rauch. Die Polizei greift sofort mit der Reitertruppe, mit Wasserwerfern und mit Tränengas ein.

Schreie und Kreischen. Die Menschen beginnen massenweise fortzulaufen.

Ich sehe, wie die Polizei auf einen jungen Kerl am Boden

einschlägt, die Menschen halten sich die Augen zu und suchen erschrocken das Weite.

Alles ist voller Rauch, Gedränge, Andrej fällt, ich hebe ihn auf, wir drängen zum Ausgang des Trg Republike.

Ich klettere auf einen Blumenkasten und sehe blutige Menschen auf dem Asphalt, ein Kind neben mir ruft seine Mutter, neben ihm ein Greis, der sich den Kopf hält, Angst und Chaos.

Andrej packt mich an der Hand, gemeinsam mit der Menge laufen wir die Slovenska Ulica entlang wie etliche andere, die in Richtung Kongresni Trg und Altstadt flüchten.

Ich höre das Getrampel von Pferdehufen.

»Sie schießen«, schreit Andrej und drückt fest meine Hand.

Wie in einer unendlich verlangsamten Aufnahme glaube ich in der Masse Dioneus zu erkennen.

»In die Richtung«, rufe ich Andrej zu, laufe Dioneus hinterher und packe ihn am Ärmel.

Der Mann dreht sich erschrocken um.

Es ist nicht Dioneus, er sieht ihm jedoch sehr ähnlich.

Andrej zieht mich am Arm, dass wir weiterlaufen.

Dort ist die Tür eines Gebäudes, sie steht offen, wir springen hinein, gerade noch rechtzeitig, bevor die Polizei vorbeireitet. Draußen Polizeisirenen, der Widerschein von Lichtern.

Andrej umarmt mich, in der feuchten Finsternis des Hofs küssen wir uns, leidenschaftlich.

Ich nehme ihn an der Hand. Die erste Tür, die zur Treppe führt, ist zugesperrt, die zweite ist offen.

Unser Schnauben hallt über die finstere Treppe, die wir bis ganz oben emporsteigen.

Dort ist eine kleine Tür, die auf den Dachboden führt, nicht verschlossen.

Andrej schaltet sein Handy ein, damit wir sehen, wohin wir treten.

Überall Spinnweben und Ziegel.

Wir kriechen ans Dachfenster.

Andrej öffnet es knarrend, frische, eiskalte Luft und Laute dringen in die staubige Dumpfheit.

Durchs Fenster sehen wir auf die Straße. Wir sind weit über allem, als gingen uns weder die Proteste noch diese Welt etwas an.

Ich sehe Menschen, die mit den Armen im Nacken auf dem Boden sitzen.

Polizisten schlagen mit Knüppeln brutal auf zwei Studenten ein, laden sie in einen Gefangenentransporter und bringen sie wer weiß wohin.

Ich fühle mich vollkommen machtlos.

Machtlos und gleichzeitig ungewöhnlich sicher, als Andrejs Hände über meine Brüste und meine Kopfhaut streichen, als seine Lippen meinen Hals küssen.

Auf dem Himmel über uns Dunkelheit, unter uns im Flackern der Straßenlichter Terror und Angst, gleichzeitig aber ist in der Finsternis der Duft von Andrejs Körper, seine Wärme, die Sicherheit seiner Umarmung, in ihr liegt etwas Verrücktes, etwas total Freies, vollkommen Verlorenes, etwas, das mir ermöglicht, dass ich mit Andrej bin, als wäre das nicht ich.

Mir ist egal, wer wir sind, wer wir sein werden, als wären wir mit jeder Körperbewegung immer weniger, ohne Verzweiflung, ohne Hass, ohne Zugehörigkeit, ohne Namen und ohne Vergangenheit, ohne Grauen, ohne Vertrauen, ohne irgendetwas, als er in mich eindringt, als ich in ihn eintrete, als ich ihn mir nehme, als wir uns einander hingeben.

Einige Stunden später, als sich die Straße leert und wir es in der Kälte nicht mehr aushalten, schleichen wir aus dem Gebäude.

In der Stadt sind noch immer viele Polizisten. Die Straßenreinigung putzt die Straßen, mit Wasser aus großen Zisternen spülen sie die Spuren des Geschehens davon. Zerbrochene Fenster, kaputte Verkehrszeichen, überall tritt das, was die Menschen schon lange in sich tragen, nun auch nach außen.

Andrej umarmt mich. Er drückt mich an sich.

Wir gehen noch ins Alternativzentrum einer ehemaligen Fabrik, die nicht weit weg liegt.

Trotz der Kälte stehen vor dem Zentrum viele Leute.

Einige halten zerfranste Transparente in Händen, die anderen größtenteils Bierflaschen.

Wir trinken viel.

Andrej sagt, dass er so glücklich ist, dass er davonfliegen könnte, wenn ich nur mit ihm flöge.

Ich gehe aufs Klo, als ich in der Tür erneut Dioneus erblicke.

Diesmal bin ich davon überzeugt, dass es der richtige ist.

Im Nu verschwindet er durch die Tür.

Als ich zum Tresen zurückkehre und Andrej von Dioneus erzähle, zuckt er mit den Schultern.

»Es ist nicht ausgeschlossen«, sagt er.

»Dioneus wurde in den offenen Vollzug verlegt und hat daher übers Wochenende und gelegentlich auch während der Woche Freigang.«

Andrej glaubt zwar nicht, dass er hier ist. Es sei potenziell zu gefährlich für ihn.

Wenn es zum Beispiel zu einer Polizei-Razzia käme und man ihn erwischen würde, hätte das Folgen für eine eventuelle vorzeitige Entlassung aus dem Gefängnis.

»Ich habe Angst um ihn, er ist ein sehr empfindsames Wesen, und in Wirklichkeit weiß ich nicht, ob ihm die zeitweilige

Freiheit nützen oder schaden wird«, sagt Andrej gedankenversunken und leert sein Glas.

Er besäuft sich, bestellt ein Glas Schnaps nach dem anderen.

»Alles, was ich mir auf dieser Welt wünsche, ist Aperol Spritz, aber hier haben sie keinen«, stammelt er.

Im nächsten Moment fällt er hin. Ich helfe ihm auf, während er aufsteht, kotzt er mich an.

Er kann kaum gehen, als ich ihn nach Hause bringe.

Der Weg ist lang. Die Nachtbusse und Taxis fahren wegen des Streiks nicht.

Öfter sackt er auf dem Bürgersteig zusammen, er möchte einfach in der Kälte einschlafen. Ich helfe ihm hoch und ziehe ihn weiter.

Es ist sehr kalt, neblig und feucht.

Bei Tagesanbruch kommen wir in der Wohnung an. Andrej fällt angezogen ins Bett und schläft sofort ein.

Lange stehe ich im Dunkel und betrachte ihn.

Er stinkt nach Alkohol, Schweiß, nach Sperma und Kotze.

Er stinkt nach Leben.

Als ich gegen Mittag aufwache, ist er verschwunden.

3. Dezember

Scopoli braucht ganze drei Wochen, um wieder auf die Beine zu kommen. In Salzburg hat er keine Freunde oder Bekannte. Der Witwe, die sich des Verwundeten und Ausgehungerten erbarmt hat, ihn zu sich genommen und gepflegt hat, hätte er ihre Dienste nie vergelten können, wenn ihm in seinem Handgepäck nicht das wertvolle Exemplar des Werkes *Hortus Cliffortianus* mit einer Widmung Linnés geblieben wäre. Für den Bruchteil seines wahren Wertes verkauft er es dem Buchhändler Mayers in der Pfarrgasse, wobei er bittere Tränen weint, die er sich in Mutters Seidenschal wischt. Der Schal duftet so sehr nach dem Papier, das ihn etliche Jahre umwickelt hatte, dass sogar Scopolis Tränen nach Druckfarbe riechen. Der Schal ist nun alles, was ihm von seiner Vergangenheit geblieben ist. Mutters roter Schal und einige wenige Dinge in Scopolis Tasche.

Scopoli tastet andauernd nach der Wunde im Schädel, die langsam heilt. Er versucht sich mit dem Glück und der allmächtigen Vorsehung zu trösten, um zu verstehen, warum er überhaupt noch unter den Lebenden weilt. Die Witwe kauft ihm ein neues Hemd. Sie lässt ihm wöchentlich das Stroh wechseln, auf dem er im Dunkeln schläft, in einer schmalen Kammer hinter der Küche, in die durch die Tür die unterschiedlichsten Gerüche dringen, durch das Fenster der Gestank nach Pisse und Fäkalien. Er möchte sie für die Unterkunft und den Arzt bezahlen, der ihn besucht und ihm ein Pulver gegeben hat. Darin war auch eine Spur Mercurius, Scopoli hat es sofort erkannt, obwohl er den Arzt nicht fragte, womit er ihn behandelte. Nein, keine Worte mehr. Scopoli spricht mit niemandem mehr ein Wort, nur das Allernötigste. Nur mit der Witwe, die ab und zu kommt, ihm Essen und Wasser bringt, ihm heilende Brennnessel-Kompressen auflegt, die Wunden säubert. Mit der Zeit beginnt die Witwe seinem nackten Körper neben den Kompressen auch ihren eigenen Körper anzuschmiegen, der nach gerösteten Zwiebeln und Schweinefett riecht. Auch darüber denkt Scopoli nicht lange nach. Nein, keine Fragen mehr. Sein Geist ist zu schwach für Fragen. Und zu unglücklich. Zum ersten Mal in seinem Leben lässt er zu, dass mit ihm passiert, was immer passieren möge. Zum ersten Mal im Leben akzeptiert er, was Gott und Fortuna ihm bestimmt haben.

Scopolis Willenlosigkeit und Verzweiflung dauern bis zu

jenem Moment an, als er eines Nachts mit Schüttelfrost und schweißgebadet aufwacht und noch vor dem Morgengrauen aus dem Haus entwischt und im Nachthemd und barfuß in den schmalen Labyrinthen der kalten Salzburger Straßen herumirrt. Er findet sich in einer gewölbten Passage wieder, die sich zum Friedhof hin öffnet, er wandert zwischen den Gräbern umher, bis sein Blick an einem Marmorschädel auf einem der Grabsteine hängen bleibt. Scopoli betrachtet den Schädel, und ihm scheint immer mehr, dass auch der Schädel ihn betrachtet, seinen Blick wie ein steinerner Spiegel erwidert. In glattes Gestein gemeißelt, schlängelt sich eine steinerne Viper (*Vipera berus*, murmelt Scopoli) um den Schädel, der bewegliche Steinkörper tritt durch die rechte Augenhöhle ein und kommt durch eine Spalte im Nacken wieder aus dem Schädel heraus, während das Köpflein der Viper mit ausgestreckter Zunge giftig auf dem Stirnteil des Schädels ruht. Über die gemeißelte Schlange krabbelt ein schönes Exemplar eines schwarzen Käfers mit seitlicher Färbung des Halsschilds (*Cantharis obscura*). Scopoli würde das seltene Exemplar, von dem er vermutete, dass es nördlich der Alpen nicht zu finden ist, für gewöhnlich stark beunruhigen, jedoch ergreift ihn aufgrund des Grabsteins mit der Viper, die sich um den Schädel schlängelt, etwas, wovon er bis zu diesem Augenblick nicht wusste, dass er es in sich trägt. Etwas, das keine Worte hat, aber eine große Macht, die Scopoli aufrüttelt, ihn durchsticht, auskühlt, ihn durchdringt wie winzige Tropfen eines kalten Regens die Morgenluft.

Wie ist die Physiognomie der Erkenntnis?

Kann man die Augenblicke, die unser Schicksal auf die eine oder andere Seite neigen, in ein einheitliches System der einzelnen Seele ordnen, in ein in sich selbst geschlossenes System des Individuums ohne jegliche Geltung für die Seele irgendeines anderen?

Sind wir wirklich so allein, so sehr individuell und demzufolge ohne die Möglichkeit von Gruppenerlösung?

Stark abgemagert und fast unerkennbar setzt sich Scopoli zwei Tage später erneut auf das Dach einer Postkutsche. Außer seiner Ledertasche hat er kein Gepäck. Im frühen Morgengrauen, als die Kutsche die Salzach überquert, blickt er noch einmal auf die reiche Stadt zurück, wo Jahrhunderte zuvor sein großes Vorbild Paracelsus lebte und seinen letzten Atemzug tat. Als würde die sich entfernende Stadt, die Himmel und Stein, Salz und Bewährungsprobe verbindet, mit der Entfernung in ihm wachsen. Je mehr sie wächst, desto weniger Platz gibt es in Scopolis Seele für irgendwelche analytischen Gedanken oder für distanziertes Beobachten, nur noch seinen Blick ins Innere, er starrt auf Gestalten, für die er keine Augen braucht, solche, vor denen er von Geburt an auf der Flucht war.

Den ganzen Tag warte ich auf eine Nachricht von Andrej.

Am Handy ist er nicht erreichbar.

Ich mache mir Sorgen um ihn.

In der Nacht weckt mich ein leises Klopfen gegen die Fensterscheibe.

Als ich aufstehe, sehe ich ein großes Insekt, das von außen gegen die Fensterscheibe prallt. Es möchte unbedingt hinein.

Langsam öffne ich das Fenster.

Eiskalte Luft schneidet mir in den Hals.

Im nächsten Augenblick schnellt das Insekt herein, fliegt ziellos hin und her, prallt mit großer Wucht gegen die Decke, die Lampe, gegen den Schrank und die Tür.

Ich versuche es zu fangen, aber es gelingt mir nicht.

Müde lege ich mich zurück ins Bett und lausche, wie es in der Finsternis herumsurrt, mal gegen die Wand über meinem

Kopf prallt, mal gegen das Fenster, ins Licht und gegen den Boden.

Sein Gebrumme spinnt mich in ein unsichtbares Stimmennetz ein, sodass ich immer bewegungsloser daliege, stumm, wie vollkommen gefesselt, bis ich einschlafe.

Als ich am nächsten Morgen aufwache, ist das Insekt verschwunden.

4. Dezember

Nach den Ausschreitungen auf dem Trg Republike verkündet Platano den Ausnahmezustand.

Es folgt der Austausch der Polizei- und Militärführung.

Gleichzeitig verordnet die Regierung mit einem besonderen Gesetz die Bildung von neuen Sicherheitseinheiten, die dem direkten Befehl des Präsidenten unterstehen.

Es gibt eine Petition der Akademie der Wissenschaften und Künste, die zur Toleranz aufruft und gleichzeitig zur Wertschätzung der Rechtsordnung des Staats und zum Gehorsam der Staatsbürger.

Bin ich überrascht? Was könnte man vom gut situierten Establishment auch anderes erwarten, dem es ausschließlich um die Erhaltung der eigenen Privilegien geht, weshalb es verdeckt oder auch offen mit jedem an der Macht paktiert.

Die Damen und Herrn Akademiker würden eine noch so faule Banane verspeisen, nur damit sich nichts für sie ändert.

In den sozialen Medien die ersten Andeutungen, dass die maskierten Angreifer, die die Ausschreitungen initiiert haben, Platanos Söldner sind. Ihre Provokationen rechtfertigten das Einschreiten der Polizei und die Verkündung des Ausnahmezustands.

Der Ausnahmezustand ist Platano, der sonst keine überzeugende Mehrheit im Parlament hat, wie auf den Leib geschnitten; solange dieser andauert, liegt praktisch alle Macht in seinen Händen.

Die Vorkommnisse folgen einander mit solcher Geschwindigkeit, dass es praktisch unmöglich ist, auf dem Laufenden zu bleiben, noch weniger aber die Folgen im Detail zu analysieren.

In meinem Kopf dröhnt es von Neuigkeiten.

Bilder, Gesetze, Reden, Meinungen, Kommentare.

Als wäre ich in Trance, von Informationen zugeknallt, von Gedanken zugeknallt, von Veränderungen zugeknallt.

Wir alle wissen, dass die Veränderungen irreversibel sind, dass sie die Konstellationen in der Gesellschaft und die Verhältnisse zwischen den Menschen für immer verändern werden.

Es ist eine Zeit, in der Karten, Macht, Vermögen, Positionen neu verteilt werden, wo jeder seine Projektionen der Zukunft, seine Verluste und Gewinne, Möglichkeiten und Risiken durchrechnet.

Meine Gleichung ist einfach.

Deshalb möchte ich aussteigen.

Das Bombardiertwerden mit Neuigkeiten ausschalten.

Einen Strich unter die Rechnung ziehen, wo es keine Profite geben kann.

Ich gehe zu Tante Marija.

Sie freut sich über mich.

Sie setzt Tee auf.

Wir sehen eine Schachtel mit alten Fotos durch.

Auf einem schwarz-weißen Bild ist der Onkel mit einem Mann zu sehen.

Er kommt mir bekannt vor, obwohl ich nicht weiß, wer er sein könnte.

Beide lächeln, umarmen sich, Onkel mit einer Zigarette in der Rechten, im Hintergrund ein Rahmen mit Bleibuchstaben, Tische der Setzer, einige undeutliche Plakate.

»Ich habe nie erfahren, wer dieser Mann ist und was er will. Einerseits war er überaus charmant, er sprach eine Mischung aus Slowenisch und Serbokroatisch, zuerst dachte ich, er sei ein alter Freund aus der Armee oder so.

Gelegentlich besuchte er uns.

Das dauerte einige Jahre zu Beginn der Neunziger.

Er blieb nie lange.

Wenn ich fragte, wer er ist, antwortete dein Onkel nur, ich solle keine Fragen stellen, das sei geschäftlich.

Als ich nochmal fragte, wurde er nervös. Da wusste ich, dass es besser ist, es zu lassen.

Wenn der Mann kam, gingen sie immer gemeinsam ins Kellerzimmer. Ich brachte ihnen Kaffee und Selbstgebrannten, aber mehr als einige Höflichkeitsfloskeln habe ich nie mit ihm gewechselt.

Ich glaube, er hieß Mile oder so ähnlich«, sagt die Tante.

In einer anderen Schachtel die Fotos von Onkel beim Militär.

»Seine Freunde aus der Armee haben ihn in jungen Jahren häufig besucht.

Einer von ihnen, er hieß Hadži Čiripi, war ein wundervoller junger Bursche, wir mochten ihn alle sehr, besonders deine Mutter, die damals noch minderjährig war. Deine Großeltern mochten Hadži nicht, weil er Albaner war.

Er blieb zehn Tage bei uns und wollte noch länger bleiben, aber Peter und Irma sagten ihm, es sei an der Zeit zurückzukehren.

Sie mochten Menschen aus dem Süden einfach nicht.

Deine Mutter beunruhigte das schrecklich. Sie revoltierte.

Als sie dann schwanger war, wollte sie nicht sagen, wer der Vater ist.

So rächte sie sich an ihren Eltern, weil sie ihren Albaner verjagt hatten.

So nannte sie ihn, meinen Albaner.«

»Ist er mein Vater?«, frage ich die Tante also und blicke in das Gesicht eines lachenden jungen Mannes auf dem Foto.

»Er ist auf dem Rückweg nach Priština ums Leben gekommen, ein Verkehrsunfall«, antwortet die Tante und gießt uns erneut Tee ein.

»Deine Mutter trauerte sehr um ihn und beschuldigte deine Großeltern für seinen Tod. Das waren schlimme Zeiten, in der Familie krachte es, dein Onkel begann zu trinken, und ich, die ihn kurz davor geheiratet habe, musste so manches durchmachen.

Du und Ana kamt zwei Jahre später auf die Welt, Hadži konnte also nicht dein Vater sein.

Auf die Frage, wer euer Vater sei, antwortete eure Mutter immer, ihr wäret eine unbefleckte Empfängnis ihres verstorbenen Albaners. Du kannst dir vorstellen, dass deine Großeltern wütend und verzweifelt zugleich waren.«

Die Tante zieht noch eine Schachtel hervor.

Darin befindet sich Onkels Samensammlung.

Es sind Tausende. Jeder in seinem eigenen Plastiksäckchen, nummeriert.

»Einige davon sind über dreißig Jahre alt«, sagt Marija.

»Es ist an der Zeit, dass wir sie aussäen«.

Es ist schon Nacht, als wir heimlich in fremde Gärten schleichen und die Samen in Beete, Blumentöpfe und auf Grünflächen und den nahe gelegenen Feldern aussäen.

»Das hat alles keinen Sinn, daraus wird nichts wachsen«, sagt die Tante kichernd.

»Man weiß ja nie«, sage ich, »vielleicht sprießen Disteln oder anderes Dornenzeug.«

Marija schaut mich an.

»Du hast recht, man weiß nie. Diesen Satz hat deine Mutter oft ausgesprochen. Sie hatte eine Nase für die Zukunft, meistens ahnte sie genau, was passieren wird. Aber nur bei den anderen, nicht bei sich. Erst jetzt sehe ich, wie du ihr ähnelst.«

»Fühlst du dich noch immer gefangen?«, frage ich die Tante.

»Noch immer«, erwidert sie.

»Wer weiß, wann das vergeht, wenn überhaupt. Nach zweiundvierzig Jahren Ehe ist es schwer zu vergessen. Aber die Hausentrümpelung hilft. Deine Anwesenheit hilft. Schau mal, was für ein großer Samen. Freunde brachten sie dem Onkel von überall her.

Einmal brachte ihm einer von ihnen einen Riesensamen aus Madagaskar.

Warum säst du sie nicht aus? Fragte ich ihn. Weißt du, was er geantwortet hat?

Weil Samen Chancen sind. Und Chancen darf man nicht einfach so verschwenden.«

Die Tante verstummt und richtet ihren Blick wer weiß wohin in die Dunkelheit. Die Straßenlampe beleuchtet ihr Gesicht, das im schwachen Licht sehr faltig und gealtert aussieht. Eiskalter Wind.

»Komm, gehen wir zurück«, sagt sie.

Ich widerspreche ihr, dass wir noch ziemlich viele Samen aussäen müssen.

Die Tante lächelt. »Wir machen etwas anderes damit.«

Im Haus schüttet sie alle Samen in die Kaffeemühle und mahlt sie zu feinem grauen Staub. Sie mischt noch Mehl und ein Ei dazu. Sie macht uns ein Omelett.

Es ist ziemlich bitter.

»Hier hast du ein bisschen Marmelade«, sagt die Tante und stellt ein Literglas mit Aprikosenmarmelade vor mich.

Ich denke, dass es nichts Ungewöhnliches ist, dass es eigentlich einzig richtig ist, dass ich die Aprikosenmarmelade auf Onkels Vergangenheit schmiere, sie esse, als wäre es etwas ganz Gewöhnliches, die Vergangenheit anderer zu essen.

Im selben Moment selbst Vergangenheit zu werden.

5. Dezember

Auf einmal steht er in der Tür.

Einen Moment vorher hätte ich noch geschworen, dass ich ihm beim Wiedersehen eine geschmiert haben würde, jetzt aber falle ich ihm nur um den Hals, wie in einer Operette, überglücklich, dass er endlich gekommen ist.

Andrej bringt aus dem Gefängnis einen Rucksack mit, vollgestopft mit Speisen.

Ein ganzes Kilo Kaviar, Tintenfischsalat, Gänseleberpastete, panierte Ochsenhoden, ein geräucherter Fuchsschwanz, eine Bärentatze in Wacholder- und Pilzsoße, eine Hirschzunge in Sülze, Wachteleier in Lorbeeressig, Bilchragout und die Zünglein junger Stare in einer Soße aus Teran.

Ich knabbere am Zwieback und schaue zu, mit was für einem Genuss er alles auf dem Tisch ausbreitet.

Für den Fall der Fälle lege ich meine zwei verfaulenden Bananen zur Seite, bevor Andrej sie aus Versehen mit einer asiatischen Spezialität verwechselt.

Sein Rucksack hat keinen Grund.

Er zieht noch eine Aperolflasche, zwei Flaschen Wein und zwei Liter Kognak daraus hervor.

Wir stoßen auf den Tod von Platano an.

Auf den Tod der Europäischen Union.

Auf den Tod aller Kriegshetzer.

Auf den Tod der Inflation.

Auf den Tod der Literaturkritik und der Pönologie.

Ich bin ein kleines Mädchen, wenn ich mit meinem Dr. Andrej zusammen bin, ein hilfloses Kätzchen, eine befreite Sklavin und eine angekettete Königin.

Er lehrt mich süße Entsagung und Aufopferung.

Wenn er mich berührt, bin ich jemand anderes.

Für ihn opfere ich mein Vegetariertum, meine politischen Überzeugungen, meine Freiheit und meinen Weg.

Selbstverständlich ist das falsch, ich weiß es die ganze Zeit, doch ich kann nicht Nein zu ihm sagen.

Es ist so schön, gegen sich selbst zu handeln, gelangweilt von sich. An seiner Seite schaffe ich das.

Es ist sehr leicht. Wenn er mich füttert.

Wenn wir trinken. Wenn wir Radio hören und die Wettervorhersage wiederholen, die lange Liste von Orten, von hinten nach vorn aufgesagt.

Wenn die ganze Welt nur eine bizarre Illusion ist, ein gekrümmter Spiegel, ein Albtraum, der sich in seiner Umarmung verflüchtigt.

An Andrejs Seite erlaube ich mir, das Tier zu sein, das ich bin, die Pflanze, die ich bin, das Gestein, das ich bin.

Wenn er in mich eindringt, überwachsen mich kleine Ranken und halten unsere Körper zusammen, fesseln sie eng aneinander.

Ich fühle sein Fleisch und esse es.

Ich bin eine Harpyie, ich ernähre mich von Toten, ich ernähre mich von Aas.

Er stöhnt, er umarmt mich fest. Wenn er kommt, nennt er

mich ›Herrin‹ und ›Hure‹, flüstert die schmutzigsten Sachen in mein Ohr.

Dann essen wir wieder pikante eingelegte Steinpilze, Paprika gefüllt mit dem Fleisch junger Tauben, gebratenes Hirn von jungen Affen, Sashimi aus ungeborenen Kälbern, lebendig gehäutete Igel in Kurkumasoße und Alpenveilchen, Sülze aus Schwänzen von Foxterriern, marinierte Augen junger Haie und Crème brûlée.

Andrej beugt sich zur Seite und dreht am Radioknopf. Auf einmal erklingt die Arie aus *Madama Butterfly*.

Für einen Moment hält er inne, die Augen geschlossen, das Glas, von fettigen Fingern verschmutzt, in die Luft gehoben.

Als würde er an der Stimme, die aus dem Apparat erklingt, in der Luft hängen.

Tränen fließen über seine Wangen. Ich fülle sein Glas bis zum Rand mit Kognak, und mit ausgestrecktem Arm schüttet er sich den Inhalt ins Gesicht. Er stürzt sich auf mich, ich umarme ihn.

Die melodramatische Trauer eines Mädchens, das alles geopfert hat, weil es liebt, das gerade den Mann und den Sohn verloren hat, die Götter und die Ehre. All das ist unser Glück.

Als würde uns die Stimme der Trauer noch tiefer in die Lust befördern, wir sind jetzt vereint, wir sind eins in dieser Stimme aus Verlust, der nur noch wenig Leben bleibt.

Ich öffne sein Hemd.

Ich ziehe ihm das Unterhemd aus.

Ich öffne Andrejs Brustkorb. Ich grabe mich in seine Rippen und sehe, was er fühlt.

Ich knacke seine Hirnschale und sehe, was er denkt.

Ich lese sein Blut.

Ich lese seinen Geruch, mit meinem vermischt.

Ich ziehe aus seinem Körper die Venen heraus.

Ich wickle mich in sie ein. Ganz schleimig, wo mich sein pochendes Blut wärmt.

Ich pflanze seine Knochen in meinen Körper, ich bohre meinen in seinen hinein.

Ich stülpe mir seinen Penis auf und dringe in ihn ein.

Madame Butterfly lebt.

Madame Butterfly ist tot.

Ich höre nur noch das Orchester, das die letzten Takte spielt, dann Publikumsapplaus, die trockene, formelle Stimme des Ansagers.

Ich will keine Ansagen, keine Prophezeiungen, nirgendwohin, abseits der Gegenwart.

Und Andrej will es genauso wenig.

Ich will keine Erklärungen.

Und Andrej will sie genauso wenig.

Ich will keine Argumente, kein Entsagen, kein Geschäftemachen.

Und Andrej will all das auch nicht.

Kein Wunsch, kein Schlaf.

Und Andrej ebenso wenig.

Alles, was ich will, sind Blutwurst mit Sauerkraut, Rindfleischsuppe und Kartoffeln mit Griebenschmalz, gebratenes Huhn, Wiener Schnitzel und Krautsalat, gefüllte Gnocchi und Gibanica.

Ich will nur Inflation, Diktatur, Revolution und den Tod.

Verachtung, den Wunsch, Revolution und den Tod.

Heldentum, Masturbation, Revolution und den Tod.

Unschuld, Alleinsein, Frühling, Revolution und den Tod.

Wolken, Revolution und den Tod.

Dann nur noch Wolken und Revolution.

Dann nur noch Tod.

Und nur noch Wolken, aus denen Alkohol auf mich pisst.

6. Dezember

Eva schreibt gelegentlich Reden für die Schulministerin in Platanos Regierung.

Sie sagt, dass sie nach Bedarf auch Reden für den Justizminister schreibt. Angeblich hat er keine Lust aufs Redenschreiben und ist intern für seine Faulheit berühmt, und das noch aus den Zeiten, als er als Richter arbeitete.

Eva hat ziemlich gute Laune.

Sie erzählt pathetisch von der Entschlossenheit von Platanos Leuten, den Staat zum Besseren zu verändern, von den Schwierigkeiten, mit denen sie sich auseinandersetzen, von den Intrigen und Verschwörungen, die sie bei jedem Schritt begleiten und deren Ziel es ist, die demokratisch gewählte Regierung zu Fall zu bringen.

»Platano traut sich als Einziger, tief in das System einzugreifen, etablierte Eliten zu zerstören, die Netze der Macht herauszufordern, die sich für unantastbar halten.

Jeden Tag habe ich Angst, dass ihm etwas zustößt. Dass ihn jemand ermordet.«

Sie denkt an den Mord an König Aleksander in Marseille, und an Franz Ferdinand, und selbstverständlich an Đinđić.

»Seit Cäsar ist die Geschichte eine Geschichte von Verschwörungen und Eliminierungen progressiver und reformistischer Herrscher.

Jeden Tag kommen Hunderte neue Brutusse zur Welt, Platano aber gibt es nur einmal, er ist einzigartig.«

Ich lasse Eva reden, ich kommentiere nichts.

Genau genommen bin ich kraftlos.

Ab und zu nehme ich noch ein Aspirin und schweige.

Ich lausche, als wäre das, was ich höre, eine Wettererscheinung, gegen die es sinnlos ist anzukämpfen.

Evas Worte durchdringen mich, ohne irgendeine Reaktion in meinem schmerzenden Körper herauszufordern.

Ich konzentriere mich stark, um den Löffel zu beruhigen, ich kratze die Kaffeereste aus der Blechdose. Ich warte, dass die schwarze Brühe an den Rand der Kanne sprudelt und ich sie dann, kurz bevor sie überläuft, von der Flamme nehme, abdecke, dass sie sich für ein Minütchen ausruht, bevor ich sie auftische.

Ich warte unendlich und spüre, wie mein Herz in meinen Schläfen pocht, wie mein Herz in meinem Nacken pocht, wie das Herz in meinen Knien klopft.

Mir ist schlecht.

»Gestern habe ich in die Rede des Ministers einfach den Vorschlag von der Generalamnestie eingebaut. Ich dachte, dass er durchdrehen wird, weil ich eigenwillig auf die Richtlinien der Regierung verzichtet habe und ihm eine konkrete Reform in den Mund gelegt habe, die nicht mit der Regierung abgestimmt war.

Es passierte nichts.

Seelenruhig las er die Rede vor und empfing die Glückwünsche der Gleichgesinnten für seine außerordentliche Idee.«

»Findest du nicht, dass du mit dem Feuer spielst?«, frage ich Eva, stelle den Kaffee vom Kocher auf den Tisch, trete ungeduldig ans Fenster, öffne es, um frische Luft zu schöpfen.

Ich sehe Paula. Mitten am kalten Nachmittag trägt sie nur ein langes Nachthemd, irrt über den Hof und sucht etwas.

»Im Gegenteil. Nach Foucault ist der Panoptismus der Schlüsselmoment für die Anhebung der Produktivität einer Gesellschaft. Stell dir ein Gefängnis vor, kreisförmig gebaut, in der Mitte steht ein Turm, der die Häftlingszellen beleuchtet. Das Licht ist zu stark, die Häftlinge wissen nie, ob sie jemand beobachtet oder nicht«, sagt Eva, schenkt sich Kaffee ein und nippt daran.

»Hast du wirklich keinen Zucker? Solche Dinge musst du mir sagen«, sagt sie, »das nächste Mal bringe ich Zucker mit und anderes, woran es dir fehlt. Kurzum, es ist wichtig, ein System herzustellen, in dem jeder gleichzeitig Beobachter und Beobachteter ist, wo das Bewusstsein, dass man fortwährend überwacht wird, Teil jedes Staatsbürgers wird. Das beruhigt die Gesellschaft. Stell dir bloß vor, dass wir den Vorschlag der Regierung, dass der Staat die genetischen Informationen jedes Einzelnen erfasst, eine vollständige Verwandtschaftskarte erstellt, bereits ausführen würden. Damit wäre das Identifizieren der Täter von Verbrechen jeder Art unvergleichbar einfacher.«

»Wenn du mich fragst«, sagt Eva und schlürft wieder ein bisschen Kaffee, »glaube ich nicht, dass eine Generalamnestie Ängste unter den Leuten wecken würde. Natürlich müssen alle amnestierten Häftlinge zuvor einen Chip bekommen, sie müssen verfolgbar sein und stehen damit unter ständiger Aufsicht.

Gleichzeitig werden die gechipten Häftlinge die anderen Häftlinge überwachen. Für jedes angezeigte Vergehen eines Knastkollegen wird ihre Gefängniszeit extrem verkürzt. Stell dir mal vor, dass in Zukunft die überwachten und überwachenden Häftlinge die Basis für dauerhaften Frieden in der Gesellschaft schaffen werden.«

Paula breitet mitten im Hof einen Haufen alter Zeitungen aus, zieht ihr Paar schmutziger Hausschuhe aus und hebt ihr Nachthemd an.

Die Wintersonne erhellt ihre dicken, mit Krampfadern übersäten Beine.

»Glaubst du wirklich nicht, dass das nichts anderes ist als eine Gefängnis-Ausweitung auf den gesamten Staat? Möchtest du wirklich in einer Gesellschaft leben, in der jeder jeden beobachtet, wir unter ständiger Kontrolle leben?«

Ich höre meine Worte, und schon beim Aussprechen ahne ich, wie banal, wie moralistisch, wie leer diese Fragen der Ethik-Studentin des zweiten Jahrgangs einer schlechteren Privatuniversität sind. Davon ist mir nur noch mehr zum Kotzen zumute.

»Kontrolle ist eine Tatsache. Das Netz ist Kontrolle, Handy ist Kontrolle, Kameras sind Kontrolle, Kreditkarten sind Kontrolle«, sagt Eva und stellt ihre Kaffeetasse ab.

»Wir alle werden ständig kontrolliert, aber trotzdem gehen die Konflikte in der Gesellschaft weiter, die Gewalt wächst. Bei uns besteht momentan die reale Gefahr eines Bürgerkriegs. Weil die Technologie keine Antwort für alles ist. Unser Bewusstsein ist die Antwort auf alles«, sagt Eva und blickt nervös durch den Raum, in der Hoffnung, trotzdem irgendwo Zucker zu finden.

»Wenn wir im Bewusstsein hätten, dass mit uns das passiert, was tatsächlich passiert, dann würden wir unser Verhalten ändern. Es geht darum, dass wir den Stand der Dinge akzeptieren, und nicht, dass wir uns selbst vorlügen, dass alles anders ist.«

Evas Worte sind wie das Blech alter Autos, das in großen Müllhaufen rings auf dem Hof liegt.

»Ich sage dir«, höre ich hinter meinem Rücken, »jeden Tag kommen Hunderte neue Brutusse zur Welt, Platano aber gibt es nur einmal.«

Paula legt sich auf den Rücken und hebt langsam ihre Beine hoch.

Ich sehe ihren behaarten Schritt, wie er sich der bleichen Sonne hingibt, ich höre ihre Schreie: »Hej, Wölklein, Höslein,

Kindlein mein, was meine Toten alles mitmachen mussten! Soll auch mich die Sonne ficken, bevor ich abkratze. Hi hu hu!!!«

7. Dezember

Gemeinsam mit Andrej trinke ich Aperol Spritz.
 Diesmal macht er ihn »al gusto«.
 »Das ist ungefähr so wie al dente bei Spaghetti«, sagt er.
 Er mischt einen Schuss Gin zum Aperol Spritz dazu.
 Wir sitzen am Küchentisch, halten Händchen und sprechen über Käfige für Nagetiere.
 Dann sitzen wir auf dem Küchentisch, halten Händchen und sprechen über Aquarien.
 Dann sitzen wir unter dem Tisch, halten Händchen und sprechen über Termitenbauten.
 Dann sitzen wir am Bettrand, halten Händchen und sprechen über Elfenbeintürme und Konzentrationslager, Irrenhäuser und Einzelzellen.
 Wir trinken Aperol Spritz. Viel Aperol Spritz.
 Und alles, worüber wir sprechen, alles, was wir tun, ist »al gusto«.

8. Dezember

Eva versucht ihrem Redakteur abzugewöhnen, in Bars Zuckerbeutel zu stehlen.
 »Du weißt gar nicht, wie süß er ist. Er ist zuckerkrank, aber er ist nicht nur deshalb süß«, sagt Eva. »Er ist süß, weil seine ganze Wohnung voll mit Zucker ist.

Es ist unvorstellbar, alle Schubladen, alle Schränke, alles ist voll mit kleinen Zuckerbeuteln. Es müssen Tonnen sein. Andere haben Bücher, bei ihm aber steht kein einziges Bücherregal.

Wenn er zufällig liest, leiht er sich die Bücher in der Bibliothek aus, die Rezensionsexemplare, die er zugeschickt bekommt, verkauft er noch ungeöffnet an ein Antiquariat weiter.

Mit den Rezensionsexemplaren hat er die Nachbarwohnung gekauft. Es war geradezu ein Zwang. In seiner gab es keinen Platz mehr.

Überall nur Zuckerbeutel, in allen möglichen Farben und Formen.

Er ist süß, mein Redakteurchen der *Literaturbeilage*, Übersetzer und Kritiker, nur dass er viel zu beschäftigt ist, seit er Sekretär am Kultusministerium geworden ist.

Wenn er sich eine Insulinspritze gibt, zuckt er nicht einmal.

Er zeigt generell keine physischen Schmerzen«, sagt Eva zufrieden.

»Wir spielen öfter Fakire.

Er hält mir seinen Bauch hin, und ich muss dann mit aller Kraft hineinboxen.

Nein, mein Redakteur zuckt nicht.

Er kniet nieder, hält mir noch die Brust hin, und ich darf ihn treten, so kräftig ich kann.

Wieder keine Reaktion.

Er lächelt mich süß an, mein literarisches Kritikerchen und Redakteurchen, etwas melancholisch, aber süß.

Weißt du, dass mich seine offenbar unerreichbare physische Schmerzgrenze erregt?

Es ist wirklich sexy.

Aber diese Manie mit dem verpackten Zucker finde ich ein bisschen spooky.

Ich würde alles darum geben, dass er sie loswird. Aber es wird wohl nichts draus.

Wir sind bereits so weit, dass ich sie schon für ihn sammle.

Wir sind bereits so weit angelangt, mein literarischer Fakir, mein Sekretärchen und ich.

Kannst du dir das vorstellen?«

9. Dezember

Leere Aperol-Flaschen und einige Prosecco-Flaschen auf sich langsam bewegendem Boden, viel mehr erkenne ich nicht, als ich die Augen öffne.

Ich habe starke Kopfschmerzen.

Aus der Küche dringt der Geruch von Frittiertem, ich höre Andrej, wie er eine Arie aus *Madama Butterfly* vor sich hin pfeift.

Un bel di vedremo oder so ähnlich.

Ich halte mich kaum auf den Beinen, der ganze Raum dreht sich um mich oder ich drehe mich mit, zusammen mit dem Bett, auf dem ich sitze, ich weiß nicht.

Gestern haben wir wieder zu viel Händchen gehalten.

Zu viele Worte.

Draußen rieseln weiße Schneefetzen.

Alles ist von einer dichten Stille umhüllt, wie sie nur der Schnee mit sich bringt, überall die wachsame Erwartung und der scheinbare Frieden, ein Teppich aus weicher Weiße, die allen Lärm dämpft.

Was treibt Paula vor ihrer Garage?

Sie sitzt da und blickt in den Himmel, als würde sie auf ein Geschenk warten.

Ich schaue, wer das große Kind ist, das auf ihrem Schoß sitzt.

Als es sein Gesicht hebt, erkenne ich Dioneus.

Vom Himmel rieseln Schneefetzen, Paula und Dioneus aber sitzen da und starren in den Himmel.

Auch ich blicke nach oben, ins Grau, von wo wie durch ein Wunder Schnee herabrieselt.

Noch nie habe ich Paula so ruhig gesehen, mit derartig seligem Ausdruck im Gesicht.

Nicht nur, dass sie nicht schreit, ihr Gesicht ist entrückt, lachend und beruhigt.

Auch Dioneus scheint aus einer anderen Welt zu stammen.

Auf seinen langen Haaren hat sich bereits eine Schneemütze gebildet, aber er blickt immer noch nach oben in den Himmel und bewundert die Weiße, die pausenlos, langsam zu Boden segelt und den matschigen Hof, den Rost auf den alten Autos, die umgekippten Mülltonnen und den Müll bedeckt und alles zusammen in eine Formlosigkeit umwandelt.

Ich höre Andrejs Ausruf.

Ich sichte ihn, als er völlig nackt vor dem offenen Kühlschrank steht, die Tür des Gefrierfachs steht offen.

Auf meinem Küchentisch liegen eine tiefgefrorene Taube, eine Katze und eine Wühlmaus.

Andrej sieht mich mit entsetztem, fragendem Blick an.

Ich sage ihm, das sei nichts für ihn.

Dass dies meine vertrauten Freunde sind.

Meine Exemplare.

Mein Stillleben.

Meine Blumengestecke.

Meine Trophäen.

Meine Objekte des Anatomiestudiums.

Meine Doppelgänger.

Meine Totemtiere und meine tägliche Portion Realität.

Dass ich sie für das Schreiben meines Romans über Scopoli brauche, der Naturwissenschafter war und in Idrija eine Praxis voller ausgestopfter Tiere hatte.

Dass ich sie für meine Arbeit brauche. Für mich.

Dass ich eine Tendenz zum Erwecken von Toten habe, zum Kommunizieren mit Toten, auch toten Tieren.

»Keines von ihnen hat einen Kopf«, sagt Andrej trocken und schließt den Kühlschrank.

Dann sagt er nichts mehr.

Er dreht sich zum Herd, schaltet das Gas ab und flucht im Stillen. Wirft das verkohlte Rührei weg.

Er verschwindet ins Schlafzimmer und kommt angezogen zurück.

Ich bitte ihn, sich zu setzen, dass ich ihn an den Händen halte und ihm alles erkläre.

Dann sitzen wir eine Viertelstunde still da, ich nackt, er angezogen, meine Hände schlottern vor Kälte, seine sind vollkommen ruhig, als hätte er sie verlassen.

Keiner sagt ein Wort.

Jedes Wort widert mich unendlich an.

Andrej aber wartet.

Die Warterei macht mich wütend.

Mein Schweigen macht anscheinend auch Andrej wütend.

Ich sehe es in seinen Augen, die einen Augenblick früher noch müde waren, jetzt aber beobachten sie mich mit zunehmender Leere, schauen immer mehr durch mich hindurch, machen mich unsichtbar.

Ich sehe, wie ich in Andrejs Augen dahinschwinde, und ich fühle mich vollkommen machtlos.

Andrej greift nach der Schüssel mit den beiden Bananen. Sie sind so faul, dass es aus dem Stängel leicht aufraucht, als er sie auseinanderbricht.

»Auch ich habe eigene Kochexperimente, eigene Exemplare, eigene tote Bananen«, sagt er theatralisch.

Er versucht eine Banane zu schälen, aber die schwarze Schale zerplatzt nur, und ein schwarzer dicklicher Saft quillt heraus.

Andrej zieht seinen Arm zurück. Aus seiner Handfläche tröpfelt Blut.

Aus der Banane ragt der Nagel, von ihm tröpfelt der schwarze Gatsch.

Andrej erbleicht.

»Was ist das?«, fragt er.

»Noch ein Experiment?«, fragt er. »Oder noch eine schwarze Messe?«, sagt er kühl und wirft die Banane zusammen mit dem Nagel in den Müll.

Ich antworte nichts, ich schaue ihn nur an.

Lange, lange schaue ich ihn an, wie er wie ein Weichtier an seiner Hand festhält.

Ich frage ihn, ob er noch blutet.

Ich frage ihn, ob ich ihm ein Pflaster bringen soll.

Ich frage ihn, ob er durchs Fenster geschaut hat.

Dass sich unten, unter dem Fenster, Dioneus aufhält, sage ich ihm.

Er blickt mich finster an.

»Das ist ein ziemlich schaler Witz«, sagt er.

Ich sehe ihn fragend an.

»Das ist unmöglich«, sagt er nach einer Weile.

»Weißt du es denn nicht?«, fragt er mich.

»Weiß was nicht?«, frage ich ihn.

»Weißt du nicht, dass sich Dioneus vor zwei Tagen im Knast erhängt hat?«

Ich sehe einen fettigen schwarzen Fleck, der Rest von Bananensaft auf Andrejs weißem Hemd.

Andrej wäscht sich die Hände, zieht seinen Mantel an, schließt die Eingangstür hinter sich, geht ohne ein Wort.

Ich bleibe am Tisch. Ich schaue auf den Bananenrest im Müll.
Er ist ganz schwarz. Nur auf der Nagelspitze glänzt etwas.
Ich bücke mich und nehme ihn aus dem Müll.
Dann nehme ich die andere Banane.
Ich lösche das Licht und krieche unter den Küchentisch.
Es ist dunkel, sehr dunkel und kalt.
Ich beiße in die Schwärze in meiner Hand.
Sie schmeckt nach Tod.
Wie Quecksilber in meinem Mund.
Wurde ich gerade verraten?
Oder war ich die Verräterin?
Ich mag keine Melodramen!
Und wie ich erst Opern hasse!

10. Dezember

Menstruation und Vollmond.

Starke Kopfschmerzen.

Die Rümpfe der Taube, der Katze und der Wühlmaus auf meinem Küchentisch sind aufgetaut und erfüllen die Wohnung mit einem Geruch nach Verwesung.

Der Geruch erscheint, da die Wohnung voller Müll ist, schmutzig und verlassen.

Gestern kam es mir noch nicht so vor, heute aber sehe ich viel klarer.

Wenn es Scopoli nicht gäbe, wenn es diesen Text nicht gäbe, der mich weitertreibt, wäre alles total unausstehlich.

Trotz zweier Schlaftabletten bin ich wacher als je zuvor.

Nun spüre ich klar, mit meinem ganzen Körper, dass ich ein Fremdkörper bin, und als solcher muss mich die Welt ausschließen.

Ich versuche zu schreiben, einen Satz, zwei, umgehend streiche ich alles wieder durch.

Dann stehe ich mehrere Stunden regungslos am Fenster und beobachte den leeren Hof.

Paula tritt einmal über die Schwelle, schüttelt das Tischtuch über dem Schneematsch aus, der rundherum schmilzt, kehrt in ihre Garage zurück.

Keine Spur von Dioneus.

Keine Spur von Madame Butterfly.

Überall in der Wohnung Andrejs Spuren.

Sein Geruch ist überall anwesend, kein Gestank verscheucht ihn.

Selbst wenn ich meine Haut noch so abreibe, einseife und bürste.

Wörter widern mich an, trotz allem brauche ich sie.

Andrej hebt nicht ab.

Ich rufe zweimal, fünfmal an. Nichts.

Ich versuche Eva zu erreichen.

Sei sie noch so unmöglich, ich muss mit jemandem sprechen.

Ausgeschaltetes Handy.

Dann rufe ich die Tante an.

Ein langes Klingeln. Nichts, beim Auflegen des Hörers vernehme ich etwas.

Ich rufe noch einmal an, diesmal meldet sich die Tante sofort.

Ich frage sie, ob auch sie denkt, dass ich schuld bin an Mutters Tod.

Schweigen auf der anderen Seite. Dann fragt mich Tantes Stimme, was mit mir los ist.

»Ich möchte es nur wissen«, sage ich. »Ana glaubt, dass sie sich meinetwegen umgebracht hat.«

Ich kenne Tantes tiefe, umsichtige Stimme, es ist eine Stimme, die versucht, autoritär und gerecht zu sein, die Stimme einer kleinen Gottheit und Schiedsrichterin, versteckt in jedem von uns, eine Stimme, die keine Widersprüche duldet.

»Ich denke, dass deine Mutter von uns geschieden ist, weil sie sich insgeheim, bewusst oder nicht, selbst so entschieden hat.

Du warst kein einfacher Teenie, ihr habt viel gestritten, du hast revoltiert und ihr Sorgen bereitet.

Gleichzeitig aber war deine Mutter ein extremer Charakter, sie kannte nur zweierlei, den Konflikt oder die vollkommene Unterwerfung.«

Tantes Stimme ist wie ein Bohrer, ich spüre, wie er unverzüglich meine geschlossenen Lider durchbohrt, dass mir die Tränen über die Wangen laufen.

Ich versuche mich zu kontrollieren.

Ich möchte nicht, dass sie mich heulen hört, gleichzeitig aber weiß ich, dass sie genau weiß, was auf der anderen Seite vor sich geht, und dass genau ihr vertrauenswürdiges Wissen von etwas, das ich krampfartig geheim zu halten versuche und von dem ich mir gleichzeitig wünsche, dass die Tante es selbst entdeckt, das ist, was so lindernd wirkt.

»Ihr beiden, du und Ana, wart alles, was deine Mutter besaß. Ihr beiden und ihre Biologie.

Als sie gefeuert wurde, legte sich ein Schatten auf ihr gesamtes Leben.«

Nun verstummt Tantes Stimme, als suche jemand auf der anderen Seite in einem Worthaufen das richtige Wort, nicht jenes, das im Hals sitzt und drückt, nicht jenes, das stecken bleibt und einem die Luft nimmt, sondern ein anderes, irgendein anderes, ein leichteres und befreiendes und weniger unpassendes Wort.

»Damals wohntest du noch in einem Schülerheim. Du warst ein problematisches Teenie-Mädchen. Du bist immer wieder ausgerissen.

Sie hat dich gesucht.

Später bist du einen ganz eigenen Weg gegangen. Ihr hattet keinen Kontakt.

Das hat sie sehr mitgenommen.

Sie hat mir mehrmals davon erzählt.

Gleichzeitig aber war deine Mutter unfähig, den Lauf der Dinge zu ändern, eine neue Arbeit zu finden, sich wieder aufzurappeln.

Sie war Fachfrau für das Sozialverhalten von Tieren, für Eusozialität.

Was für ein dummer Begriff, wahrscheinlich habe ich ihn mir deshalb gemerkt, weil er wie Europäische Union klingt.

Sie wollte jedoch nichts mehr von ihrer Professur hören. Weder von ihren Käfigen noch von ihren Bienenstöcken. Am wenigsten von ihren Wespen.

Die waren vor dem Skandal ihr Fachgebiet. Ihre Entdeckungen waren revolutionär, bis die Wahrheit ans Licht kam.«

Während die Tante spricht, kehren meine Erinnerungen an Zeitungsartikel wieder, die über den Skandal berichteten, der mit meiner Mutter und ihrer Forschungsgruppe verbunden war. Die Ergebnisse ihrer Entdeckung entpuppten sich als Plagiat.

Ich erinnere mich, dass ich sie damals anrufen wollte, obwohl wir mehr als ein Jahr nicht gesprochen hatten.

Ich habe es dann doch nicht getan.

Ich erinnere mich an die immense Scham, wenn mich jemand auf dieses Thema ansprach.

Ich erinnere mich meiner Behördengänge mit der Absicht, meinen Nachnamen zu ändern, was jedoch bürokratisch gesehen ein ziemlich kompliziertes und kostspieliges Verfahren war.

»Deine Mutter würde alles für dich tun, für Ana und ihre Insekten.

Dann hat sie erst dich verloren, später ihren Job und ihr Ansehen.

Mit Ana war sie sich nie so nah, Ana war überhaupt nicht ihr Typ.

Du warst ihr dem Charakter nach viel näher.

So gesehen stand sie über Nacht plötzlich ohne alles da«, sagt die Tante, und ich höre, dass auch sie weint.

Auch ich frage mich jetzt immer wieder, was passierte, warum sie auf der Brücke angehalten hat, wo das ausdrücklich verboten ist.

Warum ist sie aus dem Wagen gestiegen, der tipptopp war?

Es gibt keine rationale Erklärung.

»Wir werden es nie wissen, mein Kind, nie, und wir müssen lernen, mit diesem ›nie‹ zu leben.«

11. Dezember

Die Kopfschmerz-Attacken werden immer häufiger. Scopoli ist immer wieder dazu gezwungen, seine Reise zu unterbrechen. Zuerst mietet er sich preiswerte Dachkammern in den Gasthäusern auf dem Weg, bald aber geht ihm das Geld aus. Immer häufiger schläft er in Ställen oder im Freien. Zum Glück wird es wärmer. Die Erwärmung bringt jedoch den Blütenduft mit sich, von dem seine Wangen anschwellen, und das verursacht, dass er Stunde um Stunde des ungemütlichen Herumsitzens auf den Kutschendächern durchweint. Er versucht seine Beschwerden mit Wachsstöpseln zu lindern, die er sich ins zierliche, aber höchst empfindliche Näschen stopft. Dabei verletzt er sich, und immer häufiger ergießt sich Blut aus seiner Nase, was seine außerordentliche Fähigkeit beeinträchtigt, unterschiedliche Düfte wahrzunehmen und zu erkennen.

Die bayerische Landschaft ist mild und üppig, sich krümmende Bäche, über die sich Weiden beugen, Dörfer, Glockentürme, wellige Felder und Wälder, Bauern und Soldaten, viel Militär überall. Immer mehr stört ihn das Tageslicht, deshalb trägt er tagsüber eine Kopfbedeckung, wie ein Leprakranker versteckt er sein geschwollenes Antlitz hinter Leintüchern, vermeidet, so gut es geht, Menschenkontakt. Um seine Leisten herum, auf Lenden und Armen verbreitet sich ein Ausschlag, der sich bald entzündet. Eiter fließt daraus. Häufiges Fieber und Brechanfälle, die trotz strenger Diät nicht aufhören. Zwischen Juckanfällen und Fieberzuständen häufige selige Glücksmomente und gleichzeitig Augenblicke vollkommener Einsamkeit. Augenblicke entrückter Leichtigkeit, wo alles, was ihn umgibt, ins Wanken kommt. Dann schließt Scopoli die Augen, hinter denen das Drehen der Welt nicht aufhört, sondern sich zu einem unaufhaltsamen Wirbel entwickelt, aus dem die Gestalt seiner Mutter, das Bild seines Schulwegs in Innsbruck, verschiedene Flügel aus der Familie Lepidoptera und pflanzliche Geschlechtsorgane, Bilder von Kristallen, die er in Ydria gelassen hat, emporsteigen. Bald wird es Sommer, und das Bergwerk wird wegen großer Hitze, die jegliche Arbeit in den mehr als hundert Klafter tiefen Schächten während der Sommermonate unmöglich macht, geschlossen werden. Zum Glück hat er in seiner Tasche eine nach alter Rezeptur zubereitete Tinktur zur Behebung von

Unausgewogenheit, in der unter anderem Schwefel, Salz und Quecksilber vermischt sind. In kleinen Mengen ist sie überaus heilend, aber wie schon Paracelsus zu sagen pflegte: eine Nacht mit Venus, ein ganzes Leben lang mit Mercurius.

Nach zweimonatiger Reise erreicht Scopoli Frankfurt. Er liegt in einer Dachkammer mit geschlossenen Fensterläden. Durch die Dachluke dringt Lärm aus dem Gasthaus, Flüche, das Gerangel zwischen den Betrunkenen, der Gestank nach Pisse und abgestandenem Bier, die Rufe der Witwen gefallener Soldaten, die Tag und Nacht auf der Straße betteln, Kinderweinen. Jeder Blick verwundet und blendet ihn. Er glaubt, er ist am Ende. »Das ist das Ende«, sagt er immer wieder und lebt weiter. Im Augenblick der Klarheit versucht er alles zu klassifizieren, was in seinen Gedanken auftaucht. Das Klassifizieren, Beschreiben, die Erinnerung an feinste Details, das Einordnen sind das Einzige, was ihn beruhigt. Weberknechte (*Phalangida*), Bettwanzen (*Cimex lectularius*), Ameisen (*Formica rufa*). Plötzlich fliegt eine Wespe (*Hymenoptera apocrita*) durchs Fenster und setzt sich auf seiner Handfläche nieder. Er beobachtet sie, wie sie ihre Form ändert, der Wespe beginnt ein zusätzliches Beinpaar zu wachsen, die Flügel fallen bereits vom Körper ab, ihre Kiefer verändern sich, werden blutrot, und der Mund bewuchert. Auch Larven winden sich und erwachen. Scopoli sieht, wie sich die Hand, auf der die Wespe sitzt, verändert, sein ganzer Körper schmerzt und bebt, runzelt und zuckt, er verwandelt sich immer mehr zum Körper eines Käfers, wird schwer, die Arme werden zu dünnen Beinchen, und seine Brust verformt sich zu einem Panzer. Er muss sich beruhigen. *Monstrae*. Scopoli bemüht sich, Distanz zu halten, Analyse als Beruhigungsmethode. *Monstrae*. Das Aufzählen von unzählbaren klassifizierten Pflanzenarten, Farn, Moos und Flechten. *Monstrae*. Eine Stunde später kommt Scopoli zu den Bananen (*Musacea*, Gattung *Musa*). Scopoli öffnet seine Augen praktisch nicht mehr. Er schläft und wacht mit geschlossenen Augen. Mit geschlossenen Augen greift er in Gedanken nach Büchern, die er zu Hause studiert hat, fieberhaft blättert er darin mit seinem Gedächtnis, immer klarer erkennt er, was darinsteht. Alle Bücher zusammen sind das Buch seines Lebens, ein volles Buch, in dem die gesamte Schöpfung versammelt ist, alle Hindernisse und alle Tode, alle Mütter und alle Entscheidungen, alle Versuche und alle Gerüche, alle drei Königreiche und alle Unterarten, alles klassifiziert und alles erfunden, alle Monster und alle Engel. Das ist eine andere Art von *Systema Naturae*, eine andere Natur. Sie ist in Schweinsleder gebunden.

Er hat sie vor sich, nicht vor sich, er hat sie in sich, aber getrennt von sich, in naher Ferne, die großen Buchstaben auf der Spitze, er riecht sie, er kann sie lesen, langsam wie ein Kind, das erst lesen lernt: CAROLI LINNÆI, steht dort, EQUITIS DE STELLA POLARI, ARCHIATRI REGII, MED. & BOTAN.PROFESS. UPSAL. ACAD. UPSAL. HOLMENS. PETROPOL.BEROL. IMPER. LOND. MONSPEL. TOLOS. FLORENT. SOC. Wie viele Titel! Es ist ein Wurm, der sich in Scopolis Mark bohrt, ein Wurm, der stärker ist als jeder physische Schmerz, lauter als die Schreie von der Straße, grausamer als ein Lichtbündel, das durch die staubige Finsternis der Dachkammer fällt und sich mit unerträglichem Schmerz in seinen Verstand brennt. Wie stand es schon geschrieben? »Ich bin überzeugt, dass ich mithilfe meines Mäzens, des edelmütigen Herrn Clifford junior, und Ihrer Anwesenheit hier Ihren durchaus verständlichen und Ihren botanischen Leistungen nach angemessenen Wunsch, endlich in die ehrenvolle Gesellschaft der Königlichen Botanischen Vereinigung in Amsterdam aufgenommen zu werden, auf eine günstige Entwicklungsbahn leiten könnte. Ich befürchte jedoch, dass wir uns nie treffen werden und dass mein Augenlicht verlöschen wird, noch bevor ich das Glück habe, Ihr ehrwürdiges und erwartetes Antlitz zu erblicken.«

Scopoli springt auf, beginnt zu schreien, um Hilfe zu rufen. Nach einer Weile taucht die Magd auf. Scopoli schickt sie einen Arzt holen. Nicht einfach einen Arzt, sondern Kraft, einen berühmten Alchemisten und Heiler, von dem er bereits in Ljubljana aus zahlreichen Mündern gehört hatte. Er schickt sie einmal. Zweimal. Es vergeht ein Tag oder zwei. Der Arzt ist zu beschäftigt und entschuldigt sich, er werde nicht kommen können. Scopoli öffnet seine abgewetzte Tasche, die er die ganze Zeit als Kopfkissen für seinen fiebernden Kopf benutzt. Mit letzter Kraft öffnet er seine verrosteten Lider, händigt der Magd sein Beutelchen aus, alles, was er noch hat, und schickt sie erneut los. Auch diesmal nichts. Scopoli versucht es noch ein letztes Mal. Er holt einen Kupfertopf aus der Tasche, jenen Kupfertopf, den er von Bruder Franziskus bekommen hat, und schickt ihn dem Heiler. Es vergeht ein Tag, lang wie die Schöpfung. Zwei. Die Tür öffnet sich, und ins Zimmer tritt ein winziges Männlein mit Schnurrbart und einem langen Umhang. Scopoli kann seine Gesichtszüge kaum erkennen. Mit seinem dicken Barthaar ähnelt er mehr einem winzigen Teufel als einem Menschen. Der Ankömmling kniet neben Scopolis Lager nieder und öffnet sein Hemd, beobachtet seine Brust, öffnet Scopolis Mund, riecht daran und verzieht dabei stark sein Gesicht. Er öffnet sein Auge, starrt hinein, als würde er in Scopolis schmerzendem Auge nach Insekten suchen. Wortlos, so wie er gekommen war, verschwindet Kraft wieder. Am Abend kommt er zurück. Er reißt Scopoli aus dem Schlaf, hebt grob seinen Kopf, »Trink«, sagt er flüsternd, »du musst alles austrinken, ohne Widerrede.« Scopoli sammelt seine letzten Kräfte und öffnet den Mund. Er spürt eine Flüssigkeit mit feurigem Geschmack. Eine Flüssigkeit wie aus feurig rotem Silber, die seine Mundhöhle, seine Kehle und Eingeweide verbrennt. Inmitten des Feuers auf seiner Zunge ist etwas Schleimiges und Lebendiges. »Schluck!« hört er den Befehl des Heilers, »schluck sofort!« Scopoli gehorcht. Er spürt, wie ein ganzer *Serpens mercurii* (oder war es trotz allem doch nur ein *Proteus anguinus*?) in ihn rutscht, er spürt die Pfötchen, die seinen Hals entlanggleiten, einen langen schlenkernden Schlangenkörper, der ein Drachenkörper ist, der ein Grottenolmkörper ist, der ein Wurmkörper ist, der schleimig in ihn hineinrutscht. Einen Moment später verspürt er eine unendliche Kälte, eine Beruhigung, ein anderes, mildes Feuer, das das Feuer der Zerstörung in seinem Körper löscht und damit den Wunsch in seiner Seele, nicht mehr zu sein.

Schon zwei Tage lang kein Wort von Andrej.

Wenn ich nicht schreiben würde, würde ich wahrscheinlich durchdrehen.

Ich versuche noch einmal anzurufen. Nichts.

Nichts. Nichts. Nichts.

Wie groß ist mein unendlich kleines Nichts?

12. Dezember

Der Ausnahmezustand ist verlängert.

Die Verfassungsrichter stimmen der Bitte um Entlassung von fünfundzwanzig Journalisten zu, die wegen ihrer »voreingenommenen und hetzerischen Berichterstattung« über die regierungsfeindlichen Demonstrationen illegal festgehalten werden.

Zwei Stunden später löst Platano das Verfassungsgericht auf und ernennt neue Verfassungsrichter.

Zwar ist dafür das Parlament zuständig, und selbst das nur mit Zweidrittelmehrheit, aber Platano nutzt die Rechtsfreiheit aufgrund des Ausnahmezustands aus.

Die neu ernannten Verfassungsrichter widerrufen den Beschluss sofort, sodass alle fünfundzwanzig Journalisten bereits am Abend wieder hinter Gittern sitzen.

Das treibt mich in eine derartige Depression, dass ich das Fernsehkabel aus der Steckdose ziehe.

In meiner Hand halte ich das Handy, kurz davor, es gegen die Wand zu schmeißen, als es plötzlich klingelt.

Es ist Eva.

»Weißt du, Foucault meint, dass die Verurteilten bis zum neunzehnten Jahrhundert nicht wussten, wie ein Prozess abläuft, nichts über Beschuldigungen wussten, noch weniger von den Argumenten pro und contra?

Gegen dich wurde ein Verfahren eingeleitet, dann wurdest du vernommen und verurteilt«, sagt Eva.

»Das ist so wie bei Kafka, er hat sich nichts ausgedacht, wir aber preisen ihn heutzutage«, antworte ich trocken ...

»Welchem Kafka? Deiner ist nicht fähig dazu, etwas dergleichen zu schreiben«, sagt Eva und amüsiert sich mächtig dabei.

»Ich habe nichts mit irgendeinem Kafka am Hut«, sage ich trocken und will schon auflegen.

»Kafka gehört uns allen«, sagt Eva versöhnend. »Wie auch immer, bei Kafka haben das Gericht und das Gefängnis nur noch die Seele des Menschen gebrochen, davor aber hat man Jahrtausende neben der Seele auch die Knochen der Häftlinge geknackt.

Und wie ist es in deinem Gefängnis?«

»Keine Ahnung, das Essen ist nicht schlecht, und es gibt einige Freizeitaktivitäten«, antworte ich.

»Eben, heutzutage ist das Gefängnis keine Strafe mehr, es ist ein Erholungsort, ein kostenloser Urlaub mit weniger angenehmen Aspekten eines Arrangements wie zum Beispiel die Freiheitsberaubung, aber immerhin.«

»So wie das Gericht kein Ort mehr ist, wo der Mensch verurteilt wird«, erwidere ich herb. »Hast du die neuen Verfassungsrichter nicht gesehen, deren Beschluss?«

»Ich denke, dass Ordnung geschafft werden muss, Reste des Alten weggeputzt werden müssen. Wenn die Gründung einer Bank der größte Raub ist und die Diktatur zur Ordnung führt, warum sollen wir nicht abwarten, ob das Verfassungsgericht nicht jene Rechtsordnung herstellt, die wir jahrzehntelang allen vorigen Chargen abverlangten? Warum gibst du ihnen keine Chance?«

»Eva, das meinst du jetzt nicht ernst?«, frage ich bestürzt.

»Das Gericht vollstreckt heutzutage anderswo, du hast recht, aber das bedeutet noch nicht, dass wir es nicht brauchen. Mein Gott, was für schwere Themen wir übers Telefon angefangen haben. Ich komme bald bei dir vorbei, und dann können wir uns in Ruhe unterhalten«, sagt Eva und legt auf.

Ich halte das Handy lange in der Hand. Auf dem Touchscreen steht noch immer Evas Name.

Ich lasse das Handy ins Spülbecken mit Schmutzwasser gleiten.

Den Rest des Tages lese ich die letzte Sendung von Geschichten durch, die ich schon vor einer Woche bekommen habe.

Ich lese sie wie eine Landschaft, in der ich Dioneus suche.

Hat er überhaupt je eine dieser Geschichten gesehen, hat er eine davon geschrieben?

Ich bezweifle es stark, aber trotzdem kann ich sie nicht lesen, ohne dabei an ihn und seinen möglichen Platz darin zu denken.

Diese Suche beansprucht mich so, dass ich die Geschehnisse draußen vergesse.

Draußen: Paulas Jauchzen, die Demontage des Rechtsstaats, eisiger Wind mit vereinzelten Schneeflocken, tückische und ernste Gesichter, der Winter, der vor der Tür steht, physisch und in übertragenem Sinne.

Ein chinesischer Maler

In den Werken eines jüdischen Schriftstellers, der auf der Flucht vor den Nazis Selbstmord begangen hat, finden wir die Geschichte eines außergewöhnlichen chinesischen Malers, der sich in seinem eigenen Gemälde dadurch zum Verschwinden bringt, dass er einen idyllischen Park mit einer kleinen Hütte malt. Eine andere, weniger bekannte Version derselben Geschichte existiert. Eine ausgewählte Gruppe hochgeschätzter Gäste ist eingeladen, das Meisterwerk des Malers zu betrachten, das nach Jahren geheimer Arbeit vollendet wurde. Das Gemälde wurde vom Kaiser höchstpersönlich als Hommage an den entscheidenden Kampf um die Erhaltung der kaiserlichen Linie und damit um die Erweiterung des Reiches in Auftrag gegeben. Vor dem Tor zur Malervilla stehen eine Handvoll bedeutender Persönlichkeiten des Hofes, aber niemand ist da, weder der Maler noch die Diener, noch einer seiner zahlreichen Lehrlinge. Schließlich wagen sich die Gäste in die geräumige Werkstatt des Malers. Im Inneren befindet sich nichts als eine riesige Leinwand, die mit einem grauen Vorhang bedeckt ist. Die Gäste sind genervt. Sie sind bereit zu gehen, als sie aus einiger Entfernung die Schreie des Malers hören. Sie rufen den Maler und suchen nach ihm. Einer der Gäste fasst endlich genug Mut und zieht den riesigen Vorhang zur Seite. Auf die Leinwand ist bis ins kleinste Detail der Kampf zwischen der kaiserlichen und der rebellischen Armee gemalt, fast realer als im Leben. Zwischen Haufen zerstörter Artilleriekarren, Waffen und einer großen Menge verstümmelter Leichen und toter Pferde sehen sie schließlich den Maler, der sich hektisch unter den Leichen junger Soldaten bewegt und um Hilfe schreit. Hatte sich sein Geist angesichts des Grauens, das in seiner eigenen Schöpfung verankert war, verdunkelt? Keiner der Gäste, die ihn kaum noch hören, kann ihm helfen. Er wird für immer ein Gefangener seines eigenen Kunstwerks bleiben.

Zugenähter Mund

All die Geschichten über den Jungen mit dem zugenähten Mund klangen wie fantastische Legenden. Die Soldaten erzählten sie sich gerne, keiner von ihnen aber glaubte an sie. So war es ja auch mit ihrem Glauben an ihre Führer, ihre Götter und ihre Zukunft, die alle als falsche Götzen bezeichnet wurden. Es gab für sie schließlich auch gar nichts anderes zu tun. Es ist, als ob jeder Glaube seine eigene Verleugnung in sich trägt und scheinbarer Unglaube die Grundlage für jeden Glauben ist. Es ist daher verständlich, dass sich der Mythos des Jungen, dessen Mutter in seinen Armen starb, in so kurzer Zeit verbreitet hat. Eine Legende besagt, dass sie sich zwischen den Jungen und eine Kugel warf, die in Richtung ihres Sohnes flog, eine andere, dass das Projektil sie tötete, als sie das Hemd ihres Sohnes flickte. Allen Versionen der Geschichte gemeinsam ist der Moment der unendlichen Trauer über den Tod der Mutter, die Trauer des Jungen, der sich über ihren Körper beugt, die beiden Augenpaare, die sich ein letztes Mal treffen und ineinander versinken. In der einen Version nimmt der Junge die letzten Worte seiner Mutter in den Mund, in der anderen nur den letzten Atemzug seiner Mutter. Er nimmt Nadel und Faden aus der toten Hand seiner Mutter und näht sich in einem Augenblick größten Schmerzes den Mund zu. Er näht den Tod seiner Mutter in sich ein, oder zumindest das, was sie ihm mit ihrem letzten Hauch mit auf den Weg gegeben hat. So wird er zu dem berüchtigten Jungen mit dem vernähten Mund, der den Tod zähmt, indem er ihn in sich trägt. Der die Traurigkeit zähmt, indem er sie nicht aus dem Mund lässt. Der den Verlust so bändigt, dass er selbst zum Verlust aller Worte wird. Worte für den Verlust. Worte für Traurigkeit. Worte für den Tod. Die Legende besagt, dass der Junge auf wundersame Weise überlebt hat, obwohl er seit dem Zunähen nie wieder etwas gegessen oder getrunken hat. Für Monate, vielleicht Jahre, lebt der Junge mit zugenähtem Mund. Er ernährt sich von dem, was er in seinem Mund trägt. Ich erinnere mich an Soldaten, die ins Feuer starrten, angesoffen, erschöpft von der Spannung und den langen Kämpfen an der Front, die von dem Jungen erzählten. Ich erinnere mich an ihre kristallklaren Augen, an ihre wenigen Worte, die mal mehr, mal weniger von der Legende des Jungen mit dem zugenähten Mund erzählten, ich erinnere mich an die langen Pausen in der Erzählung und an die stummen Blicke. Die Erzählung endete immer mit dem Gedanken, dass dieser Junge den Krieg entscheiden würde. Wer auch immer diesen Jungen bekommt, wird die Gunst des Todes auf seiner Seite haben. All dies wurde in aller Ernsthaftigkeit gesagt, obwohl keiner der Soldaten glaubte, dass der Junge jemals wirklich existiert hatte oder gefunden werden konnte. Niemand außer mir. Ich ging von Dorf zu Dorf und fragte die Bauern, ob sie etwas mehr als nur die üblichen Geschichten wüssten. Keiner wusste etwas. Bis ich ein Mädchen traf. War sie ein Junge? Ich konnte mich nicht entscheiden. Sie hatte eine Mädchenstimme, war sehr schmutzig und hatte jungenhafte Züge. Jedenfalls wies sie mir den Weg zu einem verlassenen Haus am Stadtrand. Ich kletterte das Gelände hinauf, das verlassen aussah. Ich kam zu einem Bauernhof. Alle Gebäude waren niedergebrannt, aber wie durch ein Wunder hatte das Feuer den Heuboden, der etwas höher lag, verschont. Ich habe mich ihm leise genähert. Dann habe ich ihn gesehen. Er schlief regungslos in einer mit

Heu bedeckten Box im Kuhstall. Er hatte einen kleinen, süßen, knabenhaften Körper, und sein schlafendes Gesicht war so faltig wie die Wange eines Hundertjährigen, seine Haut war senil, und seine Augen waren in ihren Höhlen eingesunken. Es wurde mir aufgetragen, diesen Krieg zu entscheiden. Ich, und nur ich, hatte diese große Verantwortung in meine Hände gelegt. Ich öffnete einen Benzinkanister und leerte ihn leise in der Nähe der Krippe mit dem schlafenden Kind aus. Er sah unendlich unschuldig aus, während er schlief. Seine violetten Lippen, die schwarzen Stiche, die sie durchzogen, ließen vermuten, dass sich etwas Tödliches und unendlich Schmerzhaftes in sie eingeschrieben hatte. Er bemitleidete mich, und mein Herz war bedrückt. Ich schaute weg, und es leuchtete auf.

Scheherazade

Die Ironie der Geschichte ist, dass mein Künstlername Scheherazade ist. Meine Mutter gab ihn mir, als ich zwölf Jahre alt war, und ich begann, mit ihr in örtlichen Cafés, auf Hochzeitsfesten und bei örtlichen Festen aufzutreten. Sie war auch eine Sängerin. Sie hatte eine außergewöhnliche, dunkel gefärbte Stimme und war bekannt für ihre Ausdruckskraft und ihre Bandbreite. Sie war eine der Besten. Alkohol und Drogen haben sie zerstört. Ich denke, es ist nicht nur der unmögliche Lebensstil, den wir Musiker führen. Wir werden als Nachtvögel geboren, aber damit habe ich kein Problem. Das ist das Gesetz des Kreislaufes. Wenn ich singe, gebe ich mich dem Publikum hin, und wenn die Zuhörer mir zuhören, wenn sie mir erlauben, durch meine Lieder in ihre Seelen einzudringen, geben sie mir die Energie zurück, die mich erfüllt. Seit dem Krieg spüre ich eine große Veränderung. Die Menschen sind bereit, für ein Lied zu sterben. Ich habe oft das Gefühl, dass ich mit Liedern viel mehr erreichen kann, als irgendjemand mit Geld oder Patronen erreichen kann. Der Wahnsinn, in den wir alle während des Krieges eingetaucht sind, hat seine eigenen strengen Gesetze. Wenn ich singe, spiele ich mit den Rändern dieser Gesetze, ich schaffe verborgene Refugien, in denen diese schmutzige, schwarze Zeit nicht existiert, in denen die Angst nicht existiert und der Tod nicht existiert. Wenn ich singe, ist die Ewigkeit angekommen, sie ist hier, wir sind Teil von ihr, wir sind ihr Maß. Leider währt meine Ewigkeit nicht länger als ein oder zwei Stunden. Jedes Konzert, auch das bewegendste, geht einmal zu Ende. Dann beginnt die Zeit wieder, und wir alle werden wieder sterblich. Kein Wunder, dass jeder dem Leben, das wir führen, entfliehen möchte. Auch der Kommandant. Ich habe schon von ihm gehört. Er hat viele Spitznamen. Der Schlächter, der Vogelfresser, der Retter. Ich habe von vielen Sängerinnen gehört, die in der Bar, in der er verkehrt, verschwunden sind. Ich habe gehört, dass er sich von uns ernährt. Zuerst von unserem Gesang, dann vom Rest. Von unserem nackten Leben. Man hat mich darauf hingewiesen, dass keine Sängerin, die einmal für ihn gesungen hat, seine Bar wieder verlässt. Ich wurde gewarnt, dass er sich meine Kassetten anhört und dass ich ihn hungrig mache. »Du machst den Kommandanten hungrig«, sagten sie mir. Ich wusste nicht, was ich tun sollte. Ich konnte nicht entkommen. Furcht ist nicht mein Schicksal. Ich habe mich vorbereitet. Ein paar Nächte später standen sie vor meiner Tür. Sie sagten mir, ich solle mich sofort anziehen, damit ich noch am selben Abend für den Kommandanten singen könne. Ich habe gesagt, dass ich nicht will. Sie zeigten mir eine Waffe. Sie sagten, dass es für alle besser wäre, wenn ich mich sofort aufraffen und mit ihnen gehen würde. Ich ging ins Schlafzimmer und zog mir ein weißes Kleid an. Sie haben mich weggebracht. In der verrauchten Bar saßen außer dem Kommandanten noch ein paar seiner Führungsoffiziere. Sie waren alle sehr betrunken. Ich ging auf die Bühne, wo ein alter, blinder Mann den Synthesizer spielte. Ich begann zu singen. Ich habe langsam gesungen, mit langen Pausen zwischen den einzelnen Liedern. Als ich fertig war, kam der Kommandant auf die kleine Bühne und legte mir seine Hand in den Schritt. »Sing mir noch eins, nur für mich, sing, als würdest du mich um dein Leben anflehen«, sagte er betrunken. »Sei meine kleine Scheherazade«, rief er und warf das leere Glas auf den Boden. Er brüllte, und seine

Offiziere brüllten mit ihm. Ich habe eine Ballade gesungen. Ich singe sie noch immer. Ich weiß, dass ich tot sein werde, wenn ich sie beende. Der Kommandant und ich, wir wissen es beide. Was der Kommandant nicht weiß: Es gibt einen Unterschied zwischen meinem Spitznamen und der Geschichte, die ihn mir gegeben hat. Er weiß nicht, dass ich dieses Mal mit meinem Gesang nichts gebe. Ich werde nie wieder etwas geben. Ich nehme nur. Die Ewigkeit existiert auch irgendwo anders, nicht nur in meiner Stimme. Auch wenn die Zeit stillsteht und meine Stimme dunkle Töne annimmt, tickt alles in meinem Körper. Bald wird der Countdown abgeschlossen sein, und wir werden gemeinsam, wie Engel, wie Fragmente gesprengter Körper und stimmlose Nachtvögel, einem neuen Lied entgegenfliegen.

13. Dezember

Ein kühler Wind weht die abgefallenen Platanen-Blätter geradewegs in Scopolis Gesicht. Der Windstoß ist so stark, dass er von Zeit zu Zeit stehen bleibt und sich unter seiner dunkelbraunen Pilgerkutte verstecken muss. Scopoli läuft in Sandalen, sich auf einen Stock stützend, und mit einem umgehängten Quersack. Sein Weg führt durch Dörfer. Hier ist man Pilger gewohnt, massenweise kommen sie von überall her, um sich vor den Knochen dreier Könige zu verbeugen. Scopoli bewegt sich schon zwei Tage in der Nähe einer Gruppe italienischer Pilger. Gelegentlich überholt er sie, dann bleibt er wieder zurück. Allmählich wechseln sie einige Worte, zuletzt halten alle beim Zollhaus vor der Stadtmauer. Scopoli hat keinen einzigen Groschen, deshalb lässt man ihn nicht in die Stadt. Er legt sich neben der Straße nieder, aber der Gestank des Abfalls ist zu stark, er hält es nicht länger aus, er läuft weiter die Mauer entlang, dort liegt eine Menschenleiche, weiter vorn ein Boot mit Fischern, die ihre Netze einziehen. Am Strand hilft er einem beim Einsammeln der Fische (es dominieren Barben, *Barbus barbus*). Im Austausch für seine Hilfe schmuggelt ihn der Fischer auf seinem Wagen durch ein anderes Stadttor in die Stadt. Es ist Abend, kalt, die Gasthäuser sind voll, und auf den Straßen herrscht Zügellosigkeit. In einer dunklen Ecke sieht er einen besoffenen Patrizier mit einer Bettlerin kopulieren. Unausstehlicher Gestank. Scharen von Armen. Vor der Kathedrale, die in der Finsternis einem schwarzen Berg gleicht, kommt ihm eine Prozession besoffener Männer entgegen. Vor ihnen geht eine Dreiergruppe mit Kalk bestreuter Engländer, die Arme an Pfähle gebunden. Ab und zu schlägt ihnen jemand aus der Menschenschar auf die weißen Schädel. »Hau ihm eine, dem lutherischen Köter«, hört Scopoli und sieht, wie einer der Engländer unter den Schlägen fällt, wieder aufsteht, jemand stopft ihm einen Hut in den Mund, den er nun unter allgemeinem Gespött aufessen muss. Scopoli vergräbt sich tief in seine Kutte. Im Quersack spürt er den angefaulten Apfel und einen Rest Brot, weiß jedoch nicht, wo er in Ruhe essen kann, ohne Aufmerksamkeit zu erregen. Er irrt weiter. Aus einem Fenster schüttet jemand Schweinefraß auf ihn. Durch die offene Haustür sieht er schmutzige Kinder, die mit einem Kätzchen spielen, eine Frau, die in die Finsternis starrt, einen Mann, der sich über einen Bottich gelehnt wäscht, ihm fehlt der linke Arm. An Scopoli wälzt sich ein ganzes Regiment von arm- oder beinlosen Männern vorbei, sie sitzen auf kleinen Brettern mit Rädern herum, es sind ehemalige Soldaten, die unter den Pilgern und Waisen, Frauen und Kindern betteln. Der Krieg dauert sieben Jahre. Scopoli erkennt einen aus der italienischen Dreiergruppe, mit der er die letzten drei Tage gewandert war. Sie sind aus Brescia. »Komm, Bruder, komm mit uns in die heilige Cäcilia.« Die gesamte Kirche ist mit Holzbalken gestützt. Schreinermeister hämmern im Schein der Lampen und bewegen Steinblöcke. »Komm, Bruder, komm mit uns in den goldenen Raum, wo die Knochen der heiligen Cäcilia und ihrer elftausend Jungfrauen sind.« Scopoli ist unermesslich müde, geht ihnen jedoch hinterher. Er hört das Singen und Gemurmel von Gebeten. Hinter der Mauer der Basilika schlafen zahlreiche Pilger. Scopoli erblickt Scharen schwarzer Ratten (*Rattus rattus*), die über ihre schlafenden Körper huschen. Das Innere der Kirche ist mit Hunderten Kerzen ausgeleuchtet. Scopolis Augen, die sich nie wieder richtig erholt haben, sind müde und sehen nur noch aus nächster Nähe, gewöhnen sich nur langsam an die Düsternis. Scopoli erkennt die Wände aus Menschenknochen. Schränke aus

Menschenknochen. Die Decke aus menschlichen Schlüsselbeinen und Rippen. Buchstaben, die an der Wand angebracht sind, aus Menschenknochen zusammengesetzt. Schädel und Schlüsselbeine. Das Gemurmel von Gebeten, das Weinen der Bittenden, stickige Luft. Als würde der Allmächtige seinem Scopoli aus dem Himmel einen stillen Segen auf den Kopf schicken. Oder war es gar nur eine weitere Ratte, die in der Düsternis Knochenstaub auf seinen Scheitel streut? Etwas rieselt von oben herab, von der düsteren Kuppel aus Knochen. Etwas bewegt sich. Für einen Augenblick herrscht absolute Stille. »Erdbeben! Erdbeben!« Die Gläubigen stürmen panisch zum schmalen Ausgang. Alles biegt sich. Knochen fallen von der Decke. Scopoli sinkt kraftlos im Strudel des mächtigen Menschenstroms zu Boden, danach rollt alles über ihn hinweg. Er versucht das Gesicht zu verdecken, jedoch vergebens, unter den drängenden Sandalen hört er das Brechen seiner eigenen Knochen, niedrige Flammen züngeln aus den umgefallenen Leuchtern, ein dichter Staubvorhang, Knochen, die von der Decke fallen und am Boden zerplatzen, Schädel, die aus den Wandnischen rollen und ihn stumm und schadenfroh anstarren. »Ist das das Ende?«, denkt Scopoli, dann wird es finster, kein Gedanke, kein Ende, eine unendliche Pause.

Er erwacht auf der Grünfläche vor dem Beinhaus. Um ihn herum herrscht Aufregung, Menschen tragen Wassereimer herbei und übergießen den Staub, aus der Basilika schlängelt sich noch immer dichter Rauch. Ein Pilger beugt sich über ihn. Scopoli versucht sich aufzurappeln, aber seine rechte Schulter schmerzt zu sehr. Der Pilger grinst. »Du bist davongekommen, Bruder«, sagt er, »Bruder, brother, haha, gut, dass noch Leben in dir ist.« Scopoli bemerkt jetzt, dass neben ihm eine Leiche liegt. »Morto, mortus, tot«, sagt der Pilger und grinst. Unerwartet packt er Scopoli und hebt ihn an, was ihm derartige Schmerzen verursacht, dass er laut aufbrüllt. Der Pilger reißt ihm grob den Quersack von der Schulter und beginnt darin zu wühlen. Er zieht den Apfel aus dem Quersack, beißt ein, zwei Mal hinein, spuckt und schmeißt ihn weg. Dann hält er ein Tuch in das Licht der Nacht und schmiegt es ans Gesicht. Scopoli stöhnt und möchte es ihm wegnehmen, aber er kann seinen Körper nicht bewegen. Alles ist steif und von scharfem Schmerz erfüllt. »Pecunia? Argent? Geld?«, fragt der Pilger, tastet seinen Körper ab, spuckt Scopoli ins Gesicht und verschwindet.

14. Dezember

Vierundzwanzig Stunden ununterbrochener Schneefall. Nur Busse und Lkws fahren noch, alles andere steht still.

Der Bus schwankt auf der verschneiten Straße, ein kräftiger Ruck, und wir driften seitwärts in Fahrtrichtung.

Ein Moment, der viele Enden haben kann.

Dann fangen wir uns wieder und kommen zurück in die Spurrillen, der Bus fährt weiter, als wäre nichts gewesen.

Von den Gesichtern der Reisenden kann man lesen, dass der Moment, in dem wir kurz davor waren, in den nahen Abgrund zu stürzen, ihren Blicken eingeschrieben bleibt.

Der Abgrund liegt schon einen Kilometer hinter uns, der Moment der Vereisung hält im Gedächtnis jedoch länger an, er ist ein Nagel, den die Angst in die menschliche Vergänglichkeit schlägt.

Ich stapfe durch den Schnee, stellenweise reicht er mir bis an die Knie.

Die Landschaft ist vollkommen weiß, beruhigt, mit allem Schlechten und Wunderlichen versöhnt, mit allem, was unter der Schneeschicht versteckt liegt und wartet, dass der Schnee schmilzt.

Die Rufe von Raben am Himmel, ich halte Ausschau nach ihnen, sehe sie aber nicht, im Schneefall werden oben und unten immer mehr eins.

Ich mag Schnee, aber diesmal ist es anders.

Ich kann mir das Gefühl nicht erklären.

Ich erkenne seine Farbe und seinen Geschmack nicht mehr.

Als würde der Schnee etwas verdecken, was man nicht verdecken kann.

Er haftet an meiner Kleidung wie etwas Sanftes und gleichzeitig Unvermeidbares, etwas Tödliches und Böswilliges.

Als würde etwas vom Himmel fallen, das vor dem Tod kommt, etwas, das ihn ankündigt.

Als würde der Tod selbst fallen.

Eines Tages wird der Schnee schmelzen, damit alles sichtbar wird, was bereits tot ist, bisher aber verborgen blieb.

Ein ungewöhnliches, gruseliges Gefühl.

Ich komme genau eine Stunde vor Beginn meiner letzten Stunde des Aktivierens und Einbeziehens an.

Zuerst begebe ich mich ins Sekretariat, um meinen Bericht abzugeben, der die Voraussetzung für die Auszahlung meines Honorars ist.

Die Sekretärin fragt mich, was ich mit so vielen Geld-Nullen anfangen werde.

Ich lache sauer.

Für hundertfünfzigtausend hätte ich mir im September, als ich mit dem Animieren und Einbeziehen begonnen habe, einen neuen Computer und obendrein noch ein neues Fahrrad kaufen können.

Nach drei Monaten Arbeit kann ich mir für das vereinbarte Honorar eine Bus-Monatskarte kaufen.

Auf dem Flur Andrej.

Er deutet an, ich soll in sein Büro treten.

Er schließt die Tür. Wir stehen da.

Ich frage ihn, wie es ihm geht. Warum er meine Anrufe nicht erwidert.

»Wahrscheinlich wäre es am besten, wenn wir uns eine Weile nicht sehen«, sagt er.

Ich sage ihm, dass ich nicht verstehe, warum ein paar tote Tiere ihn dermaßen beunruhigt haben.

Dann dieser Blick, den ich nie vergessen werde.

Flüsternd fragt er, warum alle Tiere kopflos waren.

Er fragt mich, ob ich noch ganz dicht im Kopf sei.

Er sagt, dass er nichts mit satanistischen Dingen zu tun haben will.

Ich beruhige ihn, dass die Tiere nur Teil meiner Studien für einen Roman über einen Tiroler Naturwissenschaftler waren, den ich gerade schreibe.

Das überhört er glatt.

»Du willst nicht sehen, was um dich herum geschieht«, sagt Andrej, »ich sage dir, dass alles zum Teufel geht, ich aber möchte nicht zum Teufel.«

Er beugt sich näher zu mir, nahe genug, dass ich erneut seinen Körper rieche: »Hör mir gut zu, ich denke, dass es besser für dich wäre, wenn du so schnell wie möglich für eine Weile ins Ausland gehst. Die Situation wird unvorhersehbar, gefährlich. Du bist noch jung, du bist zu schade für hier.«

»Und wo soll ich hin?«, sage ich zu ihm.

»Soll ich eine politische Exilantin sein?

Dafür fehlt es mir an Politik.

Soll ich eine ökonomische Migrantin sein?

Hungrig kann ich auch zu Hause sein«, sage ich.

»Ich fürchte nichts. Du fürchtest dich schon vor ein paar toten Tieren, ich aber fürchte mich weder vor toten Tieren noch vor lebenden Menschen.«

Sichtlich nervös öffnet er seinen Schrank und macht sich einen Aperol Spritz.

Er trinkt ihn in einem Zug aus.

Und dann gleich noch einen.

Ich bemerke, dass auf seinem Tisch eine Kerze brennt, mit einem Seil oder Draht umwickelt.

Ich frage ihn, was das sei.

Er sagt nichts.

Ich bedränge ihn weiter.

Er sagt, es wäre für Dioneus, man habe ihn abgebunden, nachdem er sich auf der Toilette erhängt hat, an der Türklinke.

Er sagt, er frage sich, was für ein Tod das sei, wenn sich jemand kniend erhängt. Wie stark der innere Wunsch sein muss, dass man sich trotz einer Situation, aus der man sich praktisch jeden Moment retten kann, dem Würgen des eigenen Gewichts überlässt, mit dem Kopf wenige Zentimeter über dem Boden.

»Ist das das Seil, mit dem er sich erhängt hat?«, frage ich.

Er nickt.

Dann beginnt er zu weinen.

Ich umarme ihn.

Als er sich beruhigt, erzählt er mir flüsternd von dem Druck und dass er es nicht mehr aushalte.

Dass allen klar ist, dass uns ein Krieg bevorsteht, und dass er nicht daran denkt, seinen Kopf auf einem goldenen Tablett zu tragen, zu Ehren der Idioten, die dabei sind, uns diesen Krieg einzubrocken.

Dass er bald fortgehe.

Wohin.

»Egal wohin, nur weg, irgendwohin, wo sich die Menschen nicht abschlachten wegen ein paar Bananen, nur raus aus diesem Staat, diesem Gefängnis aus Schwachsinn und Hinterhältigkeit.«

Ich fühle mich verletzt und verraten.

Warum habe ich gedacht, dass es mit ihm anders sein wird als mit den anderen, die kommen und gehen?

Dass ich mit ihm, dem Chefkoch der Gefängnisküche und Psychologen, etwas anderes beginnen könnte?

Ich umarme ihn.

Er umarmt mich kühl.

Ich möchte ihn küssen, aber er kann mich nicht küssen.

Das tut mir weh.

Ich frage ihn, ob er komme.

Er sagt, er wisse es noch nicht.

Es seien besondere Ermittler aus Den Haag im Haus, die Panfis Vergangenheit untersuchen.

»Panfi?«, frage ich.

»Wir wissen nicht, ob Panfi wirklich Panfi ist, oder jemand anderes, gegen den schon jahrelang eine Fahndung aus Den Haag läuft.

Es besteht die Möglichkeit, dass Panfi jemand anderes ist, der sich dort versteckt hat, wo ihn niemand gesucht hätte, im Gefängnis.«

Im Klassenraum klafft Dioneus' Stuhl mit seiner Leere.

Panfi sieht ganz ruhig aus, vielleicht ist er weniger gesprächig, nachdenklicher als sonst.

Er erzählt von den besten Jakobsmuscheln der Welt, die er Anfang der Neunziger in Dubrovnik gegessen hatte.

Er sagt, es sei kurz nach dem Kriegsausbruch gewesen.

In der Stadt war kein einziger Tourist. Es gab keinen Strom.

»Es war unglaublich. Damals habe ich augenblicklich verstanden, wie die Menschen in der Renaissance gelebt haben, bei Kerzenschein.«

Panfi spricht von seiner Philosophie, davon, welche Wirkung Ambiente, Licht, die Geräusche und die umkreisenden

Gerüche, Temperatur, Feuchtigkeit, Druck und der Luftgeschmack auf das Erleben des Essens haben. Dass ihm halbschattige bis halbdunkle Räume nach dem Sonnenuntergang in einer Stadt um den fünfzehnten Breitenkreis herum am liebsten sind, eine Atmosphäre, die aus den verspeisten Bissen ein knackiges Mysterium macht, ein Geheimnis, das man im Mund hat und isst.

»Heutzutage werden wir andauernd mit Reizen bombardiert, starkes Licht, bunte Farben, Musik im Hintergrund«, sagt Panfi. »Damals in Dubrovnik aß ich meine Jakobsmuscheln mit geschlossenen Augen. Um mich herum herrschte Totenstille in Erwartung des Kriegsbeginns, Angst vor dem Beschuss, was den gastronomischen Zauber nur noch intensiver machte«, sagt Panfi mit einer fast melancholischen Stimme.

»Gemeinsam mit dem Essen verspeisen wir immer einen konkreten Moment und auch einen Ort. So wie große Literatur und Kunst schärfen auch Extremsituationen unseren Sinn für das Unvorhersehbare und Besondere. Ich glaube nicht, dass unser Dioneus *Werther* oder Ihren Roman gelesen hat«, sagt Panfi, »ich glaube nicht, dass er überhaupt irgendetwas gelesen hat. Sie müssen sich keine Gedanken machen, dass er das, was er getan hat, eines Buches wegen getan hat, am wenigsten wegen Ihres Buches. Selbst wenn er es gelesen hätte, wäre es äußerst dumm, daraus zu schlussfolgern, dass das Lesen und sein Handeln kausal verbunden sind. Aus der Art, wie er sein Leben abgeschlossen hat, können wir höchstens die Tatsache herauslesen, dass Dioneus nicht gelesen hat. Sein Selbstmord hat uns alle betroffen«, sagt Panfi und beginnt sich den Schmutz unter den Fingernägeln zu entfernen.

»Nicht weniger die Art und der Ort, wo er es getan hat. Dioneus war eine verletzte Seele«, fügt Panfi leise hinzu, »das

Gefängnis war nicht der richtige Ort für ihn, um seine Verletzungen zu heilen, eher umgekehrt.«

Fiil, der die ganze Zeit regungslos dasaß, einen bestimmten Punkt im Raum anstarrend, schließt in diesem Moment die Augen und sagt mit gehobener Stimme: »Möge seine Seele in Frieden ruhen.«

Andrej betritt den Klassenraum, vollkommen bleich, geht an dem Platz, wo er gewöhnlich sitzt, vorbei, setzt sich hinten auf Dioneus' Platz, starrt aus dem Fenster in den Schneefall. Der Augenblick ist melodramatisch, beengend, gefühlsbeladen, macht mich sprachlos.

Dannn als wir eine Weile so schweigend dasitzen, sagt Fiil: »Die Toten sind nicht das Schlimmste am Gefängnis, sondern dass man sich als Häftling nie von den Toten verabschieden kann.

Hier gibt es keine Beerdigungen.

Das Schlimmste am Gefängnis ist, dass die Toten nicht aufhören, lebendig zu sein, und dass man sich, ob man will oder nicht, daran gewöhnen muss, mit den Toten zu leben, als wären sie noch immer am Leben, manchmal sogar unvergleichbar lebendiger als wir, die uns das Ende noch erwartet.«

Wir verabschieden uns wortlos, nur mit Blicken. Panfi mit gehobener Hand, Andrej uns den Rücken zuwendend, Fiil mit einem leichten Lächeln und abwesendem Blick.

Auf dem Weg aus dem Gefängnis immer noch starker Schneefall und Wind.

Beim Gehen sinke ich öfter bis zu den Knien im Schnee ein.

Abenddämmerung. Nirgends jemand.

An der Bushaltestelle warte ich verfroren mehr als eine Stunde unter der verschneiten Überdachung, aber nichts fährt mehr.

Ich stapfe weiter in Richtung Siedlung, es liegt so viel Schnee, dass es schwer ist voranzukommen.

Alles verschwindet in der weiß-grauen Nacht. Nirgends Lichter.

Ich spüre meine eigenen Hände und Zehen nicht mehr.

Mit dem Schnee fliegen mir winzige Lichtwespen entgegen und stechen mich ins Gesicht.

Ich sehe, wie sie mich ohne Augen und Ratschläge ansieht, ohne Rufen und ohne Zärtlichkeit, meine fremde, kalte Mutter.

Ich vernehme eine Stimme durch den Schneefall. Es ist meine Stimme. Ich rufe sie, aber keine Antwort.

Ist das mein Ende?

Ist das alles?

Immer wieder versperrt sie mir den Weg.

Immer wieder stoße ich gegen sie.

Immer wieder purzle ich durch ihr Trugbild in den warmen, weichen Schnee, rapple mich auf, versuche sie erneut zu treffen, zu durchdringen, zu verletzen, aufzulösen.

Wie lange noch, wie lange werden wir noch dieses Spiel spielen?

Sie ist erschöpft und stellt mich auf die Probe. Vermisst mich.

Ich bin ein Auto. Ein Lkw.

Ich werde sie anfahren und aus meinem Leben schleudern, raus aus diesem düsteren Schneefall inmitten der Nacht.

Ich bin eine Patrone.

Eine geballte Faust.

Die kalte Hautoberfläche, ein Schatten.

Wolken der ausgeatmeten Luft, die sich auflösen.

Stille.

Leichtes Knacken von Ästen in der Nähe, das Quietschen der Dunkelheit, Wespen aus Licht überall.

Sie setzen sich auf meine Lider. Ich halte sie geschlossen. Jetzt sehe ich sie deutlicher.

Meine Mutter ist ein riesiges Auge ohne Pupille und Ränder, weiß und trübe.

Sie beugt sich immer näher über mich.

Sie beobachtet mich, als wäre ich ein seltenes Exemplar, Nahrung.

Mir ist immer wärmer, immer weicher und beschützter zumute, als mich die weiße Dunkelheit bedeckt.

Als ich hineinfalle ins Weiße.

Ins Auge, in dem ich nicht mehr sehe.

Ins Weiße.

16. Dezember

Langsam komme ich wieder zu mir.

Ich weiß aber noch immer nicht, was passiert ist.

Ich bin mitten im starken Schneefall aus dem Gefängnis gegangen.

Ich stapfte zur nahen Stadt, als mich die Nacht einholte.

Ich dachte, ich erfriere, als mir Mutter wie ein großes Auge erschien.

In ihrer Gesellschaft waren die Kadaver meiner Taube, meiner Katze und meiner Wühlmaus.

Wir alle fielen in die große Weiße des Auges, das mit lautlosem Knall auseinanderplatzte. Mit einem Knall, der von innen zerstiebte, in Tausende winzige Stückchen, ein Schneemosaik.

Ich dachte, dass ich für immer gegangen bin.

Dann bin ich in einem unbekannten Raum aufgewacht, Hände und Füße verbunden.

In der Luft ein stickiger Geruch nach gebratenem Fleisch,

ein scharfer Männergeruch von jemandem, der sich über mich beugte und mich fütterte.

Es war eklig, ich fing an zu brechen, was ihn verärgerte, er beschimpfte mich und verharrte so lange bei mir, bis ich den ganzen dunkelbraunen Brei aufgegessen hatte.

Dann schlief ich erneut, ich weiß nicht, wie lange.

Als ich aufwachte, musste ich wieder essen, diesmal kleingeschnittene Fleischstückchen, Würste, gebackenes Blut, Sülze.

Der Mann schaute zufrieden zu, wie ich Happen für Happen brav herunterwürgte.

Dann erzählte er mir, dass seine Jagdhunde vor zwei Tagen mitten in der Nacht zu bellen angefangen haben.

Er ging hinaus ins Schneegestöber, um zu sehen, was los ist, und fand mich im Schnee liegend.

Ihm ist bis jetzt nicht klar, wie es möglich ist, dass ich am ganzen Körper Stiche habe.

Er sagt, dass sie wie Insektenstiche aussehen, dass es Hunderte sind und ich Glück habe, dass ich nicht an einer Blutvergiftung gestorben bin.

Er heißt Bruno, er ist Metzger.

Bruno isst ausschließlich Fleisch.

Im Kühlschrank, im Keller und auf dem Dachboden bewahrt er sein Fleisch auf.

E glaubt an die heilenden Kräfte von Fleisch.

Wenn er etwas hasst, dann sind es Südfrüchte.

Ananas, Kiwi, Orangen kann er nicht ausstehen.

Am allerschlimmsten ist es mit Bananen.

Er sagt, dass Bananen die moderne Pest sind, von Gott geschickt, der sein Volk bestrafen und reinigen möchte.

Wer keine Bananen isst, sondern ausschließlich Fleisch, wird überleben, meint er.

Ich kaue brav an meinem fettigen Wildschwein-Rippenstück herum und fühle mich besser.

Im Spiegel von Brunos Badezimmer begutachte ich meinen Körper.

Es stimmt nicht, dass mich die Lichtwespen am ganzen Körper gestochen haben. An manchen Stellen sind die Stiche stärker, zum Beispiel an den Beinen und im Gesicht.

Auf dem Rücken haben sie mich in Form eines Kreises gestochen, darin zwei kleinere Kreise.

Ein Gesicht und ein Augenpaar?

Mutter und ich und meine Schwester?

Eine verschwindende Karte eines Weges ins Unbekannte?

Am liebsten würde ich sie zerkratzen, es juckt so, aber es geht nicht.

17. Dezember

Bruno fährt mich in die Stadt.

Draußen ist es sonnig, und die Straße ist endlich notdürftig geräumt. Brunos Wagen ist voller Blut von einem Hirsch, den er letzte Nacht geschossen hat.

Trotz seiner Liebe zur Jagd und zum Fleisch ist Bruno einer der sanftesten, fast einer der schüchternsten Menschen, die ich kenne.

Er fragt mich, ob es wirklich Krieg geben wird.

Ich zucke mit den Schultern.

Er sagt, wenn es Scheiße gibt, kann ich immer bei ihm Zuflucht suchen.

»Hunger werden wir nicht leiden, das verspreche ich dir«, sagt er und streicht zufrieden über seinen großen Bauch.

Ich begutachte meine blauroten Finger.

»Sei froh, dass du sie noch hast«, sagt er.

»Und den Kopf auch.«

In der Wohnung ist es kalt. Es gibt keinen Strom.

Ich lege Brennholz in die Badewanne, zerreiße einige Bücher, mache Feuer.

Die Wohnung füllt sich mit Rauch, aber zumindest ist es im Badezimmer warm.

Der Strom kommt gegen Abend.

Am Abend funktioniert für cirka eine Stunde auch das Internet, obgleich sehr langsam.

In den sozialen Medien die Aufnahmen von einigen hundert verfrorenen Protestlern, die auf dem Trg Republike campen.

Verwischte Aufnahmen von Verprügelten und Toten.

Einige behaupten, die Menschenjagd sei eröffnet.

Dass besondere Polizeieinheiten in Wohnungen einbrechen und diejenigen suchen, die mit der Opposition zusammenarbeiten, potenziell gefährlich oder rebellisch sind.

Sie werden tief in die Wälder gebracht, wo sie ausgezogen, verprügelt und mitten in der Nacht Minustemperaturen ausgesetzt werden.

Andere verschwinden ins Unbekannte.

Im Fernsehen berichtet man von einem Dutzend ermordeter Polizisten.

Es häufen sich Anklagen gegen organisierte paramilitärische Einheiten, die nach Angaben der Regierung angeblich von der Europäischen Union finanziert werden mit dem Ziel, Platano zu stürzen.

»Sie tun alles, um die Tätigkeit einer demokratisch gewählten Regierung zu verhindern«, sagt Kafka trocken.

Sein Gesicht ist eingefallen und blass, abgemagert.

»Jetzt geht es um alles oder nichts, jetzt geht es um unsere gemeinsame Heimat, unsere gemeinsame Zukunft. Unser

Staat ist gefährdet, weil wir uns entschieden haben, den korrumpierten Eliten auf die Zehen zu treten, das Abschürfen von Staatsgeldern aus dem Ausland zu beenden. Wir haben den global operierenden Organisationen, die bislang unser Land regiert haben, den Krieg erklärt. Wir fürchten euch nicht, das ist die Nachricht unserer Regierung. Wir werden mit allen Mitteln kämpfen und euch zerstören!«

Es folgt ein für einen Politiker ungewöhnlich langes Schweigen, bevor Kafka mit heiserer Stimme fortfährt: »Im Namen Ihres demokratisch gewählten Präsidenten Platano und Ihrer demokratisch gewählten Regierung rufe ich alle patriotischen, gutgesinnten Staatsbürgerinnen und Staatsbürger auf, sich aktiv dem Kampf gegen den gemeinsamen Feind anzuschließen.«

Aufnahmen von jungen Menschen, die sich freiwillig zum Wehrdienst melden.

Beispiel einer kurzen Aussage, ein junger Mann, etwa achtzehn, mit Sommersprossen unter den Augen: »Ich glaube, dass es meine Bürgerpflicht ist, dass ich der Verteidigung unseres Staats beitrete.«

Nächste Aussage: »Es wird Geschichte geschrieben, und ich möchte sie nicht verpassen.«

Und die letzte, erschütterndste: »Der Ruf der Armee ist wie der Ruf einer Mutter. Ich will zur rechten Zeit am rechten Platz sein, damit es mir später nicht leidtut.«

Einen Augenblick nachdem ich diese Szene gesehen habe, fällt erneut der Strom aus.

18. Dezember

Eva kommt zu Besuch, sie bringt frische Milch mit.
»Wo hast du die her?«, frage ich sie.

»Von der Kuh«, erwidert sie und muht.

Dann spricht sie von Michel Foucault.

Sie ist davon überzeugt, dass auch die Protestler und Organisatoren der Demonstrationen gegen Platano ihn gelesen haben.

Dass sie beim Konstruieren ihrer schwammigen Begründungen, warum Platano abgesetzt werden muss, Foucaults Theorien missbrauchen.

Dass sie ihren Michel gegen Michels Geist missbrauchen.

Eva ist überzeugt, dass die Proteste gegen Platano gesteuert werden.

Dass eine Handvoll Menschen in der Kälte ausharren, weil sie dafür bezahlt werden. Nach Evas Überzeugung handelt es sich beim Großteil der Protestler um Neonazis, Skinheads, Gewalttäter.

Dann will sie mich überzeugen, Platanos Partei beizutreten.

Sie sagt mir, dass der entscheidende Moment gekommen ist, seine Zugehörigkeit zu zeigen.

Dass es unmöglich ist, neutral zu bleiben.

»Wer nicht mit uns ist, ist gegen uns, und von dir weiß ich, dass du nicht dagegen bist, also kannst du nur mit uns sein«, sagt Eva.

»Wer ist uns?«, frage ich.

»Die Sieger, Menschen, die nur Gutes wollen«, erwidert sie.

»Die Gerechtigkeit ist auf unserer Seite«, fügt sie hinzu.

Sie sagt, dass Kafka persönlich nach mir geschickt hat.

Dass die Regierung Menschen wie mich braucht.

Ich frage sie, was ihr Sekretär, einst Redakteur der *Literaturbeilage*, so macht.

Sie sagt, sie seien noch zusammen.

Dass er gerade in eine neue Position im Schulministerium berufen wurde und die sehr anspruchsvolle Aufgabe hat, ein neues Kurrikulum für den Primär- und Sekundärbereich zu erstellen.

»Du weißt gar nicht, was für Sachen die Kinder lernen mussten. All das muss verändert werden. Schon allein im Fach Geschichte. Die Kinder lernen viel über Europa, aber sie erfahren nichts über die dunkle koloniale Vergangenheit der Länder, die die Europäische Union bildeten. Oder die ganzen unverständlichen Klassiker beim Abitur. Den jungen Menschen muss man die moderne Literatur näherbringen. Warum lesen sie einen ollen Cankar, sie könnten dich lesen, deinen Roman, verstehst du? Aber dafür müssen wir endlich siegen. Um siegen zu können, müssen wir zusammenhalten, verstehst du? Überleg gut«, sagt sie mir noch einmal, »ein derartiges Angebot bekommt man nicht zweimal im Leben!«

Bevor sie die Tür hinter sich schließt, legt sie mir eine Beitrittserklärung für Platanos Partei auf den Tisch.

Ich betrachte den Stuhl, wo gerade eben noch Eva gesessen hat, das Blatt auf dem Küchentisch, die leere Schüssel, in der noch immer ein gräulicher Abdruck beider Bananen zu sehen ist.

Im selben Moment tut es mir leid, dass ich geschwiegen habe.

Ich hätte auf sie stürzen und ihr die Augen auskratzen müssen oder sie so stark verprügeln, dass sie Zucker geweint hätte.

19. Dezember

Einen Monat später sind es nur noch zwei Tage Fußweg bis Utrecht. Nachts fällt der erste Schnee auf die verödeten Felder.

Tagsüber schmilzt ihn die Sonne wieder, aber der eisige und feuchte Wind ist ein Bote, dass der Winter bereits angekommen ist. Scopoli setzt den linken Fuß vor den rechten, dann wieder den rechten vor den linken. Und so bis in die Unendlichkeit. Sein rechter Arm ist mit einer Bandage umwickelt. Gelegentlich sieht er Hexen, die auf ihren Besen über die Felder reiten. Dann wieder Kinderscharen, in Wirklichkeit Werwölfe, in Menschengestalt verwandelt, bereit dazu, alles und jeden anzugreifen und aufzufressen. Scopoli sieht bunte Blumen aus Steinen wachsen. Nie zuvor hat er solche Farben und Formen gesehen, er versucht sie zu klassifizieren, zu beobachten, auf welche Weise die Kelchblätter und Griffel der Blüten gebaut sind, jedoch verändert sich die Form ihrer Blätter vor seinen Augen.

Am besten ist es, wenn er mit geschlossenen Augen geht. Zwei, drei Schritte, kaum mehr, damit er nicht an einen Baum stößt oder stolpert und auf die angefrorene Erde fällt. In den Dörfern herrscht Hungersnot. Er sieht Menschen ohne Arme und Beine, Männer, die gerade erst wieder von einem Krieg heimgekehrt sind. Es waren so viele, dass sie sich nicht mehr so recht erinnern, ob der letzte der Spanisch-Niederländische war, der Niederländisch-Französische oder ein dritter Krieg. Scopoli sieht andere, die schon länger gelähmt sind, verkrüppelt in einem der schon längst vergessenen Kriege.

Er hat schon mehrere Tage nicht mehr gegessen, aber das ist nicht weiter schlimm. Scopoli ist nicht mehr hungrig. Er erlebt Hunger und Schmerz als zwei treue Begleiter. Häufig unterhält er sich mit ihnen, in stummer Sprache. Wenn er so spricht, ohne Worte, in einer Sprache, die keine Lippen öffnet, erblickt er Raben, die seine tote Mutter in den Norden tragen. Er schreit, in stummer Sprache, ohne Worte und ohne Stimme. Er ruft nach ihr, die ihn geboren hat. Die Raben erschrecken und lassen die Beute fallen, sodass sie sanft und schwerelos wie eine Feder langsam durch die scharfe Luft sinkt und hinter dem nächsten Hügel verschwindet. Scopoli rennt durch trockenes Dornengebüsch, bahnt sich den Weg mit einem Stock. Dornen sind keine Dornen, es ist eine Armee, die gegen ihn kämpft. Augenblicklich trägt er eine Ritterrüstung, mit einem langen Feuerschwert des Erzengels bahnt er sich den Weg durch die Wüste und durch eine Schar von Sündern. Winzige Dornen beugen sich hinterhältig über ihn, verletzen Gesicht und Körper. Zerkratzt und zerlumpt fuchtelt er herum. Er ist ein Ritter, der für das Recht und die Freiheit seines Stammes kämpft, ein Bettler, der mit geschlossenen Augen um sich schlägt, böse Geister vertreibt, solange er dem Bösen nicht unterliegt, mit dem Körper aufschlägt, der ein Panzer ist, mit einem Panzer, der nichts in sich bewacht, nichts verteidigt, mit einem Körper, der weich und unempfindlich ist wie ein Insektenkörper, mit einem Panzer und gleichzeitig ohne, plumpst er in den Schlamm und bleibt reglos liegen.

Geister kommen über ihn und rufen ihn herbei. »Steh auf, geh weiter. Steh auf!« Scopoli ist warm. Er spürt, wie das Blut in seinem Körper kreist, wie es ihn nach Regeln durchfließt, die nicht die seinen sind, immer im selben Kreis, der jenseits des Sinns ist, jenseits des Wunschs, das Pulsieren in der Adern, Salzgeschmack, das Streicheln der Luft, die sanft und schwerelos ist wie der Wind im Spätfrühling, wenn er den Stollen hinaufbläst, sodass die Fackeln flackern, mit denen sich die Knappen in Ydrija helfen, damit sie sich im Labyrinth der Dunkelheit nicht verlaufen. Scopoli sieht einen feinen Lichtstrahl, der aus der Ferne dringt, ein steiler Aufstieg über eine knarrende Leiter. Er spürt die kalten Tropfen, die an seinen Schädel pochen, den Widerhall von Schritten, die seinen Blick näher und näher zum Frühlingsduft tragen. Dort, beim Ausgang des Stollens, ist ein Tisch. An ihm sitzt ein schweigender Mann. Es ist sein Freund, Bruder Franziskus. »Es wird Zeit«, sagt Bruder Franziskus, »wir warten schon lange auf dich«, und schaut ihn an, aber es ist nicht mehr Franziskus' Gesicht, sondern das Gesicht von Bruder Ignacij. »Setz dich«, sagt er und zeigt auf den leeren Stuhl neben sich. Scopoli setzt sich. Ignacijs Gesicht ist nun das Gesicht des Bergwerk-Direktors. Im Gegensatz zu Scopoli, der noch immer im Schatten sitzt, ist der Direktor stark von Tageslicht angeleuchtet. Scopoli spürt eine unermessliche Kälte, die ihm über den Körper weht. Er begutachtet die Hände des Unbekannten, der einen großen Samen zwischen den Fingern hält und schnelle Handtricks vorzuführen beginnt. Er streicht mit der Hand über den Samen, lässt ihn verschwinden, um ihn im nächsten Augenblick aus Scopolis Mund zu zaubern. »Schau genauer, Scopoli, verfolge den Weg des Samens«, sagt der Unbekannte, der einen Moment lang wieder Bruder Ignacij ist, im nächsten aber wieder Bruder Franziskus, der den Samen zwischen zwei Finger nimmt, ihn in der Hand versteckt, pustet. Der Samen verschwindet. Der Unbekannte zieht ihn im nächsten Moment aus Scopolis Nase. »Genauer«, sagt Scopolis Gesprächspartner, »konzentriere dich. Was du siehst, sind nur winzige Tricks. Wie würdest du das beschreiben?« Der Samen verschwindet erneut in den Händen von Bruder Franziskus, der ihn wenig später als dünnen Stängel aus dem eigenen Ohr zaubert, Franziskus reißt ihn samt Wurzeln heraus, die sich vor Scopolis Augen in einen Haufen sich windender Würmchen verwandelt, die im Nu den kleinen Stängel fressen, aus dem sie wachsen, danach fressen sie sich gegenseitig, bis nichts übrig bleibt. Der Unbekannte schaut zu Scopoli. »Wir werden uns nie begegnen«, sagt er. Scopoli zuckt zusammen, aber da verschwindet schon der Tisch, der Mann, das Bergwerk und der Frühlingshauch. Scopoli öffnet die Augen. Neben ihm liegt jemand. In eine Pilgerkutte gehüllt, solch eine, wie er sie selbst trägt. Trotz ungeheuerlicher Schmerzen stützt sich Scopoli auf die Knie und stößt mit seiner Linken gegen den Körper. Er ist steif. Mühevoll dreht er ihn hintenüber. Das Gesicht ist von Vögeln zerpickt, ohne Augen, Teile des gefrorenen Gewebes hängen aus dem gespaltenen Schädel. Sein Bauch ist offen, zerfleischt. Um den Hals hat er Scopolis Tuch gebunden, ein Geschenk seiner Mutter, rot wie Blut.

20. Dezember

Platano löst das Parlament auf.

Berichte über Gefechte im Osten des Landes.

Platano lässt die Grenzübergänge für vierundzwanzig Stunden sperren und öffnet sie dann wieder.

Die Nachricht, dass Italien und Österreich an der Grenze ihre Armeen aufmarschieren lassen.

Verlängerung des Ausnahmezustands auch über die Weihnachtsfeiertage.

Platano verspricht, sobald es die Sicherheitslage im Staat zulässt, neue Wahlen auszuschreiben.

Am liebsten würde ich nirgendwohin gehen, aber ich zwinge mich dazu.

Langsam stülpe ich mir Kleidung über, ich gehe raus.

Im Geschäft unendliche Schlangen.

Die Menschen kaufen alles, was man noch für Geld bekommen kann, bevor es weniger wert ist als das Papier, auf dem es gedruckt wurde.

Ich bleibe in der Vorhalle stehen, wo es zumindest warm ist.

Auf dem Bildschirm die Neuigkeit, dass die Regierung einen neuen Direktor der Zentralbank ernannt hat.

Unter den ersten Maßnahmen ist die Bindung der Währung an den chinesischen Yuan.

Die Vorhalle des Geschäfts ist voller Obdachloser und Dealer.

»Willst du Waschmittel, Zigaretten, Mehl?«, fragt ein Typ leise.

Ein anderer wiederholt die ganze Zeit: »Benzinbenzinbenzinbenzin.«

In der Ecke sitzt eine Alte auf einem Kartonhaufen und bettelt.

Der Lärm legt sich kurz, als auf dem Bildschirm die Neuigkeit von dem misslungenen Attentatsversuch auf Platano auftaucht.

Ein noch nicht volljähriger Jüngling habe versucht, Platano mit Salzsäure zu begießen, ihn jedoch verfehlt.

Anstelle von Platano hat die Säure den Minister für Information, Kafka, verletzt, der sich gerade direkt neben Platano befand. Der Minister wurde ins Krankenhaus eingeliefert und ist außer Lebensgefahr.

Das Fernsehen berichtet nicht, was mit dem Minderjährigen geschehen ist, der seinem Aussehen nach an Gavrilo Princip erinnert.

Das Fernsehen zeigt Videoaufnahmen des Attentatsversuchs.

Eine Menschenschar, ein junger Mann, der sich durchdrängt, Security, die sich auf ihn stürzt.

Scheint es mir nur so, oder hat der Jüngling beim Attentatsversuch wirklich »Europa, Europa!« gerufen?

»Hast du gehört, was er gerufen hat?«, fragt der Waschmittel-Dealer den Benzin-Dealer.

»Bananen, Bananen!«

21. Dezember

Wie alt muss jetzt wohl Dioneus' Tochter sein, sieben, vielleicht acht.

In jedem Gesicht der mit Schals und Mützen vermummten Kinder, denen ich begegne, erkenne ich Dioneus.

In jedem Kind die Möglichkeit, dass es sein Mädchen sein könnte.

Ich gehe zu Fuß in die Stadt. Es ist eiskalt.

In den Müllbergen wachsen Unterschlüpfe für Obdachlose, Favelas mitten in der Stadt.

Nicht weit vom Trg Republike stehen Zelte, davor Protestler, Studenten und Jugendliche, in ihren Händen Knüppel, Schaufeln, Gabeln.

Es ist eine Armee ohne Namen und Sinn, jugendliches Kanonenfutter, Hüpfer, die für einen Moment Selbstbestätigung suchen, ein Abenteuer.

Ringsherum Polizeiautos, laufende Motoren, Bleigestank von Abgasen in der Winterluft, in den Autos Polizisten, die sich aufwärmen.

Die Szene sieht eingespielt aus, sie ist ein Teil des Ausnahmezustands, der immer alltäglicher wird, immer deutlichere Spielregeln bekommt, dazu ungeschriebene Gesetze, definierte Gebiete und Strafformen.

Ein Mädchen in einem zu großen Männermantel wühlt im Müll nach Essen.

Als es mich bemerkt, läuft es davon.

Ich folge ihm. Ich sehe, wie es in einem Kanalisationsschacht verschwindet.

Ich gehe dem Mädchen nach.

Der Gestank ist unerträglich, Nässe und Finsternis.

Ich klettere die Leiter hinab und laufe dem Widerhall ihrer Schritte nach.

Plötzlich stürzen zehn, vielleicht zwanzig Kinder auf mich.

Sie haben Stöcke und schlagen auf mich ein.

Ich schreie, sie sollen aufhören, ich sei keine Polizistin, ich sei gekommen, um ihnen zu helfen.

Sie hören auf.

Sie fragen mich, warum ich einer von ihnen gefolgt sei.

Ich erkläre ihnen, dass ich einen Freund habe, der sein Mädchen verloren hat, und dass ich gedacht habe, sie erkannt zu haben, und ihr deshalb gefolgt sei.

Sie beobachten mich argwöhnisch.

Sie fragen mich, ob ich Geld habe.

Ich gebe ihnen alles, was ich habe, samt meiner Handschuhe und der Mütze.

Das beruhigt sie ein bisschen.

Ich frage sie, wo sie leben.

Sie sagen, überall und hier.

»Oben würden wir erfrieren«, sagt ein Junge mit grauen Haaren, vielleicht der Anführer.

»Hast du etwas Süßes?«, fragt mich eines der Mädchen.

Ich schüttele den Kopf.

»Wir haben so viel Zucker, wie du willst«, sagt das Mädchen düster.

Bei ihren Worten lachen einige.

Im nächsten Moment sind alle wieder düster.

Ich folge ihnen.

Sie schauen mich mit dunklen, traurigen Augen an.

Das Mädchen fragt mich, wann endlich der Krieg ausbricht.

Es sagt, dass sie schon lange darauf warten, dass er beginnt.

Wenn sich oben alle untereinander getötet haben, können sie wieder an die Oberfläche zurückkehren, mit Pfählen und Eisenstangen werden sie alle Überlebenden töten und die Welt regieren.

Bis dahin aber müssen sie sich verstecken.

Es ist nicht einfach.

In letzter Zeit gibt es immer mehr nächtliche Razzien.

Platanos maskierte Leute dringen in die Kanäle und fangen sie wie Ratten.

Die Frage ist, wer von ihnen den Winter überleben wird.

Ich frage sie, wie sie hergekommen sind, wo ihre Eltern sind.

Keine Antwort.

Dunkle, traurige Augen.

Wir kommen an einen Ort in der Kanalisation, wo ein Feuer brennt.

Dort setzen wir uns auf Kartons und Lumpen.

Sie schleppen von irgendwo einen Plastikeimer an. Das Mädchen streut ein weißes Pulver hinein.

Es steckt den Kopf tief in den Eimer.

Als es ihn rauszieht, ist sein Gesicht ganz weiß vom Pulver.

Das zuvor düstere Gesicht strahlt und lacht.

Das Mädchen lächelt.

Es folgt ein Junge, der Nächste aus der Runde.

Als er sein Gesicht aus dem Eimer zieht, beginnt er lauthals zu lachen, sich zu wälzen, dass ich für einen Moment glaube, dass er ins Feuer kippt.

Als ich an der Reihe bin, zögere ich.

Die Gesichter aller Kinder vor mir sind mit weißem Pulver bemalt, lachend wälzen sie sich auf dem Boden, schlecken sich den Mund.

Langsam schiebe ich meinen Kopf zum Eimerrand.

Mit der Zungenspitze koste ich das Pulver.

Es ist süß.

Ich koste noch einmal.

Es ist Zucker, Puderzucker.

Ich atme tief ein, einmal, zweimal.

Das Feuer vor mir wird größer, erfasst mich.

Jetzt brennt alles um mich herum, auch ich brenne, die Haare der Kinder, die Lumpen, die sie tragen, die Finsternis brennt und der Widerhall der Stimmen.

Inmitten des Feuers höre ich ein Lachen, das Lachen der Kinder und mein Lachen.

Lachen, Wärme und Kälte.

Ich beginne zu zittern. Es kribbelt am ganzen Körper.

Aus dem Feuer steigt eine riesige Wespe.

Ihr Kopf ist fast so groß wie meiner.

Sie ist haarig, schwarz-gelb.

In ihrem geschwollenen Auge kann ich meinen Widerschein sehen, ich sehe ihren Mund, der sich schließt.

Sie berührt mich mit einem ihrer Vorderfühler.

Jetzt sehe ich drei winzige Augen auf ihrer Stirn, sie befinden sich zwischen den beiden großen Augen.

Als ich hineinsehe, erkenne ich Dioneus, Fiil und Panfi.

Dann sehe ich wieder mich selbst.

Immer nur mich.

Die Wespe stößt einen schrecklichen Schrei aus, der den ganzen Raum ins Schaukeln bringt, sie windet sich vor Schmerz, den Wespenrücken durchstößt ein Paar Schmetterlingsflügel, ein, zwei Schläge, als während der Verwandlung ein Feuer aus dem Inneren auflodert und das Tier verschlingt, sodass es in der Luft verbrennt, noch bevor es zu Boden fällt, als wäre es aus Papier.

Nacht.

Als ich aufwache, von den Kindern keine Spur.

Das Feuer ist erloschen.

Ich friere, und es stinkt noch immer unerträglich.

Neben mir das Krabbeln von Ratten.

Mir ist übel und schwindlig.

Langsam rapple ich mich auf.

Ich schwanke, stoße mehrmals gegen den Beton.

Mit knapper Not taste ich mich durch die Kanalisation zurück nach draußen.

Die Straßenlampen leuchten nicht.

Einige offene Feuer vor den Zelten der Protestler.

Sternenhimmel.

Ringsherum tiefe, böswillige, eisige Dunkelheit.

Noch immer der Geschmack von Puderzucker tief, tief in meinem Mund.

22. Dezember

In der Wohnung wartet Andrejs Abschiedsbrief auf mich.

Er verliert nicht viele Worte, sachlich, fast schon formell teilt er mir mit, dass er wegen psychischer Erschöpfung in Krankenurlaub geht und wir uns einige Zeit nicht sehen werden.

Er wünscht mir viel Glück und Besonnenheit (wo denkt er hin!).

Am Ende des kurzen Briefs schreibt er noch, dass nach einer internationalen Fahndung Panfi verhaftet und den ausländischen Organen überantwortet und nach Den Haag gebracht wurde. Die Anklageschrift lautet auf Verbrechen gegen die Menschlichkeit zu Zeiten des Jugoslawienkriegs.

Dem Brief sind drei neue Geschichten angehängt.

Wie eigenartig, denke ich.

Nichts ist mehr, wie es war.

Dioneus ist tot, Andrej auf der Flucht ins Ausland, Panfi in Den Haag.

Die Geschichten, die Andrejs Brief anhängen, sagen jedoch genau das Gegenteil.

Als wären all drei noch immer im Gefängnis, essen, kochen, schreiben, lesen und die Tage und Monate ihrer Strafen herunterzählen.

Als wären die Geschichten, anhand des Geschriebenen, ein sicherer Zufluchtsort.

Als wäre das Gefängnis, das mir bei meinen ersten Besuchen vor drei Monaten wie ein düsterer und geschlossener Ort erschien, in Wahrheit ein sicherer Unterschlupf im Vergleich zu all dem, was uns jetzt umgibt.

Porträt eines römischen Kommandanten

Ich habe eine siegreiche Armee befehligt, mit voller Unterstützung des Westens. Die Hauptstadt lag mir zu Füßen. Nach vier Jahren Krieg und vielen Opfern wurde ich Alleinherrscher. All das, wovon ich während der Zeit, als wir uns wie Partisanen in den umliegenden Wäldern versteckten und mit ausländischer Hilfe unsere Armeen aufbauten, während der heftigen Gegenoffensiven, der Truppenbewegungen inmitten eisiger Winter, der Straßenkämpfe durch zerstörte Städte, der endlosen Szenen des Todes und der Entsagung, nur träumen konnte, war endlich mein. Es war der Tag meiner Kämpfer, meiner Helden. Das war mein Tag. Wir wurden als Befreier im Palast des Volkes empfangen. Es folgte ein Festmahl und ein Volksfest. Schon bald verwandelte sich die Feier in eine Massenausschweifung. Ich verstand meine Helden. Nach all dem, was sie erlitten hatten, hatten sie es verdient, sich zu entspannen. Aber ich wollte das alles nicht. Ich wurde von unendlicher Müdigkeit und Leere überwältigt. Ich zog mich in die Residenz des Präsidenten zurück. Auf meine Anfrage wurde das Einzige, was mich zu diesem Zeitpunkt noch wirklich interessierte, aus dem Nationalmuseum geholt. Ein altes, verwittertes Brett, das einst den mumifizierten Leichnam eines römischen Feldherrn in Illyrien bedeckt hatte. Ein Stück Holz, das vor zweitausend Jahren mit pigmentiertem Wachs bemalt worden war, wahrscheinlich in einer Werkstatt in Ägypten. Schon als Kind hatte ich fasziniert vor dem dicken Glas gestanden, das diesen einzigartigen Fund im Museum schützte. Eine jugendliche griechische Wange, perfekt geformt vom Kampf. Die helle weiße Tunika, der goldene Lorbeer in seinem Haar. Die dunklen, melancholischen Augen des römischen Kommandanten waren wie zwei Strudel, die sich in mich bohrten, in denen ich versank und etwas erfuhr, das all die Jahre ein Teil von mir gewesen war, mir aber gleichzeitig verborgen blieb. Ich spürte eine seltsame, fatale Nähe, wir waren Schicksalsbrüder, Inkarnationen derselben Seele. Ich bestellte den besten Maler der Stadt, der sofort zu mir gebracht werden sollte. Er war ein alter, kleiner Mann mit einer dicken Brille. Ich beauftragte ihn sofort, mein Porträt auf die Rückseite des Holzes zu malen. Der alte Mann widersprach. Er war bereit, mein Porträt zu malen, aber nicht auf einen archäologischen Fund von unschätzbarem Wert und Seltenheit. Ich schlug ihn zwei oder drei Mal. Ich nahm eine Tube mit roter Farbe und drückte dem alten Mann die Farbe in den Mund, sodass er sich vor meinen Augen auf einen der mittelalterlichen Wandteppiche erbrach, die ich aus dem Museum in meine neue Residenz gebracht hatte. Ich bot ihm eine Flasche Wasser an. Nachdem er seinen Mund ausgespült und sich beruhigt hatte, war der alte Mann endlich bereit, die Arbeit zu beenden, die vor zweitausend Jahren begonnen worden war. Ich setzte mich, und im Abendlicht, das sich über der Hauptstadt niederließ, beobachtete ich den Maler und war fast neidisch auf die spielerische, kindliche Versunkenheit in das, was er tat. Während er malte, war die Vorderseite des Porträts mir zugewandt. Waren es meine unendliche Müdigkeit, der Wein und das Abendlicht, die den römischen Kommandanten von Moment zu Moment düsterer und gealterter erscheinen ließen? Ich schloss meine Augen. Vielleicht bin ich sogar für einen Moment eingeschlafen, ich weiß es nicht. Die Szenen des Kampfes und des Blutes, die Massen von Toten, alles stand vor mir aufgereiht, und nun kamen sie in meinen Gedanken wieder und starben wieder und wieder. Als ich meine Augen öffnete, war der Raum bereits dunkel. Der alte Mann war noch immer in seine Arbeit vertieft. Das Porträt des römischen Feldherrn sah mich völlig verändert an, sein Haar war ergraut, sein Gesicht eingefallen und faltig. Ich wusste nicht, ob ich träumte. Das Gesicht des alten Kommandanten glich nun dem des Malers, der mein Porträt auf die Rückseite einer Holzplatte gemalt hatte. Der Raum war düster. Ich spürte, wie mir die Kälte des Todes in die Knochen fuhr. Draußen lachte jemand schallend und böse. Der alte Mann setzte seine Brille ab und richtete sich auf. Er hatte seine Arbeit beendet. Vorsichtig hob er das tausendjährige Stück Holz auf und brachte es mir. Aus der Nähe konnte ich sehen, dass der Maler und der römische Feldherr wirklich eine Person geworden waren. Ich beugte mich zitternd hinunter, um die Rückseite zu betrachten.

Haufen

Er hat endlich begriffen, dass er unangemessen viel mehr Platz einnimmt, als er sollte. Er begann jedem, der ihm auf der Straße entgegenkam, auszuweichen, schließlich auch Hunden und Tauben, später wich er auch vor Ameisen und Käfern aus und überhaupt jedem Lebewesen. Die Erkenntnis drang in sein Leben ein und prägte ihn neu. Es war lange her, dass er auf einem leeren Platz in einem Zug, Bus oder an einem anderen öffentlichen Ort gesessen hatte. Außerdem aß er immer weniger und bevorzugte Reste, und dann noch nicht einmal das, denn für jeden Bissen gab es ja einen hungrigen Schnabel oder eine hungrige Schnauze. Lange Zeit machte er kein Licht mehr an und öffnete den Wasserhahn erst, wenn sein Durst zu groß wurde. Bald darauf zog er aus dem Haus aus und ließ die Tür für jeden offen, der dort einziehen wollte. Er nahm nichts mit außer einem zerfledderten Hemd und einer Hose, die er schon seit Monaten trug. Langsam war es nicht mehr möglich, zwischen den Fetzen, die von seinem halbnackten Körper herabhingen, und den gespenstischen und schmutzigen Hautflecken, den hängenden Haaren und Bartstoppeln, den geschundenen Füßen, den zunehmend hängenden Schultern und den bis in den Oberkörper eingezogenen Händen zu unterscheiden. Seine Körperhaltung hatte sich völlig verändert, er stand vornübergebeugt, zu einem Klumpen verschrumpelt, der irgendwo aus seinen Falten heraus nur noch gelegentlich mit seinen immer trüber werdenden Augen blinzelte, um den Pflanzen so wenig Sonnenlicht wie möglich zu nehmen. Keiner vermisste ihn, keiner erkannte ihn mehr. Die Menschen hatten ganz andere Sorgen. Das Land befand sich am Rande eines Bürgerkriegs, und in der Stadt war eine Ausgangssperre verhängt worden. Masseneinberufungen von Zivilisten begannen, viele verschwanden über Nacht, zogen ins Ausland oder verschwanden auf andere Weise. Nur diejenigen, die nirgendwo hinkonnten, blieben zurück. Darunter waren auch etliche Kinder, die nur gelegentlich ihr Zuhause verlassen durften. Wenn kein Fliegeralarm herrschte, versammelten sie sich auf dem Spielplatz neben dem Park, der inzwischen zu einer Müllhalde geworden war. In einer dunklen Ecke lag ein kugelförmiger Haufen. Wenn man ihn trat, gab er seltsame Geräusche von sich, wie ein gedämpftes Atmen. Weil sie keinen besseren Ball hatten, spielten sie am liebsten mit ihm.

Neverend

Hoch oben in den Hügeln liegt ein Wallfahrtsort mit vielen Namen. Es gibt keine große Weltreligion, die an diesem Ort nicht einen Tempel, eine Kirche, eine Moschee, einen Schrein oder zumindest eine kleine Gedenkstätte hat. Der Grund dafür ist ein Stück schneeweißen Marmors, der immer schon Menschen aus aller Welt angezogen hat. Dieser flache Stein wird Stein der Hoffnung genannt. Viele Menschen glauben, dass schon die kleinste Berührung des Steins der Hoffnung Glück, Heilung und ein langes Leben bringt. In den Stein wurde einst das Bild der Jungfrau Maria eingemeißelt, die einigen Interpretationen zufolge eine vorchristliche weibliche Gottheit ist, doch das sind letztlich alles nur unbestätigte Spekulationen. Seit Jahrhunderten reißt der Strom der Pilger nicht ab, die den Stein, wenn auch nur für einen Augenblick, berühren wollen. Ihre Handflächen haben das Bild bis zur Unkenntlichkeit abgenutzt. Alles, was in der unförmigen Gesteinsmasse bleibt, ist ein Paar geheimnisvoller, trauriger Augen, aus denen zwei Ströme schwarzer Tränen fließen. Zweifellos ist dies die Folge des sauren Regens, aber das ändert nichts an der Eindrücklichkeit des Anblicks. Es ist nicht nur der Stein, der geglättet und abgerieben wurde, sondern es sind auch die Hände derer, die ihre Sorgen zu diesem Stein brachten und auf die Erfüllung ihrer Hoffnungen hofften. Die Legende besagt, dass derjenige unsterblich wird, dem es gelingt, den feinen Staub aus Gebeten, Marmor und menschlichen Händen aufzufangen. Aber das bleibt natürlich ein unerfüllbarer Wunsch. Selbst in der schlimmsten Zeit des Krieges zog der Ort mit den vielen Namen immer wieder Verzweifelte und Kranke an. Die Busse kamen ungeachtet der Frontbewegungen, und der Handel mit Souvenirs und Pilgerbedarf florierte. Wie in Friedenszeiten gingen auch die Visionen in Kriegszeiten weiter. Seit Jahrhunderten fallen Mädchen, wenn sie den Stein berühren, oft in eine sehr intensive Trance und werden für einige Minuten zu einem Medium, durch das eine fremde, männliche Stimme spricht. So wie das Bild des einst fein gemeißelten Felsens im Laufe der Zeit völlig verwischt wurde, ist auch die Sprache, die die Mädchen in ihrer Trance sprechen, bis heute nicht zu entziffern, wie eine Kakophonie unzusammenhängender Stimmen, Fragmente einer uralten Sprache. Aber gerade die Tatsache, dass der Stein der Hoffnung immer wieder mit Menschen in Kontakt kommt, schürt die Erwartungen aller, die hierherkommen. Es ist offensichtlich, dass dieser Ort für alle Kriegsparteien unantastbar ist, dass er eine Art Insel des Friedens inmitten eines Meeres des Bösen ist. Der Krieg hat überall seine Spuren hinterlassen und nur am Eingang zu diesem Ort Halt gemacht. Sogar das verrostete Ortsschild mit den drei verschiedenen Ortsnamen war bis zur Unkenntlichkeit von Einschüssen durchlöchert. Die Legende besagt, dass ein betrunkener Angehöriger der internationalen Friedenstruppen mit roter Sprühfarbe NEVEREND darauf geschrieben hat, was wahr sein kann oder auch nicht. Es ist aber eine Tatsache, dass die Menschen den neuen Namen der Pilgerstätte in der fremden Sprache der internationalen Friedenstruppen sofort angenommen haben. Neverend war ein Name, der neutral genug war, um auch später, in der Zeit des einstweiligen, brüchigen Friedens, weiterzubestehen.

23. Dezember

Weihnachtsabendmahl bei der Tante.

Die Tante bereitet dasselbe zu, was sie jeden Tag isst, Nudeln, mit etwas Öl gewürzt.

Zu den Nudeln trinken wir Wein, so sauren, dass sich unsere Mundwinkel bei jedem Schluck bis an die Ohren hochziehen.

Die Tante legt Schallplatten auf den alten Plattenspieler, die sie mit Onkel in alten Zeiten gekauft hat.

Von jeder Platte spielt sie nur ein Lieblingslied, maximal zwei, nimmt sie dann runter und schmeißt sie gegen die Wand oder auf den Boden, sodass die schwarzen Vinylstückchen überall im Zimmer herumliegen.

Im Halbdunkeln beginnen wir zu tanzen und machen währenddessen Vinylplatten kaputt, danach auch Teller, Gläser, alles, was uns in die Finger kommt.

Zu Beginn habe ich ein sündhaftes Gefühl dabei, es wird jedoch immer befreiender, himmlisch.

Am Schluss helfe ich der Tante, ihren alten Fernseher hinauszutragen und in die Nacht zu werfen.

Wir stehen in der offenen Balkontür und kichern.

Es ist eiskalt, aber das macht uns beiden ja nichts aus.

Wir starren in den klaren Sternenhimmel über uns.

»Bist du gar nicht traurig?«, frage ich sie.

»Warum?«, fragt die Tante.

»Wegen der Erinnerungen«, antworte ich.

»Das sind keine Erinnerungen, das sind Spinnweben, in

die ich mich verfangen habe und aus denen ich nicht mehr rauskann. Das ist schlimmer als ein Zauber«, sagt die Tante und atmet tief ein.

»Schau, so viele Sterne. Wie viele Jahre habe ich sie nun nicht mehr so beobachtet, obwohl sie jeden Abend über mir sind und mich beobachten. Ansonsten ist es besser, wenn wir beide etwas zerschlagen, als dass diejenigen, die bald hier sein werden, alles stehlen und vernichten.«

»Wie meinst du das?«, frage ich sie.

»Wie, mein Kind, du siehst doch, dass alles schiefgeht und es zum Krieg kommen wird. Für mich ist es zu spät, ich habe das meine erlebt, aber du ...«

Die Tante schließt die Augen.

»Tante, was war mit meiner Mutter? Ich meine, was ist wirklich passiert?«

»Ich weiß es nicht, wirklich nicht«, sagt die Tante mit stiller Stimme. »Ich weiß, dass euch eure Mutter lieb hatte, dich und deine Schwester. Ich weiß auch, dass deine Mutter von allen sich selbst am liebsten mochte. Es könnte ein dummer Unfall gewesen sein. Es könnte aber auch Selbstmord gewesen sein. Wir werden es nie erfahren. Und gerade diese Offenheit der Geschichte ist das, was vielleicht am schlimmsten ist. Ich weiß nicht, wie, aber du musst dich irgendwie damit abfinden, dass es für dich für immer ein Rätsel bleiben wird, auf das es keine Antwort gibt.«

Ich wische mir die Tränen ab.

Ich hasse mich, wenn ich weine.

Ein silbernes Licht scheint auf Tantes faltiges Gesicht, auf ihre geschlossenen Lider, die Altersflecken darunter. Zwischen uns gehen Wölkchen warmer ausgeatmeter Luft in der Nacht verloren.

»Du musst weiter, weißt du. Und was mich betrifft, hast

du hier nichts zu suchen. Für alles, was uns erwartet, bist du zu jung. Du hast etwas Besseres verdient«, sagt die Tante langsam, als würde sie jedes Wort abwägen.

»Ich habe keine Wahl«, erwidere ich. »Ich bleibe, so oder so. Weil ich lebendig und tot bin und manchmal auch unsterblich«, sage ich und schaue zur Tante.

Die Tante lächelt.

Dann heult sie aus voller Kehle in die Nacht hinein wie ein Kojote.

Auch ich heule.

Wir lachen und heulen wild in die Nacht.

Ein lauter Schuss unterbricht unser Geheul.

Nach einer Weile noch einer.

Woher kommt er?

»Komm rein, es ist eisig«, sagt die Tante, schubst mich in die Wohnung, schließt die Balkontür hinter sich und zieht die Vorhänge zu.

24. Dezember

In aller Frühe telefoniere ich ins Gefängnis.

Das Telefon in Andrejs Büro läutet ins Leere.

Ich versuche noch andere Nummern. Endlich meldet sich einer der Wärter.

Er sagt mir, dass Andrej bis auf Weiteres im Krankenstand ist.

Ich frage nach Panfi.

Der Wärter antwortet mir, dass es ihm verboten sei, Auskünfte über Häftlinge zu geben.

Ich sage ihm, dass es sich um einen Häftling handelt, mit dem ich arbeite.

Der Wächter rät mir nach einer langen Pause, in der ich sein Kauen zu hören glaube, ich solle die Medien verfolgen, dass ich dort alles erfahren werde.

Aber das Internet funktioniert wieder nicht, aus dem Fernsehen erfahre ich nichts.

Ich gehe raus, in den tiefen Schnee.

Hier und da ein Schatten eines Menschen.

Der Stadtverkehr funktioniert nicht.

Einzelne Autos mit Schneeketten bahnen sich langsam ihren Weg.

Die leeren Straßen sind nicht nur die Folge des Feiertags.

Es wird immer schwieriger, an Benzin zu kommen.

Die Tankstellen sind schon die ganze Woche geschlossen.

Junge Männer verkaufen es in Zweiliterflaschen an jeder Ecke.

Langsam stapfe ich in Richtung Stadtzentrum, komme jedoch nicht weit.

Es schneit zu stark, und ich bin nicht entschlossen genug, um weiterzugehen, deshalb drehe ich mich nach ungefähr einer halben Stunde um.

Ich kann meine Augen kaum noch offen halten.

Vom Himmel fallen ganze Flecken von Weiße, weich und lautlos.

Man muss nicht mit dem Schnee leben können.

Man muss sich nicht dringend mit dem Schnee abfinden.

Der Schnee kommt und vergeht.

Die Frage ist, wie lebt man damit, was der Schnee verdeckt.

Am Abend in den Nachrichten auch etwas über Panfi.

Sein Bild wird gezeigt und ein kurzer Kommentar, dass ihm die Anklage des Den Haager Gerichts für Kriegsverbrechen vorwirft, dass er vor fast dreißig Jahren auf dem Gebiet des ehemaligen Jugoslawiens für Wirtschaftskriminalität und die Tötung von mehr als einhundert Zivilisten verantwortlich ist.

Ist die Person, die im Fernsehen gezeigt wurde, wirklich Panfi?

Ist die Person, die ich kannte, wirklich die Person, von der ich dachte, dass ich sie kenne?

25. Dezember

Die Landschaft ist mit einer Schneedecke von einem halben Meter bedeckt, als Scopoli vor dem Eingang zum Landgut Hartekamp steht. Das große, schmiedeeiserne Tor des Haupteingangs ist verschlossen. Nirgends ist jemand. Scopoli stapft einige Zeit an der zerfallenden Mauer entlang, die das Gut umgibt. Zum ersten Mal im Leben sieht er die Wipfel der mächtigen Mammutbäume und unbekannte Arten riesiger Nadelbäume, die über die Dachziegel ragen. Nirgends eine Menschenseele. An der Stelle, wo die Mauer zur Hälfte zusammengestürzt ist, klettert er auf die andere Seite. Er stapft zwischen gebrochenen Ästen, gefallenen Bäumen und stellenweise durch schwer passierbares Gebüsch. Der Park wirkt gänzlich vernachlässigt. Scopoli erreicht einen Pfad, der ihn zum Hauptgebäude aus roten Ziegeln führt. Niemand wohnt darin, Türen und Fenster sind vernagelt. Nur aus dem Schornstein der Hütte des Verwalters neben dem Gut schlängelt sich Rauch.

Scopoli klopft lange, keine Antwort. Dann öffnet er die Tür. Am Kamin sitzt ein Greis. Scopoli nähert sich ihm. Der Greis ist tief in Gedanken versunken. Als er den Fremden schließlich bemerkt, erschrickt er und greift nach dem Schürhaken. Scopoli hebt die Hand als Zeichen, dass er ihm nichts antun will. Der Greis starrt den Fremden eine Weile an, senkt den Schürhaken und sagt, er solle die Tür hinter sich schließen. Er weist Scopoli eine Stelle neben sich am Boden zu, am Feuer. Scopoli setzt sich. Er erfährt, dass der Greis Janus heißt und der Knecht des verstorbenen Clifford senior ist. Nach dem Tod seines Herrn hat Cliffords Sohn das Gut übernommen, ging jedoch bald bankrott und flüchtete vor seinen Gläubigern. Janus' Meinung nach befindet er sich irgendwo in den Kolonien. Das Gut steht zum Verkauf.

Linné? Natürlich erinnert sich Janus an den jungen Herrn Linné, der zwei Jahre bei ihnen gewohnt hat. Seitdem sind mindestens dreißig Jahre vergangen, Janus war noch ein junger Knecht. In der Zeit, als Linné hier lebte, war Hartekamp ein Paradies auf Erden, Herr Clifford und Linné kümmerten sich täglich um neue Pflanzen, sie besaßen einen lebendigen Tiger und Affen. Später haben sie alle Tiere verkauft, oder sie sind verreckt. Auch die meisten Blumen und Pflanzen sind dahin. Das Gewächshaus ist verwaist, darin sieht es schrecklich aus, Janus aber erinnert sich, wie schön es war. Scopoli bittet darum, es ansehen zu dürfen. Janus zuckt mit den Schultern, wickelt sich in seine schmutzige Decke und führt Scopoli nach draußen. Vom Himmel rieselt erneut Schnee. Scopoli folgt Janus langsam, bis sich ihm der Blick auf das riesige Gewächshaus öffnet. Die Tür ist zerschlagen. Sie treten durch den leeren Metallrahmen. Vor Scopolis Augen öffnet sich eine unglaubliche Szene. Hunderte von Bäumen und Büschen, von denen er so oft in seinem *Hortus Cliffortianus* gelesen hatte, wächst noch immer hier sich selbst überlassen in die Höhe, unter die schmutzige Glasdecke des Gewächshauses, in das hier und da durch die zerbrochenen Glasscheiben Schneeflocken rieseln. Scopoli kommen die Tränen. Janus beobachtet ihn stumm und wiederholt wie ein leises Echo die lateinischen Namen der Pflanzen, an denen Scopoli vorbeigeht, er benennt sie, bis er innehält und auf die Knie fällt. Er stottert. Es scheint, als wollte er beten, aber er vermag es nicht, als wollte er um Hilfe rufen, aber er vermag es nicht. Er möchte die Pflanze berühren, aber etwas bremst seine ausgestreckte Hand, macht es unmöglich, nach ihr zu greifen, sie zu betasten, zu überprüfen, ob vor ihm wirklich die großen Blätter der *Musa paradisiaca*, *Musa sapientum*, des Paradiesbaumes, des großen Bananenbaums, sind. Wie ein König steht er in der Mitte des Gewächshauses, und wie in einem Traum rieselt langsam Schnee durch das kaputte Dach auf ihn.

26. Dezember

Ljubljana liegt im Dunkeln. Schon den ganzen Tag.

Man sagt, das sei Platanos Rache für den Ungehorsam der Einwohner und die Proteste.

Dass es noch unvergleichlich schlimmer wird.

Das Handy funktioniert nur zeitweise.

Nachrichten über Hausdurchsuchungen, über Massenverhaftungen derjenigen, die zu Protesten aufgerufen haben.

Es tropft aus dem Gefrierschrank.

Ich öffne die Tür und lege die Taube, die Wühlmaus und die Katze auf den Tisch.

Dazwischen stelle ich eine flimmernde Lampe.

Langsam tauen sie wieder auf, Tropfen von rosa gefärbtem Wasser rinnen an den Körpern entlang auf das weiße Tischtuch.

Ich könnte sie hinausbringen, aber auch draußen ist Tauwetter, alles tropft, der Schnee schmilzt.

Ein Gluckern in den Dachrinnen.

Die Weiße verschwindet, und ich fürchte mich, daran zu denken, was die Geborgenheit des unschuldigen Schnees alles verbirgt.

Ich setze mich an den Tisch und versuche zu lesen.

Erneut lese ich die Geschichten, die mir Panfi, Dioneus und Fiil geschickt haben.

Ich bin immer überzeugter davon, dass ein und dieselbe Person sie geschrieben hat.

Aber wie?

Jetzt weiß ich, dass sie sich nicht gemocht haben.

Dafür waren sie zu schicksalsvoll verbunden, und nichts Gemeinsames, am wenigsten etwas wie das literarische Schreiben, hätte sie befreien können, ganz im Gegenteil.

Andererseits scheint mir, dass diese Geschichten über den Krieg das Zeugnis einer weiteren Person sind, einer vierten, die entweder im Krieg war oder es immer noch ist.

In welchem, von welcher Art, weiß ich nicht.

Vielleicht in allen Kriegen.

Vielleicht im einzig möglichen und dringenden Krieg.

Vielleicht in einem Fantasiekrieg.

Vielleicht in einem Krieg, den er insgeheim in sich trägt.

Als ich meinen Blick hebe, bemerke ich eine Veränderung auf dem Tisch.

Die Kerze beleuchtet nur noch die Kadaver der Katze und der Wühlmaus.

Auf dem Tischtuch zieht sich von der Stelle, wo die Taube lag, eine Spur bis an den Rand.

Die Spur verschwindet in einem kleinen schwarzen Loch, das auf dem Tischtuch entsteht.

Eigentlich ist es kein Loch im Tischtuch, sondern ein schwarzer Fleck, so düster, dass er wie ein dunkler Übergang aussieht.

Ich fahre mit dem Lesen fort.

Diesmal lese ich die Geschichten, als wären sie die Geschichten über einen tiefen spirituellen Kampf, über einen

Kampf, der nicht einer von hier und jetzt ist, sondern von immer und überall.

Ich lese sie wie einen Krieg, der unaufhörlich in uns allen abläuft.

Als ich meinen Blick hebe, sehe ich die Kerze auf dem Tisch, die ihr blasses Licht auf den Katzenkadaver wirft.

Die Wühlmaus ist nirgends.

Während des Lesens ist die Katze fast ganz aufgetaut.

Ihr feuchtes Fell sieht lebendig aus.

Als würde sie sich jeden Moment abschütteln, dann aufstehen und kopflos losrennen.

Die Kerze lodert auf.

An der Stelle, wo der Wühlmausrumpf lag, ist eine Zickzack-Spur, die kreuz und quer über das schneeweiße Tischtuch verläuft, mehrmals um die Kerze kreist, bis zum Rand führt, zur Stelle, wo das schwarze Loch ist, welches inzwischen sichtlich gewachsen ist.

Ich lese weiter.

Eine halbe Stunde später verschwindet auch die Katze.

Eine tropfende Spur, als hätte sich das Tier zum Loch geschleppt und dabei geschmolzenes Wasser und Blut rundherum übers Tischtuch gespritzt.

Das Loch umfasst einen Großteil der linken oberen Ecke des Tischtuchs.

Es ist so dunkel, dass ich das Gefühl habe, ich könnte selbst hineinfallen, für immer verschwinden.

Vielleicht müsste ich das, aber ich fürchte mich zu sehr.

Mit größter Vorsicht verschiebe ich die Kerze, hebe das Tischtuch hoch und befestige es am Rand des Küchenschranks.

Jetzt hängt es wie eine modernistische Leinwand von der Wand, Malewitsch, ein schwarzer Kreis auf weißem Quadrat mit blutigen Streifen, und ruft mich und zieht mich in sich hinein.

Ich darf das Abbild nicht ansehen, ich darf nicht daran denken, das ist das Einzige, was ich weiß, das ist alles, was ich in diesem Moment, während draußen der schmilzende Schnee gluckert und die Kerze auf dem Tisch lodert, wissen muss, um zu überleben.

Ich lese so lange, bis ich nicht mehr kann.

Bevor ich schlafen gehe, schaue ich auf das Tischtuch und das Geflecht der Spuren aus Blut, Schmutz und dem Rest der Wasserflecken. Das schwarze Loch schließt und öffnet sich unsichtbar. Jetzt ist es wie die Pupille eines riesigen Auges, das mich aus dem Tischtuch ansieht wie ein Kunstwerk mit zwei Augen, das mich packt, vielleicht sogar hypnotisiert.

Nur mit großer Mühe wende ich meinen Blick ab.

Draußen ist Nacht.

Heute sind viele Menschen auf der Straße, viele aus Ljubljana, es ist so dunkel, dass uns sogar die toten Tiere verlassen.

Jetzt gibt es kein Entrinnen mehr.

Das Auge auf dem Tischtuch wächst und wächst.

Ich weiß, dass es mich hypnotisieren will, sich meiner bemächtigen will.

Niemand, aber wirklich niemand, würde mir glauben, wenn ich dergleichen in eines meiner Bücher schreiben würde.

Alle würden mich auslachen.

Alles, was ich hier schreibe, ist die absolute Wahrheit.

Vor mir in der Küche starrt mich ein gigantisches Todesauge an und wartet, dass ich mich ihm auf der anderen Seite bald hinzugeselle.

Als ich aufwache, ist das schwarze Loch vom Tischtuch verschwunden.

Das Auge hat sich geschlossen. Ich weiß, dass es nur temporär geschlossen ist, weiß jedoch nicht, was temporär bedeutet.

Sind das ein paar Stunden, ein paar Tage, ein paar Jahrhunderte?

Die restlichen Spuren auf dem Tischtuch ähneln nun einer Schrift.

Ich beobachte das Tischtuch lange und genau.

Dann fällt mir etwas ein, ich trete näher heran, drehe es um und untersuche die Hinterseite.

Jetzt kann ich es plötzlich lesen.

Auf dem Tischtuch steht mein Name.

27. Dezember

Es wird eine Generalamnestie erklärt. Sie gilt für alle Häftlinge, die sich freiwillig Platanos Sicherheitseinheiten zur Staatsverteidigung vor inneren und äußeren Feinden anschließen.

Die Amnestie tritt mit dem 1. Januar in Kraft.

Als ich das höre, läutet das Handy.

Der Anruf kommt aus dem Gefängnissekretariat in Dob.

Aufgrund der neuen Umstände haben sie sich für eine Aufführung dessen entschieden, was sie übers Jahr mit den Häftlingen geprobt haben, eine Art Abschlussproduktion mit gemeinsamem Abendessen vor der Entlassung der Häftlinge.

Das Ereignis findet bereits morgen statt, und ich werde gebeten, daran teilzunehmen.

Ich sage zu, obwohl ich im selben Moment, als ich auflege, nicht mehr überzeugt bin, dass das wirklich klug ist.

Zum ersten Mal nach dem gescheiterten Attentat auf Platano erscheint auch Kafka im Fernsehen.

Er trägt einen schwarzen Verband, der sein linkes Auge und einen Teil der Wange verdeckt.

Als er spricht, spürt man, dass er das mit großem Kraftaufwand und Schmerzen tut.

Man versteht ihn schwer.

Ich denke, dass er immer mehr einem Käfer ähnelt.

Auch seine Körperhaltung ist steif und verkrampft.

Er ist schwarz gekleidet, mit einem gelben Schal um den Hals.

Er kündigt an, dass es Anfang Januar eine generelle Bevölkerungszählung geben wird.

Alle Staatsbürger werden eine DNS-Probe abgeben müssen.

Gleichzeitig behält sich der Staat das Recht vor, allen, die sich verweigern, den Bewegungsradius einzuschränken.

Die Nachricht über die gestrigen Gefechte zwischen den besonderen Polizeieinheiten und den Protestlern auf dem Trg Republike sickert durch.

Mehrere hundert werden vermisst.

Bilder von jungen Menschen mit Blutergüssen, zerquetschten Fingern und Zehen, nagellosen Fingern, abgeschnittenen Ohren.

Dann wird das Internet abgeschaltet.

28. Dezember

Die Veränderung ist schon am Eingang bemerkbar.

Der Scanner piept, der Wärter zuckt nur und deutet mit einer Kopfbewegung an, dass ich ohne jegliche Kontrolle weitergehen kann.

Der Sportplatz und die Wege sind nicht geräumt, alles ist voller Schneematsch, alles schwimmt.

Das plötzliche Tauwetter verändert große Schneehaufen in rostigen, zerrinnenden Matsch.

An der Tür zum Speisesaal empfängt mich Essensduft, ein paar Häftlinge schmücken die provisorische Bühne, von den Lichtern hängen Lampions.

Bald wird es sechs.

Ein paar Wärter und Facharbeiter, die ich vom Sehen her kenne, sitzen in meiner Nähe, dann beginnen die Häftlinge einzutreten, der Saal ist bald voll, die Stimmung ist zurückhaltend und steif wie auf einem Elternabend.

Ich erblicke Fiil und winke ihm, dass er sich zu mir setzt.

Er trägt eine weiße Leinenhose und ein weißes Hemd, die ersten drei Knöpfe trägt er offen, als befänden wir uns mitten im Sommer, an den Füßen trägt er Plastikschlappen ohne Socken.

Ich verhöre ihn, ob er etwas über Panfi weiß.

»Er hatte damit gerechnet, dass man früher oder später seine wahre Identität aufdeckt«, sagt er.

»Also hast du es die ganze Zeit gewusst?«, frage ich ihn.

»Natürlich habe ich es gewusst, ich kenne Panfi schon lange. Wir haben viel zusammengearbeitet. Obwohl wir uns im Krieg auf entgegengesetzten Seiten befunden haben, freute ich mich über das Schicksal, das uns hier in Dob wieder zusammengeführt hat. Ich könnte dir viele Geschichten darüber erzählen, aber jetzt ist keine Zeit. Schau, das Programm beginnt.«

Der Gefängnisdirektor erteilt in seiner kurzen Ansprache technische Hinweise für den Silvesterabend, wenn die Amnestie für diejenigen Häftlinge in Kraft tritt, die bereit sind, der Armee beizutreten.

Sofern sich jemand nicht für die angebotene Amnestie entscheiden sollte, wird er in ein anderes Gefängnis verlegt werden, das Gefängnis in Dob soll nämlich geschlossen werden.

Den technischen Hinweisen folgt das Kulturprogramm.

Erste Nummer, eine Vierergruppe spielt Mozarts *Eine kleine Nachtmusik* auf Kämmen.

Aufgequollene, rote Wangen. Das Lachen der Zuhörer.

Während des Auftritts lehne ich mich zu Fiil und frage ihn, ob es stimmt, dass Panfi ein Befehlshaber der paramilitärischen Einheiten und verantwortlich ...

»... mitverantwortlich«, korrigiert mich Fiil streng, »für viele schlimme Dinge. Es war Krieg ...«

»Das höhnische Schicksal wollte zum Kriegsende dass er sich hier, im Gefängnis, mit mir und ... trifft«, führt Fiil wenig später fort.

»Und?«, frage ich ungeduldig.

»Mit wem wohl?«, lächelt Fiil.

Erst in diesem Moment bemerke ich, dass Fiil eine grüne und eine blaue Iris hat, und mir wird klar, dass ich trotz der Stunden, die wir gemeinsam verbracht haben, bis zu diesem Augenblick nie wirklich in seine Augen geschaut habe.

Applaus.

Als Nächstes kommt ein kurzer Sketch, für den man aber eine Kulisse aufstellen muss, was etwas dauert.

»Dioneus' Eltern wurden von den Wölfen entführt, wie sich Panfis paramilitärische Einheit nannte.

Als Panfi später im Gefängnis auf Dioneus stieß, setzte er sich sehr für den Jungen ein, insgeheim natürlich.«

»Wusste Dioneus, dass ihn der Mörder seiner Eltern schützt?«, frage ich.

»Er wusste es nicht, aber wahrscheinlich ahnte er etwas«, sagt Panfi.

»Bei Menschen mit Dioneus' psychischer Verfassung ist der Unterschied zwischen dem, was sie ahnen, und dem, was sie sich einbilden, nicht groß, normalerweise endet die Sache mit einer Paranoia.«

»Hat sich Dioneus umgebracht, weil er die Wahrheit erfahren hat?«, frage ich.

»Ich sehe, dass du rein gar nichts verstehst«, flüstert Fiil und begutachtet drei verkleidete Häftlinge, die auf die Bühne treten.

Einer der drei ist in ein raupenähnliches Kostüm verkleidet.
Die Geschichte erzählt vom harten Leben ohne Nahrung.
Die Raupe wird bald von einem bösen Professor gefangen.
Er steckt sie in einen Käfig und mästet sie.
Die Raupe hat einen Plan.
Sie verpuppt sich, um ein Schmetterling zu werden und aus dem Käfig zu fliehen.

»Das sind unsere Kollegen vom Theaterkurs, sie haben immensen Spaß an den infantilsten Witzen«, sagt Fiil und glättet zufrieden seinen weißen Bart.

Ich ziehe ein Bild hervor und lege es vor ihn hin.

Er streift es so nebenbei mit seinem Blick.

»Interessant«, sagt er, »da war ich noch viel jünger, vor allem aber brachte ich viel weniger auf die Waage.«

»Wer ist der andere Mann auf dem Bild?«, frage ich.

»Das war meine Verbindung aus der Druckerei, hier in Ljubljana, wo unsere gefälschten Pässe gedruckt wurden. Zwei, drei Jahre war das ein wirklich großes Geschäft mit ziemlich guten Verbindungen, auch in die höchsten Staatsämter. Auf diese Weise haben wir Tausenden von Menschen geholfen, aus dem Kriegsgebiet zu fliehen. Auch der kleine Dioneus hätte sich nie retten können, wenn sein Vater nicht die gefälschten Pässe für die ganze Familie besorgt hätte. Leider war es für die Eltern zu spät.«

Auf der Bühne endet das Einwickeln der Raupe in Klopapier. Die Häftlinge und das Gefängnispersonal lachen laut. Kommentare und Scherze.

Die beiden Assistenten decken den Klopapier-Kokon mit einer Plane zu und zählen: »Eine Million Inflation, zwei Millionen Inflation, drei Millionen Inflation« und so weiter bis zehn.

Als sie die Plane aufdecken, taucht zwischen den Papierfetzen anstelle der Raupe ein Schauspieler auf, der in eine riesige Banane verkleidet ist. Erstaunt betrachtet er sich und sucht seine Flügel.

»Was bist du denn für ein Schmetterling?«, fragt ihn einer der Begleiter.

»Ich bin ein Schmetterling ohne Flügel«, sagt die Banane.

»Flügelloser Schmetterling.«

Worauf der andere Assistent ruft: »Du hast keine Flügel, um zu fliegen, dafür hast du aber ein Gewehr, um deine Heimat zu verteidigen!«, und drückt ihm ein Plastikgewehr in die Hand, aus dem Konfetti schießt.

»Ich bin Platanos Schmetterling«, sagt die Banane und hebt das Gewehr hoch in die Luft, sodass Konfetti durch den ganzen Saal fliegt.

Lachen und ein huronischer Applaus.

Musik.

Die Tür geht auf.

Der Küchenchef kommt in den Saal marschiert und zählt lange und ausführlich die verschiedensten Gerichte auf, die für den heutigen Anlass vorbereitet wurden.

Auf die Tische werden Tabletts mit unterschiedlichem Gebratenen und Beilagen gestellt, die Häftlinge greifen zufrieden nach dem Überfluss an Gerichten.

Der Höhepunkt ist ein gebratener Ochse, den acht als Köche verkleidete Häftlinge auf einem riesigen Tablett hereintragen.

Der Saal verstummt für einen Moment, alles kaut und genießt.

»Was ist Krieg? Krieg ist eine Chance«, sagt Fiil und nimmt sich etwas Salat.

»Für die einen ist es die Chance, reich zu werden, für die anderen die Chance zu verlieren, was sie belastet, für die Dritten ist es eine Chance, sich ihren größten Ängsten zu stellen, die Chance, jemand anderes zu sein, die Chance zu töten, die Chance zu überleben, die Chance zu retten, die Chance traumatisiert zu werden, die Chance, jegliche Angst zu verlieren.«

Auch ich kaue und schaue mich um.

Wenn ich es nicht selbst gesehen hätte, würde ich nicht glauben, dass in Zeiten des allgemeinen Mangels im Gefängnis solcherlei Festessen stattfinden können.

»Nun bin ich an der Reihe, um die Arbeit unseres Workshops vorzustellen«, sagt Fiil und schmunzelt für einen Augenblick. »Zuvor aber habe ich noch die letzten drei Geschichten für dich, damit du dir damit im kommenden Jahr, egal was es uns auch bringen mag, die Zeit vertreiben kannst.«

Er zieht ein Bündel gefalteter Papiere aus seiner Hosentasche.

»Sag – wer hat sie geschrieben?«, frage ich.

»Ist es wichtig?«, antwortet er. »Sagen wir, dass sie in beliebiger Reihenfolge von einem Dioneus, den es nicht mehr gibt, einem Panfi, den es nie gegeben hat, und einem Fiil, der jeden Moment verschwinden wird, verfasst wurden.«

»Aber warum?«, flüstere ich.

Fiil steht langsam auf, sieht sich um und beugt sich noch einmal zu meinem Ohr.

»Ich denke, es ist nicht falsch, wenn du es erfährst. Du bist ein kluges Mädchen und wirst es verstehen. Ansonsten hast aber auch du über Selbstmord geschrieben und kennst die Kernfrage, ob wir nicht nur schreiben, um mit dem Geschriebenen Geheimnisse aufzurufen, die wir tief in unserem Inneren tragen. Andrej und Dioneus waren nicht nur ein Psychologe und sein Patient, sie waren Liebhaber. Oder besser gesagt, Andrej war Dioneus' Folterer und damit das, was Dioneus brauchte. Dann aber kamst du.«

Fiil richtet sich wieder auf. Für einen Augenblick scheint mir, dass seine Augen nicht mehr grün und blau sind, sondern grau und braun.

Von allgemeinem Applaus begleitet begibt er sich in Richtung Bühne, zieht seine Plastikschlappen aus, setzt sich in Lotusstellung und schließt die Augen.

Stille legt sich über den Saal.

Plötzlich ertönt Fiils Stimme, aber in einer unverständlichen Sprache, die immer dieselben Worte wiederholt, »mumba bumba kumba mumba«.

Aus dem Publikum schießen Kommentare und Gelächter.

Dann beginnt Fiils Körper aufzusteigen und einen Meter über dem Boden zu schweben.

Das Publikum ist begeistert und klatscht.

Fiils Körper wird immer heller und durchsichtiger, verwandelt sich im nächsten Moment in ein Strahlen, so stark, dass man nicht hinsehen kann.

Das Licht wird immer blendender, bis sich Fiils Umriss schließlich in Luft auflöst.

Für kurze Zeit verweilt inmitten des Gefängnis-Speisesaals der Abglanz des erlöschenden Lichts, und das ist alles.

Als es erlischt, folgt großer Applaus.

Man hört die Rufe: »Zugabe! Zugabe!«

Aber Fiil kommt nicht wieder.

Drei Wärter gehen auf die Bühne und untersuchen verlegen den Raum.

Die Häftlinge sind jetzt alle auf den Beinen, die Tische wackeln: »Zugabe! Zugabe!«

Der Gefängnisdirektor kommt auf die Bühne, sichtlich beunruhigt.

Er bringt den Speisesaal zum Schweigen.

Er erklärt die Veranstaltung für beendet und ruft die Häftlinge dazu auf, in ihre Zellen zurückzukehren.

Als ich nach Hause komme, zünde ich die Kerze auf dem Küchentisch an. Auf dem Tischtuch ist das weit geöffnete Auge. Ich stelle einen Stuhl daneben, setze mich mit dem Rücken zum Tisch, damit wir gemeinsam die letzten drei Geschichten lesen können, die ich heute von Fiil bekommen habe.

Odradek

Odradek. Das Wort begegnete mir mit kindlicher Freude, wie eine vergessene und nun völlig unerwartet wiederentdeckte frühkindliche Erinnerung. Odradek. Wo war er geblieben? Dieser schwerelose Tanz aus fast nichts, dieses Schweben im reinen Raum ohne feste Richtung oder Bestimmung? Auch ich fand mich in einem solchen Kokon aus Fadenresten, Haaren und winzigem, fast unsichtbarem Müll wieder, der schwerelos über dem nackten Beton schwebte. Vielleicht war es ein Verwandter jenes Odradek aus Kafkas Geschichte, ein kleiner, unfruchtbarer Odradek in den Sommerferien oder beim Ballettunterricht im Mülleimer? Er glitzerte durch die Lichthäschen auf dem Boden und spielte mit der nackten Luft. Odradek ist die Art von unschuldigem Geschöpf, das sich schnell unter einen Schrank oder unter ein anderes Möbelstück verkriecht und dort wochenlang still und treu sitzen kann. Es würde sicherlich auch in meinem Haus mit dieser Art von Versteckspiel beginnen, aber er kann hier nirgendwo hin, weil ich letzten Winter alle Möbel und die meisten Bücher (leider auch eine Auswahl von Kafkas Erzählungen) verbrannt habe. Wie ein Welpe verkörpert Odradek die pure Unschuld und eine zerbrechliche Hilflosigkeit. Er erschien als dringend benötigter Begleiter in meiner Einsamkeit und dem Beharren, in jenem verlassenen Gebäude zu bleiben, in einer belagerten Stadt. Ich habe ihn sofort geliebt. Er war ganz nah an mich herangekommen und spielte mit meiner ausgestreckten Hand. Ich scheine einen der Fäden in seinem losen Leben zu erkennen. Wessen Haare könnten das alles sein, und woher kamen diese feinen staubigen Müllpartikel? Eine Missgeburt, ein existierendes Wesen (denn es hat einen Namen), aber letztlich eine Fälschung, ganz ohne Ursprung. Und ganz sicher auch ohne Tod. Bei näherer Betrachtung verflüchtigt sich seine Unschuld. Dieser zerbrechliche, fast nicht existierende Fleck Müll ist zugleich unheimlich und düster, jemand, dessen Verspieltheit nur zu amüsieren scheint, damit er seinen Opfern näherkommen kann. Sind das die Haare meiner toten Mutter in seinem flauschigen Leben? Ist das der Faden des Kleides, das mein Vater trug, als er vor mehr als einem Jahr zum letzten Mal Essen holen ging? Und dieser grüne Faden, stammt der aus dem Schal meiner ermordeten Schwester? Die Giftmischer ernähren sich von uns. Solange wir sterben, werden die Odradeks unsterblich sein. Wer weiß, wessen Tode dieser Odradek schon in sich aufgenommen hat, wie er da nun scheinbar so unschuldig auf meinen ausgestreckten Händen schwebt? Er ist zu zerbrechlich, um zerstört zu werden. Ich weiß, dass er sich in irgendeiner Ecke sofort wieder zusammensetzen würde. Ich werde ihn aus dem Fenster auf die Straße werfen, ein Spielzeug für die Scharfschützen. Ich hoffe, der Wind ist auf meiner Seite und trägt ihn weit fort. Oh, was würde ich jetzt nicht für Glasscheiben in der Dunkelheit der Fenster geben, für die Möglichkeit, sie für immer zu schließen.

Fünfter Glaube

Heimlich folgte ich Magda, der Frau des Stadtkommandanten. Man munkelte, sie sei eine Priesterin des Fünften Glaubens. Vor dem Krieg hatte ich noch nie von so etwas gehört, jeder im Dorf war auf dem Papier Mitglied der Kommunistischen Partei, Religion spielte keine Rolle, aber sobald es nach Krieg roch, beeilten sich die Menschen, sich als Muslime, Orthodoxe, Juden und Katholiken auszugeben. Zusätzlich zu den vier mir bekannten Konfessionen gab es eine fünfte, die keinen offiziellen Namen trug, keine sichtbare Kirche und keine bekannte Vergangenheit hatte. Der Fünften Religion gehörten ranghohe Militärs an, die in Kriegszeiten oft die schmutzigsten Arbeiten verrichteten, nationalistische Politiker, die zum Hass aufstachelten, und die reichsten Bewohner der Stadt, d.h. diejenigen, die die Zeiten des Chaos und der Not zu ihrem Vorteil nutzten und über Nacht ein Vermögen machten, indem sie sich fremden Eigentums bemächtigten, Waffen verkauften, mit Drogen handelten, Prostitution betrieben und mordeten. Die Fünfte Religion war ausnahmslos die Religion der Korrupten und Reichen. Ich habe gehört, dass sie die Religion der Auserwählten genannt wird. Aber das war alles, was ich über die ganze Sache herausfinden konnte. Das und noch etwas anderes, nämlich dass sich die Mitglieder des Fünften Glaubens jeden Samstag in den Hügeln oberhalb der Stadt treffen. Ich wusste nicht, wo genau, aber als ich Magda auf dem Platz sah, die gerade in ihr Auto stieg, wusste ich, dass dies meine Chance war. Ich folgte ihrem Auto auf meinem

Motorrad aus der Stadt. Die Straße führte hoch in die Berge. Irgendwie habe ich es geschafft, nicht gesehen zu werden. Ich parkte weit weg von den vielen geparkten Autos und den Sicherheitsleuten, die sich dort tummelten. Ich kletterte durch den Wald auf die Spitze des Hügels. Ich glaubte meinen Augen nicht zu trauen. Knapp unterhalb des Gipfels, versteckt unter mächtigen Baumkronen, ragte der Bug eines riesigen Kriegsschiffs aus dem Boden. Wie war das nur möglich, einen riesigen Schlachtkreuzer auf diesen Hügel zu bringen und ihn hier, Hunderte von Kilometern vom Meer entfernt, zu vergraben? Es gelang mir, mich an den Wachen vorbei in das Innere des Schiffes zu schleichen. Überall roch es schwer nach Motoröl und Weihrauch. Ich kroch durch einen langen Luftschacht bis zu einem Gitter, das mir den Blick auf eine riesige Halle freigab. Sie war voller Menschen. Ich erkannte viele prominente Politiker, Mafiabosse, bekannte Reiche und Bankiers sowie deren Ehefrauen, Kinder und Familienangehörige. Als die Uhr schlug, schlossen alle die Augen, streckten die Hände in den Himmel und begannen am ganzen Körper zu zittern. Es war exakt Mittag, als sie alle in kollektive Ekstase verfielen. Viele stürzten zu Boden, wanden sich in Krämpfen und schrien, während andere stehend verkündeten, dass das Ende nah sei, dass sie auserwählt seien und gerettet werden würden. In ihrer Trance zogen sie sich nackt aus, und es begann eine Orgie, bei der alle durcheinander übereinander herfielen, auch Alte und Kinder. An einem Punkt gab es ein Geräusch. Ein seltsamer, aufsteigender Trompetenton, so kraftvoll und durchdringend, als wäre er nicht von dieser Welt. Die Aufregung wuchs. Viele gingen aufeinander los, ich sah, wie Menschen einander erdrosselten, sich gegenseitig die Gliedmaßen verdrehten, sich die Augen ausstachen, sich auf die grausamste Weise quälten und töteten. War ich in der Hölle gelandet? Was für eine Religion war das? Dann donnerte es plötzlich. Alle, die noch am Leben waren, knieten nieder und begannen zu beten. Überall auf dem Boden lagen die Leichen in Blutlachen. Dann bebte die Erde. Die Decke des Saals brach auf, und ein blendendes Licht schien durch die zitternden Wurzeln der Bäume, die das Kirchenschiff überwucherten, und fiel auf uns herab. Mir wurde klar, dass der Tag des Gerichts tatsächlich so war, wie die Propheten ihn beschrieben hatten. Der Lichtstrahl strich über die Sünder unter mir, überflutete sie und nahm sie zu sich, einen nach dem anderen. Dann ging das Licht aus, und ein eisiger, stürmischer Wind zog auf. Dann begriff ich. Ich hatte in meinem Leben noch nie jemandem Unrecht getan, meine Seele hatte der Wahrheit und der Liebe gedient, und doch gehörte ich nicht zu den Auserwählten. Gepresst an das Gitter eines zitternden Schlachtschiffes hoch in den Bergen war ich dem Wind und dem Feuer ausgeliefert, das über die Welt fegte, um sie für immer zu zerstören.

Weltende

Zuerst verschwand der Schatten, der schräg durch die weit geöffnete Haustür fiel. Dann verschwanden die Fotos auf der rechten Wand, eines nach dem anderen. Das erste zeigt uns alle sechs, meine Mutter in der Mitte, umgeben von meinem Vater und vier Söhnen, das zweite zeigt Oma und Opa am Tag ihrer Hochzeit. Opa sah sehr stolz aus, er trug seine Šajkača, dazu die Weste mit Ornamenten, und er hielt das alte Familiengewehr, das sein Vater aus den Balkankriegen aus Saloniki mitgebracht hatte. Das dritte Bild zeigt mich und meine Klassenkameraden bei der Abschlussfeier. So viele lachende Gesichter! Dann blätterte die Tapete hinter den Fotos ab und verschwand, rote, orangefarbene und gelbe Kreise auf weißem Grund, inzwischen leicht angegraut, die Mode Mitte der 1970er Jahre, als mein Vater nach seiner Zeit als Gastarbeiter in Deutschland zurückkehrte und er und meine Mutter dieses Haus bauten. Ich habe diese Tapete nie gemocht, was jetzt, angesichts einer verschwindenden Welt, auch keine Rolle mehr spielt. Es spielt keine Rolle, wo die Mäntel und Jacken mit ihren Bügeln und dem Regal neben der Tür geblieben sind, wohin die abgenutzte braune Kommode verschwand, in welche Ecken sich der Geruch von verschwitzten Schuhen ausgebreitet hat, an welcher Stelle ich einst als Grundschüler den Fußball gegen die untere Tür getreten und sie zerbrochen habe. Wo sind sie hin? Und wohin verschwand die Blutspur, die im Korridor hinter meiner Mutter geblieben war, nachdem sie hinausgezerrt worden war? Plötzlich, wie Herbstblätter, die von der ersten eiskalten

Schaufel vom Boden gehoben und hoch in den Himmel gewirbelt werden, flogen die Bodenfliesen ins Nichts, und unter mir tat sich ein Abgrund auf. Der Plastikkronleuchter über mir, der ununterbrochen wackelte, seit einer der Soldaten ihn mit dem Lauf seiner Kalaschnikow getroffen hatte, war verschwunden. Dahinter erschien der Raum noch von einer schwachen Lichtspur erfüllt, die bis vor Kurzem von der verschwundenen Glühbirne ausgegangen war. Die Ziegel der Mauern verblassten langsam. Ich konnte durch sie hindurchsehen. Ich konnte das Feuer auf den Nachbarhäusern sehen, das langsam mit den Häusern verschwand. Ich sah Menschen, ich sah die Leichen meiner Brüder am Boden, Soldaten, Traktoren und brennende Autos. Ich sah Stapel von Möbeln, ein ausgeblichenes Klavier, das im Schlamm versank, ich sah Flammen. Sie waren alle verschwunden. Ich sah, wie sich der Rauch über der Stadt auflöste, wie die grünen Hügel zusammen mit der Stadt verschwanden, wie die Wolken immer durchsichtiger wurden und dahinter nichts, nichts, aber auch gar nichts zu sehen war. Alle Ränder verschwanden. Tag und Nacht sind verschwunden. Fort waren die Namen und Nachnamen, fort die Geschichten, waren die Entfernungen, fort war die Geschichte und weg die Sprache, in der ich etwas sagen, vielleicht sogar rufen wollte. Es gibt kein Verlangen mehr. Vorbei ist die Zeit, in der ich stand, vorbei sind alle Stimmen, alle Klänge und Geräusche. Es gibt kein Vorher und kein Nachher mehr. Es gab nur die Haustür, die weit offen stand, und das einsame Zwitschern der Vögel, das durch sie drang. Dann, langsam, wie in einem großen Finale, verschwand der Türstock, der rostige Knauf und schließlich der geöffnete Flügel der Tür. Das Zwitschern der Vögel wurde lauter, dichter und immer durchdringender. Ihr klarer Gesang schwoll an und war allgegenwärtig, schön, unheimlich und unerträglich zugleich. Bald war das Lied alles, was es noch gab.

29. Dezember

Ich kenne jedes Detail aus dem Gefängnis.

Und ich kenne den Inhalt aller drei Geschichten. Ich habe sie mehrere Male gelesen.

Dazwischen ist eine Lücke.

Wie habe ich gestern die Brücke auf dem Weg vom Gefängnis zurück in die Stadt überquert?

Auf einem Schiff nach Amerika wie der Sohn von Madame Butterfly nach Mutters Tod?

Ich könnte fast ein Schiff brauchen wegen des heftigen Tauwetters.

Es deckt alles Schmutzige auf, alles, was der Schnee vor unseren Blicken versteckte, bevor uns die Fäule geradewegs ins Gesicht stürzen würde.

Hat mich erneut der fleischessende Bruno gerettet, auf den Spuren seines Wilds?

Ich frage mich wahrhaftig, wie ich gestern über die Brücke gekommen bin.

Wo waren die Lichtwespen, die mir meine Mutter schickt, die mich wissen lässt, dass sie irgendwo abwesend anwesend ist?

Bin ich zu Fuß aus dem Gefängnis zurückgekommen oder bin ich durch die Luft geflogen und habe von oben die Bewegungen unserer Militärkolonnen beobachtet, die Geschütze, das Aufstellen von Straßenbarrikaden, die Stacheldrahtrollen, die in unbekannte Richtung transportiert wurden?

Und die Menschen, viele sich bewegende Menschen, mit verängstigten und lauernden Blicken, die wissen, dass flugs etwas Schicksalhaftes beginnen wird, flugs werden die Karten neu gemischt werden, flugs wird das Schicksal erbarmungslos zuschlagen, und niemand von jenen, die bleiben werden, kann sagen, ob er auf der Seite der Lebenden oder der Toten enden wird.

Oder es werden beide Punkte, das Gefängnis und die Wohnung, der Ausgangspunkt und das Ende, für eine Weile gänzlich vereint, ohne Straßen, ohne Übergänge, ohne Brücken und ohne schwarze Löcher zwischen ihnen?

Mutter mein, warum bist du gegangen?

Und warum gehst du nicht endgültig?

Ich schaue mir ein Bild an, auf dem mein Onkel und Fiil sind.

Seit sich Fiil gestern wie ein Heiliger oder ein großer Illusionist in Luft aufgelöst hat, begann seine Gestalt auf dem Foto zu verblassen.

Mir scheint, ich könne von Stunde zu Stunde verfolgen, wie er allmählich verschwindet.

Ich sehe nur noch den Umriss seiner rechten Hand, die er auf die Schulter meines Onkels fallen lässt.

Auch der verblasst, jedoch langsamer als Fiil.

Interessant ist, dass nur die Teile des Fotos mit den Gesichtern und Händen verblassen.

Die Kleidung, der Hintergrund und alles andere bleibt unverändert scharf, als wäre es gestern geschossen.

Ich würde gern den Roman über Scopoli abtippen und ein Exemplar ausdrucken, um ihn noch einmal in Ruhe auf Papier zu lesen, jedoch habe ich weder Tinte für den Drucker noch Papier oder Strom.

Er wird ein Manuskript im Tagebuch bleiben müssen, mit Korrekturen und Anmerkungen vollgekritzelt, eine hässliche, unlesbare Schrift, die nur ich entziffern kann.

Es gibt Momente im Leben der Menschen und Momente im Leben fiktiver Figuren, die wie ein Axtschlag sind.

Was mich interessiert, ist weder Baum noch Wald, sondern der Riss, den eine Klinge schafft.

Immer wieder kommt Linnés Gestalt in Hartekamp im Jahr 1738 zu mir zurück, noch vor dem Briefwechsel mit Scopoli.

Linnés kindhafte, schon richtig lümmelhafte Freude, als er beobachtete, wie erstmals im kontinentalen Europa die paradiesischen Früchte der Erkenntnis in länglicher phallischer Form gediehen, ein Moment des Triumphs, als er mit seinem Sponsor und Besitzer Hartekamps Sir Pieter Clifford senior die ersten wenigen Früchte pflücken und kosten durfte.

Die waren herb und hatten große Samen und wurden als bedingt essbare Frucht klassifiziert. Dann schickten sie über einen Boten zwei Bananen an Cliffords größten Konkurrenten, den angesehenen Pariser Botaniker Antoine de Jussieu, der bislang an der Überzeugung festhielt, dass man Bananen in Europa nicht züchten kann.

Ich sehe die Geschichten von Panfi, Fiil und Dioneus durch, schichte sie um.

Es würde sich lohnen, einige davon zur Veröffentlichung an eine Zeitschrift zu schicken, zum Beispiel an die *Literaturbeilage*.

Insofern Zeitschriften überhaupt noch erscheinen werden.

Aber wen soll ich als Autor angeben?

Vielleicht wäre es am besten, wenn ich mit den Spuren der Bananen in der leeren Schüssel unterschreibe.

Es waren einmal zwei Bananen. Dann waren es zwei faule Bananen, eine mit einem Nagel in der Mitte, die andere ohne. Dann nur noch eine, ein schwarzer Gatsch und Fäule. Mittlerweile sind alle Säfte verdunstet, die Pulpa in der Mitte hat sich in eine Erinnerung verwandelt.

Es gibt Reste. Es gibt keine Reste.

Wenn jemand zu Besuch käme und sie sähe, die Bananenspuren, würde er nie erkennen, um was es sich handelt.

Noch weniger würde er den Nagel erkennen.

Ich habe ihn gesäubert und festgestellt, dass er aus Gold ist.

Aber all das hat keine Schwere und keinen Wert mehr.

Keine Bedeutung.

Niemand ist hier, um es zu sehen.

Niemand wird kommen.

31. Dezember

Wenn ich schreibe, träume ich nicht.

Wenn ich träume, schreibt mich etwas. Spricht mich.

So wie hier, jetzt.

Ich unterhalte mich mit einer Kerzenflamme.

Ich friere.

Das Brennholz ist ausgegangen, und ich traue mich nicht nach draußen mitten in der Nacht.

Sogar tagsüber fällt es mir schwer.

Häufig höre ich Schüsse und Explosionen.

Die Polizei bricht in Wohnungen ein.

Schreie und Stille, schlimmer als die Schreie.

Menschen verschwinden, Gott weiß wohin.

Aber das ist nicht der einzige Grund dafür, dass ich in Paulas Garage umgezogen bin.

Ich bin tot. Ich lebe.

Vielleicht ist Paula schuld, dass ich hier bin.

Wenige Worte, dem Anschein nach kontradiktorisch und bedeutungslos, sind dafür verantwortlich, dass ich bin, wo ich bin.

In der Wohnung habe ich alles liegen lassen.

Mit Ausnahme des Tagebuchs.

Alles, wirklich alles, sogar mein Mahnmal Platanos, den goldenen Nagel in einem Kreis mit zwei kleineren Kreisen auf der unteren Seite des Küchentischs.

Menschen, auch die intelligenten, denken häufig, dass nur die Lebenden bleiben.

Ich aber denke anders.

Die Lebenden sind im ständigen Gehen, nur die Toten bleiben.

So wie ich.

Ich lebe. Ich bin tot.

Ich wohne unter den Toten, dem Anschein nach lebendig.

Ich atme Wölkchen in die eiskalte Luft aus, ich bewege einen Bleistift, meine Hand weiß, was das Morgen bringt.

Das ist nicht schlimm.

Es war und wird immer wieder sein.

Gestern, morgen, immer wieder.

Es gibt kein Ende, und das beruhigt.

Nur das ängstigt mich, dass ich nicht weiß, was heute Abend bedeutet, was der heutige Abend bringt, woher der heutige Abend kommt, wohin der heutige Abend führt.

Die Flamme erlischt langsam.

Kommst du mich streicheln, Mutter?

Wir danken für die Förderung dieser Publikation durch die Slowenische Buchagentur Javna agencija za knjigo RS (JAK)

Im Original erschien Aleš Šteger: Neverend im Verlag Beletrina, Ljubljana 2017. Wir danken für die Genehmigung der Veröffentlichung auf Deutsch.

Bibliografische Information der Deutschen Nationalbibliothek

Die Deutsche Nationalbibliothek verzeichnet diese Publikation in der Deutschen Nationalbibliografie; detaillierte bibliografische Daten sind im Internet über http://dnb.d-nb.de abrufbar.

© Beletrina Academic Press 2017
www.beletrina.si
© Wallstein Verlag, Göttingen 2022
www.wallstein-verlag.de
Vom Verlag gesetzt aus der LD Fabiol Pro und der Baskerville
Umschlaggestaltung: Eva Mutter (evamutter.com)
Druck und Verarbeitung: Pustet, Regensburg

ISBN 978-3-8353-5006-9